Martin Michaud

IL NE FAUT PAS PARLER DANS L'ASCENSEUR

Roman

MARTIN MICHAUD

IL NE FAUT PAS
PARLER
DANS L'ASCENSEUR

UNE ENQUÊTE DE LESSARD

Les Éditions
Goélette

Graphisme : Katia Senay
Révision, correction : Corinne Danheux, Patricia Juste
Photographie de la couverture et portrait de l'auteur : Karine Patry

© Éditions Goélette, Martin Michaud, 2010

Dépôt légal : 1er trimestre 2010
Bibliothèque et Archives nationales du Québec
Bibliothèque nationale du Canada

Les Éditions Goélette bénéficient du soutien financier de la SODEC
pour son programme d'aide à l'édition et à la promotion.

Nous remercions le gouvernement du Québec de l'aide financière
accordée par l'entremise du Programme de crédit d'impôt pour
l'édition de livres, administré par la SODEC.

Imprimé au Canada

ISBN : 978-2-89638-620-8

NOTE DE L'AUTEUR

Chers lecteurs, vous vous apprêtez à entrer pour la première fois dans l'univers de Lessard... Je tiens à vous remercier de la confiance que vous me témoignez en choisissant de lire mon roman : vous me consacrez de ce fait non seulement de l'argent durement gagné, mais aussi plusieurs heures de votre temps libre... À mes yeux, c'est un geste qui compte... Aussi, j'aimerais beaucoup connaître vos impressions à l'issue de cette lecture. Si vous avez envie de les partager, d'en savoir plus sur la prochaine enquête de Lessard ou encore d'avoir accès à des inédits, retrouvez-moi sur le site suivant :

www.michaudmartin.com

Pour Antoine et Gabrielle

PREMIÈRE PARTIE

Qu'importe ce que peut être la réalité placée hors de moi si elle m'a aidé à vivre, à sentir que je suis et ce que je suis.

Charles Baudelaire

31 MARS 2005

Ville de Québec

L'obscurité.

Les paupières closes, il essaya de recréer une image mentale du visage, mais la vision s'estompait.

Pendant une fraction de seconde, il crut voir apparaître la naissance des sourcils, puis tout se brouilla. Quoi qu'il tente, il demeurait incapable de visualiser les yeux.

Lorsque les yeux aspirent la mort, ils ne reflètent que le vide. Je ne peux me représenter un tel vacuum.

Il secoua la tête. Sa vie n'était plus qu'un rêve, enfoui dans un autre rêve.

L'attente.

Les impacts réguliers sur les carreaux.

La pluie cessa peu avant 20 h.

Accroupi dans l'obscurité, derrière le comptoir de la cuisine, il inspecta de nouveau l'arsenal étalé devant lui: un sac de hockey sur roulettes, une valise métallique, une pile de serviettes et une bouteille de nettoyant tout usage. Il demeurait invisible depuis l'entrée. Il n'aurait qu'à bondir vers l'avant pour atteindre l'homme.

Deux heures auparavant, il avait garé la voiture dans la rue et neutralisé le système d'alarme. Avant de quitter le véhicule, il avait rangé son ordinateur portable dans un sac à dos et glissé celui-ci sous la banquette arrière.

Il avait procédé avec méthode. Tout était en ordre.

Il caressa le manche du couteau fixé à sa cheville.

Bientôt, il allait extraire la mort de la mort.

L'homme qu'il s'apprêtait à tuer menait une vie rangée, dont il connaissait par cœur les moindres détails : le jeudi, il terminait son travail à 20 h 30 ; il s'arrêtait ensuite acheter un surgelé au supermarché avant de regagner son domicile ; dès son arrivée, il réchauffait son repas au micro-ondes et avalait le tout devant son téléviseur, calé dans un fauteuil confortable.

Il était entré dans la maison à quelques reprises en l'absence de l'homme.

Il avait parcouru la pile de DVD que ce dernier rangeait dans une bibliothèque et noté avec dédain qu'il ne s'intéressait qu'aux séries américaines.

Les gens ne font que s'étourdir avec des divertissements grossiers et génériques.

Il avait aussi constaté que la maison, vaste et luxueuse, contrastait avec les habitudes de vie frugales de son propriétaire. Au salon, il avait observé un échiquier de marbre et les détails d'ornementation des pièces, finement ciselées.

Une telle maison était destinée à accueillir une famille et des enfants, pas une personne seule. Les gens perdaient le sens des vraies valeurs. Le culte de l'individualisme, du chacun-pour-soi, le révoltait.

Plus personne n'assume les conséquences de ses actes. Pour se disculper, on se contente de pointer le doigt vers ceux qui font pire que soi.

L'homme paierait pour ses fautes. Il s'en assurerait.

Il entendit le moteur de la voiture dans l'entrée, puis une clé glissa dans la serrure. La porte s'ouvrit doucement tandis qu'une main tâtonnait dans le vide, cherchant l'interrupteur.

Un dernier doute l'assaillit, qu'il écarta aussitôt.

Son plan ne comportait aucune faille prévisible, hormis la présence aléatoire d'une tierce personne. L'homme vivait seul et il ne lui connaissait aucune fréquentation hors du travail. Le fait que la maison était isolée lui procurait en outre une assurance supplémentaire en cas de pépin. Ce serait malheureux de devoir éliminer une victime innocente, mais parfois les dommages collatéraux étaient inévitables.

Il retint son souffle et banda ses muscles, s'apprêtant à jaillir de l'ombre.

Il attendait ce moment depuis longtemps.

Dès qu'il avait vu la photographie de la fille, dès qu'elle était réapparue, il avait tout mis en œuvre pour ne pas attirer l'attention.

Il s'était contraint à n'acheter que quelques articles par établissement et avait privilégié l'anonymat des grandes surfaces. Cette astreinte l'avait poussé à se rendre dans une dizaine de magasins, tous situés à l'extérieur d'un rayon de deux cents kilomètres de son domicile. Il n'avait à aucun moment sollicité l'aide d'un commis.

Ses emplettes terminées, il avait retiré les étiquettes et effacé toute marque susceptible de permettre l'identification des articles.

Ces précautions lui avaient semblé naturelles.

Le 20 mars, le jour de son anniversaire, il avait chargé son vieux camion et pris la direction du camp de chasse de Mont-Laurier, au nord de Montréal.

Le camp étant inaccessible par la route, il avait transporté le matériel à l'aide de la motoneige et du traîneau remisés dans un minientrepôt du village. L'endroit était pourvu d'une porte extérieure indépendante; aussi, personne n'avait remarqué ses allées et venues. Dans le cas contraire, il n'aurait pas été étonnant de le croiser dans la région à cette époque de l'année.

Il avait décidé qu'il transporterait ses victimes sous le couvert de l'obscurité afin de réduire le risque d'être vu. Soucieux de ne rien laisser au hasard, il s'était exercé à rejoindre le campement de nuit. Il n'aurait pas droit à l'erreur lorsqu'il serait chargé des corps.

Cette nuit-là, il avait rangé les victuailles avant d'aller au lit. Le garde-manger ainsi garni, il savait qu'il profiterait de plusieurs jours d'autonomie avant de devoir se ravitailler.

Il avait passé la majeure partie de la journée du 21 mars à dormir et à récupérer. Dans la soirée, il avait marché en raquettes dans la forêt et entendu un loup solitaire hurler à la lune, dans la nuit glaciale. Il avait pensé que ce loup lui ressemblait : dernier prophète sur la colline, il s'apprêtait, lui aussi, à proclamer haut et fort son propre évangile.

Le lendemain, il avait effectué les aménagements prévus. Le camp se divisait en trois parties : une pièce principale, une chambre et un dortoir.

Il avait vidé le dortoir des quatre couchettes superposées qui le meublaient, les avait démontées et rangées dans la remise. Il avait ensuite bouché la fenêtre à l'aide de planches de contreplaqué. Sur le mur du fond, il avait fixé des chaînes munies de bracelets métalliques et vérifié la solidité de l'ensemble : personne ne pourrait s'échapper d'un tel piège. Il avait enfin installé le système de projection.

Dans la pièce principale, les deux congélateurs ronronnaient. Chacun d'eux pourrait contenir un corps.

La chasse s'annonçait bonne.

Le 23 mars, il était de retour à Québec et anxieux de passer à l'action.

Le bip-bip du système d'alarme ne se fit pas entendre. L'homme se demandait sans doute pourquoi il était désactivé.

La lumière l'aveugla momentanément, mais il cligna des yeux sans s'inquiéter. Dans quelques secondes, sa vue regagnerait son acuité et il abattrait sa proie.

Le vieux serait fier de lui.

Le vieux a passé la matinée à boire dans le camion. Soudain, une portière claque. Le garçon sent une main s'abattre dans son dos. Il attend qu'on tape, mais les coups ne viennent pas. Le vieux lui tend une carabine avec lunette de visée. Le garçon sait se repérer et pister des orignaux. Cependant, à ce moment précis, il ne songe qu'à pleurer. Il ne veut pas s'aventurer seul dans la forêt. «Cesse de chialer comme une mauviette. Fais honneur à ton père.» Il part avec un chargeur

de balles, son couteau de chasse, une gourde et un sac conte-
nant quelques sandwiches.

Il bondit hors de sa cachette avant que l'homme, qui avait saisi le combiné, ne puisse signaler la panne du système d'alarme.

Il y eut une seconde de flottement durant laquelle tout sembla se figer, comme si le temps se comprimait sur lui-même.

Il enfonça le couteau dans la cage thoracique d'un mouvement vif et brutal. L'homme se cabra. Le tueur retira la lame et frappa encore à deux reprises, deux coups aussi secs que fatals.

Il fut surpris à cet instant de constater avec quelle facilité l'arme transperçait la chair, sectionnait les muscles, tranchait les organes.

Un bruit d'os broyé lui confirma qu'il avait perforé le sternum.

Les traits distordus, l'homme laissa échapper un gargouillis de lavabo.

– Chacun paie pour ses fautes, dit le tueur d'une voix ténue, frôlant la compassion.

C'est idiot, la façon dont fonctionne le cerveau.

L'homme ne pensa même pas aux motifs justifiant qu'il subisse un pareil sort.

Il songea plutôt qu'il ne verrait pas naître le bébé de sa sœur en mai. Il eut aussi une pensée pour ce chalet, au bord d'un lac, dont il avait eu envie sans jamais vraiment concrétiser le projet. Avec une pointe de panique, il se rendit compte qu'il ne pourrait assister à une réunion importante, sans compter qu'il ne pourrait déposer les ordures au chemin.

Enfin, sa vie s'acheva sur une interrogation : qui avait tendu de la pellicule plastique sur le plancher?

À ce moment, le tueur ramena la lame d'un coup sec vers le haut, causant des lésions irréversibles aux organes internes.

L'homme s'affaissa sur son agresseur, leurs fronts se soudèrent, les faisant momentanément ressembler à des siamois grotesques. Ils se toisèrent sans parler.

Le chasseur ne lut que surprise et désarroi dans le regard affolé de sa proie. Au bord de l'agonie, l'homme entrouvrit les lèvres, sembla sur le point d'articuler une parole, avant qu'un dernier spasme ne le vide de son air.

Le tueur trancha la gorge de sa victime et laissa glisser doucement le corps inerte sur le plancher.

Une méduse de sang sinuait sur la pellicule plastique.

Tout s'était passé si vite qu'il eut à peine le temps de réaliser ce qui venait de se produire.

Il ouvrit la valise métallique et prit un appareil photo numérique de marque Nikon. Il mitrailla le corps sous tous ses angles, faisant quelques gros plans du visage et des blessures. Quand il fut satisfait des clichés, il remballa le matériel.

Il empocha les papiers du défunt et roula le corps dans la pellicule plastique. Comme prévu, glisser la victime dans le sac de hockey se révéla être la tâche la plus ardue.

Restait maintenant à effacer ses traces. Il épongea les éclaboussures de sang sur le carrelage à l'aide des serviettes, puis effectua un nettoyage en règle avec le désinfectant.

Il retira ses gants et sa combinaison. Il les plaça dans un sac plastique avec les papiers du défunt et les articles tachés de sang. Il enfila une paire de gants propres et fit rouler le sac de hockey jusqu'au garage.

Après avoir garé sa voiture à côté de celle de la victime, il appuya le sac à la verticale contre le pare-chocs. En saisissant la partie inférieure, il le souleva pour le faire basculer dans la malle arrière. Enfin, il ouvrit la fermeture éclair et disposa des sacs de glace de chaque côté du corps.

Bien. Personne dans les environs.

Il téléchargea les photos sur son portable, puis effaça la carte mémoire du Nikon. Il examina les clichés comme on contemple une toile. C'était son *œuvre*.

Les images conviendraient parfaitement pour alimenter le blogue. Et pour le reste.

Il grava les photos sur un disque vierge et y colla une étiquette préimprimée. Il glissa ensuite le disque dans un boîtier, revint à l'intérieur et le déposa sur le comptoir. En sortant, il réenclencha le système d'alarme et verrouilla la porte avec les clés de la victime.

Il fit démarrer la vieille BMW 740i noire dérobée la veille dans le parc de stationnement longue durée de l'aéroport de Sainte-Foy. Les compagnies d'assurances dépensaient chaque année des sommes astronomiques en prévention, mais certains conducteurs étaient bêtes. Si l'on savait où chercher, on pouvait aisément repérer un double de la clé dissimulé. Comble de générosité, le propriétaire de la BMW avait laissé le billet de stationnement sur le tableau de bord.

Malgré son excitation, il s'efforça de rouler lentement. Il se détendit après quelques kilomètres. Tout se déroulait comme prévu. Sa victime vivait seule et ne devait pas travailler avant le mercredi suivant. À moins d'un imprévu, personne ne s'inquiéterait de sa disparition avant ce moment, ce qui lui donnerait le temps de mettre à exécution la suite de son programme.

En cours de route, il mangerait dans un fast-food. Mauvais pour la santé, certes, mais ce soir, il tolérerait une exception. Il ne voulait pas prendre de retard sur son horaire.

Transporterait-il le corps directement au campement ou s'arrêterait-il dormir en chemin?

Il hésitait.

En roulant à une vitesse raisonnable, il pourrait arriver à Mont-Laurier vers 3 h du matin. Récupérer la motoneige, charger le traîneau et faire le trajet dans l'obscurité lui prendrait une heure de plus, au minimum. Tout dépendrait de son état de fatigue.

Il roulait depuis vingt minutes lorsqu'un choc sourd secoua la voiture. Il regarda dans son rétroviseur, sans rien remarquer d'anormal. Il était sans doute passé dans un nid-de-poule.

En pleine autoroute 20! Ce pays se dirige directement vers la ruine.

Il commença à lutter contre le sommeil cinq kilomètres avant d'atteindre Saint-Hyacinthe.

Il s'y arrêta pour prendre une bouchée et profita de l'occasion pour regarder de nouveau les photos sur son ordinateur portable. Il trouva ensuite un terrain vague où il brûla les effets personnels de la victime et les articles souillés.

Il éparpilla les cendres du bout de la semelle.

L'adrénaline retombait quand il aperçut les premières lueurs de la ville de Montréal.

Sur le pont Champlain, à la vue des gratte-ciel, il jugea préférable de dormir dans la métropole. Ça ne valait pas le coup de risquer de s'endormir au volant.

Il se souvint d'un motel où il avait déjà séjourné, rue Saint-Jacques. Le genre d'endroit anonyme où l'on paie comptant, sans avoir à décliner son identité. Si sa mémoire était bonne, il y avait aussi une pharmacie à proximité. Ce serait parfait, il ferait d'une pierre deux coups.

Il gara la voiture dans le stationnement du motel. Sachant qu'il reviendrait à Montréal dans quelques jours, il régla la chambre pour la semaine. Il installa sommairement ses affaires dans la pièce terne et marcha sans hâte jusqu'à la pharmacie.

Ayant passé une cagoule, il fracassa la vitrine à l'aide du marteau dissimulé dans son manteau. Le système d'alarme retentit immédiatement. Il devait agir vite, il n'avait que quelques minutes avant l'arrivée d'une voiture de patrouille.

Il balança un coup de marteau sur les deux caméras de surveillance et se dirigea à pas rapides vers le comptoir des ordonnances. Il fit sauter la serrure de l'armoire où l'on conservait certains médicaments, prit une trentaine de secondes pour trouver ce qu'il voulait, puis saisit quelques fioles et une seringue.

Il piqua un sprint dans la rue déserte. Après une minute, il ralentit l'allure pour reprendre son souffle.

Au loin, il entendit le son d'une sirène.

Il rentra tranquillement au motel. Marcher l'aidait à clarifier ses idées.

Il était prêt.

Demain sera un grand jour.

Datée du 31 mars 2005, l'étiquette apposée sur le disque comportait, outre une adresse Internet, trois mots et une série de huit chiffres :

Message d'erreur : 10161416.

1ER AVRIL 2005

1.

Montréal

Pour autant que je me souvienne, il n'y avait pas de rayons de soleil le matin du 1er avril, que la grisaille morne du jour qui tarde à se lever. Une plaque de glace sale subsistait devant l'entrée de mon appartement, rue Saint-Antoine.

Charriés par le torrent de neige que des grattes éparpillaient depuis décembre aux quatre coins de la ville, des papiers hétéroclites formaient une mosaïque sur le trottoir.

Avril.

C'est l'époque de l'année où, après un hiver rigoureux, les Montréalais espèrent, comme une promesse oubliée, le soleil, les bourgeons dans les arbres et le vent chaud qui chatouille le visage. C'est aussi à ce moment-là que les amateurs des Canadiens commencent à rêver de coupe Stanley.

Bien que demeurant nettement défavorisé, Saint-Henri connaissait un certain regain de vie. N'y étaient pas étrangères la renaissance du vieux marché Atwater, la revitalisation du canal Lachine – où des usines désaffectées faisaient place à des condos de luxe – et l'aménagement d'une piste cyclable reliée au marché par un pont piétonnier.

À l'inverse du Plateau-Mont-Royal, le quartier ne serait jamais reconnu comme une destination touristique ressemblant à un mini Soho ou à Greenwich Village, mais un nombre grandissant de jeunes venait s'y établir.

C'était précisément mon cas. J'habitais un cinq et demie aux murs de plâtre abîmés, dont je n'utilisais en fait que les trois pièces salubres.

Mon radio-réveil s'est fait entendre une première fois dès 6 h 45. Par automatisme, j'ai appuyé sur le bouton «*snooze*» afin de m'octroyer dix minutes de grâce. Chaque matin, le manège durait jusqu'à 7 h 15, heure de mon lever officiel.

Pour une raison que je serais incapable d'expliquer, les choses ne se sont pas passées ainsi ce matin-là...

En fait, je me suis réveillée en sursaut à 8 h 45, mettant fin à un cauchemar angoissant au terme duquel une automobile me happait. Je suis demeurée hébétée quelques secondes à regarder défiler d'un œil attentif les cristaux liquides de mon réveil. Mais il n'y avait pas à en douter, il était bien 8 h 45. J'allais être drôlement en retard.

Je me suis levée d'un bond, puis j'ai sauté dans la douche. Je n'ai pas pris le temps d'apprécier la caresse brûlante de l'eau, plaisir que je prolonge d'ordinaire jusqu'à ce que le réservoir soit vide, ce qui n'excède guère trois minutes.

J'avais eu trente-trois ans la semaine précédente et Ariane, ma meilleure amie, m'avait offert un chandail de laine vert que j'ai enfilé promptement, après avoir récupéré mes jeans sur le sol.

Pour l'occasion, nous étions allées souper dans un restaurant du Chinatown. Passablement éméchées, nous avions terminé la soirée dans un bar à karaoké miteux du boulevard Saint-Laurent, où je m'étais, à ma propre surprise, lancée dans une interprétation délirante d'un vieux tube de Cindy Lauper, *Girls Just Want to Have Fun*.

Je suis passée devant le miroir, j'ai replacé quelques mèches rebelles de mes cheveux roux. Mon visage? Des taches de rousseur. Et le reste? Ni moche ni belle, je crois, ordinaire sans être banale. Comme je ne perds jamais de temps à me maquiller, j'ai décroché une tuque de la patère pour achever d'aplatir mes cheveux et j'ai enfilé mon vieux manteau.

Alors que j'ouvrais la porte, une boule de poils caramel a filé entre mes jambes et a bondi vers la rue, me faisant tressaillir.

Quel chat stupide!

J'adorais détester cet animal qui me fuyait dès que je posais le pied dans l'appartement. Pourtant, je ne pouvais me résoudre à m'en débarrasser.

J'étais rentrée un matin et il était là, au pied de la porte. Il s'agissait probablement du chat de l'ancien locataire.

Un survivant, comme moi.

À 9 h 12, je courais en direction de l'arrêt d'autobus de l'avenue Atwater.

Après m'être glissée discrètement dans mon cubicule, je me suis affalée sur ma chaise pas ergonomique du tout, laquelle a couiné.

J'ai consulté ma montre: 9 h 50!

Pourvu que personne n'ait remarqué mon retard.

J'ai d'abord entrepris de consulter mes courriels. J'ai ouvert quelques fichiers pour constater qu'il n'y avait rien de neuf sur le dossier dont j'avais la charge.

J'ai sourcillé en remarquant un courriel du patron portant la mention «Important» et reçu quelques minutes plus tôt. C'était une petite boîte et Flavio Dinar y régnait comme un despote sur sa seigneurie. Il exécrait les retards et j'avais désespérément besoin de ce boulot. Les joues empourprées, j'ai cliqué sur le lien hypertexte:

Date: ven. 2005-04-01 9: 20

De: flavio.dinar@dinar.com
À: simone.fortin@dinar.com

Pièces jointes: Levée_de_fonds (texte).doc
Levée_de_fonds (photos).gif

À tous les employés,

Cette année encore, vous avez participé en grand nombre à la journée Des logiciels contre la pauvreté.

Grâce à votre dévouement, votre enthousiasme et la générosité de nos donateurs, je suis fier de vous confirmer le dépassement de notre objectif 2005. En effet, nous avons amassé la somme record de 16 000 $.

Je tiens à vous remercier pour la qualité de votre implication, dont l'excellence rejaillit sur Dinar Communications.

Enfin, je joins à la présente quelques articles et photos publiés il y a quelques semaines dans divers quotidiens.

Cordialement,

Flavio Dinar

J'ai laissé échapper un soupir : ouf! Le courriel ne concernait pas mon retard. Puisque j'avais participé activement à cette collecte de fonds, tenue dans la salle de réception de l'hôtel Saint-Sulpice, j'ai, par curiosité, ouvert le fichier et lu l'article.

Chaque employé avait créé un logiciel pour l'occasion.

Mon mémorisateur de phrases loufoques n'était pas génial, mais il s'était attiré la plus haute mise de la soirée aux enchères : trois mille dollars. Je ne m'en suis pas étonnée outre mesure, puisque l'acheteur, un homme d'affaires chauve sur le retour, m'avait reluquée toute la soirée comme un narcotrafiquant inspectant sa marchandise.

Une réception avait suivi dans deux suites communicantes retenues par Dinar lui-même. Vous pouvez me croire sur parole, il s'y entend lorsqu'il s'agit de raffermir les liens avec ses principaux clients. On chuchote d'ailleurs en coulisses que c'est le gouvernement fédéral qui, par l'entremise du programme des commandites, comptait pour plus de la moitié de ses revenus.

Bref, champagne, cocaïne, escortes triées sur le volet et autres divertissements du même ordre figuraient d'office aux soirées organisées par le *big boss*. Rien d'exorbitant pour qui navigue dans le milieu des agences de publicité, mais alors là, exit les bonnes mœurs.

J'avais fait acte de présence comme de coutume, mais j'avais quitté la fête avant qu'elle se transforme en bacchanale. J'avais résolu de m'éclipser alors que Dinar, saoul comme un Polonais, s'apprêtait à faire son numéro de charme habituel, lequel culminait sur la piste de danse par une transe hypnotique.

En sortant, j'avais croisé l'homme d'affaires chauve au bras d'une jeune pin up blonde. Poliment, mais avec fermeté, j'avais décliné son invitation à prendre un verre «ailleurs» en leur compagnie, tandis qu'il plongeait avidement son nez crochu dans mon décolleté.

Ouvrant le dossier qui contenait les photos, j'ai constaté que divers clichés montraient des employés de Dinar et des donateurs éméchés. Sur l'un d'eux, l'homme chauve et la jeune femme blonde souriaient, enlacés. Le regard de la femme paraissait absent.

«Jacques Mongeau», ai-je pu lire dans la légende accompagnant la photo.

Sans savoir pourquoi, son nom m'a semblé familier sur le moment.

Puis j'ai oublié.

Pourtant, j'aurais dû me souvenir de lui. Mais je ne l'ai pas fait et je crois que ça n'aurait rien changé. Plus de sept années s'étaient écoulées depuis la dernière fois où j'avais entendu prononcer son nom et je tentais depuis de tourner la page sur cet épisode douloureux de ma vie.

Malgré toutes les précautions que j'avais prises, j'ai discerné sur une autre image mon propre visage en arrière-plan. En outre, mon nom figurait dans la légende accompagnant le cliché. Cela m'a vivement contrariée, mais j'étais, à ce point, loin de me douter que cette photo déclencherait le chaos qui suivrait.

J'allais me mettre à angoisser lorsque Ariane, une jolie fille aux formes rondes et pleines, est entrée dans mon cubicule.

— Tu es en retard?

La voix de ma visiteuse a claqué, forte et enjouée.

— Tais-toi! ai-je dit tout bas. Personne ne s'est rendu compte de rien.

Elle s'est écrasée sans ménagement sur le siège du visiteur, qui a gémi en staccato.

– Ce n'est pas comme si ça t'arrivait souvent. Tu n'as pas pris un seul jour de congé en deux ans!

– Tu sais que je déteste être en retard. (J'ai rougi. Ça m'arrive encore trop souvent pour mon âge.) Cinq minutes peuvent tout changer.

J'ai formé une pile avec des papiers épars et je l'ai placée sur le coin de mon bureau de mélamine ébréché. Cinq minutes pouvaient tout changer. J'étais bien placée pour le savoir.

Ariane s'est levée d'un bond.

– Café? a-t-elle dit.

– Tu es folle, je viens d'arriver!

10 h 05

A-t-elle usé de sa persuasion légendaire ou désirais-je vraiment un café? Je ne sais plus. Quoi qu'il en soit, trois minutes plus tard, nous descendions vers l'air libre.

Je me suis posé la question dès ma toute première montée: pourquoi personne ne parle dans un ascenseur?

Je devais avoir six ans et j'accompagnais mon père à son bureau lorsque j'en ai pris conscience pour la première fois: non seulement les gens évitaient soigneusement de se regarder entre eux, mais il régnait aussi, dans la cage d'acier bondée qui nous trimballait d'un étage à l'autre, un silence quasi funéraire, malsain et angoissé.

Lorsque je l'ai questionné sur les motifs profonds de cette anomalie, mon père m'a répondu: «Quand il se sent piégé, l'homme se replie sur lui-même et se tait.»

Alors, depuis ce temps, forte de ce diktat, moi aussi je me tais dans l'ascenseur, je fais comme tout le monde.

Mais, cette fois-là, j'ai fait entorse à mes habitudes parce que nous étions seules et qu'Ariane tentait de me tirer les vers du nez:

– Tu sais, Jorge m'a encore demandé si tu étais libre, a-t-elle dit. Il est timide, mais plutôt sexy, tu ne trouves pas?

Jorge était charmant, mais je n'avais eu personne dans ma vie depuis trop longtemps.

– Ariane, quand donc cesseras-tu de jouer les entremetteuses? Combien de fois devrai-je te répéter que je suis très bien seule.

– En tout cas, s'il s'intéressait à moi, je n'hésiterais pas. Il a l'air si entier, si passionné. (Elle a fait une moue lubrique.) Je suis persuadée qu'il baise bien. Qui sait s'il ne s'agit pas de l'homme qui bouleversera ta vie?

Ariane était une épicurienne invétérée. On dit que les contraires s'attirent. C'était peut-être la raison pour laquelle elle était la seule personne à qui je daignais accorder ma confiance.

Une lumière orangée a illuminé les lettres «RC» sur le panneau. «Rez-de-chaussée», a fait une voix synthétique.

La porte s'est ouverte.

– Crois-moi, Ariane, c'est Sartre qui avait raison. Rien ni personne d'autre que toi n'a le pouvoir de changer ta vie.

En vérité, bien que je ne l'aie compris que beaucoup plus tard, jamais je n'aurais cru si mal dire. Alors, à présent, croyez-moi sur parole et suivez ce conseil pour le reste de votre existence:

Il ne faut pas parler dans l'ascenseur.

Nous traversions le lobby lorsqu'un téléphone s'est mis à sonner.

– C'est le mien, a dit Ariane en fouillant dans son sac. Allô? (Elle a levé les yeux au ciel, l'air excédé.) Tu as essayé par le menu administrateur? (Elle s'est tournée vers moi. «Quel con», a-t-elle murmuré en plaquant une main sur le récepteur.) Surtout pas, andouille! Non! (Elle a beuglé.) Ne bouge pas, j'arrive.

– Un problème?

– C'est Hogue. Il est incapable d'accéder à la base de données. Si je le laisse faire, il va tout bousiller. Je te rejoins dans cinq minutes.

– Comme tu veux.

J'ai marché jusqu'à l'entrée principale et poussé la porte vitrée. Je me suis effacée sur la gauche pour laisser entrer une dame âgée. En la regardant, en voyant ses mains ridées, je me suis sentie triste et moche tout à coup.

Peut-être devrais-je, comme tout le monde, songer à prendre du Prozac.

Dans la rue, un chauffeur de taxi et un automobiliste s'engueulaient. J'ai hoché la tête. J'avais vu un reportage sur la rage au volant peu de temps auparavant et je ne pouvais m'expliquer le phénomène. Un homme en avait battu un autre à mort parce qu'il lui avait coupé le chemin à une intersection.

Comment pouvait-on perdre la carte à ce point?

J'ai contourné le taxi et je me suis élancée dans la rue. Le café où je dépensais une fortune en *latte* était situé dans l'immeuble d'en face.

J'ai jeté un regard sur la gauche afin de m'assurer qu'il n'y avait pas de voiture. Avais-je suffisamment d'argent liquide? J'ai ouvert mon sac et repéré mon porte-monnaie.

J'ai soudain eu un flash.

Merde, j'avais oublié d'entrouvrir la fenêtre de la salle de bains pour laisser rentrer le chat.

Je n'ai pu m'empêcher de sourire.

Je m'attachais à ce stupide animal, bien plus que je ne voulais me l'avouer. J'ai ouvert mon porte-monnaie : il me restait deux billets de cinq dollars.

Sans y prendre garde, j'avais franchi de deux enjambées la ligne jaune marquant le milieu de la rue lorsque j'ai regardé sur ma droite : une berline noire fonçait sur moi à toute allure. Cette vision m'a glacée d'effroi : la collision était inévitable.

J'ai retenu mon souffle, mes muscles se sont contractés.

L'air a semblé se comprimer autour de moi, les sons s'évaporer pour céder le passage à un vrombissement sourd et angoissant : le bruit du moteur emballé.

J'ai senti tout à coup un impact dans le bas de mon corps, puis j'ai perdu l'équilibre et je suis partie en vrille vers l'avant.

La roue arrière a patiné et glissé sur quelque chose. Au dernier instant, j'ai eu le réflexe de lever les coudes devant moi.

Une onde de douleur m'a traversé l'épaule jusqu'à la cheville droite et s'est foré un passage à travers ma colonne vertébrale.

J'ai entendu le bourdonnement sinistre du moteur s'éloigner, un grand crissement de pneus, puis plus rien.

Plus rien d'autre que le silence.

• • •

Il dormit d'un sommeil profond, sans rêves, réparateur.

Il se réveilla vers 5 h, l'esprit clair, et repassa mentalement son plan.

Avant de mettre le cap sur Mont-Laurier, il recueillerait d'abord des renseignements sur les allées et venues de sa deuxième cible, Simone Fortin.

À ce stade, il importait de planifier chaque détail de l'opération. Ayant consacré plus de six jours d'observation à sa première cible, il estimait qu'il lui en faudrait peut-être davantage pour celle-ci. En effet, cette intervention présentait une complexité non négligeable : il avait résolu de séquestrer la jeune femme, ce qui impliquait qu'il la capture vivante.

Qu'il soit satisfait ou non des résultats de sa surveillance, il quitterait Montréal vers 15 h.

De cette manière, il éviterait le trafic de l'heure de pointe et rentrerait à Mont-Laurier de nuit, ce qui faciliterait le transport jusqu'au camp du macchabée qu'il trimballait dans la malle arrière de la BMW. Après avoir déposé le corps dans un des congélateurs, il s'accorderait peut-être une journée de repos dans les bois avant de reprendre sa filature.

Ça restait à voir.

Il se doucha lentement à l'eau froide, puis s'habilla. Il s'arrêta ensuite dans une station-service, où il acheta des sacs de glace, un journal, un café et deux muffins aux bananes. Il régla en liquide et manœuvra la BMW de façon à ce que le commis ne puisse voir le numéro de plaque.

Était-il paranoïaque ?

Il ne le croyait pas, mais il estimait qu'il valait mieux demeurer prudent.

Dans le stationnement désert d'un centre commercial, il disposa près du corps les sacs de glace qu'il venait de se procurer.

Dès 7 h, il se posta à proximité du bureau de Simone Fortin et entama son observation. Il avait posé son calepin noir et un stylo sur le tableau de bord du véhicule, pour prendre des notes.

L'attente débutait.

La forêt hermétique l'avale. À l'embouchure du lac, il perçoit un bruit, un craquement de branches sur sa droite. La bête s'enfonce plus profondément dans les bois. Il hésite à suivre la piste et à avancer. Déjà le milieu de l'après-midi, pense-t-il. Il ne veut pas passer la nuit dans la forêt, mais il ne rentrera pas bredouille. Le vieux risque de mal le prendre et, dans ce cas, il tape fort. Il marche sur les traces de l'orignal. Croyant l'avoir perdu, il monte dans un arbre et voit l'animal en contrebas, près du lac, à plus de sept cents mètres. Un coup possible pour un tireur d'élite, mais pas pour un novice comme lui. Il avance pas à pas, accroupi, pour bénéficier de la protection des herbes hautes. Cinquante mètres et il fera une tentative. Soudain, l'animal piaffe et s'enfuit.

Il commença à douter vers 9 h 15.

L'avait-il manquée?

Cela lui paraissait improbable. Il n'y avait qu'une entrée et il n'avait pas quitté la porte du regard une seule seconde.

Possédait-il des renseignements inexacts? Il vérifia de nouveau l'adresse qu'il avait notée sur un bout de papier. Il était au bon endroit.

À 9 h 40, une voiture de patrouille vint se ranger derrière lui. Il se détendit lorsqu'il vit, dans le rétroviseur, un des deux agents porter un café à ses lèvres.

Ouf! Ils prenaient une pause.

Il démarra et entreprit de faire le tour du pâté de maisons. Il ne voulait pas risquer d'attirer l'attention.

À 9 h 57, il revint se placer à cent mètres de son premier poste de surveillance et reprit sa veille. La voiture de patrouille avait disparu.

Toujours aucune trace de la fille. Quelque chose clochait.

10 h 20

Tout s'était passé si vite!

Il avait aperçu Simone Fortin sortant de l'édifice, tenant la porte pour une dame âgée, puis s'engageant sur la chaussée. La jeune femme fouillait dans son sac.

Sans même avoir pris le temps de réfléchir, il filait à toute allure vers elle.

Il frappa le volant de rage à plusieurs reprises. Il l'avait renversée!

Par le fait même, il venait de foutre en l'air le plan qu'il avait si patiemment élaboré. Quelle mouche l'avait piqué? Pourquoi ne s'était-il pas contrôlé?

Il revit la scène.

Le sourire de la jeune femme alors qu'elle traversait la rue avait tout déclenché.

Ce sourire intolérable.

Il s'efforça de prendre de grandes inspirations pour retrouver son calme et arrêter le tremblement de ses mains. Son cerveau fonctionnait à plein régime. Il devait s'adapter, échafauder un plan de rechange. Mais, avant tout, il devait agir vite.

Le temps est toujours le facteur primordial. Il le savait.

On ne peut se battre contre le temps et espérer gagner.

Il devait retourner sur les lieux et se mêler aux curieux.

Pourvu qu'elle soit vivante!

Il frappa encore le volant de fureur.

Mais qu'avait-il donc pensé?

Il gara la BMW sur l'avenue Forest-Hill, une rue transversale, face à une pharmacie. Il attrapa son manteau sur la banquette arrière et l'enfila. Il enfonça une tuque sur ses cheveux gris et mit une paire de lunettes noires. Il prit enfin son sac à dos.

Y avait-il eu des témoins? Combien de temps pouvait-il laisser la BMW sans surveillance?

Il sortit de la voiture et verrouilla les portières.

Il remarqua, sur le seuil de la pharmacie, un Asiatique vêtu d'un sarrau blanc. L'homme était en train de fumer. Malgré les circonstances, il ne put s'empêcher de penser qu'il était inconvenant pour un pharmacien de fumer.

Quel mauvais exemple pour la jeunesse!

Il s'efforça de marcher à un rythme normal pour ne pas attirer l'attention. Il se mêla aux badauds qui s'agglutinaient autour de l'ambulance.

Il y avait là une mère de famille portant un enfant, deux jeunes étudiants qui se rendaient à l'Université de Montréal, dont l'un avait recouvert Simone Fortin de son manteau, et un vieil homme tenant un chien en laisse.

Un silence révérencieux enveloppait la scène. De l'endroit où il se trouvait, il ne put voir le visage de sa victime lorsque la civière fut hissée à bord, mais il entendit le vieil homme dire à l'un des étudiants qu'elle respirait.

Il poussa un long soupir de soulagement.

Tout n'était pas perdu!

L'ambulance repartit dans un vacarme de sirène.

La foule s'éparpilla tandis qu'il notait le numéro du véhicule d'urgence dans son carnet.

• • •

Je me suis laissée flotter quelques secondes.

Puis j'ai entendu quelque chose. Indistinctement.

Une voix? Oui. C'était bien une voix.

Quelqu'un me parlait.

Couchée sur le sol, j'ai ouvert les yeux sur un ciel opalin et vu, à l'envers, le visage d'un inconnu penché sur moi.

Un homme.

J'ai senti le contact de sa main sur mon bras et la traction qu'il exerçait pour ramener mon corps vers le sien. Je me suis bientôt retrouvée debout face à celui qui venait de me sauver la vie.

La rue était aussi calme qu'un grand désert de sable blanc.

Je l'ai détaillé rapidement : fin trentaine, cheveux noirs, iris marron, barbe naissante, traits fins et réguliers. Plutôt mignon, en fait.

J'ai de nouveau entendu ce son en surimpression et j'ai remarqué que les lèvres de l'homme remuaient.

J'ai dû faire un effort de concentration.

— Pardon ? ai-je dit.

— C'était ton mobile ?

— Mon mobile ?

— Ce que tu cherchais dans ton sac…

Soudainement, tout s'est éclairé. Je me suis revue en train de traverser la rue, de fouiller dans mon sac et de me figer en apercevant la voiture. Selon toute vraisemblance, l'homme avait agrippé le rabat de mon manteau pour me projeter contre le sol.

— J'allais boire un café et je… C'est trop bête. Je cherchais mon porte-monnaie.

J'ai eu un léger étourdissement, senti mes jambes se dérober. L'homme m'a soutenue, comme l'aurait fait un Humphrey Bogart au sommet de son art.

— Comment te remercier ? ai-je dit en tentant de me ressaisir.

L'homme a dévoilé deux rangées de dents blanches et bien plantées.

— Laisse-moi t'inviter à boire ce café. Je connais un endroit où il règne une quiétude absolue, tout près d'ici.

Nous avons marché sans croiser ni piétons ni voitures.

C'est un peu irréel de marcher en silence avec un inconnu. Je lui jetais de temps à autre un regard à la dérobée. Lui ne semblait guère s'en soucier, il avançait les mains calées dans les poches.

La pluie déposait un léger film sur mon visage et comme il faisait chaud pour la saison, j'ai ouvert le col de mon manteau. Exhalant de minces filets de vapeur dans l'air humide, nous nous sommes engagés dans Blueridge Crescent.

Je ne saurais dire si c'était la pluie, la neige noircie sur le trottoir ou encore la lumière morne du jour qui conférait à la ville cet air de somnolence, mais tandis que je déambulais aux côtés de mon ange gardien, je me sentais en retrait des choses, comme figée dans une toile de Riopelle.

J'ai pris quelques profondes inspirations pour lutter contre la torpeur qui me gagnait. Quelque chose me tracassait sans que je parvienne à mettre le doigt dessus.

L'homme a désigné du menton la façade d'un vieil immeuble, ornée de gargouilles sculptées dans la pierre. Un diablotin ailé a attiré mon attention.

— J'adore ces gargouilles, ai-je dit.

En fait, ça me rappelait une visite de Notre-Dame de Paris avec mes parents, en des temps plus heureux.

— C'est joli, a-t-il répondu. On se donnait la peine autrefois.

Il a poussé d'une main la porte de bois et m'a invitée à entrer. Un comptoir circulaire trônait au centre d'une pièce étroite et faiblement éclairée. Des chaises étaient posées à l'envers sur les tables et de grandes pièces d'étoffe blanche couvraient les autres meubles, comme si l'endroit sortait d'une sorte d'hibernation.

— Hé! Miles Green! a lancé un lourdaud en venant vers nous.

J'ai soudain réalisé que mon bon Samaritain et moi ne nous étions pas encore présentés. Ainsi, il se nommait Miles.

Les cheveux gominés vers l'arrière, une fine moustache barrant un visage luisant et mou, le patron portait une chemise trop ajustée à la taille.

— Salut, a répondu Miles.

Les deux hommes se sont enlacés brièvement.

— On ne présente plus les vieux amis maintenant?

— Pardonne-moi. George, voici…

Miles s'est tourné vers moi brusquement, l'air désemparé comme un écolier qu'on surprend en train de tricher.

— Simone Fortin, ai-je complété.

— Enchanté, a affirmé le patron en me baisant la main avec cérémonie.

– Elle a failli être renversée par un chauffard, il y a quelques minutes. Une berline noire qui ne s'est même pas arrêtée.

– Le problème dans cette foutue ville, c'est que l'Administration accorderait volontiers un permis à un âne, pour peu qu'il se tienne debout et qu'il puisse marcher sur deux pattes.

La boutade m'a fait l'effet d'une bonne bouffée de gaz hilarant.

– Donnez-moi un instant, je vous prépare deux cafés.

Nous avons enlevé nos manteaux et nous sommes dirigés vers la seule table dressée, à gauche du zinc. Miles a pris place face à la fenêtre. Je ne parvenais toujours pas à déterminer ce qui me préoccupait.

– Tu travailles dans le coin? a-t-il dit.

– En face de l'endroit où la voiture a failli me renverser.

George est revenu et a déposé des cafés fumants sur la table.

– J'ai arrosé d'un doigt de cognac, ça vous remettra les idées en place!

Il a tourné les talons et repris son poste derrière le comptoir, où il essuyait des verres avec un chiffon.

J'ai bu une gorgée en faisant la grimace.

– Décidément, George a de gros doigts, ai-je lancé tout bas. Nous avons ri tous les deux de bon cœur.

– Tu fais quoi dans la vie? a demandé Miles.

– Je suis designer Web pour Dinar, une agence de publicité.

– C'est-à-dire?

– En gros, je fais la conception et la réalisation de sites Internet pour nos clients.

– Tu t'amuses?

– Assez. Et toi?

– Je suis horticulteur. Je travaille près d'ici, au cimetière Notre-Dame-des-Neiges.

George s'est avancé de nouveau vers nous, l'air d'un baroudeur embêté par de vieilles hémorroïdes.

– Besoin d'autre chose?

– Tout va bien, a répondu Miles.

– Je travaille dans le coin depuis plusieurs années et je n'avais encore jamais remarqué ce café, ai-je dit lorsque George est reparti.

– C'est un secret bien gardé. Une oasis de paix pour quelques habitués.

Soudain, le déclic que j'attendais s'est fait.

Comment avais-je pu oublier mon rêve de la nuit précédente, celui au terme duquel je me faisais happer par une automobile? J'ai relaté le songe à Miles.

– Tu t'es réveillée avant la collision?

– Oui.

– Curieux, a-t-il fait.

– En effet.

Sans m'en rendre compte, j'avais déchiqueté ma serviette de papier en lambeaux.

– Tu crois à la synchronicité? a-t-il repris.

– Au principe de Jung voulant que les coïncidences ne soient pas fatalement le fruit du hasard?

– Oui.

– Je ne sais pas. Et toi?

– Je trouve l'idée séduisante.

J'ai reposé ma tasse. Le fond blanc filtrait à travers la pellicule de café restante.

– Simone… passerais-tu le reste de la journée avec moi? Qui sait… notre rencontre est peut-être due à la synchronicité, après tout?

2.

J'ai précédé Miles sur le perron de son appartement, un duplex en briques rouges sur Côte-des-Neiges. J'ai monté les quelques marches prudemment, m'appuyant sur une rambarde de bois mal équarri. Une écharde a traversé mon gant de laine pour venir se ficher dans mon index. Et merde!

— Entre, c'est ouvert. Je ne verrouille jamais, a-t-il dit en me rejoignant sur le palier tandis que je retirais l'écharde avec mes dents.

À l'intérieur, j'ai noté machinalement l'aménagement des lieux : murs blancs, parquets de bois foncé, cuisine laboratoire, une table ronde, quelques chaises et un canapé couvert d'un drap que Miles s'est empressé de retirer, dévoilant un cuir marron patiné. Ni chaîne stéréo ni trace de téléviseur. Je découvrirais plus tard une chambre sobre et une salle de bains immaculée.

Il a pris le manteau que je lui tendais et l'a suspendu à un crochet. Je me suis approchée de l'unique fenêtre qui donnait, au-delà du viaduc rouillé, sur le cimetière. J'ai vu les arbres dégarnis, quelques stèles émergeant sous leur enveloppe blanche et un bouquet de fleurs, qui faisait comme une tache de sang sur la neige.

J'ai eu une pensée nostalgique pour ma mère, emportée brutalement par une rupture d'anévrisme douze ans plus tôt. Je me surprenais encore parfois à ne pas admettre qu'elle ne soit plus là, entourée de ses fleurs et de son jardin. Quant à mon père, c'était une tout autre histoire. Notre relation, déjà tendue depuis le divorce, avait basculé définitivement alors même que j'avais eu déscspérément besoin de son aide.

Il n'avait toujours songé qu'à lui-même et à sa foutue compagnie.

— Vis-tu ici depuis longtemps? ai-je demandé en continuant de scruter au loin.

— Plutôt, oui, a répondu Miles.

J'ai sursauté. Il se tenait à quelques pas à peine derrière moi.

— C'est la sépulture de Victor Depocas, a-t-il précisé en montrant les roses du doigt. Il était architecte. Une femme vient y déposer des fleurs chaque matin.

— Tu connais ce genre de détails pour tous les morts?

— Non! s'est-il exclamé en riant. Il y a près de neuf cent mille personnes inhumées ici. Mais quand j'ai terminé ma ronde, j'aime marcher dans les allées. Un cimetière est comme une immense bibliothèque. Chaque tombe abrite l'histoire unique d'une personne.

Les cimetières me fascinaient depuis l'enfance.

Chaque fois que je me rendais sur la tombe de ma mère, je finissais par errer au hasard des stèles, essayant d'imaginer la vie des gens dont je lisais les noms au fil de mes pas.

— Dis, aimes-tu le jazz? a-t-il lancé de but en blanc.

J'ai répondu oui sans réfléchir, consciente que mes connaissances en la matière se limitaient à un album que j'avais acheté d'occasion dans une librairie fadasse.

Miles a pris un balai dans une armoire et a frappé quatre coups secs au plafond. Presque aussitôt, j'ai entendu la plainte langoureuse d'une trompette en provenance de l'étage supérieur.

— C'est un code, a affirmé Miles. Mon voisin, Jamal Cherraf, est un jazzman de talent.

Je me suis sentie tout à coup défaillir et j'ai porté furtivement une main à mon front.

— Tu te sens bien? a-t-il demandé.

— Un peu étourdie.

— Tu as eu un choc, l'adrénaline retombe, a-t-il dit.

J'ai cherché mes mots.

— Miles, ce que tu as fait ce matin… c'était vraiment courageux. La voiture aurait pu te faucher aussi.

— J'ai agi d'instinct. En te bousculant, j'aurais pu te causer des blessures beaucoup plus sérieuses.

— Je ne vois pas comment.

— Si je t'avais poussée trop fort, tu aurais pu te briser la nuque ou te fracasser le crâne en tombant. Heureusement, je n'ai pas eu le temps de réfléchir.

— Tu as pris la bonne décision. Sans ton intervention, les probabilités que je m'en tire n'étaient pas très élevées.

Il m'a gratifié d'un rictus goguenard.

— La ligne est parfois mince entre une bonne et une mauvaise décision. J'ai eu de la chance.

À l'étage, la trompette s'est tue.

J'ai retrouvé ma place à la fenêtre tandis que Miles préparait du café.

Dehors, la rue était déserte.

J'ai pensé que je devrais téléphoner à Ariane pour lui demander de couvrir mon absence au bureau. J'hésitais encore entre deux possibilités : prétexter un malaise ou simplement lui avouer que j'avais accepté de passer la journée avec un parfait inconnu.

J'ai opté pour la première : je n'avais aucunement envie de m'exposer aux questions indiscrètes qu'elle ne manquerait pas de me poser si je lui disais la vérité.

Sans doute endommagé lors de ma chute, mon mobile s'est avéré inutilisable.

J'ai demandé à Miles la permission d'utiliser le sien et j'ai été à peine surprise d'apprendre qu'il n'avait pas de téléphone, ni mobile ni fixe.

Tant pis !

Ariane s'inquiéterait peut-être un peu, mais elle comprendrait. Et puis, ce n'est pas tous les jours qu'on frôle la mort de si près.

Ma vie stagnait dans un profond marasme depuis trop longtemps. J'avais l'intention de vivre cette journée intensément.

Je ne saurais dire combien de temps je suis restée perdue dans mes pensées, mais lorsque je me suis retournée, Miles n'était plus dans la pièce.

Il était sûrement aux toilettes.

J'ai attendu quelques secondes, puis je me suis avancée doucement dans le couloir. J'ai tendu l'oreille, mais je n'ai perçu aucun son. J'ai frappé à la porte de la salle de bains. Comme je n'ai pas obtenu de réponse, je l'ai ouverte.

Sans trop y attacher d'importance, j'ai remarqué que la pièce à carreaux de céramique blancs était vide, entièrement dépourvue d'articles de toilette, de serviettes ou même de papier hygiénique.

J'ai fait demi-tour et je me suis rendue jusqu'à la chambre, dont la porte était entrouverte.

— Miles?

Je me suis glissée dans l'entrebâillement, hésitante. Il n'y avait dans la pièce qu'un matelas couvert d'une couette blanche, posé à même le sol, une commode de bois et, au-dessus, une toile sans cadre punaisée directement au mur. Je me suis approchée, j'ai ouvert machinalement les tiroirs et constaté qu'ils étaient vides.

La toile représentait un mur de pierre couvert de graffitis : j'ai distingué des mots tracés en rouge : *Naturel, Asiles, Moi, Mur, Roi*. Un des moellons du mur gisait sur le sol, descellé. Par le trou, on apercevait les yeux exorbités d'un homme.

Fascinée par le caractère morbide de la toile, je l'ai contemplée avec recueillement.

Le grincement de la porte d'entrée m'a surprise. Je suis sortie de la chambre sur la pointe des pieds et j'ai remonté sans bruit le corridor.

— Tu as trouvé la salle de bains?

Je n'allais quand même pas lui avouer que je fouinais dans sa chambre!

— Oui, ai-je menti.

— Pardonne-moi de t'avoir laissée seule, je suis allé chercher du lait en haut, chez Jamal.

– Aucun problème. En passant, il joue très bien.

– Si tu veux, nous irons lui rendre visite tout à l'heure. Il est impressionnant. Tu prends du sucre?

– Seulement un peu de lait.

Il m'a tendu une tasse minuscule. J'ai porté le café fumant à mes lèvres, en ai bu une petite gorgée. Le liquide m'a procuré une douce sensation d'apaisement.

Nous sommes restés ainsi, debout derrière le comptoir, à terminer nos breuvages sans parler. Après, Miles a fait couler de l'eau sur les tasses et les a déposées dans l'évier.

– Tu as envie de faire une promenade?

– Oui, pourquoi pas.

– J'aimerais t'emmener au cimetière. J'ai quelque chose à te montrer.

– Oh! tu pourrais me montrer les gens célèbres enterrés ici? ai-je dit avec une pointe d'excitation dans la voix.

Nous avons accédé au cimetière par l'entrée de Côte-des-Neiges, une grille de fer encadrée par deux chapelles couvertes de vert-de-gris.

Nous avons contourné par la gauche l'îlot central qui, a précisé Miles «est couvert d'hydrangées en été». Une croix monumentale et deux angelots se dressent au centre de l'ensemble. J'ai remarqué au passage l'inscription gravée dans le marbre blanc « *O crux ave spes unica*», ce qui signifie «Ô croix, notre unique espérance», si je me souviens avec exactitude de mes pénibles cours de latin.

Miles m'a entraînée sur la gauche avant d'arriver à une chapelle et, bientôt, nous avons grimpé en direction ouest.

Hormis quelques plaques de neige éparses, les allées étaient dégagées. La pluie avait cessé et le mercure devait bien atteindre les quinze degrés. Miles a retiré sa veste et l'a nouée autour de sa taille. Nous sommes arrivés à un promontoire.

Piquant à travers les tombes, il m'a conduite jusqu'à une pierre de granit noir, invisible de la route, sur laquelle on pouvait lire ces mots, gravés en lettres blanches:

Alice Poznanska Parizeau
1930-1990

– Tu la connais? a demandé Miles.

– Elle était écrivaine et aussi l'épouse de l'ancien premier ministre du Québec, ai-je dit.

– Je vois que j'ai affaire à une experte.

– Je n'ai pas de mérite, ma mère était une passionnée de littérature. J'ai déjà lu *Les lilas fleurissent à Varsovie*.

Après nous être arrêtés près de la tombe du comédien Guy Sanche (Bobino) et de celle du compositeur et pianiste d'exception André Mathieu, nous nous sommes dirigés vers l'extrémité est du cimetière. Le nez levé vers le ciel filandreux, je regardais la cime des arbres bordant la route, tandis que Miles montrait du doigt.

– Ça, c'est un bouleau pleureur, à côté, une épinette du Colorado et là, à droite, un érable de Norvège. Derrière l'érable, il y a un pin noir d'Autriche.

Nous avons franchi une butte et débouché sur une succession de caveaux creusés à flanc de colline. Miles s'est approché d'une des façades, richement ornée de quatre colonnades et a lu, à voix haute, l'inscription écrite en relief sur la porte de fer :

In Memory Of
Thomas D'Arcy McGee
1825-1868
One of the Most Eloquent Voices
Of the Fathers of Confederation

– Comment est-il mort? ai-je demandé.

– Un soir, à la Chambre des communes, à Ottawa, il a fait un discours passionné en faveur de l'unité nationale. En rentrant chez lui, il a été abattu alors qu'il franchissait le seuil de son immeuble.

– On a trouvé le meurtrier?

– Oui. Il a été pendu.

Nous sommes remontés jusqu'au chemin des Fosses temporaires et avons emprunté la grande allée en direction nord. Lorsque la route s'est séparée en allées étroites, Miles a pris quelques pas d'avance sur moi et est allé se camper devant une stèle monolithique.

— Aimes-tu la poésie? a-t-il demandé.

— Je ne m'y connais pas beaucoup, ai-je répondu.

Il s'est éclairci la voix :

Tous les étangs gisent gelés
Mon âme est noire où vis-je où vais-je
Tous mes espoirs gisent gelés
Je suis la nouvelle Norvège
D'où les blonds ciels s'en sont allés.

— Joli. C'est de toi?

— Non, a-t-il lâché. De lui.

Il s'est écarté de la stèle afin que je puisse la lire.

Émile Nelligan
Poète
1879-1941

— C'est ce que tu voulais me montrer?

— Non. On y arrive.

J'ai fermé les paupières, laissant la caresse du vent me chatouiller le visage. Je me sentais tranquille, détendue. Ce lieu m'apaisait.

Il y régnait une si grande paix, un calme si total.

Ici, seuls les souvenirs gisaient gelés.

J'appréciais la compagnie de Miles : les appréhensions que j'avais eues plus tôt, alors qu'il me proposait de passer la journée en sa compagnie, s'étaient dissipées. Il n'y avait pas de gêne entre nous, pas de silences embarrassés.

Il m'a conduite jusqu'à une pierre tombale sobre, en forme de croix.

– Voilà. Nous y sommes, a-t-il dit.

J'ai lu l'épitaphe :

Étienne Beauregard-Delorme
1993-1998

Mon sang s'est figé. J'ai été prise d'un violent tremblement.

– Tu le connaissais ? ai-je lancé, au bord de l'hystérie.

– Non.

Je me suis retenue pour ne pas éclater en sanglots.

– Qui t'a chargé de me retrouver ?

La réponse a fusé sans hésitation :

– Personne.

Je n'avais donné signe de vie à personne depuis mon départ, quelques mois après la mort du gamin. Par mesure de précaution, j'avais loué mon appartement sous le nom de famille de ma mère, annulé mes cartes de crédit, retiré tout l'argent de mon compte bancaire et omis de renouveler passeport, carte d'assurance-maladie et permis de conduire. Mon numéro de téléphone mobile était confidentiel. J'avais bien brouillé les pistes. J'avais disparu de la circulation. Du moins, je le croyais.

– C'est Stefan ? Mon père ?

Miles m'a regardée droit dans l'âme, d'un air affligé.

– Personne ne m'envoie, Simone. Personne.

Il disait la vérité. Je ne savais pas comment, ni pourquoi.

Il *savait*.

Adossée à un arbre, je fixais un point à l'horizon, le regard vide. Le sillon des larmes était probablement encore visible sur mes joues.

Cherchant peut-être une forme de réconfort de sa part, j'avais révélé mon secret à Miles et fait le jour sur le puits sans lumière où je me cachais depuis trop longtemps.

Avais-je eu raison de me confier à lui ?

Tandis que je parlais, il s'était contenté de hocher la tête de haut en bas, sans prononcer une seule parole. Ce n'est qu'au moment où nous nous étions remis en route que sa main s'était posée sur la mienne, avec la douceur d'un papillon.

La lumière du jour commençait à décliner.

Un oiseau chantait par habitude, sans grande conviction.

Nous sommes sortis par la grille de la voie Camillien-Houde. Nous n'avions croisé âme qui vive de toute la visite.

Je me sentais vaguement nauséeuse, désorientée, mes jambes flageolaient. Je me remettais avec difficulté du choc que je venais de subir. Mon esprit dérapait, échafaudait toutes sortes de théories. Je ne savais plus quoi penser. J'avais besoin de comprendre.

— Miles, ce que tu m'as dit tout à l'heure sur la ligne entre une bonne et une mauvaise décision, tu le pensais vraiment?

Il m'a regardée avec intensité.

— Oui.

— Et cette stèle que tu m'as montrée, tu ne vas pas prétendre qu'il s'agit de synchronicité?

Il a baissé la tête.

— Non, a-t-il admis.

Il faisait déjà nuit. Une grosse lune écarlate naviguait dans le ciel, semblable à une montgolfière en feu. Nous sommes passés sous le viaduc et avons regagné l'appartement.

— Ce que je viens de te confier à propos du gamin... tu le savais, n'est-ce pas?

3.

La matinée s'annonçait plutôt bien pour Victor Lessard, sergent-détective du SPVM[1].

Il avait expédié ses rapports dès 8 h. Il avait ensuite participé au briefing des patrouilleurs, donné des directives, revu les affaires en cours.

Outre un réseau de recel de voitures qu'ils n'arrivaient pas à coincer, les choses tournaient rondement au poste 11 du quartier Côte-des-Neiges.

Il finit tôt de rappeler les gens qui lui avaient laissé des messages, ce qui lui laissait du temps avant le lunch pour fouiller sur Internet à la recherche d'informations au sujet du parc national de Banff. Il n'avait pas fermé la porte de son bureau par habitude : cette fois, il ne voulait pas être dérangé.

Tout en ouvrant son fureteur, il constata qu'il se sentait beaucoup mieux. Il n'avait pas bu une seule goutte d'alcool depuis trois mois. Bon, d'accord, il y en avait dans son rince-bouche, mais il faisait de son mieux depuis l'adolescence pour éviter d'en avaler.

Bien qu'ayant encore quelques kilos à perdre, il avait repris sa vie en main. Il s'était remis à l'entraînement. Une demi-heure de jogging au réveil, suivie d'une courte séance de musculation. Il s'était en outre inscrit à des cours de salsa.

Il était loin de se douter que les prochains jours allaient le propulser encore une fois dans la tourmente.

Le plus difficile demeurait de vivre sans Marie et les enfants. La veille, il s'était arrêté devant la maison. Par la fenêtre de la cuisine, il avait vu son ex-femme et sa fille rire et s'affairer. Son fils, Martin, était encore sorti.

---

[1]Service de police de la Ville de Montréal.

Il s'en voulait de l'avoir frappée.

Marie avait accepté bien des écarts de conduite, elle l'avait soutenu dans son épreuve, mais, ce soir-là, il était allé trop loin. Malgré les fleurs, les cadeaux, ses multiples demandes de pardon et ses tentatives pathétiques pour rejeter le blâme sur le traumatisme professionnel qu'il avait vécu, elle s'était montrée intraitable : elle ne renoncerait à porter plainte que s'il partait. Pire, elle ne le laisserait approcher les enfants de nouveau que le jour où il aurait arrêté de boire depuis un an.

Elle avait eu raison.

Il les entraînait dans sa chute libre. Son influence sur l'éducation des enfants s'avérait nocive. À présent, il ne savait plus rien d'eux, si bien que parfois il les filait pour connaître leurs fréquentations. Il y avait tant de pièges à éviter. Surtout pour Martin, qui sortait à peine de l'adolescence.

Lorsqu'elle s'était rendu compte qu'il les suivait, Marie avait piqué une colère si terrible qu'il avait promis de ne pas récidiver. Mais, certains soirs, il ne pouvait se retenir.

Les cours de salsa auxquels il s'était inscrit l'aidaient à combattre sa solitude. Une femme lui en avait donné l'idée à une réunion des AA. Mais il n'en parlait jamais au poste. On aurait mis en doute sa masculinité.

Il estimait navrant qu'encore aujourd'hui il faille éviter de dévoiler sa vulnérabilité, sous peine d'être marginalisé. Quoi qu'on en dise, il considérait que la police demeurait un environnement profondément machiste.

Il en avait payé le prix : il avait attendu d'avoir atteint le fond du baril, attendu que Marie le jette dehors pour consulter de son plein gré la psychologue du service.

Il n'arrivait toujours pas à se pardonner la mort de deux de ses hommes survenue l'année précédente, mais il comprenait mieux pourquoi il en avait tant été affecté et, surtout, pourquoi il s'était réfugié dans l'alcool. Il demeurait fragile, certes, mais dorénavant, il se savait mieux outillé pour faire face à ce genre de situations.

À quarante-trois ans, après une période noire où il avait même pensé à s'enlever la vie, il commençait à nouveau à faire des projets. En juillet, il retournerait voir Marie.

Qu'il ait arrêté de boire depuis un an ou non, il exigerait la garde partagée. À la fin de l'été, il emmènerait les enfants camper dans les Rocheuses.

Il prit une gorgée de café.

Il se préparait à lancer une recherche sur Google lorsqu'on frappa à la porte. Une jolie Sud-Américaine en uniforme passa le torse dans l'entrebâillement.

– Excuse-moi de te déranger, Vic.

– Mmm?... grommela Lessard sans lâcher l'écran des yeux.

– Le *dispatch* du 911 rapporte un cas de délit de fuite sur Côte-des-Neiges.

– Des morts, des blessés?

– Je ne sais pas. Il paraît qu'il y a un témoin qui attend sur place.

– Un patrouilleur...

– Pardon?

– Envoie un patrouilleur, Fernandez.

– Nguyen est sur un cas de violence conjugale, Chagnon dans l'Est pour un transfert de détenus, et Thibodeau donne présentement une formation en prévention aux enfants de l'école Notre-Dame-de-Grâce. Il n'y a que Vinet en disponibilité pour les urgences, tous les autres ont été appelés en renfort au pont Jacques-Cartier.

– Encore *Fathers for Justice*?

– Oui. Il y a un embouteillage monstre.

C'était la troisième fois depuis le début de l'année qu'un individu déguisé en super héros escaladait le pont et tenait les forces de l'ordre en haleine au nom de cette organisation militant pour les droits des pères de famille. Malgré sa situation familiale difficile, Lessard n'était pas particulièrement favorable à l'organisation, dont il désapprouvait les moyens d'action.

Le vrai problème, à son sens, était en amont. Il était devenu difficile d'élever des enfants au Québec. Dopé par la mondialisation, le rythme de travail, calqué sur celui des

Américains, s'avérait inhumain. Sans compter les emplois perdus aux mains de pays produisant à plus faibles coûts, où l'on exploitait la main-d'œuvre. Deux ans plus tôt, les élections provinciales l'avaient captivé. On y parlait pour la première fois de conciliation travail-famille.

Pour lui, le cœur du problème était là. S'il avait travaillé moins, peut-être aurait-il pu consacrer davantage de temps à sa famille. Le Québec avait besoin de changements radicaux. On parlait *ad nauseam* de santé et de programmes sociaux. Mais qu'est-ce que ça voulait dire au juste si l'on ne pensait pas d'abord au noyau de la société, la famille? Les bonnes intentions s'étaient envolées, puisque peu de mesures tangibles avaient été prises depuis.

Même si la culture de la police changeait depuis quelques années, Lessard parlait peu de ce genre de choses. Pourtant, la semaine précédente, il avait surpris tous ses collègues en se portant à la défense de Pearson. Ce dernier avait eu un fils en début d'année et son retard à une réunion avait provoqué les sarcasmes de Sirois. Lessard avait soutenu qu'ils devraient penser un peu plus à la famille dans leurs réunions syndicales. Venant de celui que tous considéraient comme un *workaholic* fini, cette déclaration avait provoqué un long silence embarrassé.

— Envoie Pearson ou Sirois.

— Leur quart commence à 13 h, répondit Fernandez.

— Merde!

— Veux-tu que j'envoie l'appel à un autre poste?

— Surtout pas! dit-il en haussant le ton.

Ils répondraient à leurs appels! Lessard n'avait surtout pas envie de donner au commandant Tanguay matière à se gargariser avec les concepts d'honneur et d'intégrité qu'il leur servait à toutes les sauces et sur tous les tons.

Parfois, il en avait marre de leurs nouvelles idées. Ce n'était déjà pas facile d'être flic avant. Depuis l'établissement des postes de quartier, il avait l'impression que le service à la clientèle l'emportait sur les résultats. Ses supérieurs accordaient une trop grande importance à l'image de la police, au détriment du travail d'enquête.

Il était policier, pas politicien ni bureaucrate!

Il avait été formé pour coincer les malfaiteurs, pas pour rassurer les élus municipaux ou une association de personnes âgées. Qu'on lui fiche la paix! D'autant qu'il devait composer avec des effectifs réduits.

— Ça me fait chier, déclara-t-il en se levant.

— Merci, Vic. Tu es une soie! fit Fernandez, souriant en coin.

— Mmm.

Le témoin de l'accident, qui tenait un chien en laisse, était un homme très âgé. Il portait des lunettes si épaisses que Lessard se demanda même s'il pouvait y voir à quelques mètres devant lui.

Peut-être avait-il imaginé tout ça. Trop souvent, des vieux marqués par la solitude, en manque de contact humain, téléphonaient à la police.

Le policier marcha vers l'homme, ils se serrèrent la main.

— Victor Lessard, police de Montréal.

— Hilaire Gagnon.

— Racontez-moi ce qui s'est passé.

— Je promenais mon chien. Butor a besoin de marcher, même s'il a une mauvaise patte.

Lessard eut un mouvement de recul devant l'animal, un labrador à poil blond qui ne broncha pas. Il abhorrait les chiens.

— Je marchais sur le trottoir. J'ai entendu la voiture rouler à toute allure, dans mon dos, puis il y a eu un bruit de tôle froissée. C'est là que je me suis retourné.

— Qu'est-ce que vous avez vu?

— Une voiture noire qui filait pleins gaz. Elle a tourné le coin en faisant crisser les pneus. Puis j'ai vu une forme étendue sur la chaussée.

— La victime?

— La jeune femme, oui. Je me suis approché. Elle semblait dormir. J'ai mis mon oreille près de sa bouche. Elle respirait.

— Et après?

— D'autres personnes sont arrivées. Un jeune homme a appelé une ambulance. Un autre l'a couverte avec son manteau. L'ambulance l'a emmenée quelques minutes avant votre arrivée.

— Ensuite?

— C'est tout.

— Avez-vous entendu la voiture freiner avant l'impact?

— Non.

— Le numéro de plaque, vous l'avez relevé?

— Non, malheureusement. Ma vue n'est plus aussi bonne qu'avant. Mais c'était une voiture de luxe, ça, j'en suis sûr. Probablement une Mercedes, comme celle de mon petit-fils, un banquier qui se prend pour le nombril du monde. Les jeunes croient tout savoir de nos jours.

— Mercedes? Vous êtes sûr?

— Je crois que oui, reprit le vieillard.

Lessard se contint. Il n'arriverait à rien avec ce témoin.

— Modèle récent?

— Assez.

Le policier soupira. Il inscrivit les renseignements dans son calepin.

— Les phares… ils étaient ronds, rectangulaires?

— C'était peut-être une Lexus, à bien y penser.

Lessard lui tendit calepin et stylo avec impatience en lui demandant d'inscrire ses coordonnées.

Tandis que le vieux faisait ce qu'il lui avait demandé, le policier s'approcha de l'endroit où avait eu lieu la collision. Pas de sang ni de traces de freinage. Bizarre.

Probablement encore un cas d'ivresse au volant.

Alors qu'il prenait des notes devant le café, une jeune femme paniquée l'interpella. Il peina à décrypter ce qu'elle disait, tant elle parlait vite.

— Calmez-vous, madame, et parlez plus lentement.

Elle prit une grande inspiration.

— C'était Simone dans l'ambulance? Elle a eu un accident, c'est ça? Oh! mon Dieu!

Lessard se lissa le menton.

— Simone?

— Simone Fortin, ma meilleure amie. J'ai dû remonter au bureau quelques minutes. Je devais la rejoindre au café. Elle n'y était pas. Et puis, j'ai vu l'ambulance partir. Dites-moi qu'elle n'est pas morte!

— Elle ressemble à quoi?

Elle lui fournit une brève description : taille, poids, couleur des cheveux, etc.

— Votre nom?

— Je m'appelle Ariane Bélanger.

Elle le regarda d'un air anxieux. Il aurait bien aimé la rassurer. Mais que lui dirait-il? Il ne savait rien encore.

— Écoutez, madame Bélanger, une femme a été renversée par une voiture, mais je ne connais pas encore son identité.

Ariane porta une main à sa bouche, l'air horrifié.

Il avait encore gaffé. Il était incapable de nuances ou de délicatesse lorsqu'il s'exprimait. Tout sortait dru et sec alors qu'à l'intérieur il éprouvait de la compassion.

— Est-ce qu'elle est... ?

— Morte? Non. Mais je n'ai pas plus de détails pour l'instant.

La jeune femme fondit en larmes. Lessard mit une main sur son épaule. Il aurait voulu être ailleurs, mais il adopta un ton rassurant :

— Ce n'est pas nécessairement votre amie qui a été frappée. Ça arrive souvent avec les personnes portées disparues. On les croit mortes et elles réapparaissent au bout de quelques jours. Si ça se trouve, votre amie est déjà revenue au bureau à l'heure qu'il est.

Ariane appela la réceptionniste de Dinar. Simone n'était pas rentrée. Agacé que ses tentatives d'encouragement se flétrissent aussi rapidement, Lessard sortit son carnet.

— Votre adresse?

Il nota le numéro de porte, avenue Docteur-Penfield.

— Téléphone?

Lessard était de la vieille école. Il n'avait jamais pu s'habituer aux formulaires obligatoires pour les rapports d'incidents.

Sur le terrain, il conservait cette habitude de noter à la volée tout et rien : ses impressions, les coordonnées des témoins, la température, etc.

Il marqua une hésitation.

– J'ai oublié votre prénom.

Une mèche de cheveux lui tombait dans l'œil. Elle souffla dessus pour l'écarter.

– Ariane.

Lessard nota, puis il appela Fernandez. En portant le récepteur à son oreille, il échappa son carnet. L'homme aux lunettes noires qui attendait l'autobus à côté d'eux se pencha pour le ramasser et le lui tendit. Le policier le remercia d'un signe.

– Nadja, j'ai pris la déposition du témoin. D'après lui, je suis arrivé quelques minutes après l'ambulance. Téléphone à Urgences-santé et retrouve l'hôpital où on a conduit la victime. Femme de race blanche, début de la trentaine, environ un mètre soixante-dix, cinquante-cinq kilos, cheveux roux. Ça pourrait être une dénommée Simone Fortin. J'ai avec moi l'amie qui devait la rejoindre.

– Parfait, Vic, je vais voir ce que je peux trouver.

– Hé ! Fernandez, envoie un message à tous les patrouilleurs en service. On cherche une berline noire. Lexus ou Mercedes, selon le témoin. Pas de numéro de plaque.

– C'est vague.

– Je sais. Il n'y avait pas de sang sur les lieux, ça me surprendrait qu'on en trouve sur la voiture. La carrosserie ou le pare-chocs sont probablement endommagés.

– C'est noté.

– Tu me téléphones dès que tu as du nouveau, OK ?

– Ouais.

– Nadja ?

– Mmm…

– Tu es un ange.

– Je sais.

Il raccrocha et se tourna vers Ariane, dont le faciès était décomposé par l'inquiétude.

– Allons prendre un café, dit Lessard en poussant la porte de l'établissement.

– D'accord, balbutia-t-elle.

– Ça ira, ne soyez pas inquiète. Nous allons la retrouver et je vous conduirai à l'hôpital.

Il rougit. Il mentait aussi mal qu'un arracheur de dents.

• • •

Près de l'arrêt d'autobus, l'homme aux lunettes noires regarda Victor Lessard et Ariane Bélanger entrer dans le café. Il avait tout entendu de leur conversation. Calmement, il sortit son propre calepin et nota le nom, l'adresse et le numéro de téléphone de la jeune femme.

Ça pourrait toujours servir.

Il s'en voudrait toujours de ne pas avoir suivi son plan, mais l'heure n'était pas au bilan et son escapade s'avérait plus riche en renseignements qu'il ne l'avait escompté.

D'abord, il avait obtenu la confirmation tant espérée : Simone Fortin n'était pas morte.

Ensuite, il avait appris que la police recherchait une Lexus ou une Mercedes, ce qui lui laissait une certaine marge de manœuvre. Enfin, il obtenait les coordonnées d'une proche de sa victime.

Il ne servait plus à rien de s'attarder.

L'homme repartit en direction de la pharmacie en face de laquelle il avait garé la BMW. Il mettrait d'abord la voiture en lieu sûr et appellerait ensuite Urgences-santé.

• • •

Le blanc-bec aux allures de rappeur s'activait sous le tableau de bord de la BMW.

– Grouille, *man*, on n'a pas toute la journée, lança Jimbo, un jeune boutonneux à casquette.

– *Chill, man*, répondit Snake.

Si les systèmes modernes étaient faciles à neutraliser pour un voleur expérimenté comme Snake, faire démarrer une

740i 1994 sans dispositif antivol était presque une insulte à son intelligence.

Le moteur se mit à tourner.

— Combien?

— Trente-deux secondes, dit Jimbo. T'es le roi, *man*. Le roi!

Ils quittèrent l'avenue Forest-Hill en faisant crisser les pneus et roulèrent vers l'est en dépassant le centre-ville. Quinze minutes plus tard, ils garèrent la voiture dans le garage désaffecté qui leur tenait lieu de tanière.

— Passe-moi-le, envoye, grouille!

— *Chill, man.*

— Laisses-en pour les autres.

— Relaxe, *man*.

Snake tendit le joint et se laissa retomber en arrière, sur la banquette de cuir. La drogue commençait à l'engourdir. Rien de trop solide. Depuis son overdose de l'année précédente, il faisait attention: que du cannabis ou parfois un peu de cocaïne.

Le contour des traits de Jimbo s'effaçait, se faisait de plus en plus flou. Ses yeux devenaient des phares et sa bouche, un profond abîme. Snake eut un brusque accès de rire qui dura une longue minute. Il se calma progressivement, puis il franchit un nouveau seuil.

Il était vraiment gelé.

— *Chill, man*!

Snake n'avait qu'un rêve: amasser suffisamment d'argent pour partir en Floride et ouvrir une école de skate avec Jimbo.

Le skate, il avait ça dans le sang, ça oui. Il était capable de faire des trucs hallucinants avec une planche, il se faufilait entre les obstacles comme un serpent.

D'où son surnom.

Et la Floride, c'était cool: les States, le soleil, les filles, la plage. Sa mère et sa sœur lui manquaient un peu, son père pas du tout. Il les avait abandonnés… C'était un minable.

Jimbo et lui volaient des voitures depuis six mois et les fourguaient à un réseau organisé. On leur donnait cent cinquante dollars pièce pour les voitures neuves, cinq cents pour les marques les plus demandées.

Depuis, ils avaient gagné environ trente-cinq mille dollars et en avaient dépensé un peu plus de la moitié. Snake croyait qu'ils avaient besoin d'au moins cent mille avant de passer la frontière.

Le parfum âcre flottant dans l'air le prit à la gorge. Il planait.

Il regarda ses bras couverts de tatouages. Avait-il encore de la place pour un autre?

— Hé! Snake!

— Quoi? Qu'est-ce qu'il y a?

— Tu pues. C'est dégueulasse.

— Tu capotes, *man*. T'as la bouche trop proche du nez.

— Non. J'te dis que ça pue. Y a une drôle d'odeur ici.

— On s'en fout. On s'en débarrasse demain, dit Snake. Tool va nous donner deux cents piastres pour celle-là.

Jimbo se mit à syntoniser les chaînes de radio au hasard.

— Hé! Jimbo. Écoute…

Un bruit sec fusa.

— Tu pètes! T'es vraiment dégueulasse. Je savais que c'était toi qui puais.

4.

Lessard fut surpris de trouver les mots justes pour rassurer Ariane Bélanger.

Il réussit en outre à la convaincre de rentrer au bureau. Pour ce faire, il lui promit de lui téléphoner dès qu'il aurait trouvé l'hôpital où avait été admise son amie, «ce qui ne saurait tarder», n'avait-il pas manqué d'ajouter.

Pas mal, cette fille. Un peu ronde, mais jolie. Il n'avait pas remarqué d'alliance. Était-elle seule ou mariée?

Bah, à quoi bon penser à ça? Quelqu'un s'intéresserait-il encore à lui? Il bandait mou, il n'avait plus ce qu'il faut pour charmer une femme. Pourtant, il ne put s'empêcher de se demander à quand remontait sa dernière rencontre avec quelqu'un d'aussi intéressant.

Il fouilla dans sa mémoire, sans réussir à trouver. Si son mobile n'avait pas cessé de bourdonner, il aurait peut-être même osé lui proposer de dîner en sa compagnie.

Mais, dans le quart d'heure qu'ils avaient passé ensemble à boire un café, le commandant Tanguay l'avait relancé à trois reprises. Celui-là choisissait mal sa journée pour demander un complément d'information dans le dossier des vols de voiture. Le maire s'impatientait, avait-il tenu à préciser à Lessard pendant leur entretien.

Celui-ci avait failli répondre que le maire devrait commencer par s'occuper de ses oignons, en l'occurrence faire réparer les nids-de-poule et éliminer les détritus qui poussaient comme des pissenlits aux quatre coins de la ville. Mais il s'en était abstenu. Ce job était tout ce qui lui restait.

En vérité, il aurait dû laisser à d'autres le soin de traiter cette affaire de délit de fuite. Il était enquêteur, après tout.

Mais son poste manquait cruellement d'effectifs et Lessard ne pouvait se résoudre à laisser ceux des quartiers voisins empiéter sur son territoire.

Plutôt que de rentrer au bureau, il décida de passer à son appartement pour prendre une douche rapide avant sa réunion des AA.

Il quitta la rue Sherbrooke et prit à gauche sur l'avenue Oxford, où il habitait depuis sa séparation.

Lessard affectionnait le quartier Notre-Dame-de-Grâce.

Les cottages de style anglais et les arbres matures formaient une bulle qui faisait oublier la proximité du centre-ville.

La nouvelle génération de propriétaires qui s'y était installée depuis le début du nouveau millénaire se composait en majorité de jeunes familles.

Des enfants couraient dans les ruelles et les cours d'école, des couples poussaient des landaus, l'arrondissement fourmillait de vie, même en hiver.

L'artère commerciale qui traversait le quartier, l'avenue Monkland, avait aussi été revitalisée : cafés, bistrots, restaurants et boutiques y fleurissaient.

La rue Sherbrooke connaissait le même genre d'essor. Des épiceries coréennes, arabes, chinoises et thaïlandaises s'y côtoyaient pour le plus grand bonheur de Lessard, qui apprivoisait lentement les rudiments de la cuisine.

Tout n'était pas encore parfait, loin de là.

Le dimanche, lorsqu'il allait jogger au parc Marcil, de trop nombreux papiers jonchaient encore le sol. Lessard ne s'en étonnait pas : protégés par une convention collective blindée, les cols bleus ne faisaient pas leur travail.

Les deux côtés de la rue étaient pleins de voitures alignées les unes derrière les autres. Lessard passa devant son immeuble, guettant une place libre. Il roulait trop vite et dut freiner en catastrophe lorsqu'un père et son enfant jaillirent entre deux véhicules garés. Il haussa les épaules en guise d'excuses lorsque le père, furieux, frappa du poing sur le capot de sa Corolla.

Quelle journée de m…!

Il passa une main sur son visage. Ses doigts touchèrent le morceau de papier hygiénique collé sur l'éraflure qu'il s'était faite en se rasant.

Tu t'es promené toute la matinée avec du papier de toilette sur le menton! Bravo, Lessard!

Il pensa soudainement à sa sœur, à qui il n'avait pas reparlé depuis décembre. Il se dit qu'il devrait lui donner un coup de fil. C'était lui après tout qui s'était effondré ivre mort sur la table en plein réveillon de Noël.

Lessard se rangea derrière une grand-mère qui venait de monter dans son véhicule, dans l'espoir d'hériter de sa place de stationnement. Il attendit une longue minute, puis pesta lorsqu'il vit la mamie ressortir de la voiture pour s'engouffrer dans un immeuble.

Il renonça dès lors à trouver une place et se gara en double file. En sortant de la voiture, il glissa sur une plaque de glace et se retrouva sur les fesses.

Des gamins qui passaient par là le virent et ne purent s'empêcher de pouffer de rire. Il brandit le poing dans leur direction.

— Mes petits tabarnacs!

Il glissa la clé dans la serrure, ouvrit la porte de son appartement et vit le tas de linge sale sur le divan.

Il avait complètement oublié le lavage!

Il jura intérieurement. Il détestait devoir porter un caleçon sale après avoir pris sa douche.

Il se sentit tout à coup découragé. Il n'y arriverait pas. Il pensa à se cacher sous les couvertures avec un verre. Un tout petit verre de rien du tout.

Ne gâche pas tout, Lessard.

●   ●   ●

Il enleva ses lunettes noires et ratissa frénétiquement l'avenue Forest-Hill, mais il savait qu'il ne s'était pas trompé d'emplacement.

La BMW avait disparu! Comment diable était-ce possible?

Il ne put s'empêcher d'exprimer sa frustration en donnant des coups de pied sur un mur de brique. Lorsqu'un passant lui lança un regard intrigué, il s'efforça de se ressaisir. Il n'était pas question de perdre le contrôle.

Pas maintenant.

Il nota qu'il n'y avait aucune interdiction de stationner à l'endroit où il s'était garé. De toute façon, la voiture n'aurait pas été remorquée pour une simple entorse aux règles de stationnement. Il eut beau retourner le problème dans tous les sens, il revenait toujours aux deux mêmes hypothèses : soit la police avait découvert le véhicule, soit il avait été volé.

Il faillit entrer séance tenante dans la pharmacie afin de questionner les employés. Peut-être avaient-ils vu quelque chose, aperçu une remorqueuse dans les parages ou encore la police. Il se ravisa au dernier instant.

Cette fois, il réfléchirait avant d'agir.

Perdu dans ses pensées, il continua de marcher jusqu'à un restaurant qu'il avait remarqué plus tôt. Il avisa une table en retrait et commanda un café.

Bien que rien ne pût de prime abord le relier directement à la première victime, l'éventualité que la police ait déjà saisi la voiture n'était pas de bon augure. Même s'il avait pris toutes les précautions possibles, un simple oubli de sa part risquait de les mettre sur sa trace.

Les fouille-merdes de la police finissent toujours par trouver un indice dans le tas!

Il plongea dans sa mémoire. Avait-il oublié quelque chose de compromettant dans la voiture, quelque chose qui leur permettrait de l'identifier par exemple? Il lui sembla que non.

Mais comment en être certain?

L'hypothèse du vol présentait moins de risques à court terme.

S'il trouvait le corps, un voleur abandonnerait la BMW dans une rue peu fréquentée, après avoir pris soin d'effacer ses empreintes. Aussi douteuse qu'elle pût paraître, il penchait en faveur de cette hypothèse. Il avait entendu l'enquêteur transmettre ses directives au téléphone. La police ne recherchait pas la bonne marque de voiture.

S'il voyait juste, le vol ne lui donnerait qu'un répit somme toute relatif : peut-être quelques heures avant que la voiture ne se retrouve de nouveau dans la rue, tout au plus quelques jours avant que l'odeur du corps n'attire l'attention d'un passant.

Une bouffée de rage lui monta au cœur. Il s'était préparé avec minutie et, maintenant, son plan volait en éclats. Il frappa du plat de la main sur la table. Les conversations s'arrêtèrent, quelques visages se tournèrent vers lui.

Il fit semblant de s'être cogné le coude pour détourner l'attention.

Sa colère passée, la situation lui apparut clairement.

Le risque que l'on retrouve la BMW et que l'on remonte jusqu'à lui avant qu'il n'ait mené son projet à terme était trop important.

Il devrait dorénavant agir avec un minimum de préparation.

Il se moquait totalement de ce qui lui arriverait par la suite s'il était arrêté. L'important était de réussir.

Une solution de contournement germait peu à peu dans son esprit.

Elle devait voir.

À moins d'un miracle improbable, le premier corps était perdu. Cependant, il lui restait les photos. Il songea que le fait de vouloir conserver le corps de sa troisième cible compliquait la situation et augmentait le risque d'être pris.

Avant de mourir elle-même, elle devait voir.

La mise en scène qu'il avait prévue ne serait plus possible, mais avec des photos, il pourrait lui organiser une projection. Et aussi alimenter le blogue.

Tout n'était pas perdu.

Il dressa un inventaire mental : qu'avait-il oublié dans la voiture ?

Comme il avait laissé ses vêtements de rechange dans la chambre de motel et son ordinateur portable dans le sac à dos, il ne lui manquait en somme que le matériel photographique et les fioles dérobées la veille à la pharmacie. Pour le matériel photographique, il pourrait toujours s'arranger, acheter un appareil bon marché dans une boutique. Par contre, remplacer les fioles serait drôlement plus ardu en plein jour. Pas question de braquer une autre pharmacie.

Il posa un billet de cinq dollars sur la table et sortit.

Par acquit de conscience, il refit le trajet jusqu'à la pharmacie en cherchant la BMW du regard. Si la voiture avait disparu, le pharmacien, pour sa part, était encore dehors à griller une cigarette.

Il faut vraiment manquer de volonté pour être incapable de s'arrêter.

Il décida de rentrer au motel où il pourrait mieux s'organiser. Il allait rebrousser chemin lorsque le fumeur le héla.

— Cherchez-vous quelque chose?

— Non, je…

Son premier réflexe avait été de nier, mais il se ravisa. Si le pharmacien avait remarqué ses allées et venues, peut-être avait-il aussi eu connaissance du vol de la voiture.

Ce dernier n'avait remarqué ni la BMW ni d'activité particulière et proposa de téléphoner à la police. L'autre lui dit que c'était déjà fait.

Son cerveau fonctionnait à toute allure. Il décida de risquer.

— Mes antidépresseurs sont restés dans le véhicule. Pourriez-vous m'aider?

— Bien sûr. Avez-vous votre prescription?

— Non. Tout était dans la voiture.

Le pharmacien écrasa son mégot contre la brique du bâtiment et le jeta dans la neige.

— Entrez, je vais vérifier la base de données.

Il avait prévu la question.

— C'est que… j'habite en Ontario.

La banque de données ne permettrait sans doute pas au pharmacien de retracer l'ordonnance d'une autre province. L'Asiatique hésita, scruta le visage de bon père de famille de l'homme.

— De quel médicament s'agit-il?

— Amytal. Un barbiturique.

Le pharmacien secoua la tête.

— Écoutez, j'aurais aimé vous aider. Pour un autre type de produit, j'aurais pu vous dépanner en vous fournissant quelques doses. Mais, dans votre cas, il serait préférable de consulter votre médecin.

— Je comprends, dit-il, sans la moindre expression.

Plus loin dans la rue, il héla un taxi.

• • •

Une contravention attendait Lessard sur le pare-brise de sa voiture. Dépité, il frappa du poing sur le tableau de bord, mais ne réussit qu'à se meurtrir les jointures.

Son retard à la réunion des AA lui valut une remontrance de la part de son parrain. La discipline était importante, lui fit-on remarquer. Elle pourrait lui éviter une rechute. Il eut envie de flanquer un grand coup de poing sur la gueule du type qui débitait de telles âneries, mais se retint.

Après la réunion, il rentra chez lui prendre une bouchée. Il songea à réchauffer une portion du couscous au mouton qu'il s'était concocté la veille. Dans les derniers mois, Lessard s'était découvert un intérêt pour la cuisine et il glanait des recettes ici et là, tantôt auprès de collègues, tantôt sur Internet.

Il avait déniché dans la foulée une épicerie arabe où il s'approvisionnait en denrées exotiques. La veille du jour de l'An, il s'était arrêté au comptoir à épices, échangeant quelques regards et sourires appuyés avec la vendeuse, dont les yeux d'ambre avaient hanté sa nuit. Le lendemain, il s'était décidé à y retourner pour l'inviter à prendre un verre, mais ne l'y avait pas trouvée.

Depuis, avec la régularité d'un métronome, il se rendait au supermarché Akhavan chaque semaine, le cœur gonflé d'espoir à l'idée de la revoir. Il n'osait pas laisser de message à son intention, le rêve et le mystère de cette situation non résolue le nourrissant davantage que le froid passage à l'acte. Parfois, il se convainquait qu'une formidable aventure avec cette fille l'attendait au détour et il savourait le fait que rien n'était encore joué, que tout demeurait possible, devant lui.

Jugeant le couscous trop bourratif, il se confectionna une salade avec des concombres et des tomates, qu'il mangea en regardant un documentaire sur Mohamed Ali qu'il avait enregistré.

C'était sa nouvelle passion. Il n'était pas un amateur de boxe, mais il ne se lassait pas de regarder les exploits de cet homme qui avait toujours su rebondir, même lorsqu'on le comptait pour battu. C'était peut-être cette force, cette détermination, cette extrême confiance en ses moyens qu'il enviait au boxeur.

La salade ne l'avait pas rassasié. Il avait, sans s'en rendre compte, grignoté des craquelins durant tout le combat contre Sonny Liston. Il faudrait qu'il se reprenne le lendemain.

En aurait-il seulement la force?

Lessard rentrait au poste en voiture lorsque le téléphone sonna. Il pensa à laisser l'appel filer dans sa boîte vocale, mais, pour un policier, répondre au téléphone est une seconde nature.

— Tu ne vas pas le croire, dit Fernandez, mais le répartiteur d'Urgences-santé n'arrive pas à localiser l'ambulance qui a transporté la victime.

— Simone Fortin? Nadja, c'est pas le moment pour un poisson d'avril.

— Non, je t'assure. Selon lui, aucun de leurs véhicules ne se trouvait dans ce secteur à l'heure de l'accident.

— Il se trompe. Des témoins ont vu des ambulanciers amener la victime. Fais le tour des hôpitaux.

— J'ai déjà demandé à Sirois.

Décidément, Fernandez était d'une efficacité qu'il tenait trop souvent pour acquise.

– OK. Tiens-moi au courant.

Il raccrocha, étonné. Cette histoire ne tenait pas debout.

5.

Étienne Beauregard-Delorme.

J'étais secouée. Les souvenirs que Miles venait de réveiller étaient toujours douloureux. Pourtant, je me sentais également soulagée. Était-ce le fait de m'être confiée à quelqu'un qui ne semblait pas me juger? Ou encore les paroles qu'il avait eues le matin?

La ligne est parfois mince entre une bonne et une mauvaise décision.

Je m'étais répété cette remarque des milliers de fois depuis sept ans. Mais pourquoi diable était-ce plus crédible dans la bouche d'un inconnu?

J'avais vécu une vie d'ascète depuis la mort du gamin, une existence cafardeuse où je m'étais réfugiée sur un atoll de solitude, duquel j'avais coupé un à un tous les ponts rattachés à mon passé. J'avais agi par nécessité, par instinct de survie, comme le dernier réflexe d'un mammifère pris au piège. Pour la première fois depuis plusieurs années, j'ai senti que j'éprouvais de l'intérêt pour une autre personne: j'avais envie d'en savoir plus sur Miles.

Nous étions assis côte à côte sur le canapé. J'ai englouti un troisième verre de vin en claquant la langue. Je ne me reconnaissais pas.

— Es-tu marié?

Son visage s'est assombri.

— Je l'étais. Elle est morte de la leucémie.

Une autre question du genre et il s'ouvre les veines devant toi.

Mon bolide lancé, je ne pouvais plus reculer: j'irais inexorablement m'aplatir comme une mouche sur un pare-brise.

– Désolée. J'imagine que tu l'aimais beaucoup?

– Énormément. Nous avons eu un fils. Il avait cinq ans lorsqu'elle est partie.

– Quel âge a-t-il maintenant?

– Aux dernières nouvelles, il avait vingt ans.

– Tu as un fils de vingt ans!

– J'avais vingt-deux ans quand il est né, s'est remémoré Miles en riant.

Ça lui faisait quarante-deux ans. Je lui en aurais donné trente-cinq.

– Il n'habite plus avec toi?

– Non, en fait je ne l'ai pas vu depuis longtemps.

– Pourquoi?

– Il a vécu des choses difficiles. Et quand il est malheureux, il a la mauvaise habitude de chercher refuge dans l'alcool. Je tente d'entrer en contact avec lui régulièrement, mais il s'isole. Et plus j'essaie, plus il se referme.

– Ça va lui passer.

– Je l'espère. Lorsqu'il est sobre, c'est une personne extra-ordinaire. Tu l'aimerais bien, je crois. (Il semblait perdu dans ses souvenirs.) C'était un gamin brillant et timide, avec une passion pour les jeux d'adresse intellectuelle. À sept ans, il m'écrivait déjà des messages codés en anagrammes. Le passage à l'école a été difficile. Il était plutôt solitaire, pas très habile socialement. Tu vois le portrait?

Je suis restée silencieuse, ne sachant que répondre.

– C'était un enfant si attachant. Je garde tellement de bons souvenirs. Une fois, au chalet de Trois-Pistoles, on a enterré un coffre avec des souvenirs qu'on s'était promis de déterrer ensemble en l'an 2000, a dit Miles d'une voix étranglée par l'émotion.

J'ai compris que le père et le fils n'avaient pas respecté cette résolution.

Je me suis levée pour aller à la salle de bains.

En marchant dans le corridor, ma vue s'est embrouillée, je me suis sentie tout à coup défaillir. J'avais beau me répéter que c'était stupide, à chaque migraine aiguë, je ne pouvais m'empêcher de penser que je connaîtrais le même sort que ma mère. J'ai pris appui sur le mur. Mes jambes ont cédé et j'ai perdu connaissance.

Je me sentais si oppressée que j'en suffoquais. Quelqu'un m'immobilisait les bras. On m'empêchait de bouger. Des mains me palpaient, ouvraient ma bouche. Je sentais le métal froid d'un instrument s'enfoncer dans ma gorge.

Je me débattais, donnant des coups de pied dans le vide.

• • •

Par mesure de précaution, il demanda au chauffeur de taxi de le laisser quelques rues avant le motel. Il fit le reste du trajet à pied, tranquillement.

Il se déchaussa et déposa son sac sur le lit.

Il avait bien fait de retenir la chambre pour la semaine. Il avait pris possession de l'endroit et s'y sentait à l'aise.

Il ouvrit la télé et choisit une chaîne d'informations continue. Il régla le volume à faible intensité. Il avait pris cette habitude plusieurs années auparavant, pour meubler sa solitude.

Il jeta quelques notes sur son carnet.

Tout d'abord, contacter Urgences-santé pour localiser Simone Fortin. Ensuite, trouver une voiture et une solution de remplacement pour les ampoules d'Amytal. Enfin, il avait besoin d'un plan pour sortir la fille de l'hôpital sans se faire remarquer.

Il avait déjà sa petite idée là-dessus. Il se félicita d'avoir apporté quelques accessoires qui lui permettraient de modifier son apparence.

Il se sentait étonnamment calme. La commande était de taille, mais il ne se laisserait pas démonter.

Avant de passer à l'attaque, il décida de se servir un verre.

Il marcha jusqu'au miniréfrigérateur dans lequel il avait déposé une bouteille de rhum. Il ne buvait jamais plus d'un verre par jour. Il était fier de sa modération.

Il ouvrit le frigo et se figea sous le choc.

Les ampoules d'Amytal!

Il avait complètement oublié qu'il les avait mises au frais pour mieux les conserver.

Il s'autorisa un rare sourire.

• • •

J'ai hurlé de terreur et me suis redressée d'un bond sur le lit.

— Tu m'as fait une de ces peurs, a dit Miles, qui me tendait un verre d'eau.

Désorientée, j'ai bu quelques gorgées.

— Excuse-moi. J'étais ailleurs.

— Ça va mieux?

— Oui. J'ai probablement fait une chute de pression. Je ne bois jamais autant.

J'ai jeté un coup d'œil oblique dans la chambre. Que m'arrivait-il? Je n'avais pas l'habitude de m'évanouir à la moindre occasion.

J'ai pris encore quelques secondes pour rassembler mes forces. Mon regard a été happé par la toile accrochée au-dessus de la commode. Les graffitis ont de nouveau attiré mon attention.

Naturel, Asiles, Moi, Mur, Roi.

C'était étrange… et beau.

— Je m'y connais vraiment très peu, mais j'aime beaucoup cette toile, ai-je déclaré. Qui en est l'auteur?

— Moi, a répondu Miles timidement.

— Vraiment? C'est magnifique.

— Merci.

— Qu'est-ce que ça signifie?

— Je ne sais pas, a-t-il dit en haussant les épaules.

— Tu peins beaucoup?

— Pas beaucoup, non.

Je suis restée encore quelques secondes à contempler l'œuvre avant de me lever.

Nous sommes montés à l'étage par une cage d'escalier intérieure.

– Tu es sûre que tu te sens suffisamment bien?

– Oui, oui, je t'assure. Et j'ai très envie d'entendre du jazz.

Jamal Cherraf était un petit homme d'une soixantaine d'années, d'origine marocaine. Il nous a accueillis avec chaleur. Après nous avoir fait entrer dans la pièce principale, il a disparu quelques instants pour préparer le thé. Il est revenu avec un plateau.

J'ai appris qu'avant d'immigrer au Canada, il avait servi dans l'armée et s'était battu contre les Espagnols en 1975, dans le Sahara. Il parlait français avec un accent étranger et une grande humilité dans la voix.

– Jamal, pourrais-tu jouer quelque chose pour elle?

– Avec plaisir, mon ami. Vous connaissez le jazz, Simone?

– Très peu. En fait, je n'ai qu'un seul disque à la maison.

– Lequel?

– *Kind of Blue*, de Miles Davis.

– C'est l'album avec lequel on devrait initier toute personne au jazz. Vous en connaissez plus que vous le croyez.

Jamal s'est levé pour prendre son instrument.

Nous étions assis sur un épais tapis persan recouvert de coussins. La pièce était éclairée par la lumière vacillante d'un candélabre à trois branches.

Jamal a attaqué les premières mesures de *So What*.

Je me suis laissée transporter. Le timbre chaud de l'instrument me chavirait. Sans réfléchir, j'ai posé ma main sur le genou de Miles, qui n'a pas bronché.

Après avoir remercié Jamal chaleureusement, nous sommes revenus à l'appartement.

– Ça t'a plu? a dit Miles.

– Beaucoup. Je suis une fan maintenant. Il me faut un coffret de Miles Davis!

– Et tes étourdissements?

– Disparus, ai-je répondu en réprimant un bâillement.

– Écoute, la journée a été longue et fertile en émotions. J'ai changé les draps de mon lit tout à l'heure. J'aimerais que tu dormes ici…

— Ce n'est pas nécessaire, je peux très bien rentrer dormir chez moi et...

J'argumentais pour la forme. Je n'avais pas du tout envie de rentrer chez moi.

— J'insiste. Je t'ai aussi sorti une serviette et une robe de chambre dans la salle de bains. Il y a une brosse à dents encore emballée sur le comptoir.

J'ai pris une longue douche chaude, laissant l'eau éliminer les tensions emmagasinées durant la journée. Avec ma serviette, j'ai essuyé un coin du miroir embué et épongé mes cheveux. Ensuite, j'ai enfilé le peignoir blanc et je me suis brossé les dents.

Avant de tourner la poignée, j'ai légèrement entrouvert les pans du vêtement de façon à ce que la naissance de ma poitrine soit visible. J'ai senti mon pouls s'accélérer. Il y avait longtemps que je n'avais pas désiré un homme ainsi.

Miles regardait par la fenêtre du salon lorsque je suis entrée dans la pièce. Il s'est retourné lentement, puis il m'a souri.

Je ne sais pas ce qui m'a pris à ce moment, probablement une pulsion irraisonnée, mais j'ai avancé jusqu'à ce que nos visages ne soient plus qu'à quelques centimètres l'un de l'autre. Je lui ai jeté un regard lubrique et je me suis penchée vers lui. Mes lèvres ont effleuré sa bouche, nos langues se sont enroulées. Un frisson d'adrénaline a parcouru ma colonne vertébrale. J'ai plaqué violemment mon corps contre le sien.

Avec une infinie douceur, il a brisé l'étreinte.

— Miles, je...

— Chut! a-t-il dit en posant délicatement un doigt sur mes lèvres.

Il a pris mon visage entre ses mains, l'a attiré vers le sien et a déposé un baiser sur mon front.

— Dors bien.

Facile à dire!

Je suis restée seule avec mes envies et j'ai dormi d'un sommeil agité.

Dans mon rêve, une voiture emballée me frappait. En boucle, je voyais mon corps désarticulé être projeté dans les airs.

● ● ●

Lessard ferma la porte de son bureau et s'installa derrière son ordinateur.

Le temps filait!

Un gobelet de café à portée de main, il se promettait de faire les recherches qu'il n'avait pu entamer le matin.

Alors qu'il ouvrait son fureteur, l'arrivée de Fernandez l'interrompit de nouveau. Il leva les bras au ciel, exaspéré.

— Pas moyen d'avoir la paix deux minutes aujourd'hui!

— Excuse-moi, Vic, mais je viens de recevoir un appel du répartiteur d'Urgences-santé. On a localisé Simone Fortin.

— Où est-elle?

— Elle est aux urgences de l'Hôpital général. Tu veux que j'avertisse Ariane Bélanger?

Lessard semblait embarrassé.

— Non, je m'en occupe. Mais pourquoi ç'a été si long, Fernandez?

— Les ambulanciers qui l'ont prise en charge finissaient leur quart. Ils n'ont rapporté le transport qu'à leur retour à la centrale.

Lessard composa le numéro d'Ariane et s'efforça d'adopter un ton officiel:

— Madame Bélanger? Victor Lessard. Je... Oui, nous l'avons retrouvée. Je passe vous prendre. (Il prit un air gêné.) Très bien... Je passe *te* chercher.

● ● ●

J'ai jeté un œil à la ronde dans la pièce décharnée.

Comme une carcasse abandonnée, la commode gisait dans la lumière du jour.

Désorientée, il m'a fallu quelques secondes pour réaliser que j'étais dans la chambre de Miles.

J'ai consulté ma montre.

Curieux, les aiguilles étaient figées à 10 h 20. J'ai tapé du doigt sur le verre. Rien à faire. La pile, sans doute.

Peu importe, j'allais être de nouveau en retard pour le boulot, mais cette fois je ne m'en suis pas inquiétée. À la vérité, je brûlais d'envie de passer du temps en compagnie de Miles.

J'ai repoussé la couette, me suis assise quelques instants sur le bord du lit, avant de passer un peignoir. Je me suis avancée dans la cuisine. Une odeur de café embaumait la pièce.

Miles était affairé à presser des oranges.

— Bien dormi? a-t-il demandé.

Je me suis étirée paresseusement.

— Mmm... oui. Hormis que j'ai refait le même rêve. Sauf que, cette fois, je me faisais frapper par la voiture.

— Vraiment?

Il m'a tendu une tasse.

— Café? J'ai aussi du jus d'orange frais, a-t-il dit, le t-shirt trempé de sueur.

Après l'avoir remercié, j'ai pris une gorgée. J'ai remarqué des haltères dans le coin de la pièce.

— Et toi? Bien dormi?

Il a cligné de l'œil.

— Moi? Je ne dors jamais.

J'ai marché vers la fenêtre. Le temps était gris.

— Il fait aussi doux qu'hier?

— Non. Mais quand même autour de huit degrés.

J'ai mangé avec appétit des œufs sur le plat et quelques rôties. Fait plutôt inhabituel, je n'ai cessé de parler avec bonne humeur durant tout le repas.

J'étais si enjouée, je me sentais si légère que j'ai imputé la mine abattue de Miles au fait qu'il avait passé une mauvaise nuit.

Dehors, quelques gouttelettes se sont mises à frapper les carreaux de la fenêtre.

Sous la douche, j'ai pensé que j'avais très envie de passer la journée avec lui. Je téléphonerais au bureau, prendrais congé. Et je l'emmènerais chez moi. C'était irrationnel.

J'en étais consciente. Mais il y avait si longtemps que je ne m'étais pas sentie aussi vivante.

Lorsque je suis revenue au salon, je l'ai trouvé sur le canapé, anéanti.

– Ça ne va pas?

– Notre temps est écoulé, Simone.

– Justement. Aurais-tu envie de faire une promenade? On pourrait prendre quelques trucs au marché Atwater et s'enfermer chez moi. Il faut que je nourrisse mon chat et...

– C'est impossible, Simone.

Je me suis figée, humiliée. Je ne lui plaisais pas!

– Je comprends, ai-je repris. Tu as d'autres projets.

Il est demeuré coi.

– Je suis trop rapide? C'est ça? ai-je insisté.

– Non, Simone. Tu dois... *partir.*

J'ai levé les mains. Il y avait malentendu...

– Non! Ne t'en fais pas. Je vais téléphoner au bureau pour prendre congé et je...

Mais, au moment où je prononçais ces paroles, une douleur insupportable a irradié ma nuque. Je suis retombée sur le divan sans finir ma phrase, les yeux révulsés. Avant de perdre connaissance de nouveau, j'ai senti une douleur sourde à la cheville droite, des mains me saisissant les bras et des doigts fouillant ma gorge.

J'ai sombré, sombré, sombr...

6.

Ce soir, tout sera fini.

Il posa la clé sur le comptoir. Il n'aurait plus besoin de la chambre désormais.

Affairé au téléphone, le réceptionniste du motel ne se retourna pas. S'il l'avait fait, aurait-il remarqué son change-ment d'apparence?

Le tueur sortit, l'air froid lui fouetta le visage.

Dans le stationnement, il repéra une vieille Buick Regal qu'il pourrait facilement voler en tripotant quelques fils, comme le faisait jadis le vieux avec son camion.

Quelques minutes plus tard, il s'engageait dans la rue Saint-Jacques au volant du véhicule.

Il roulait en respectant scrupuleusement la signalisation et les limites de vitesse.

Il avait d'abord téléphoné à Urgences-santé.

Curieusement, ces incapables ne semblaient pas être en mesure de dire à quel hôpital ils avaient conduit Simone Fortin. Il avait ensuite appelé sans succès au Royal Victoria et à l'Hôpital Saint-Luc. Il utilisait un stratagème simple : sa fille avait été frappée sur Côte-des-Neiges en début de matinée. Avait-elle été admise chez eux?

En s'immobilisant au feu rouge, il ne put s'empêcher de rire.

Il avait tapé dans le mille au troisième appel : Simone Fortin se trouvait à l'Hôpital général de Montréal.

Il n'y avait d'abord pas cru, faisant répéter la standardiste deux fois.

Rien n'arrivait pour rien, mais il s'agissait décidément d'une formidable coïncidence.

Simone Fortin avait été transportée dans l'établissement dont Jacques Mongeau était le directeur général.

Jacques Mongeau. Ce salopard arrogant, cette charogne qui n'était nul autre que sa troisième cible !

Voilà quelques heures à peine, il se maudissait de ne pas avoir suivi son plan.

À présent, cette erreur tournait à son avantage.

Les événements se précipitaient, mais il était désormais en paix avec sa décision de se laisser porter par le courant. Il agissait avec précipitation et un minimum de préparation, certes, mais il ne pouvait pas échouer.

À la réflexion, cette coïncidence n'en était pas une.

C'était un signe de Dieu.

La reconnaissance que sa cause était juste et légitime.

• • •

C'était une sensation étrange, comme si je voyais à travers un voile. L'espace m'entourant paraissait glauque, sauf un cercle de lumière sur ma gauche. J'ai cligné des paupières, comme pour tenter de faire sortir un corps étranger de mon œil, et j'ai distingué une fleur dans un vase.

Que m'était-il arrivé ?

J'ai tenté de bouger une main, sans succès. J'ai essayé en vain de remuer les jambes. Une peur panique m'a envahie, semblable à celle que j'éprouvais petite lorsque, en me chamaillant avec des camarades, je me retrouvais soudainement coincée sous leur poids.

Est-ce que j'étais paralysée ?

J'ai voulu crier, mais aucun son n'est sorti de ma bouche pâteuse.

À mesure que j'ouvrais les yeux, le cercle de lumière s'agrandissait autour du vase. J'ai vu le coin d'une table, une chaise, des appareils et des tubes qui serpentaient dans tous les sens.

Dans la mesure où je pouvais en juger, je me trouvais étendue sur un lit, entravée. Des rideaux étaient tendus de chaque côté de ma couchette pour faire office de cloisons. Je percevais quelque chose qui bougeait en ombres chinoises à travers l'étoffe jaunie.

Où étais-je?

Dans un laboratoire? Un hôpital?

Une forme humaine a remué sur la chaise.

Miles?

J'ai tendu l'oreille, entendu un murmure. Lointain. Presque imperceptible. Le cercle s'est agrandi davantage. J'ai aperçu un visage.

Ariane.

Qu'est-ce qu'elle fabriquait ici?

J'ai voulu dire quelque chose mais, malgré ma volonté de fer, mes paupières se sont alourdies.

Je suis retombée dans les vapes.

J'ai repris conscience avec la sensation désagréable d'avoir avalé une motte de sable.

Je me suis râclé la gorge.

Dressé devant une lampe, un homme en contre-jour parlait à Ariane.

— Ne vous en faites pas, elle se réveille doucement. Tout est normal. On a dû l'intuber pendant un moment, mais ça va maintenant.

Des cellules dans un coin de mon cerveau ont reçu et traité l'information. Si l'on m'avait intubée, le mal de gorge s'expliquait.

— Est-ce qu'elle gardera des séquelles?

— Il est encore très tôt pour le dire, mais je ne crois pas. Par contre, elle risque d'être confuse ou même incohérente dans les premières heures.

— Je vois. Pouvez-vous enlever les sangles?

— Oui. Je ne pense pas qu'elle s'énerve de nouveau. Je vous envoie quelqu'un.

Ouf! je n'étais pas quadriplégique. On m'avait immobilisée. Mais pourquoi?

— Merci, docteur, a dit Ariane.

— Je vous en prie.

De quoi parlaient-ils? Qu'est-ce qui se passait? De l'eau! Qu'on m'apporte de l'eau!

J'ai sombré.

Un souffle chaud sur ma joue.

Comme un masque de cire affaissé, le visage d'Ariane flottait quelques centimètres au-dessus du mien.

— Elle a les yeux ouverts… Est-ce qu'elle m'entend?

— Je crois que oui, a répondu l'infirmière.

— Simone, c'est moi, Ariane. Est-ce que tu m'entends?

J'ai essayé de répondre, mais ma bouche a refusé de produire quelque son.

— Tu m'as fait une peur insensée, ma cocotte.

— … ssss… ssss… ssooif.

— Qu'est-ce qu'elle dit?

— Je crois qu'elle a soif. Attendez, je vais lui chercher des glaçons.

Ça, c'était une infirmière. Je ne la voyais pas, mais elle parlait avec ce ton propre au personnel médical. Je m'y connaissais pour ce genre de choses.

— … ooooù… eeeest… Miiiles?

— Qui?

— Mi… le… Miles.

J'étais encore sonnée, mais j'ai bien remarqué qu'Ariane semblait interloquée.

— Miles?

L'infirmière est intervenue:

— C'est normal qu'elle soit confuse.

— C'est ce que m'a dit le docteur Pouliot, en effet.

Ariane a caressé ma joue du dos de la main.

— Repose-toi, ma chouette.

Je n'ai prêté qu'une oreille distraite à leur babillage. Mon esprit était accaparé par une seule question:

Où donc était Miles?

• • •

La barre étale du ciel gris, les voitures en parallèle et les façades se fixèrent sur la rétine de Snake. Il boutonna sa veste et se mit en marche. La BMW était garée au coin de Saint-Joseph, mais il marcha d'abord jusqu'à Mont-Royal.

Snake aimait flâner dans le quartier des artistes, côtoyer la faune bigarrée du Plateau, longer cette enfilade de boutiques et de petits bistrots où les habitués s'entassaient. Il avait ses habitudes chez quelques bouquinistes où il avait le don de dénicher des BD hors série. Il passait également un temps fou à fouiller leurs piles de CD d'occasion, à la recherche de la perle rare.

En revenant vers la voiture, il croisa sur le trottoir un homme portant un enfant endormi dans ses bras. À la vue de la scène, il ne put s'empêcher de penser à son père, mais il se détourna rapidement. Il ne servait à rien d'entretenir de vains espoirs. On ne peut retrouver sa jeunesse comme un vieux disque oublié que l'on redécouvre avec nostalgie.

Jimbo et Snake avaient établi une routine coulée dans le béton. Ils commençaient à travailler dès 7 h le matin. À partir de midi, il y avait trop d'activité dans les rues pour prendre des risques. Leur second quart débutait vers 17 h et se poursuivait parfois très tard dans la nuit.

Entre leurs deux quarts de travail, Snake revenait souvent faire une sieste à la maison. Il devait se montrer prudent. Un mois plus tôt, sa mère, qui le croyait au travail, était rentrée à l'improviste et il avait dû feindre d'être malade pour ne pas éveiller ses soupçons.

Encore ce matin, ils s'étaient pris aux cheveux.

Il était descendu au rez-de-chaussée en slip, vers 5 h 45. Dans la cuisine, sa mère s'activait en catastrophe devant le grille-pain, d'où s'échappait un nuage de fumée grisâtre.

Pour la défier, il avait ouvert le réfrigérateur et bu du jus d'orange à même le carton. Il savait qu'elle avait horreur de ça.

— 'jour, m'man.

Elle ne s'était même pas retournée, continuant à fouiller l'engin à l'aide d'un couteau.

— À quelle heure es-tu rentré hier?

— Ben, j'me souviens pas.

Elle avait réussi à extirper du grille-pain un croûton aussi carbonisé qu'une briquette.

— Je me suis endormie à minuit et tu n'étais toujours pas là.

Sous le coup de l'indignation, sa voix avait monté d'une octave.

— C'est inacceptable! Là, je suis pressée, je dois reconduire ta sœur à l'école. Mais on va s'en reparler ce soir, mon bonhomme!

Il ne servait à rien d'ajouter quoi que ce soit quand elle décidait de jouer à la mère.

Depuis qu'elle était convaincue qu'il travaillait dans un garage, il disposait d'un peu plus de latitude. Encore devait-il trouver le moyen de l'empêcher de le surprendre pendant sa sieste de l'après-midi!

De toute façon, avec l'argent qu'il était en train d'amasser, il pourrait bientôt partir et ouvrir sa boutique.

Il l'avait gratifiée d'un battement de cils mièvre. Même Ferris Bueller n'aurait pu faire mieux.

— Oui, m'man.

Il était sorti dans l'air frais du matin le cœur léger.

La journée promettait d'être bonne.

Jimbo et lui avaient volé trois autos durant la matinée. Ils pouvaient en espérer autant pour la soirée. Avec un peu de chance, ils récolteraient plus de mille dollars.

Il gara la BMW sur Pie-IX, tout près de la coupole mythique du Stade olympique, ce grand coquillage mal-aimé construit pour les Jeux de 1976.

Le Stade pouvait contenir plus de soixante-dix mille personnes.

À l'instar de nombreux Montréalais, Snake trouvait qu'il était tout à la fois laid, grandiose et élégant.

Avant de s'éteindre, son grand-père ne cessait d'ailleurs de répéter que son concepteur, Taillibert, était un génie ou un fou. En avisant le bol de béton, Snake ne put s'empêcher de penser que l'architecte français était à l'évidence les deux : un génie et un fou.

Un souvenir lui revint.

Son père et lui avaient pris le funiculaire pour monter au sommet de la tour et admirer la métropole et ses banlieues. Par temps clair, on pouvait voir jusqu'à près de quatre-vingts kilomètres.

Il se secoua.

Son père n'était qu'un hypocrite, un Judas, un sale traître.

Un sac de papier contenant deux bagels sous le bras, il sonna à la porte de l'appartement et entra sans attendre de réponse.

La voix d'une vieille femme retentit dans le couloir :

— C'est toi, mon garçon ?

— C'est moi, madame Espinosa. Je vous ai apporté à manger.

Une femme très âgée s'avança avec vivacité sur le linoléum. Des veines bleuâtres saillaient sur sa figure parcheminée.

Elle lui tapota l'épaule.

— Tu es un bon garçon. Un bon garçon.

Six mois auparavant, Snake avait arraché le sac à main de la vieille dans le métro. Dans son empressement à fuir, il l'avait bousculée. La dame était tombée.

Le lendemain, rongé par le remords, il avait trouvé son adresse dans le sac et le lui avait rendu. Elle n'était pas blessée, mais il était revenu le jour suivant.

Depuis, c'était devenu un rituel. Trois fois par semaine, Snake passait la voir. Parfois, si elle devait sortir, il la conduisait en voiture. Tout comme sa mère, elle croyait qu'il bossait dans un garage.

Personne n'était au courant de ces visites, pas même Jimbo. Snake s'était souvent demandé pourquoi il revenait. Peut-être parce que la vieille se contentait de ce qu'il avait à donner.

— Voulez-vous que je vous emmène en voiture aujourd'hui, madame Espinosa ? Je viens de terminer de réparer une BMW.

On pourrait se promener ou se rendre à l'oratoire Saint-Joseph. Qu'en pensez-vous?

— Mon Dieu! tu es fou, mon garçon.

La vieille aimait bien se faire prier.

• • •

J'ai perçu des bruits de pas mêlés à ceux de pièces métalliques qui s'entrechoquent.

— Madame Fortin, est-ce que vous m'entendez bien? Je suis le docteur Pouliot. Vous êtes actuellement à l'unité des soins intensifs de l'Hôpital général de Montréal. Savez-vous quel jour nous sommes?

— ...

— Le 1er avril 2005. Comprenez-vous ce que je vous dis, madame Fortin?

J'ai hoché la tête affirmativement.

— Vous êtes arrivée à l'hôpital vers 11 h ce matin, en ambulance. Vous avez été frappée par une voiture en face de votre bureau. Vous en souvenez-vous?

— ...

— Vous avez subi une entorse à la cheville droite et quelques contusions. C'est normal si vous ressentez des douleurs ou des élancements. Est-ce que vous avez mal en ce moment? Je peux vous donner quelque chose pour calmer la douleur.

Je n'avais pas mal.

Le médecin a marqué une pause, comme s'il tentait de reprendre son souffle, puis il a poursuivi sur un ton hésitant:

— Madame Fortin, vous avez également subi un traumatisme crânien. Nous allons vous garder en observation le temps qu'il faut. Comme vous êtes restée inconsciente durant quelques heures, nous voulons nous assurer que tout se passe bien. Une infirmière viendra de temps à autre contrôler vos signes vitaux et neurologiques. Il se peut que vous ayez du mal à vous souvenir de la date, de l'endroit où vous êtes ou encore que vous ne puissiez temporairement reconnaître des proches. Ne vous inquiétez pas, tout devrait rentrer dans l'ordre progressivement.

Je n'ai pas réagi. J'étais en état de choc.

Un colosse avec une longue queue de cheval me trimballait sur un lit roulant, se frayant un chemin parmi les civières encombrant les corridors. Un homme édenté gisait sur le côté, crachant du sang dans un bol, sa jaquette ouverte laissant entrevoir un corps décharné ; un autre marchait à petits pas, le visage crispé par l'effort, avançant centimètre par centimètre, tirant comme un boulet le poteau métallique sur roulettes auquel était fixée sa perfusion ; couchée sur le dos, une femme aux traits distordus par la douleur poussait des hurlements à vous glacer d'effroi.

Je ne prêtais qu'une attention distraite au paysage sinistre qui défilait ainsi sous mes yeux. Une phrase qu'avait prononcée le médecin me harcelait :

Vous êtes restée inconsciente quelques heures.

Que devais-je penser ?

Je savais qu'à la suite d'un traumatisme crânien la mémoire à court terme peut être affectée. Parfois, certains patients souffrent de confusion, racontant des histoires qui paraissent plausibles pour leur entourage, mais qui se révèlent fausses par la suite.

Était-ce mon cas ? Étais-je confuse ?

Je pouvais admettre que le cerveau était une machine complexe. Toutefois, même en retournant la question dans tous les sens, je n'arrivais pas à croire que Miles était le fruit de mon imagination.

Pouvais-je être incohérente au point d'avoir imaginé toute cette histoire ?

Le préposé a poussé mon lit dans la chambre 222. À l'intérieur, Ariane déposait un bouquet de fleurs dans un vase.

— Comment te sens-tu ? a-t-elle demandé lorsqu'il est sorti.

J'ai dégluti péniblement.

— J'ai l'impression d'avoir avalé une brique. Il y a longtemps que tu es là ?

– Environ une heure. Tu m'as fait une de ces peurs. J'étais morte d'inquiétude.

– Désolée, ai-je fait avec un faible rictus.

– Que s'est-il passé?

– Je traversais la rue et... bang... le trou noir.

– Le médecin dit que c'est normal, que ta mémoire à court terme reviendra peu à peu.

Je n'ai rien révélé à Ariane pour ne pas l'inquiéter, mais ma mémoire n'était aucunement affectée. Au contraire, je me souvenais très bien de ce qui s'était produit: j'avais passé la journée en compagnie de Miles, pas dans les vapes!

Si seulement il était là pour corroborer mes dires!

7.

Parce qu'elle s'était mis en tête de me rapporter des glaçons coûte que coûte, même si je lui avais juré sur l'honneur qu'ils ne me serviraient à rien, Ariane rameutait tout l'étage en beuglant comme une névropathe en crise.

Malgré ce tapage, je me sentais mieux.

En fait, si le vert blafard des murs ne m'avait pas rappelé ma présence à l'hôpital, j'aurais presque pu m'enfouir la tête dans le sable comme une autruche et me convaincre que rien n'était arrivé, que j'avais simplement rêvé toute cette histoire.

Mais je savais que ce n'était pas le cas.

Il s'était passé quelque chose, un phénomène que je ne pouvais pas m'expliquer.

Ça peut paraître idiot, mais lorsqu'on fait face à un événement inconcevable, on essaie de se rattacher à des choses concrètes. Je me suis demandé avec angoisse si mes parents m'avaient caché des cas de maladie mentale dans ma famille immédiate. Peut-être en étais-je simplement au premier stade d'une psychose dégénérative.

Cyrano de Bergerac avait dit à Christian : «Tu n'es point sot, puisque tu t'en rends compte.» La même logique s'appliquait-elle en l'occurrence? Peut-on être atteint de folie si on est en mesure de se poser à soi-même la question?

Quelqu'un d'autre que moi aurait cherché des réponses dans l'ésotérisme ou le paranormal, mais je ne croyais ni aux fantômes ni à la réincarnation, encore moins aux expériences extracorporelles ou en Dieu. S'il existait, celui-là, il avait manqué de belles occasions de me le faire savoir. J'aurais d'ailleurs volontiers baisé avec le diable pour le forcer à réagir, mais Lucifer non plus n'était pas généreux de sa personne.

Pour compléter le portrait, je tournais en ridicule quiconque me parlait d'astrologie. J'agissais à cet égard avec une attitude ostentatoire qui frisait la pédanterie.

Sans savoir pourquoi, j'ai repensé à ce garçon que j'avais raillé sans raison lors d'une soirée entre amis, alors qu'il avait timidement osé avancer l'idée que si la lune pouvait avoir une influence sur les marées, les astres pouvaient influer sur nos vies. Je me suis sentie subitement prise de remords en me remémorant son visage carminé après ma rebuffade. Qu'était-il devenu? Je n'ai pu m'empêcher de songer que j'avais peut-être, malgré moi, joué un rôle déterminant dans sa vie, entamant à jamais sa confiance en lui.

Qu'importe, ces vagues regrets ne changeraient rien à mes convictions, il s'agissait même ici d'une certitude : il existait une explication rationnelle à cette histoire. Et je la trouverais.

Il y a une raison logique à tout.

Marchant du pas satisfait de la conquérante, Ariane est revenue avec un plein seau de glaçons et un pichet d'eau en plastique qui ne m'inspirait guère confiance.

— Et voilà le travail. Demandez, ma chère, et vous serez servie!

— Merci, ai-je dit pour la forme, tandis qu'elle me versait un verre que je ne boirais pas.

J'hésitais.

Même si elle demeurait une des seules personnes en qui je savais pouvoir avoir confiance, devais-je parler à Ariane de ma rencontre avec Miles? Si je peinais pour l'instant à trouver ma propre histoire cohérente, qu'en penserait-elle?

— Ça va, ma cocotte? Tu sembles préoccupée, a-t-elle déclaré, comme si elle pressentait mes atermoiements.

Quel autre choix s'offrait à moi, en vérité je vous le demande?

J'ai pris une grande inspiration, consciente que j'étais peut-être sur le point de me couvrir de ridicule ou même pire, de passer pour démente. Je voyais déjà une Ariane paniquée se sauvant à grands cris dans le couloir pour revenir m'exorciser en compagnie de Max Von Sydow[2].

– Est-ce que je peux te faire confiance? ai-je demandé.

– Tu parles d'une question! a-t-elle répondu, indignée.

– Il faut que je te parle de quelque chose. Tu vas me croire complètement folle.

Sur cette affirmation, j'ai commencé sans plus tarder le récit de mes vingt-quatre heures avec Miles.

● ● ●

Fredonnant *La mer* de Trenet, il appuya sur le bouton de l'ascenseur.

La cabine s'arrêta au sixième étage, là où se trouvaient les bureaux de l'administration.

Les cheveux teints en noir, vêtu d'un complet à rayures anthracite et arborant des lunettes à monture d'acier, il portait à la main une mallette en cuir fin. Ces quelques changements lui conféraient l'allure d'un banquier.

Je suis un caméléon.

Il se relève pour tenter de marquer mentalement l'endroit où la bête est entrée dans le bois. Soudain, il entend un grognement. Il se retourne. Un grand ours noir le menace. Une phrase que le vieux ne cessait de lui répéter lui revient : «Fondstoi dans l'environnement, comme un caméléon.» L'animal s'approche à quelques centimètres, lui renifle les mains, comme un chien. Lui s'efforce de ne pas bouger, étrangle le cri qui monte dans sa gorge. Même s'il le voulait, il n'aurait pas le temps de dégainer pour tirer. L'ours lui donne un violent coup de patte, ses griffes lui lacèrent le dos. Lorsqu'il se retourne, il voit que l'animal s'est volatilisé avec le sac. Il ne peut s'empêcher de pleurer.

Obtenir un rendez-vous avec le directeur de l'Hôpital général de Montréal s'était avéré être un jeu d'enfant.

Il avait appelé le bureau de Jacques Mongeau.

---

[2] Acteur personnifiant le père Lankester Merrin dans le film *The Exorcist.*   95

Se présentant sous une fausse identité, il avait affirmé à sa secrétaire qu'il représentait une fiducie désireuse de faire un don à la fondation de l'hôpital. Si le directeur était disponible quelques minutes, il souhaiterait le rencontrer le jour même pour en discuter.

Lorsqu'on lui avait répondu que l'agenda de «monsieur» était complet pour la journée, il avait subtilement insinué qu'il s'agissait d'une somme importante et que la fiducie avait une hésitation de dernière minute quant au destinataire du don.

La secrétaire avait mis l'appel en attente.

Jacques Mongeau avait lui-même repris la ligne quelques secondes plus tard pour proposer un rendez-vous à 14 h 30.

Si tout se passait comme prévu, il éliminerait d'abord l'homme et rejoindrait le camp de Mont-Laurier dans la soirée avec sa captive. Le plan qu'il avait élaboré pour capturer Simone Fortin était audacieux, mais il sentait que la chance lui souriait.

Il était gonflé à bloc.

• • •

Je n'ai omis aucun détail.

De l'intervention providentielle de Miles à notre escapade au cimetière, du concert improvisé de Jamal jusqu'à mon réveil à l'hôpital, je lui ai tout raconté.

Je n'ai pas parlé cependant d'Étienne Beauregard-Delorme ni des zones d'ombre de mon passé. Il n'était pas si aisé d'avouer ce que j'avais pris soin de dissimuler pendant tant d'années. Je n'en avais pas la force.

Pas maintenant.

La figure d'Ariane s'est boursouflée de compassion.

— C'est une histoire fabuleuse et si romantique.

— Tu me crois, n'est-ce pas?

— Bien sûr! Ton inconscient a probablement travaillé pendant tout ce temps.

— Ariane, je ne te parle pas de mon subconscient. J'y étais!

— Ma chouette, le docteur Pouliot affirme que c'est normal que…

– Quoi? Que je sois confuse ou incohérente?

– Tu étais dans le coma!

– Ariane, s'il te plaît. Tu crois que je délire?

– Ce n'est pas ce que j'ai dit!

Je devais regarder la situation en face et il m'a bien fallu admettre que ça augurait mal : je sortais à peine des vapes que je me mettais à raconter une histoire abracadabrante.

– Je ne sais plus quoi penser, ni ce que je dois faire. Il doit bien y avoir une explication rationnelle.

– On pourrait en parler à ton médecin... Je suis certaine que...

Je me suis emportée malgré moi.

– Surtout, ne lui dis pas un mot de tout ça! Il va croire que j'ai des séquelles neurologiques.

Qu'est-ce que j'attendais d'Ariane au fond? Une approbation? Elle me croyait simplement sonnée, mais clarifier cette histoire était à mes yeux impératif. Ma santé mentale en dépendait.

– Il faut que tu te reposes, ma cocotte. Tu restes en observation pour la nuit. Si tout va bien, tu repars demain.

– Tu as raison.

Je n'avais pas du tout sommeil.

Je connaissais les risques et je n'attendrais sous aucun prétexte le lendemain : la seule façon de comprendre ce qui m'était arrivé était de sortir de ce lit au plus vite et de retrouver Miles.

Je ne pourrais pas compter sur la collaboration d'Ariane.

Je devais donc trouver une façon de l'éloigner de la chambre.

• • •

Il frappa trois coups secs.

Une femme à l'allure pincée vint l'accueillir. Elle le fit entrer dans une antichambre sans fenêtre, où se trouvait une petite table sur laquelle était posé un vieil ordinateur.

Après lui avoir offert un café, qu'il refusa, elle montra du doigt un canapé défraîchi.

– Si vous voulez vous asseoir, je vais prévenir monsieur Mongeau que vous êtes arrivé.

Elle marcha vers une porte capitonnée, qu'elle ouvrit lentement, sans frapper.

– Monsieur Tremblay est arrivé.

– Très bien, Jeannine. Faites-le entrer.

Elle s'effaça pour lui céder le passage.

– Jacques Mongeau, dit un chauve d'une soixantaine d'années en lui tendant la main.

– Pierre Tremblay, répondit l'homme.

Le directeur se tourna vers sa secrétaire.

– Profitez-en pour partir tôt, Jeannine. Je n'aurai pas besoin de vous avant demain.

– Merci, monsieur.

Elle ferma la porte derrière elle. Puis elle prit son manteau et sortit.

En guise d'introduction, le directeur se lança dans une apologie du financement privé, mentionnant au passage que, sans les donations, les hôpitaux comme le sien peineraient à maintenir leur niveau de service.

Jacques Mongeau dissertait sur la question en habitué. Il s'exprimait d'une voix chaude, ses arguments faisant mouche. *Mon discours est au point*, pensa-t-il, non sans une pointe de fierté.

Une partie du corps dissimulée par le bureau, le tueur profita du fait que le directeur était absorbé par son laïus pour dégainer son couteau. Ses traits s'étaient durcis.

Jacques Mongeau était trop suffisant et imbu de sa personne pour réaliser que son interlocuteur ne l'écoutait pas. Il n'eut pas le temps de réagir que déjà ce dernier lui plantait le couteau dans le thorax, près du cœur.

– Chacun doit payer pour ses fautes, lui murmura-t-il à l'oreille, faisant vriller le couteau dans la plaie.

Dans un ultime effort pour tenter d'extraire la lame qui fouillait ses chairs, le directeur saisit d'une main le manche du couteau ; de l'autre, il essaya de repousser l'agresseur. Ses jambes faiblirent tout à coup, puis il s'effondra sur les genoux, réussissant toutefois à se redresser sur-le-champ. Sa force physique était étonnante.

Tandis qu'il sentait sa résistance défaillir, Jacques Mongeau ne put s'empêcher de penser aux seins de la jeune serveuse qui avait débarrassé sa table au lunch. Il n'avait qu'un regret : s'il avait su alors qu'il s'agissait de son dernier repas, il se serait avancé pour les embrasser. Existait-il une chose plus émouvante sur cette terre que le galbe d'un sein de jeune femme ?

Mû par une dernière impulsion, le directeur tenta de crier, mais ne réussit à émettre qu'un faible râle.

Le tueur lui trancha la gorge d'un mouvement sec.

Après quelques hoquets et un dernier soubresaut, l'enveloppe corporelle qu'animait jusqu'alors Jacques Mongeau tomba avec fracas sur le bureau en érable clair, qui devint vite aussi rouge que de l'acajou.

Sans hésiter, le tueur posa la main droite du défunt à plat sur le meuble et trancha net l'index, qu'il mit dans un tube en aluminium. Il avait dû renoncer à transporter le corps de Mongeau au camp de chasse, mais, à ses yeux, le doigt n'était pas tant un substitut qu'un artéfact témoignant de son passage à l'acte.

Il ouvrit ensuite son porte-documents et en sortit un appareil photo numérique qu'il avait payé en liquide dans une boutique d'électronique.

Un cadran au quartz éclaboussé par de fines gouttelettes de sang indiquait 14 h 50.

• • •

Une jeune infirmière aux mèches blondes est entrée. Elle ne l'a jamais su, mais elle s'est chargée sans bavure du sale boulot.

– Madame Bélanger, a-t-elle commencé doucement, la période des visites est terminée. Votre amie doit se reposer…

Ariane s'est braquée, a voulu protester, mais je suis intervenue.

– Elle a raison, Ariane, ai-je dit. De plus, tu dois aller chercher Mathilde à l'école.

Ariane avait adopté cette fillette d'origine guatémaltèque quelques années auparavant et je l'aimais comme ma propre fille.

– Je pensais téléphoner au service de garde. Elle pourrait y rester une heure de plus.

L'infirmière s'est interposée avec douceur :

– Je suis désolée, mais vous n'avez pas le choix. C'est le règlement. Par contre, vous pourrez revenir ce soir à compter de 19 h 30.

Elle a reculé vers la porte.

– Je vous laisse cinq minutes.

À contrecœur, Ariane a acquiescé d'un signe de tête tandis que l'autre sortait.

– Ça ira, ai-je assuré.

– Juré ?

– Allez, va-t'en.

– Tu as besoin que je te rapporte quelque chose ? a-t-elle demandé en enfilant son manteau.

Une réponse négative aurait semblé louche.

– Heu… pourrais-tu me trouver un peu de lecture ?

Ariane s'est ressaisie, elle s'épanouissait dans l'action.

– Bien sûr. Des revues ? *Metropolitan* ?

– Ce que tu veux.

– J'amène Mathilde ce soir ?

– Bonne idée.

Ariane m'a prise dans ses bras.

Elle a serré si fort que j'ai cru exploser comme une baudruche. Je me sentais mal de lui mentir, mais je devais sortir de là coûte que coûte. J'ai pris une grande inspiration lorsqu'elle a refermé la porte, soulagée. J'adorais Ariane, mais ce que je devais faire dans les prochaines minutes me demanderait toute ma concentration.

• • •

Prétendant faire partie de la famille de Simone Fortin, l'homme se présenta au service des admissions, où on lui apprit que la patiente venait d'être transférée à la chambre 222. Il remercia la réceptionniste et se dirigea vers le couloir central, direction buanderie.

Il portait à présent une perruque et des lunettes rondes qui transformaient son allure, lui donnant une touche vaguement intello. La piste était fraîche. Cette fois, quoi qu'il arrive, il s'armerait de patience.

Sa blessure n'est pas sérieuse. Il sent la forêt l'envelopper d'une chape opaque, mais il n'a plus peur. Il saura montrer au vieux qu'il n'est pas un faible. Il a survécu à l'attaque d'un ours. Il marche depuis plus d'une heure lorsqu'il voit l'orignal brouter de l'herbe à cent mètres. De l'œil, il cherche un appui propice pour tirer. Il pose le canon de la carabine sur une branche et règle la lunette. La bête s'active en plein centre de la croix noire. Elle se retourne, lui présente son flanc droit. Il dégage le cran de sûreté et caresse d'un geste lent la détente. La détonation fend l'air, la forêt trébuche sous le bruit assourdissant. L'animal tressaute, puis se met à courir. Le garçon note mentalement l'endroit où la bête a pris le bois et se relève.

La ligne droite était la stratégie qui le servait le mieux jusqu'à présent.

Pourquoi abandonner une formule gagnante?

Il entra dans la buanderie d'une démarche assurée. Une femme était affairée à presser des draps à l'aide d'une machine industrielle.

— Bonjour, madame. Je suis le docteur Hamel, déclara-t-il avec aplomb. Je suis un peu embêté. C'est mon premier jour ici, je dois opérer dans dix minutes et j'ai oublié mes vêtements de chirurgie.

La femme lui lança un regard furtif.

— Je ne devrais pas, mais le docteur Bourque me donne parfois les siens à repasser. Allez dans l'armoire derrière, il y a un paquet de chemisettes et de pantalons propres. Il est à peu près de votre taille.

— Vous êtes bien aimable, ma chère, bien aimable. Au fait, quel est votre nom?

— Claire.

— Bien. Je tâcherai de m'en souvenir.

Il prit une chemisette et un pantalon.

— Si tout le monde était aussi efficace que vous, il n'y aurait plus de problèmes de listes d'attente dans nos hôpitaux. Merci infiniment… Claire.

Peu habituée aux compliments, la femme rougit jusqu'aux oreilles.

— Merci, monsieur.

Il sortit avec le même air altier.

Quel gentleman! pensa-t-elle en se remettant au travail. *Il n'est pas comme ces jeunes diplômés qui croient tout savoir.*

Quelque temps après, l'affaire résolue, Claire s'étonnerait en lisant le journal du matin de reconnaître l'homme désormais diabolisé par les médias.

8.

La cafétéria de l'Hôpital général de Montréal était une vraie fourmilière.

Lessard termina son café et repoussa le journal. Il avait épluché le «Cahier des sports» et lu la section «Arts et spectacles». Il se leva et s'étira.

Une jeune femme en blouse blanche s'approcha, un plateau à la main.

Un club sandwich!

Il y avait des lunes qu'il n'avait pas mangé de frites. Il en avait marre des aliments santé.

Pourquoi tout ce qui est bon au goût est-il mauvais pour le cholestérol?

Il récupéra son gobelet vide et céda sa place en maugréant.

Il consulta sa montre : ça faisait déjà un bon moment qu'il avait déposé Ariane Bélanger au service des urgences. Il décida de passer pour voir si la victime du délit de fuite était en état de lui parler. Si c'était le cas, il prendrait sa déposition et rentrerait au poste.

Il arrivait à l'étage lorsque son téléphone mobile sonna.

Un infirmier lui fit les gros yeux en indiquant du doigt un panneau sur lequel on voyait un téléphone mobile barré d'un gros X rouge.

Lessard haussa les épaules et montra son badge à l'importun.

— C'est Fernandez. Juste pour te dire que Simone Fortin a été transférée à la chambre 222.

— OK. J'y vais.

Lessard scruta le mur à la recherche d'un plan de l'hôpital.

• • •

L'infirmière est revenue quelques minutes après le départ d'Ariane.

— Comment ça se passe ici? a-t-elle dit avec une expression badine qui a fait plisser ses traits juvéniles.

Elle a d'abord vérifié mes signes vitaux, puis noté minutieusement les résultats. Je lui ai jeté un regard incisif comme un canif de l'armée suisse.

— Mon nom est Simone Fortin. Nous sommes le 1er avril 2005. Je suis dans la chambre 222 de l'Hôpital général de Montréal. J'y suis traitée depuis 11 h ce matin pour une entorse à la cheville, quelques contusions et un traumatisme crânien. Je ne ressens aucun engourdissement et ma vue n'est pas embrouillée.

Son faciès marquait la surprise.

— C'est ce que vous vouliez savoir, non? ai-je repris.

Elle a froncé les sourcils, manifestement impressionnée.

— Vous avez une formation médicale?

J'ai hésité.

— En quelque sorte.

— Pas de douleurs à la cheville?

— C'est supportable.

— Voulez-vous des analgésiques?

— Pas nécessaire.

— Des nausées?

— Non.

— Des troubles de mémoire?

— Hormis les secondes précédant l'accident, non.

— Parfait.

Elle a de nouveau gribouillé dans son calepin.

— Pourriez-vous demander au docteur Pouliot de passer me voir? J'aimerais lui parler.

— Dès qu'il aura terminé ses consultations. Ça prendra une quinzaine de minutes. Avez-vous besoin de quelque chose entre-temps?

— Non, pas pour l'instant. Merci.

– C'est naturel, je vous en prie.

J'ai sursauté.

– Pardon? ai-je dit. Qu'est-ce que vous venez de dire?

– C'est naturel, a répété la jeune fille.

Naturel.

– Pouvez-vous me donner de quoi écrire?

– Avec plaisir.

Elle a déchiré une page dans son calepin et me l'a tendue avec un stylo.

J'ai inscrit à la hâte sur le bout de papier les cinq mots qui me carbonisaient l'esprit.

Naturel, Asiles, Moi, Mur, Roi.

J'ai frissonné.

Étais-je confuse au point d'imaginer de tels détails?

• • •

Le policier passa près de lui sans le remarquer.

Le tueur ressentit un sentiment étrange.

Sans même s'en douter, cet homme avait le pouvoir de l'empêcher de réaliser ses desseins meurtriers. Pourtant, il n'éprouvait aucune animosité à son endroit.

Comme lui, ce type ne faisait que son devoir.

Qui sait si dans d'autres circonstances ils n'auraient pas pu être amis?

Il songea qu'il y avait très longtemps qu'il n'avait pas eu d'ami. Bien sûr, il y avait eu les connaissances et les collègues de travail.

Mais un véritable ami? Quelqu'un à qui se confier? Non, ça faisait des lustres.

Il essaya de se rappeler avec précision à quel moment il s'était retiré du monde des vivants pour se glisser dans celui des ombres. Il s'extirpa de sa rêverie. Peu importe!

Il regarda Victor Lessard qui se préparait à entrer dans la chambre. Il réussit enfin à déterminer ce qu'il ressentait pour le policier.

Du respect.

• • •

Les rideaux décolorés entre les lits, le va-et-vient incessant du personnel, le râle occasionnel de patients déversant leur trop-plein de douleur, l'éclairage implacable des néons, le mobilier usé, la peinture écaillée dans les encoignures ; étendue sur mon lit, un délire d'images oubliées remontaient à la surface lorsqu'on a cogné à la porte. J'ai vu une figure un brin empâtée, une démarche triste, des cheveux virés prématurément au gris.

— Bonjour, Victor Lessard, enquêteur au SPVM. Je peux entrer ?

— Bien sûr, ai-je dit.

Que me voulait la police ?

Il a approché une chaise du lit.

— Ça va ?

— Je vais bien, merci.

— Vous savez pourquoi je suis ici ?

— L'accident ?

— En premier lieu, j'ai besoin de quelques renseignements personnels. Nom, âge, adresse, numéro de téléphone et occupation.

Il a sorti un calepin et un stylo de sa poche. J'étais réticente à l'idée de divulguer ces informations, mais avais-je le choix ? Je les lui ai données à contrecœur.

— Très bien. Maintenant, racontez-moi ce qui s'est passé. Même les détails qui vous semblent anodins peuvent être importants.

Je lui ai relaté ce dont je me souvenais : je traversais la rue pour me rendre au café, j'avais été inattentive une seconde en fouillant dans mon sac, ensuite le trou noir jusqu'à mon réveil à l'hôpital. J'ai évité de mentionner ma rencontre avec Miles. Je n'allais tout de même pas raconter mes délires mégalomaniaques à ce policier.

— Avez-vous remarqué la couleur ou la marque de la voiture ?

— Non.

– Avez-vous vu le visage du conducteur?

– Non.

– Vous rappelez-vous si la voiture a freiné?

– Je crois que j'ai fermé les yeux.

– Avez-vous entendu un crissement de pneus?

J'ai tenté de me concentrer, mais je ne me souvenais de rien.

L'enquêteur Lessard m'interrogeait sans ambages, mais il parlait d'une voix douce, comme s'il tentait d'atténuer une certaine brusquerie. Je le trouvais sympathique. J'étais chagrinée de ne pouvoir me révéler plus utile.

– Je suis désolée, ai-je dit.

– C'est pas grave, nous ne partons pas à zéro. Un témoin a entendu l'impact et nous a fourni une bonne description du véhicule: une Mercedes noire. Selon lui, elle n'a pas tenté de freiner ni même de vous éviter. Il n'y a d'ailleurs pas de traces de freinage sur l'asphalte.

Où voulait-il en venir?

– La voiture vous a frappée aux jambes. Vous avez été projetée dans les airs. Le médecin croit que votre tête a heurté le sol en retombant. Dans ce genre d'affaire, il s'agit souvent de quelqu'un qui a pris le volant en état d'ébriété.

Son affirmation m'a surprise.

– Si tôt le matin?

– C'est plus fréquent qu'on l'imagine. Souvent, on retrouve le coupable à cause des traces d'impact sur la carrosserie.

Il m'a regardée directement pour la première fois depuis le début de notre entretien.

– Pour être honnête, je ne peux pas vous garantir que nous allons arrêter le coupable.

Mon esprit se trouvait ailleurs. Que la police arrête le chauffard m'importait peu à ce stade. Je ne conservais aucun souvenir de cette collision et, même si les faits semblaient prouver de manière accablante qu'elle avait eu lieu, je ne pensais qu'à retrouver Miles.

Sans me quitter des yeux, le policier a coupé l'appel qui faisait résonner la sonnerie de son mobile.

– Merci d'essayer, ai-je lancé.

– C'est mon travail, madame, a-t-il dit.

Il m'a tendu sa carte en se levant.

– Si un détail vous revenait.

Il a rangé la chaise contre le mur.

– J'allais oublier… Quelqu'un aurait-il pu vous en vouloir au point de vous écraser?

– Vous voulez dire… intentionnellement?

– Ça peut vous paraître bizarre, mais parfois…

Le mobile du policier a sonné de nouveau.

– Excusez-moi une seconde, ça semble important.

Il a appuyé sur un bouton.

– Lessard.

Son visage s'est empourpré. Il s'est précipité vers la porte. Il semblait sur le point de pleurer.

– Un problème? ai-je demandé.

Il est sorti en trombe sans répondre, laissant la porte claquer brutalement derrière lui.

• • •

Le policier disparut au bout du couloir, comme s'il avait aperçu un fantôme. Le tueur le suivit du regard.

Ont-ils déjà trouvé le corps?

La voie s'ouvrait. Il touchait presque au but.

Il s'avança vers la chambre 222, tout en consultant son bloc-notes. Il n'aurait besoin que de quelques secondes. Par la porte entrebâillée, il aperçut furtivement la jeune femme.

Une décharge d'adrénaline le secoua.

Il palpa instinctivement sa poche, où se trouvaient les fioles et la seringue dérobées à la pharmacie. Il lui parlerait tranquillement en injectant le liquide par le cathéter. Il savait exactement comment s'y prendre : il prétendrait administrer une dose d'analgésique.

Lorsque la drogue aurait produit son effet, il transporterait le lit jusqu'à la salle d'examen vacante qu'il avait repérée. Ça ne lui poserait aucun problème, il avait observé comment on amenait les patients d'une chambre à l'autre.

Ensuite, il l'habillerait et la glisserait dans un des fauteuils roulants qui se trouvaient déjà dans la pièce.

Avec ce qu'il lui aurait administré, la jeune femme ne pourrait ni parler ni bouger. Il sortirait par la porte principale et marcherait dans le stationnement intérieur, jusqu'à la Buick.

Par la suite, il rejoindrait tranquillement le camp de Mont-Laurier et poursuivrait le programme qu'il avait élaboré à son intention.

Il allait pousser le battant lorsque, soudain, une pensée le stoppa net.

Et s'il suivait le policier?

S'il se payait une visite au sixième étage? S'il passait devant le bureau pour constater à quel point la police était désemparée face à *son* œuvre?

Prenait-il trop de risques?

Il sourit tout à coup, constatant qu'il s'était laissé aller à un vulgaire sophisme.

Tout de nos jours est faussement ramené à cette seule considération : la gestion de risques.

Il détestait au plus haut point les discours creux que l'on servait à la populace, lui martelant sans cesse l'esprit de boniments dénués de sens : «valeur ajoutée», «développement durable», «gestion du savoir» et «accroissement du capital humain». Autant d'expressions dénuées de sens qui figuraient parmi les *buzzwords* à la mode.

Pourquoi les idées les plus sottes et les plus vides prédominaient-elles?

Il s'agissait de la plus grande escroquerie du siècle : avec le capitalisme sauvage, on avait fini par faire croire aux gens qu'il était possible, voire normal, de faire plus avec moins.

Il se calma, essuya les gouttes de sueur qui perlaient sur son front. Il ne servait à rien de s'énerver ainsi. Il devait se concentrer sur sa tâche immédiate : neutraliser Simone Fortin et la faire sortir de l'édifice sans attirer l'attention.

Mais, après tout, il n'aurait besoin que d'une quinzaine de minutes. Et puis, dans l'état où elle se trouvait, elle ne s'enfuirait pas!

Il tourna les talons et se dirigea vers l'ascenseur.

• • •

Fernandez lui avait appris que le directeur général de l'hôpital venait d'être trouvé assassiné dans son bureau.

Lessard n'avait pas envie de revivre un deuxième massacre, comme à Polytechnique.

Les règles d'intervention étaient claires depuis cette tuerie : il fallait sécuriser le périmètre rapidement.

Il dégaina son Glock en dévalant une volée de marches.

Si le salopard qui avait fait ça était encore sur les lieux, il l'abattrait sans pitié.

Il avait déjà tué avec son arme. Ça lui avait causé toutes sortes de problèmes, mais il n'hésiterait pas à le faire de nouveau.

Il remonta à toute vitesse un corridor encombré de chariots métalliques et croisa un groupe d'infirmières.

Une femme se mit à crier lorsqu'elle vit son arme.

– Police. Tassez-vous!

Malgré ses quelques kilos superflus, Lessard galopait comme une gazelle.

L'adrénaline le transportait.

Il arrivait à l'étage des bureaux de l'administration.

Il retira le cran de sûreté.

• • •

Il exultait.

Il régnait une anarchie totale dans le corridor. Le policier était à bout de souffle. Un agent de sécurité livide surveillait la porte en faisant les cent pas d'une démarche mal assurée.

Horrifiés, quelques collègues de Mongeau s'étaient approchés. Une femme pleurait par secousses, un homme paraissait en proie à un violent choc nerveux.

Un groupe de personnes rentrant d'un lunch arrosé s'avança dans le corridor. Tout à coup, leurs éclats de rire se figèrent. La rumeur se propageait.

On avait assassiné le directeur!

L'homme s'était mêlé à la foule grandissante. Par la porte ouverte, il avait vu le policier vomir dans une poubelle.

Ils ne pouvaient pas comprendre.

Lui seul savait et cela lui procurait un grand sentiment de puissance.

Le garçon atteint l'endroit où a disparu l'animal. Il ne voit aucune trace de sang. Aurait-il manqué sa proie? Il bifurque sur sa gauche, écarte une épaisse barrière de conifères. L'animal gît sur le flanc, à un mètre de lui, un œil encore ouvert. Est-il mort? Un mélange de peur et de fébrilité l'anime. Il s'avance jusqu'à la bête, qu'il touche du bout de sa carabine. Elle ne bouge pas. Le garçon lance un grand cri. Il prend son couteau de chasse, éventre l'animal. Plonger les mains dans les entrailles encore chaudes lui procure une étrange sensation. Il marque l'endroit avec du ruban fluorescent. Il reprend sa carabine et se remet en route. La nuit tombe.

Il eut envie de s'approcher davantage, mais sut se contrôler.

Il observa la scène encore un moment, puis marcha vers la cage d'escalier et redescendit au deuxième étage.

Il prit une grande inspiration. Le moment de vérité arrivait enfin: sa proie l'attendait, béate et vulnérable. Elle paierait pour ses fautes.

Il poussa la porte et entra dans la chambre.

Il sut immédiatement que quelque chose clochait. Au centre de la pièce, le lit défait se dressait, vide. Il ouvrit la porte de la salle de bains.

Vide aussi!

• • •

Lorsque le docteur Pouliot était entré, mon cathéter pendait au bout du tube le reliant au soluté.

111

J'étais habillée et déjà prête à partir.

— Qu'est-ce que vous faites? avait-il demandé, en colère. Vous n'êtes pas en état de sortir!

— Mes signes vitaux sont normaux. Demandez à l'infirmière.

— Vous avez repris conscience il y a quelques heures à peine. Êtes-vous au courant des risques que vous prenez?

Je savais qu'il avait raison et que ma démarche n'avait rien de sensé.

— Je sais ce que je fais.

— Vous ne sortirez pas sans signer les papiers de refus de traitement.

À ma demande, l'infirmière m'avait apporté le document en question quelques minutes auparavant.

— C'est déjà fait.

La réprobation avait courbé sa bouche, jusqu'à façonner sur ses lèvres un rictus amer.

— Bon. Comme vous voudrez.

Pouliot s'était éloigné sans me saluer.

J'étais sortie dans le corridor, déterminée à tirer cette histoire au clair.

●   ●   ●

Que se passait-il? Où était Simone Fortin?

Avait-elle été transférée dans une autre chambre?

Tout à coup, il sentit une présence dans son dos.

— Je peux vous aider?

Il se retourna vivement, la main prête à glisser vers son couteau. Une infirmière venait d'entrer.

Il hésita un instant.

— Je suis le docteur Hamel. Je devais voir la patiente qui était ici.

— Vous travaillez avec le docteur Pouliot?

— Heu... oui.

— Elle est sortie, il y a quelques minutes. D'après ce qu'on m'a dit, elle a refusé d'être gardée en observation.

Il se figea plus longtemps qu'il ne l'aurait voulu.

— Savez-vous où elle est allée?

— Chez elle, je présume.

— Avez-vous ses coordonnées?

— C'est ma collègue qui s'est occupée des papiers, avant de terminer son quart.

— Pourrais-je les consulter?

L'infirmière fit une moue excédée.

— Il faudrait d'abord que je les trouve! Je vais devoir fouiller. Est-ce urgent?

Il fut pris par surprise.

— C'est que…

— Laissez-moi le temps d'installer mon patient. Je verrai ensuite ce que je peux faire. À quel poste puis-je vous joindre?

Il ne pouvait se permettre ni d'attendre après cette matrone ni de courir le risque d'être remarqué. L'hôpital ne tarderait pas à grouiller de policiers.

— Laissez faire, c'est correct. Je dois déjà avoir cette information dans mon dossier.

Il quitta la chambre en trombe.

Il sortit dans la rue, regarda dans toutes les directions, tentant de repérer la silhouette de la jeune femme parmi les passants.

Il l'avait encore laissée filer!

Un sentiment de panique incontrôlable l'envahit. Il était sur le point d'exploser. Il avait de nouveau commis une erreur impardonnable.

Il avait péché par vanité.

Il revint au stationnement.

Dans la voiture, il mordit son poing afin d'étouffer le cri de rage qui montait dans sa gorge. Il se frappa la tête contre le pare-brise, mais s'arrêta illico.

Il perdait les pédales.

Il mit plusieurs minutes à reprendre le contrôle de ses émotions. Lorsqu'il fut apaisé, il s'épongea le front avec un mouchoir.

Il devait se concentrer et trouver un plan de rechange.

Quelles options s'offraient à lui? Où demeurait-elle?

Il sentit la colère monter encore. Il n'avait pu dénicher son numéro de téléphone, qui devait être confidentiel.

Tout à coup, une lueur s'alluma dans son esprit.

Il ne savait pas où Simone Fortin habitait, certes, mais il avait les coordonnées de son amie, cette Ariane Bélanger.

Il sortit son calepin et vérifia l'adresse.

Simone Fortin s'était évaporée dans la nature, mais elle reprendrait contact avec son amie. La ligne était tracée: il suivrait Ariane Bélanger. Tôt ou tard, elle le conduirait à sa cible.

Et, cette fois, il ne raterait pas son coup.

9.

Trois-Pistoles

Le mercure venait tout juste de descendre sous le point de congélation.

Séparés de la route 132 par deux kilomètres de champs enneigés, une dizaine de chalets s'alignaient sur la berge du Saint-Laurent.

Lieu de villégiature prisé en été par des citadins en manque d'horizon, d'étoiles et de quiétude, l'endroit devenait triste et pratiquement inhabité l'hiver.

Pour l'heure, une fumée blanchâtre s'échappait de la cheminée d'une des maisonnettes.

L'intérieur était composé d'une chambre, d'une salle de bains et d'une grande pièce servant tout à la fois de cuisine, de salle à manger et de salon. Un feu crépitait dans un poêle en fonte.

Le sol était jonché de bouteilles de vodka vides, et l'atmosphère viciée charriait une odeur rance de transpiration et de pourriture. À n'en pas douter, les murs blancs lambrissés de lattes d'épinette avaient connu des jours meilleurs.

Un homme dormait affalé dans un fauteuil lorsque le téléphone se mit à sonner. Il répondit à la quinzième sonnerie.

— Allô? gémit-il.

— Laurent? C'est Nicolas.

— …

— Tu comptes venir travailler demain?

— Heu… non. Je suis encore malade, finit par articuler l'ivrogne.

— Laurent, ça fait déjà cinq jours… Je ne pourrai pas te couvrir comme ça très longtemps, sans billet du médecin.

— Je te promets que ça ira mieux bientôt.

— Laurent?

— Oui?

— Tu commences à me faire chier!

Laurent laissa retomber le combiné.

Il tendit le bras vers sa droite pour prendre la bouteille posée sur la table d'appoint. Ses doigts entrèrent plutôt en contact avec le métal froid d'un revolver.

Il saisit l'arme par la crosse, retira le cran de sûreté.

Vais-je enfin avoir le courage?

Il releva le chien, ferma la bouche sur le canon, son index chatouillant la détente.

Par la baie vitrée, il vit au loin la silhouette d'un pétrolier qui avançait sur la voie maritime.

Laurent finit par remplacer le canon par le goulot d'une bouteille. Il n'avait pas mis le nez dehors de toute la journée, écoutant à la télé un match soporifique de championnat de billard.

Pour tout repas, il avait mangé des haricots en conserve, à même le contenant de métal. Il ne lui restait plus de nourriture. Il devrait se résoudre à sortir bientôt. Il n'avait pas pris de douche depuis trois jours. Il s'enfonçait. Comment était-il tombé si bas? Lui-même avait du mal à s'expliquer pourquoi il avait rechuté.

Le téléphone sonna de nouveau. Laurent décrocha.

— Je vais mieux, Nicolas, je serai là demain, dit-il en tentant de camoufler son ivresse.

— Laurent, ici Kurt Waldorf. Je suis content de te parler.

— Fiche-moi la paix, Waldorf! s'écria-t-il.

— Laurent, tu ne m'as pas rappelé, mais as-tu pris connaissance de mes lettres?

— Quelles lettres?

Laurent les avait reçues. Mais, après les avoir lues, il les avait brûlées. Ce que Waldorf suggérait relevait du délire. Cet homme était un déséquilibré.

– Laurent, il faut qu'on parle de ton père.

– *Fuck off*! Je ne sais pas ce que tu essaies de faire, mais tu me fais vomir.

– Laurent, écoute ce que j'ai à te dire. Je t'en prie! Reste où tu es, j'arrive.

– Si tu mets les pieds chez nous, Waldorf, je te tire!

Une brume épaisse émanant du fleuve enveloppait la maison. Un craquement sec venait parfois briser le silence. La marée haute comprimait les glaces, qui commençaient à se fendiller. Le son du 4 x 4 roulant sur le chemin enneigé ne réveilla pas Laurent. Il ne vit pas la silhouette imposante de l'homme dans l'entrebâillement. Pas plus qu'il n'entendit le bruit de la cafetière que l'on met en marche.

Il rêvait.

Trois-Pistoles
1998

Toutes voiles dehors, l'embarcation ricoche sur les eaux froides du Saint-Laurent. Soufflant du nord avec force, le vent gomme de temps à autre un cumulus. Deux grands hérons les suivent, survolant l'écume bouillonnante rejetée à la poupe. Le bateau percute une vague de front, lui envoyant une trombe d'eau en pleine figure. L'adrénaline le magnifie. Il crie à s'en rompre les cordes vocales, tandis que son père tient la barre d'une main ferme. Laurent regarde sur sa droite. Il voit le clocher et les quatre tourelles scintillantes de l'église, construite en 1827. Un peu plus loin à l'est, il distingue la silhouette de l'hôpital. Ils naviguent depuis l'aube. Ayant d'abord contourné l'île Verte, ils font ensuite escale afin de pique-niquer à l'île aux Pommes, un site réputé pour l'observation des oiseaux. Et, maintenant, ils reviennent à leur port d'attache. Ils passent devant la vingtaine de maisons sur pilotis du chemin du Havre et il voit celle qu'ils louent pour les vacances. Il remarque aussi la partie en cours sur le terrain de tennis où ils jouent d'ordinaire. Lorsque son père le lui demande, Laurent commence à ramener les voiles. Charlène guette leur arrivée, assise sur un des bancs de la passerelle qui ceinture le quai. Elle les salue d'un geste que lui renvoie Laurent. Les deux hommes entreprennent les manœuvres d'approche et, bientôt, ils accostent. Laurent regarde son père avec un air de chien battu. «Fixe les amarres, dit ce dernier en riant, je m'occupe du reste.» Laurent s'exécute en vitesse, puis rejoint Charlène. Leurs bouches se soudent jusqu'à en perdre haleine. Le père sourit en les voyant s'éloigner vers la rue Notre-Dame. Il scrute le large, hume l'air salin, saturé d'iode. Le soleil décline rapidement, tendant un pont d'or sur l'eau. L'homme s'affaire à préparer le bateau pour leur prochaine sortie, nettoie le pont. Enfin, il prend les aliments périssables dans le frigo et les range dans une lourde glacière métallique, qu'il empoigne. Ainsi chargé, il pose un pied sur le quai et pousse avec l'autre jambe sur le plat-bord du voilier. Au lieu de lui offrir la résistance nécessaire pour lui permettre de gagner le débarcadère, le bateau s'écarte brusquement du bord. Déséquilibré, l'homme tombe entre le quai et l'embarcation. Sa tête heurte le parapet de ciment et il coule à pic. À terre, quelques témoins se précipitent. Laurent et Charlène sont devant le presbytère. Le clocher de l'église découpe le ciel de sa masse argentée. La bouche de Charlène goûte la mangue et le miel. Ses cheveux sentent la lavande. Un homme s'avance alors vers eux, l'air grave. Un accident est survenu. Laurent se rend compte que quelque chose cloche dès son arrivée au quai: il a mal fixé le bateau à la bitte d'amarrage.

— Laurent! Réveille-toi.

Il s'ébroua. Un homme à l'allure menaçante venait de lui balancer un verre d'eau à la figure.

Laurent tenta de se lever, mais retomba aussitôt, incapable de tenir sur ses jambes.

L'inconnu posa une tasse de café sur la table.

— Bois.

Laurent balaya le meuble du bras, envoyant la tasse et son contenu valser sur le sol.

– Imbécile, dit l'inconnu en le saisissant par le col.

Le visage anguleux, il paraissait âgé d'environ quarante-cinq ans. Il était vêtu de noir, et une longue cicatrice lui barrait la joue droite.

– Waldorf? demanda Laurent.

– Qui veux-tu que ce soit d'autre?

Le jeune homme chercha le revolver.

– N'y pense même pas. J'ai pris ton arme.

– Décrisse, Waldorf, ou j'appelle la police!

Il tendit le bras vers le combiné, mais ne trouva que du vide.

– J'ai aussi caché le téléphone.

Laurent jeta un coup d'œil à la pièce. Il ne vit aucune bouteille traîner, aucun papier. La vaisselle séchait sur le comptoir. Les cendriers étaient vides.

Les fenêtres ouvertes laissaient entrer un vent glacial.

– C'est gentil de ta part d'être passé faire le ménage, Waldorf. Je t'enverrai un chèque!

– Ferme ta gueule et écoute ce que j'ai à te dire.

– Va chier, Waldorf! Tu te prends pour qui? Un devin?

– Non, juste pour quelqu'un qui honore sa parole. J'ai fait une promesse à ton père, je veux la respecter.

– Et même si je te croyais, qu'est-ce que je pourrais faire?

Waldorf dégaina le revolver et le pointa vers Laurent.

– Dans la chambre, sur le lit.

– C't'une joke? Qu'est-ce que tu veux?

L'autre arma le chien.

– OK, fit Laurent d'un ton suffisant en levant les bras.

Il marcha jusqu'à la chambre, le canon de l'arme dans le dos.

– Couche-toi sur le lit, ordonna le visiteur.

– Je te préviens, Waldorf, t'es pas mon genre.

– Arrête de niaiser!

D'une main, Waldorf tenait Laurent en joue; de l'autre, il extirpa deux paires de menottes qu'il accrocha aux montants du lit, puis aux poignets de Laurent.

– Qu'est-ce que tu fais? dit ce dernier.

– Je tiens ma promesse, répliqua Waldorf.

Il prit un verre dans la salle de bains attenante et le remplit d'eau, puis sortit des cachets de la poche de sa chemise.

— Ouvre la bouche, lança-t-il en tendant la paume.

— *No way*! Tu vas me droguer.

— Pas le choix, ouvre la bouche, s'impatienta Waldorf en agitant le pistolet sous le nez de Laurent.

— Qu'est-ce que c'est?

— Benzodiazépine et acamprosate. Ça t'aidera. Je te ferai une injection de vitamine B1 plus tard.

Laurent avala à contrecœur. Waldorf s'apprêtait à refermer la porte derrière lui lorsque l'autre l'interpella.

— C'est quoi ton problème? Dis-moi ce que tu veux!

— Te convaincre, répondit Waldorf.

— Mais de quoi?

— J'ai rencontré Miles.

DEUXIÈME PARTIE

Je ne crois pas en l'au delà, mais j'emmènerai quand même des sous-vêtements de rechange.

Woody Allen

10.

Je suis sortie dans le stationnement de l'hôpital et j'ai marché en boitant jusqu'à la station de taxis.

Mon arrivée a interrompu la conversation de plusieurs chauffeurs.

J'ai cru comprendre qu'il était question des prévisions météorologiques de *L'Almanach du peuple* pour l'été à venir.

J'ai évité une plaque de glace et ouvert la porte arrière de la première voiture en file.

J'ai donné au chauffeur l'adresse de l'appartement de Miles en me laissant choir sur la banquette. Je n'ai été aucunement surprise de m'en souvenir avec exactitude, car j'ai toujours eu une mémoire photographique pour les chiffres.

Le chauffeur a démarré sur les chapeaux de roues. Alternant sans arrêt entre l'accélérateur et les freins, il m'a déposée devant l'immeuble de Miles le cœur au bord des lèvres.

La course s'élevait à moins de sept dollars, mais je lui ai donné les deux billets de cinq que contenait mon porte-monnaie : une photo de ses fillettes, scotchée au tableau de bord, m'avait émue.

Durant le court trajet, je n'avais cessé de ressasser les événements des dernières heures.

Que s'était-il *réellement* passé ?

S'il existait une explication logique, j'espérais de tout cœur que Miles m'aiderait à y voir plus clair.

J'ai levé les yeux.

Une fine brume enveloppait l'immeuble. J'ai monté les marches du perron avec peine, en m'appuyant sur la rampe.

Comme s'il voulait souligner mon impotence, un écureuil escaladait le mur de façade avec autant d'agilité qu'une araignée.

Sur le palier, j'ai cogné deux coups et tourné la poignée sans attendre.

La porte était verrouillée…

Curieux. Miles avait pourtant affirmé qu'il ne la barrait jamais.

J'allais frapper de nouveau lorsque le battant s'est ouvert, cédant le passage à une vieille dame ratatinée. Ses cheveux blancs et ses épaisses lunettes présentaient un drôle de contraste avec le survêtement de sport et les espadrilles dernier cri qu'elle portait.

— Oui? a-t-elle dit.

Je suis restée interdite, surprise par cette apparition inattendue. Miles habitait-il avec sa grand-mère?

— Je peux vous aider? a-t-elle insisté.

— Heu… je voudrais voir Miles.

La surprise qui s'est peinte sur ses traits n'augurait rien de bon.

— Il n'y a pas de Miles ici.

Elle allait refermer la porte, mais je l'ai bloquée avec mon avant-bras.

— Madame, c'est important. J'ai besoin de le voir.

Elle m'a regardée comme une curiosité, avec des yeux de vieille chouette.

— Vous faites erreur, mademoiselle. Je ne connais pas de Miles.

J'ai levé la main et constaté que je tremblais. J'ai néanmoins trouvé la force de montrer le logement du doigt.

— Ça va vous paraître idiot, mais est-ce que je pourrais jeter un coup d'œil à l'intérieur?

La vieille m'a toisée.

Je ne savais que trop bien ce qu'elle pensait. Avait-elle affaire à une de ces junkies dont on trouvait parfois les seringues dans le cimetière?

— Ça ne prendra qu'une minute, ai-je insisté.

A-t-elle senti ma détresse?

Quoi qu'il en soit, elle m'a laissée entrer après une brève hésitation.

À l'intérieur, une décharge électrique m'a foudroyée.
La décoration du séjour avait été entièrement refaite.
Les murs de la pièce étaient peints d'un vert terne, le sol couvert d'un tapis élimé et des objets de toutes sortes ornaient quelques tablettes gondolées. Au centre, un canapé fatigué faisait face à un vieux récepteur où passait un jeu télévisé.

J'étais venue ici quelques heures auparavant. Non seulement je reconnaissais la configuration de la pièce, mais la fenêtre du salon offrait un angle identique sur le cimetière.

Sans que je comprenne pourquoi ni comment, quelqu'un s'était depuis ingénié à modifier l'apparence de l'appartement.

— Ça ne va pas, petite?

— Laissez-moi voir la chambre, ai-je dit, déterminée à tirer tout ça au clair.

J'ai remonté sans attendre le couloir. J'ai ouvert la porte sur une pièce où trônaient un lit à baldaquin défraîchi et des tables de chevet en acajou. J'ai jeté un regard circulaire, cherchant des yeux la toile peinte par Miles.

Je n'ai rien vu d'autre que des murs couverts de tapisserie jaunie et de poussière.

Je me suis tournée promptement et je suis entrée dans la salle de bains.

Là aussi, une vive déception m'attendait.

La pièce contenait un ramassis de serviettes, de savons parfumés, de tubes de crème et d'onguents de toutes sortes. Rien à voir avec le vide spartiate de la salle de bains de Miles.

Je me suis regardée dans la glace. J'étais dans un triste état : deux cernes violacés se profilaient sous la peau blafarde de mes orbites, tandis que mes cheveux partaient dans tous les sens, emmêlés comme des spaghettis. J'ai entendu la vieille derrière moi.

— Mais qu'est-ce que vous faites? Venez, je vous raccompagne, a-t-elle déclaré d'un air agacé.

Une inconnue se glissait chez elle et passait son appartement au crible. Qui pouvait la blâmer de s'impatienter?

J'ai suivi la vieille en silence jusqu'à l'entrée. J'ai scruté de nouveau le séjour dans l'espoir de trouver un indice, même infime, qui pourrait témoigner du passage de Miles dans l'appartement.

Je n'ai rien découvert.

Même si je savais que ce n'était pas le cas, c'était à se demander si je ne m'étais pas trompée d'endroit. La vieille a ouvert la porte. Je lui ai souri timidement.

– Désolée de vous avoir importunée, madame, ai-je murmuré.

Malgré son apparente sincérité, je n'arrivais pas à me convaincre que je faisais fausse route. Avant de sortir, j'ai cédé à la tentation de poser la question qui me brûlait les lèvres:

– Excusez-moi d'insister, mais depuis combien de temps vivez-vous ici?

– Depuis le 1er juillet 2002, a-t-elle répondu. Je me souviens de la date avec précision: c'était un an jour pour jour avant le premier infarctus de mon mari.

Les mots se sont échappés de ma bouche sans que j'aie pu les retenir:

– C'est impossible! Vous mentez!

À voir l'irritation gagner son visage, je m'en suis aussitôt voulue de m'être emportée.

– Sortez, ou je téléphone à la police, a-t-elle dit d'une voix sèche.

Je devais faire pitié à voir.

Je me suis d'abord essuyé les yeux, puis mouchée bruyamment.

– Prenez-en un autre.

La dame m'a encore tendu la boîte de mouchoirs.

Les larmes étaient montées violemment et je n'avais rien pu faire pour les arrêter. La vieille avait paru désemparée, puis elle s'était ressaisie et m'avait fait asseoir sur le canapé.

Sa colère s'était estompée. Elle tenait à présent une de mes mains entre ses doigts rongés par l'arthrite.

— Vous faites une de ces têtes, a-t-elle soupiré. Qu'est-ce qui vous préoccupe ainsi?

— Je... Ce serait trop long à vous expliquer.

— Vous croyez que je ne comprendrais pas? Vous me faites penser à ma fille. Elle me croit gâteuse, elle aussi. Un mois que je n'ai pas eu de ses nouvelles!

Pauvre vieille. Je l'ai regardée avec empathie.

— C'est ce garçon, ce Miles qui vous met dans cet état, n'est-ce pas? J'ai déjà été amoureuse moi aussi, vous savez...

— C'était simplement un ami. À vrai dire, je le connaissais à peine.

— À voir votre air, je parierais que c'était plus qu'un ami.

Elle avait raison. Miles avait réveillé chez moi quelque chose d'endormi depuis trop longtemps. Du désir certes, mais il ne s'agissait pas que de ma libido. Je m'étais repliée sur moi-même après la mort du gamin, je n'avais laissé personne franchir la cuirasse que j'avais patiemment forgée. Miles m'avait donné l'envie de recommencer à vivre, le goût de me libérer de mon masque.

— Pour tout dire, je croyais qu'il vivait ici. C'est pour ça que j'ai réagi si fortement quand j'ai appris que vous habitiez ce logement depuis 2002.

— Mon mari et moi l'avons repris directement de ma belle-sœur, après son départ pour Bruxelles.

Elle a pris un temps avant d'enchaîner :

— Peut-être que votre ami restait ici avant elle.

— Combien de temps votre belle-sœur a-t-elle vécu ici?

— Lucille? Je ne sais plus. Une dizaine d'années?

— C'est impossible, ai-je marmonné. Impossible.

— Je parlais de ça parce que vous n'êtes pas la première personne qui demande à visiter l'appartement.

— Que voulez-vous dire?

— Un jeune homme est venu une fois. Il a dit qu'il avait déjà habité ici. Il a insisté pour entrer. Un peu comme vous...

— Vous souvenez-vous de son nom?

– Il ne me l'a pas dit.

– De quoi avait-il l'air?

– Je ne me souviens pas. Plutôt grand. Un jeune.

J'ai fait une description sommaire de Miles.

– Oui, c'est possible que ce soit lui.

– C'était quand?

– Ça fait plus d'un an, a-t-elle dit sans hésiter. Mon mari vivait encore à l'époque.

– Il ne serait pas revenu hier par hasard?

– Si c'était le cas, je le saurais.

Elle m'a tapoté le bras.

– Je comprends votre déception, petite. Mais les gens qui s'aiment finissent toujours par se retrouver. D'ailleurs, ça me rappelle l'histoire de ce jeune couple américain, séparé par la guerre. Elle s'était remariée en le croyant mort, tandis qu'on le soignait pour amnésie dans un hôpital allemand. Après trois ans, ils…

Je n'écoutais plus, n'entendant dans mes oreilles que les battements saccadés de mon cœur.

– Mon Dieu, que vous êtes pâle! Je vais vous faire un gin. Vous verrez, ça remet les idées en place, a déclaré la dame en me faisant un clin d'œil. Oh, et tenez, pendant que nous y sommes, laissez-moi vous montrer notre album de mariage. Alfred était si séduisant à l'époque.

Mon cerveau était sur le point d'exploser.

Ce que me disait la vieille ne soulevait que des impossibilités.

J'ai rebroussé chemin vers la porte. La vieille était attachante, mais je ne me sentais pas d'humeur à regarder ses albums. Malgré toute sa bonne volonté, je sentais qu'elle ne m'apprendrait rien de plus.

– Malheureusement, je dois me sauver. J'ai rendez-vous, ai-je menti.

Elle m'a lancé un regard de chien battu qui a failli me faire céder.

– Merci pour tout, ai-je dit en la prenant par les épaules.

— Vous le retrouverez, mon enfant! Faites confiance à la vie.

Je suis sortie.

Dehors, le soleil a dardé mes yeux. Une valse de renseignements tourbillonnait dans ma tête.

Qu'avais-je appris?

La vieille affirmait ne pas connaître Miles et vivre dans
l'appartement depuis 2002.

Elle prétendait en outre qu'un jeune homme correspondant
à son signalement avait insisté pour visiter le logement un an
auparavant.

À moins d'être une formidable comédienne, elle n'avait pas
menti.

J'ai descendu les marches et je me suis engagée sur
Côte-des-Neiges. J'ai traversé la rue et marché jusqu'à la grille
du cimetière.

Un cortège mené par une limousine noire roulait sur l'allée.
En le regardant s'éloigner, j'ai pensé que la vie n'est qu'une
courte parenthèse.

Je suis demeurée immobile, comme perdue dans un songe.

Le cortège a fini par disparaître au bout de l'allée.

Alors que j'observais une stèle, l'énigme m'est apparue
dans toute sa contradiction.

D'une part, je n'avais aucune raison de penser que la vieille
mentait.

D'autre part, je ne parvenais pas à me défaire de l'impression
que quelqu'un avait transformé l'appartement de Miles.

Cette impression m'amenait à poser une hypothèse difficile
à admettre, mais pourtant incontournable:

Miles était-il derrière cette mise en scène?

Dans l'affirmative, pourquoi?

Une question encore plus capitale me taraudait:

Où était-il passé?

11.

Lessard rengaina son arme. L'assassin n'était plus dans le bureau de Jacques Mongeau.

Le policier demanda à un garde de sécurité de l'hôpital qui était arrivé sur les lieux avant lui d'écarter les curieux massés à la porte du bureau.

Il se souviendrait de ce jour comme l'un des plus longs et des plus éprouvants de sa carrière. Lorsque la mort fauche, le corps subsiste comme un vestige du passé, grotesque et dérisoire. Lessard avait tout vu : crânes défoncés par des coups de fusil, pendus, noyés, accidentés de la route.

En tant que policier, on apprenait plus ou moins à composer avec ça. Malgré tout, sa réaction initiale s'exprimait toujours sous forme de rejet face à l'abject.

Cette fois ne fut pas une exception : il avait vomi dans la poubelle.

Il commença à enregistrer les détails de la scène du crime : l'homme gisait dans son fauteuil, le menton appuyé sur le torse. Il semblait avoir été égorgé. Une autre blessure près du cœur avait formé une grande flaque de sang sur le sol. La main droite était posée à l'envers sur sa cuisse. La chaise du visiteur était tombée sur le côté.

Soudain, Lessard se demanda s'il ne rêvait pas.

On lui avait tranché l'index !

Une coupure nette, exécutée à même le bureau, à en juger par les éraflures sur le bois.

S'agissait-il d'une blessure *post-mortem* ?

Lessard remarqua, à côté du buvard, un boîtier transparent. Le disque compact qu'il contenait portait, outre la date et une adresse Internet, la mention suivante :
Message d'erreur : 10161416.
Ce disque provenait-il du meurtrier ou appartenait-il au défunt ?

La pièce ne présentait aucune autre trace visible de lutte ou de violence. Les murs pastel, le tapis crade et les meubles de mélamine laissaient supposer que l'endroit n'avait pas été rafraîchi depuis les années quatre-vingt.

Sur une tablette, une photographie attira son attention. Elle montrait la victime en compagnie d'une femme et de deux garçons.

Lessard soupira.

Ils allaient devoir mettre la famille au courant. Sans se douter du drame qui venait de se jouer, ces gens vaquaient à leurs occupations. Dans quelques heures, tout au plus, un policier leur porterait la terrible nouvelle. Lessard s'était lui-même chargé de cette macabre mission à de trop nombreuses reprises. Rien ne s'avérait plus pénible que le désarroi des proches et l'impuissance qu'il ressentait à ce moment. Il s'efforçait tant bien que mal de se montrer à la hauteur, mais ne savait jamais quoi dire.

Que peut-on ajouter lorsque la violence parle ?

Comme il ne portait pas de gants, Lessard prit un papier mouchoir et s'en servit pour extirper le portefeuille de la victime. Il y trouva de l'argent liquide et un permis de conduire, avec photographie. Le cadavre flasque qui gisait devant lui était sans l'ombre d'un doute celui de Jacques Mongeau.

Ce nom avait une consonance familière. Quelqu'un de connu ?

Lessard ouvrit un des tiroirs, vit un agenda, un carnet de timbres, une brosse à dents, du dentifrice et quelques préservatifs. Peu surpris, il songea que l'homme n'était ni le premier ni le dernier à s'envoyer sa secrétaire.

Il entendit une cavalcade et des éclats de voix. Fernandez et Sirois arrivaient. L'instant d'après, Pearson lui tendit un gobelet de café et une paire de gants de latex. L'agent Nguyen était resté en retrait dans le corridor, affairé à installer un cordon de sécurité. Tout le sixième étage serait bouclé.

Fernandez et Pearson eurent un bref mouvement de répulsion en voyant le corps. Sirois demeura impassible.

— Le technicien est en route, précisa Fernandez.

— Qui envoie-t-on? fit Lessard.

— Doug Adams.

Le sergent-détective approuva du chef. Bien qu'aussi excitant qu'un cours de catéchèse, Adams était un homme consciencieux en qui il avait confiance. Il connaissait son travail et savait faire preuve de discrétion.

— Qui a reçu l'appel? demanda Lessard.

— Moi, dit Fernandez. C'est sa secrétaire qui l'a trouvé. On la traite pour choc nerveux.

— Je veux la voir dès que possible.

Tandis qu'ils parlaient, Pearson et Sirois examinaient les blessures de la victime.

— Vérifie qui, à part la secrétaire, est entré ici avant mon arrivée. Le gardien de sécurité a-t-il touché au corps?

Fernandez écrivait dans un carnet.

— Quelqu'un a regardé s'il y a des caméras de surveillance sur l'étage?

— Je m'en suis déjà chargé, répondit Pearson. Négatif.

Ils observèrent la scène de crime en silence.

Sirois jouait avec son stylo à bille. Fernandez et Pearson prenaient des notes. Lessard essaya de joindre le commandant Tanguay. Il laissa un message dans sa boîte vocale.

À un moment donné, il se rendit compte que les autres attendaient qu'il prenne la parole.

Qu'allait-il leur dire? Il tenta de regrouper ses idées.

— Que savons-nous? dit-il.

– Jacques Mongeau était directeur général de l'hôpital, déclara Sirois d'emblée. Il a été trouvé mort par sa secrétaire.

– Mongeau a une plaie importante au thorax, continua Lessard. On lui a aussi tranché la gorge et l'index de la main droite. Adams pourra nous le confirmer, mais ça ressemble à des blessures faites à l'arme blanche.

– La blessure au sternum est irrégulière et profonde. Je te parie que c'est un couteau de commando, fit Pearson qui avait été dans l'armée.

– Peut-être qu'il s'agit d'un militaire, risqua Fernandez.

Lessard avala une gorgée de café et reprit ses observations :

– Nous ne connaissons pas l'identité du meurtrier ni le mobile. Il n'y a pas de traces de lutte à part cette chaise renversée, mais il est évident que Mongeau a été tué ici. (Lessard s'avança vers la fenêtre.) Il ne semble pas avoir essayé de fuir. Se sentait-il en confiance ? Avait-il rendez-vous avec son agresseur ? Si c'est le cas, la secrétaire l'a-t-elle vu ? Le bureau a-t-il été fouillé ? Manque-t-il quelque chose ?

Les questions tournoyaient dans la pièce.

– Le vol est à écarter. J'ai trouvé dans le portefeuille de l'argent liquide et des cartes de crédit.

– Moi ce qui me chicote, c'est le doigt coupé, intervint Sirois. On dirait un rituel ou un règlement de comptes.

– J'y venais. Pourquoi lui trancher un doigt ? Pourquoi l'index droit ? Cette blessure a-t-elle précédé la mort ? Faut-il y attribuer une signification ?

– Il y a une autre possibilité, proposa Fernandez. Il a peut-être été torturé. L'agresseur tentait peut-être de lui soutirer un renseignement.

– On l'aurait entendu crier, avança Sirois.

– Pas si sûr, la porte est capitonnée, objecta Lessard.

– Et si l'information, c'était le doigt ? suggéra Pearson.

– Qu'est-ce que tu veux dire ? demanda Lessard.

– Reconnaissance digitale, précisa Pearson.

Ils demeurèrent silencieux quelques secondes.

– Ça fait beaucoup de questions, soupira Fernandez.

Confusément, Lessard songea qu'ils touchaient à un point important. Il s'avérait essentiel que le légiste établisse si le doigt avait été tranché avant ou après la mort.

Pearson s'agenouilla pour inspecter sous le bureau.

— Nadja, fouille son passé. Nous ne savons pas ce que nous cherchons, mais il faut trouver la faille. Qui était-il? Avait-il des ennemis, ou encore une maîtresse?

— C'est du pareil au même, dit Sirois, mais personne ne releva la blague.

— Examine ses comptes bancaires. Une somme importante a-t-elle été virée ou prélevée dernièrement? Vérifie si ses empreintes sont fichées. Possédait-il un coffre à reconnaissance digitale? Tu vois le portrait, non?

Fernandez marchait déjà d'un pas vif vers la sortie.

— Pearson, tu vas me passer cette pièce au peigne fin avec Adams. Relève les empreintes, prends connaissance du contenu de l'ordinateur, des courriels. J'ai vu un agenda dans le tiroir de droite, épluche-le. Je veux savoir ce qu'il y a sur ce disque qui traîne sur le bureau. Vérifie aussi l'adresse Internet qui est marquée dessus.

— C'est comme si c'était fait.

— Je t'envoie la secrétaire dès que possible, ajouta Lessard. Qu'elle nous dise s'il manque des dossiers ou autre chose. Que Nguyen dresse la liste des gens qui travaillent sur l'étage et qu'il commence à recueillir les témoignages. On ne peut pas écarter la possibilité que le coupable soit quelqu'un de l'interne.

Pearson feuilletait déjà l'agenda.

— Sirois, tu vas prévenir la famille, enchaîna Lessard. Fais-toi accompagner par la psychologue si tu veux. Je te rejoins dès que possible. Tu connais la routine, gratte tout ce que tu peux, mais sans importuner: changement récent dans son comportement, problèmes d'argent, de jeu, de drogue ou d'alcool. Et n'oublie pas le coffre.

— Qu'est-ce qu'on fait du délit de fuite? demanda Sirois. Simone Fortin t'a-t-elle appris quelque chose?

Lessard sacra. Ça lui était complètement sorti de la tête.

— Non, rien. Laissons ça sur la glace pour l'instant. Priorité sur ce meurtre.

Un homme chétif vêtu d'un ciré de la police entra.

— Salut, Doug, dit Lessard.

— Salut, Victor, répondit l'autre en lui tendant une main décharnée.

— Pearson va te mettre au courant. Je dois y aller, mais tu me téléphones dès que tu trouves quelque chose.

Adams acquiesça et commença à déballer son matériel. Son assistant, dont Lessard n'arrivait jamais à retenir le nom, apparut à son tour, portant deux lourdes valises.

Le sergent-détective franchissait le seuil lorsqu'il s'arrêta net.

— Pearson, j'oubliais... Le légiste?

— C'est Berger. Il est en route.

Lessard grimaça.

Berger se montrait condescendant et capricieux comme une vedette rock, un condensé d'à peu près tout ce qu'il haïssait. Mais il travaillait méticuleusement.

— Qu'il me communique ses constatations préliminaires le plus tôt possible. Insiste sur le doigt. Il faut déterminer si la blessure est antérieure à la mort ou non.

— Oui, Vic.

— Hé! Pearson!

— Mmm?

— Merci pour le café.

Dormir d'un long sommeil blanc.

La mort pouvait se révéler libératrice. Lessard avait réfléchi à la question quelques mois auparavant, alors qu'il avait pensé attenter à ses jours.

Son mobile sonna. C'était Fernandez.

— La secrétaire se nomme Jeannine Daoust. Elle est aux soins intensifs. Ils t'attendent.

— Et le gardien, il a touché à quelque chose?

— Non. Il est resté sur le seuil.

— Tu le crois?

— Oui. Il tremblait comme une feuille.

Lessard frissonna.

Alors qu'il se trouvait lui-même dans l'immeuble, quelque chose de terrible s'était produit, une catastrophe surgie de nulle part, un acte insensé, qui ne devrait jamais avoir lieu. Pourquoi s'en étonner? Depuis la nuit des temps, l'homme ne demeurait-il pas un loup pour l'homme?

La sonnerie de son téléphone retentit encore.

Le commandant Tanguay, son supérieur hiérarchique, venait aux nouvelles. Lessard lui fit un bref compte rendu.

— Vous sentez-vous à la hauteur de la situation, Lessard?

Tanguay lui balançait une allusion à peine voilée aux problèmes qu'il avait connus dans la dernière année et qu'il tenait pour directement responsables de l'échec de son mariage.

— Oui, monsieur.

— Vous savez qui était Jacques Mongeau?

De nouveau, le nom lui sembla familier, sans qu'il parvienne à faire le rapprochement.

— Heu…

— C'est l'ancien grand argentier du Parti libéral fédéral. Un homme influent et très proche de l'ex-premier ministre. Vous comprenez ce que ça implique, Lessard?

— Que l'enquête va être très médiatisée, monsieur.

— Précisément. Votre travail sera scruté à la loupe par les médias. J'ai convoqué une conférence de presse à 19 h et j'aimerais que vous m'y assistiez. Il faut prendre les devants, établir clairement sur quelle base nous divulguerons l'information aux médias.

Lessard soupira. Il se sentait à l'aise devant les caméras, mais il ne pourrait rien communiquer d'intelligent aux journalistes à 19 h. En somme, Tanguay lui faisait comprendre de façon détournée qu'il devrait produire des résultats rapidement.

— Autre chose, Lessard : vous savez qu'il existe toujours des tensions au sein même de l'état-major sur le rôle de la police de quartier. Nous n'aurons pas beaucoup de marge de manœuvre. Si votre équipe ne tient pas une piste sérieuse d'ici demain, il y aura beaucoup de pression pour transférer l'enquête à la section des crimes majeurs. Comprenez-moi bien : je vais les retenir tant que je peux, mais il y a urgence.

Le sergent-détective jura. Traduction : Tanguay ne mettrait pas sa précieuse tête sur le billot pour lui. Dès qu'il sentirait la soupe chaude, il s'effacerait et les pointures des crimes majeurs viendraient lui voler son enquête. Lessard n'avait surtout pas envie d'essuyer l'humiliation de voir le dossier refilé à ses anciens collègues. Il n'avait reparlé à personne depuis qu'on l'avait démis de ses fonctions au sein de la section des crimes majeurs, dans la foulée de la bavure qui avait coûté la vie à deux de ses hommes l'année précédente.

— Des questions, Lessard ?

— Non.

Tanguay raccrocha avant qu'il ne puisse ajouter quoi que ce soit. En entrant dans l'ascenseur, Lessard songea qu'il n'avait pas encore fait son lavage. Il se sentit tout à coup découragé. Il ne mènerait jamais cette enquête à bien.

Alors qu'il traversait la salle des soins intensifs, il vit une femme qui lui rappela sa sœur. Il composa son numéro, mais abandonna au bout de deux sonneries.

Pas maintenant. C'était au-dessus de ses forces.

Lessard approcha une chaise du lit.

Sous le masque à oxygène, Jeannine Daoust gardait une mine crayeuse, mais elle allait mieux. Il se présenta.

— Madame Daoust, vous venez de vivre des moments éprouvants, mais j'ai besoin de votre aide.

La femme se mit à sangloter. Il adopta le ton le plus amène possible.

— Madame, dans un cas de meurtre, c'est souvent la direction que prend l'enquête dans les premières heures suivant la découverte du corps qui détermine si elle se soldera par une réussite ou par un échec.

Jeannine pensa à la veuve du défunt et à leurs deux fils. Que diraient-ils s'ils savaient qu'elle s'était montrée incapable d'aider la police ?

Elle prit une grande inspiration, s'épongea le front avec un papier mouchoir froissé. Son fard à paupières avait coulé, laissant deux cernes qui la faisaient ressembler à Alice Cooper.

Elle se redressa et retira le masque à oxygène. Pour la toute première fois depuis qu'il était entré dans la pièce, elle regarda Lessard.

— Vous avez raison, pardonnez-moi, dit-elle d'une voix tremblotante.

— Merci. Je comprends que vous avez vu le meurtrier? Comment est-ce arrivé?

— Un dénommé Pierre Tremblay m'a contactée ce matin, pour être reçu. L'agenda était complet, mais il a insisté, mentionnant qu'il désirait faire une importante donation.

— C'est fréquent?

— Non, mais pas inhabituel.

— Vous connaissez le nom de l'organisme qu'il représentait?

— Non, il ne me l'a pas dit.

— Continuez.

— Le patron a lui-même repris la ligne pour confirmer un rendez-vous à 14 h 30 et m'a demandé d'annuler une réunion prévue à la même heure, ce que j'ai fait.

— Ce Pierre Tremblay, que saviez-vous de lui?

— Rien, c'était la première fois qu'il téléphonait.

— Il est arrivé à l'heure?

— Oui.

— Ensuite?

— Je lui ai offert un café, qu'il a refusé. Je l'ai laissé dans l'antichambre pendant que je prévenais le patron.

— Il vous a semblé nerveux, fébrile?

— Non, répondit-elle après quelques secondes de réflexion.

— Qu'avez-vous fait par la suite?

— J'ai ouvert la porte et annoncé le visiteur. Il est entré.

— Il s'est assis sur une des chaises, face au bureau?

— Je présume.

— Et après?

— Monsieur Mongeau m'a donné congé. J'ai éteint mon ordinateur, j'ai refermé derrière moi et je suis sortie.

— Vous avez entendu leur conversation?

— Non.

— Pourquoi êtes-vous revenue?

— Ma fille est en vacances en Provence et elle m'a envoyé un courriel avec des photos magnifiques du pont du Gard. (Ses yeux s'illuminèrent furtivement.) Il y a des années que je tente de convaincre mon mari de visiter le sud de la France. J'ai imprimé les photos sur l'imprimante couleur du patron. Pendant que j'attendais l'autobus, j'ai réalisé que je les avais oubliées. Alors, je suis revenue. (Elle s'essuya les yeux, réprima un sanglot.) Lorsque je suis entrée, la porte de son bureau était toujours close. J'ai pensé que le patron était encore en réunion, mais j'ai tout de même trouvé ce silence curieux. La porte est capitonnée mais, depuis le temps, mon oreille discerne la vibration de sa voix à travers la paroi. Avant de partir, j'ai tenu à vérifier qu'il ne manquait de rien et c'est là que...

Elle se remit à pleurer et dut prendre une longue pause avant de pouvoir poursuivre. Lessard tenta de se montrer compréhensif, même s'il bouillait d'impatience.

— Décrivez-le.

— Plutôt petit, je dirais un mètre soixante-cinq. Mince. Il portait un costume sombre à rayures, de bonne coupe. Les cheveux très noirs. Et des lunettes, je pense.

De temps à autre, Lessard notait une réponse dans son calepin.

— Son visage? Ses yeux? Des signes particuliers? Une barbe peut-être?

Jeannine Daoust se concentra.

— Je crois qu'il avait les yeux bruns. Son visage était... normal. Rasé de frais. Peut-être une moustache, mais je n'en suis pas certaine.

— Et sa voix?

— Que voulez-vous dire?

— Il semblait éduqué? Un accent?

— Courtois, poli. Pas d'accent étranger.

— Quel âge avait-il?

— Mmm... difficile à dire.

– À votre avis?

– Je dirais dans la cinquantaine. Peut-être la fin de la quarantaine. Je ne sais plus.

Une nouvelle crise de larmes secoua Jeannine Daoust. Lessard n'en apprendrait pas plus d'elle aujourd'hui.

Il devait constamment faire face à ce genre de situation. À vif, certaines personnes peinaient à se rappeler, cependant que, quelques jours plus tard, des souvenirs précis les submergeaient. Cette fois-ci, il ne pouvait s'offrir le luxe d'attendre.

– Vous sauriez le reconnaître?

– Je crois, oui.

– Un policier viendra vous montrer des photos. On va aussi faire un portrait-robot. Vous accompagnerez ensuite un de mes collègues pour vérifier que rien n'a été volé dans le bureau.

Le désarroi forma sur la figure de la femme une grimace acidulée.

– Le corps aura été déplacé avant, ajouta Lessard.

Cela sembla la rassurer un peu.

– Vous souvenez-vous d'autre chose? N'importe quel détail, même le plus anodin, peut s'avérer significatif.

Sans s'en rendre compte, la secrétaire fit claquer sa langue deux fois tandis qu'elle réfléchissait.

– Il portait une mallette.

– Souple ou rigide?

– Rigide. En cuir foncé. Noire. Oui, elle était noire.

Lessard nota.

– Une dernière question. À votre connaissance, votre patron possédait-il un coffre à reconnaissance digitale?

La surprise parut totale.

– Comme dans les films d'espionnage?

Lessard se sentit tout à coup ridicule.

– Si vous voulez, oui...

– Non, je ne vois pas. Il n'y a pas de coffre dans son bureau. Ni même de classeurs qu'on peut fermer à clé. Je lui en ai d'ailleurs fait souvent le reproche.

– Je vous laisse ma carte. Téléphonez-moi à n'importe quelle heure si un détail vous revient.

Les possibilités demeuraient trop nombreuses : un homme dans la quarantaine ou la cinquantaine, en costume sombre, de petite taille, yeux bruns, cheveux noirs, avec une mallette en cuir, portant peut-être des lunettes.

Même si le meurtrier avait donné sa véritable identité, ce dont Lessard doutait fortement, ses collègues et lui n'étaient guère plus avancés. L'annuaire téléphonique devait contenir pas moins de trois cents Pierre Tremblay!

Lessard se sentit tout à coup fatigué et un peu découragé par l'ampleur de la tâche. L'enquête s'annonçait difficile.

Que raconterait-il au commandant et aux journalistes? Ses collègues et lui ne savaient rien.

Pour l'instant, il avait besoin d'un café.

12.

Je suis schizophrène, et moi aussi.
Carl Jung

Avec le recul, je me rends bien compte qu'à ce stade, j'aurais dû retirer mes billes et rentrer chez moi. Non seulement je prenais des risques inutiles pour ma santé, mais ma visite à l'appartement de Miles ne m'avait pas permis de le retrouver.

En outre, je ne disposais d'aucun autre indice pour parvenir jusqu'à lui.

Si j'avais abandonné tout de suite, les événements subséquents auraient-ils pu être évités?

Du cimetière, j'ai pris Côte-des-Neiges vers le sud. Faute d'une autre piste, j'avais décidé de retourner sur les lieux de l'accident où j'avais failli perdre la vie dans la matinée. Après tout, n'était-ce pas à l'endroit où cette voiture folle m'avait renversée que j'avais rencontré Miles, là où toute cette histoire avait commencé?

J'ai marché lentement sur le trottoir qui longe le mont Royal. J'ai cédé le passage à deux joggeurs vêtus de combinaisons moulantes. Bien que la pente soit assez abrupte à cet endroit, les deux hommes couraient tout en conversant, sans apparente difficulté.

Pour ma part, je suis arrivée à proximité du Manège militaire le souffle court et la gorge sèche.

Je suis entrée dans le premier dépanneur venu. Avec la monnaie que j'ai trouvée dans mon portefeuille, j'ai acheté une tablette de chocolat et une bouteille d'eau, que j'ai bue d'une traite sur le trottoir.

J'ai balancé la bouteille vide dans une poubelle et mis la tablette dans la poche arrière de mes jeans avant de reprendre ma route.

Quelque chose m'échappait dans cette histoire.

Si Miles tirait les ficelles, comment avait-il pu transformer l'appartement aussi vite? La conversion n'était quand même pas banale. Avait-il reçu de l'aide extérieure?

Et le rôle de la vieille dans tout ça? La manipulait-il à son insu?

Autre question clé: la mise en scène m'était-elle destinée?

C'était encore confus, mais une idée commençait à germer dans mon esprit. Je n'avais jamais rencontré Miles auparavant, mais il semblait être au courant de la mort du gamin. Peut-être avait-on décidé qu'il était temps de payer pour mes fautes. Peut-être l'avait-on mandaté afin d'exercer des représailles à mon endroit.

Pourtant, il m'avait semblé sincère quand il avait dit que personne ne l'avait chargé de me retrouver.

J'ai palpé en vain les poches de mes jeans et celles de mon manteau à la recherche de la tablette de chocolat. Je l'avais sûrement échappée en chemin.

J'ai fait demi-tour afin de revenir sur mes pas.

Le mouvement avait été presque imperceptible, mais j'aurais juré qu'au moment où je me retournais, un homme vêtu d'une veste de cuir s'était glissé derrière la cabine téléphonique, au coin de la rue.

L'homme m'avait semblé bouger trop vite, comme s'il ne voulait pas être vu.

Sans réfléchir, je me suis dirigée rapidement dans sa direction.

— Miles?

Étrangement haut perchée, ma voix a résonné plus fort que je ne m'y étais attendue.

Un passant a tourné la tête par réflexe. Je l'ai dépassé sans même le voir. Mes yeux se focalisaient uniquement sur la cabine.

— Miles?

D'autres passants m'ont regardée avec curiosité. La vue d'une jeune femme criant comme une hystérique devait produire son effet.

— MILES?

Sans que je puisse voir son visage, l'homme à la veste de cuir est tout à coup sorti de sa cachette, a pressé le pas et a disparu dans l'angle de la rue parallèle.

— ATTENDS, MILES! ATTENDS!

J'avais les nerfs à fleur de peau depuis ma visite chez la vieille. Quelque chose en moi a cédé quand j'ai constaté que l'homme s'était volatilisé.

Sans réfléchir, j'ai commencé à courir. Ma cheville me faisait atrocement souffrir, des larmes roulaient sur mes joues.

Le paysage défilait de plus en plus vite, les arbres, les voitures, les façades s'amalgamaient en une seule image de plus en plus floue sur mes rétines.

J'ai couru à en perdre haleine, jusqu'à ce que mes jambes flanchent, jusqu'à ce que je m'effondre.

Alors, je me suis mise à sangloter et à crier à tue-tête:

— JE NE SUIS PAS FOLLE!

Combien de temps a duré cette crise? Quelques secondes? Plusieurs minutes?

Je ne sais pas. Lorsque j'ai repris mes sens, j'étais au cimetière, allongée près de la stèle d'Étienne Beauregard-Delorme.

Est-on hanté tout au long de sa vie par les fautes qu'on a commises?

Si c'était le cas, j'étais damnée, je ne trouverais point de salut.

Décidant de couper à travers la montagne pour rejoindre la rue, je me suis engagée sur un sentier boueux où mes bottes s'enfonçaient jusqu'aux chevilles. J'ai senti immédiatement l'humidité s'infiltrer dans mes chaussettes. D'ici quelques secondes, j'aurais les pieds trempés.

J'ai entrevu la route derrière une rangée de conifères. J'ai trébuché en voulant passer entre deux sapins et je suis tombée dans la boue. Je me suis relevée en sacrant.

J'ai enfin réussi à m'extirper du piège. Sur le trottoir, j'ai jeté un regard sur mes vêtements : mes jeans et mon manteau étaient sales. J'ai soupiré. À ce point, je m'en fichais.

J'ai tenté de me rasséréner, de vider mon esprit de toute forme de pensée négative. J'ai essayé de fixer mon attention sur ce qui m'entourait : les vitrines des commerces, les vêtements des passants, la couleur des voitures.

D'ordinaire, cette façon de procéder me permettait de reprendre contact avec la réalité, de surmonter mon anxiété. Après quelques minutes, la technique a commencé à faire effet. Je me suis calmée peu à peu.

En me dirigeant vers le lieu de l'accident, j'ai repassé mentalement les derniers événements, pour essayer d'y mettre un peu d'ordre.

Un : j'avais été fauchée par une voiture et j'étais restée inconsciente quelques heures.

Deux : une vieille dame vivait dans l'appartement où j'avais séjourné avec Miles.

Trois : le logement avait subi de profondes transformations.

Quatre : un homme qui ressemblait à Miles avait demandé à visiter l'endroit un an auparavant.

Cinq : Miles avait disparu.

Je devais regarder la réalité en face : ma perte de connaissance et ma rencontre avec Miles étaient antinomiques. L'explication la plus plausible ? Notre rencontre n'était qu'une hallucination, une invention de mon subconscient à la suite de mon court coma.

Cette logique n'avalisait pas tout.

Bien que l'endroit fût complètement différent et Miles introuvable, comment expliquer que j'avais retrouvé l'appartement ?

Si Miles n'existait que dans mes délires, qui alors avait visité le logement auparavant ?

Je n'ai pu m'empêcher de penser que, comme une schizophrène, je vivais peut-être dans plusieurs réalités parallèles en même temps.

Maman ne m'avait jamais tant manqué : j'aurais eu tant de choses à lui raconter, tant d'angoisses à exorciser.

Dans les mois qui avaient suivi son départ, j'aurais voulu m'expliquer sur mes indifférences passagères d'adolescente, mon manque de reconnaissance, mes moues boudeuses. Elle était partie avant que je devienne une adulte, avant que je sois aux prises avec des tracas de grande personne.

Après la mort d'Étienne, ce sentiment de vide s'était exacerbé au point de devenir un mal-être annihilant mes moyens. Je m'étais relevée seule et affranchie de cette épreuve, j'avais surmonté la paranoïa, ce choléra de l'esprit.

Les événements des dernières heures me troublaient, menaçaient l'équilibre fragile que j'avais mis des années à rétablir. Je ne voulais pas sombrer dans l'abîme encore une fois.

On n'a jamais tant de choses à dire à quelqu'un que lorsqu'il est mort.

Maman, si seulement tu étais encore là.

J'étais à proximité de l'endroit où la voiture m'avait renversée. Comme je craignais de croiser un collègue et d'avoir à m'expliquer sur les circonstances de ma mésaventure, j'ai pris à gauche dans Blueridge-Crescent, ce qui me permettrait de contourner mon bureau.

Après quelques mètres, ma nuque s'est mise à picoter de manière désagréable. Quelque chose n'allait pas, je le sentais d'instinct.

Je me suis retournée vivement. J'ai vu de nouveau l'homme à la veste de cuir. J'aurais juré qu'il avait regardé vers moi avant de se fondre dans la foule.

Me suivait-il ou étais-je victime de mon imagination ?

Cette fois, j'allais en avoir le cœur net.

Un autobus s'engageait sur la chaussée.

J'ai attendu qu'il s'approche et j'ai traversé la rue brusquement, devant lui. Le chauffeur a donné un coup de klaxon, mais je suis parvenue à me faufiler. Sur le trottoir, j'ai avisé un porche et je me suis glissée sous l'auvent de toile qui protégeait l'entrée d'un immeuble à appartements. De cet endroit, je ne pouvais être vue des passants.

Si l'homme à la veste de cuir me suivait, mon vif changement de direction allait à coup sûr susciter une réaction. Il allait être forcé de marcher à découvert.

J'ai scruté le trottoir d'en face.

Une grosse femme chargée de sacs plastique s'est aventurée sur la chaussée à pas pesants, suivie par un petit garçon. Deux jeunes filles ont ensuite traversé en se passant une cigarette.

Toujours pas de trace de l'homme.

Allez, Miles, montre-toi le bout du nez, qu'on puisse tirer cette affaire au clair!

J'ai plissé les yeux. Où était-il?

J'ai abandonné mon poste d'observation quelques secondes pour céder le passage à un jeune couple qui sortait. J'ai repris aussitôt ma place et continué à observer la rue.

Toujours rien.

De guerre lasse, je suis sortie de ma cachette dix minutes plus tard.

L'homme avait encore disparu…

Je me suis remise en marche, la rage au cœur.

À quel jeu joues-tu, Miles?

En contournant un tréteau orange qui bloquait un bout de trottoir crevé, je suis passée devant la devanture d'un magasin d'aliments naturels. J'ai regardé distraitement les étalages, où on faisait la promotion d'une gamme de suppléments diététiques.

Plus je marchais et plus le sentiment de m'éloigner de mes repères s'installait en moi. J'ai songé que j'étais aussi perdue qu'une musicienne sans partition.

Cette pensée a fait remonter à ma mémoire un souvenir très ancien.

Enfant, mon père avait tenu à me faire prendre des leçons de violon, un instrument pour lequel je n'éprouvais que peu d'intérêt, mais dont je m'étais pourtant efforcée de maîtriser les rudiments, avant de me résoudre à tout abandonner, plusieurs années plus tard.

Une autre image, encore plus lointaine, me revint.

À Noël, mon paternel m'avait offert une paire de gants. Si ma mère avait fait la majorité des achats pour l'occasion, je savais qu'il avait acheté ces gants de sa propre initiative. Même si j'aurais préféré qu'il m'offre une poupée et que la pointure ne convenait pas à mes doigts, je n'en avais rien laissé paraître. J'avais fièrement porté mes gants pour le reste de l'hiver et les trois subséquents, tant ils étaient grands!

Toute mon enfance, par crainte de le décevoir ou de lui faire de la peine, j'avais éprouvé pour mon père cette sorte de compassion muette.

Quand donc aurais-je le courage de faire la paix avec lui?

Je me suis arrêtée soudainement.

Quelque chose avait piqué mon attention. Je me suis demandé si j'avais de nouveau aperçu l'homme à la veste de cuir. J'ai regardé autour de moi, scruté les passants. Une femme mince dans un tailleur en laine mal coupé marchait distraitement en remuant les lèvres. Derrière elle, une jeune fille secouait son sac en essayant d'attraper son mobile qui sonnait.

J'ai détourné la tête.

Non, il s'agit d'autre chose.

Quelque chose que j'avais vu, tout près, en laissant errer mon regard au hasard des vitrines.

J'ai rebroussé chemin, tous les sens en alerte, pivoté sur moi-même pour embrasser le plus de territoire possible. Je suis revenue sur mes pas sans parvenir à confirmer mon intuition.

Un homme au teint blafard est passé et m'a souri. J'ai eu envie de hurler mon dépit aux quatre vents.

Tout à coup, je me suis figée net vis-à-vis de la devanture du magasin d'aliments naturels.

Les gargouilles!

Sur la façade, je venais de remarquer un diablotin ailé.

J'ai frissonné.

C'est l'immeuble où j'ai bu un café en compagnie de Miles.

13.

Lessard repassait ses notes, tentant de faire des recoupements, de trouver les fils conducteurs. Il voulait procéder par méthode, mais revenait sans cesse en arrière, par peur d'oublier un élément important.

Le café de la cantine de l'hôpital était le plus mauvais qu'il ait bu depuis sa puberté. Il se proposait de s'en plaindre au préposé lorsque, dans sa poche, son mobile bourdonna.

— Lessard.

— Salut, c'est Berger.

— Merci de ton appel, Jacob. Comment vas-tu?

L'autre émit un long soupir de lassitude.

— Bof, toujours la même rengaine. On croit que c'est glamour, le métier de légiste. On ne s'imagine pas les tonnes de paperasse qu'il faut produire. Enfin…

Lessard dut faire un effort pour ne pas exploser.

— J'apprécie que tu sois venu si rapidement, Jacob, crois-moi. Tu as terminé?

— Les premières constatations. Je vais effectuer une autopsie complète au labo.

— Et alors?

Berger soupira de nouveau comme une adolescente en peine d'amour.

— La mort remonte à quelques heures, tout au plus. À mon avis, elle est due aux coups portés au thorax. Trois ou quatre coups à l'aide d'une arme blanche.

— Ce n'est pas la blessure à la gorge qui l'a tué?

— Ça aurait suffi, mais je ne crois pas qu'elle ait été fatale.

– Pourquoi?

– À moins que je me trompe, le type était déjà en train d'agoniser lorsque le meurtrier lui a ouvert la gorge. Il lui a réduit les organes en charpie, Victor. L'hémorragie a été massive.

– Quel type de couteau?

– Je vais avoir plus de certitudes à l'autopsie, mais à l'œil je dirais qu'il s'agit d'un couteau de chasse ou de survie. Avec un côté coupant et l'autre dentelé.

Lessard sortit son calepin et nota.

– Et le doigt?

– Une blessure *post-mortem*.

– Tu en es sûr?

– Absolument.

Lessard demeura silencieux quelques secondes. Si la blessure était *post-mortem*, cela excluait que l'on ait voulu torturer la victime pour lui soutirer un secret.

Jusqu'à preuve du contraire, ils devaient supposer que le meurtrier avait un motif précis pour couper le doigt. La piste de la reconnaissance d'empreintes digitales devenait tout à coup plus intrigante. Ils devraient fouiller davantage de ce côté.

– À ton avis, Jacob, qu'est-ce qu'on cherche?

– Celui qui a fait ça savait ce qu'il faisait.

– Qu'est-ce que tu veux dire? Quelqu'un qui a des connaissances médicales?

– Peut-être, mais pas nécessairement. Ce type savait où frapper pour faire un maximum de dommages avec un minimum de coups.

– Un médecin? Un militaire?

– Ça peut être n'importe qui, en fait. Avec Internet, on peut apprendre à fabriquer des bombes... Je ne sais pas si tu l'as remarqué, Victor, mais le monde est vraiment malade.

Lessard n'avait rien à ajouter.

Il avait vu son lot d'horreurs au cours des dix années précédentes.

– Je suis au courant. Appelle-moi dès que tu as du nouveau.

Après avoir raccroché, il enfila son manteau et prit la voiture. Sa conversation avec Berger lui avait donné une idée.

Le vent s'était levé, soufflant du nord par petites bourrasques.

Lessard descendit Docteur-Penfield, tourna à droite dans la rue de la Montagne et roula jusqu'à la rue Notre-Dame, qu'il remonta en direction ouest.

Il gara sa Corolla devant la façade de Baron Sports, une boutique de chasse et pêche, et mit quelques pièces dans le parcomètre.

Il connaissait le magasin pour y avoir déjà acheté une canne à pêche pour Martin. Ils s'étaient planifié une expédition père-fils qui n'avait jamais eu lieu en raison de la dégradation de leur relation, qui s'était accentuée avec la séparation.

Il poussa la porte. L'endroit était désert.

Le policier s'approcha d'un vendeur occupé à faire des mots croisés et demanda à voir les couteaux de chasse.

— Désordre résultant d'une absence d'autorité, dit le commis. Un mot de huit lettres. Avez-vous une idée?

Lessard haussa les épaules.

— Absence d'idées.

Aussi charpenté qu'un servant de messe, le vendeur laissa à contrecœur la grille sur le comptoir et entraîna nonchalamment son client vers une armoire vitrée.

Là, un assortiment d'une trentaine de lames était présenté sur des crochets : poignards, couteaux de survie, couteaux de chasse, etc.

— Je cherche un couteau robuste, tranchant d'un côté, dentelé sur l'autre. Qu'est-ce que vous avez?

— Ça dépend de ce que vous voulez en faire.

Lessard lui expliqua qu'il travaillait sur une enquête, sans donner de détails spécifiques, ce qui sembla motiver le commis, puisqu'il mit sur le comptoir cinq modèles différents de couteaux de survie, chacun répondant aux caractéristiques décrites par le policier.

Ce dernier en saisit un. Un poignard noir et argenté, avec d'immenses dents sur la partie supérieure.

– C'est le même couteau que dans *Rambo*, dit le vendeur.

– Le film?

– Oui.

– C'est du solide?

– Il est distribué par une entreprise sérieuse qui a plusieurs produits sur le marché. Il ne se fait pas mieux comme couteau de survie. Avec ça, vous pourriez trancher un bras en deux ou vous couper du bois d'allumage. Il y a une boussole dans le manche. On peut même y glisser quelques allumettes.

– C'est populaire?

– Oui, c'est un assez gros vendeur.

– Qui achète ce genre de trucs?

– Parfois des fans de *Rambo*, mais principalement des chasseurs.

– Ce type de couteaux, ça se vend un peu partout?

– Vous pouvez les trouver assez facilement dans des boutiques spécialisées comme la nôtre.

– Je le prends.

Le commis dressa une facture.

Au-dessus de la caisse, il y avait deux têtes de caribou empaillées qui regardaient Lessard. Il sortit son portefeuille et paya avec sa carte de crédit. Il se ferait rembourser.

Alors que son mobile sonnait, il eut un flash.

– Anarchie.

– Pardon?

– Un mot de huit lettres qui signifie «désordre résultant d'une absence d'autorité»: anarchie.

Le commis le remercia et se glissa derrière le comptoir, où il se remit à la tâche. Lessard jeta un dernier regard aux têtes de caribou, puis appuya sur un bouton pour prendre la communication.

• • •

Le dôme d'inspiration Renaissance italienne de l'oratoire Saint-Joseph surplombait la ville. «Le plus grand au monde après celui de Saint-Pierre de Rome», avait tenu à préciser à Snake madame Espinosa, qui s'y entendait sur les choses d'église.

Ils étaient montés avec la BMW jusqu'à la basilique, évitant ainsi la pléiade de marches que certains croyants gravissent encore à genoux à l'occasion de la célébration de fêtes saintes.

Ils entrèrent.

Snake, qui n'y avait jamais mis les pieds, fut surpris autant par le style moderne et dépouillé que par les dimensions intérieures. Il ne possédait pas un bon œil pour ce genre de trucs, mais, en regardant le plafond en hémicycle recouvert de céramique dorée, il estima l'endroit aussi vaste que deux terrains de football.

Tandis que madame Espinosa allumait un cierge à la mémoire du fondateur, le frère André, il s'avança au fond de l'abside où, derrière une grille monumentale, se dressait la chapelle du Saint-Sacrement, la partie la plus richement ornée de la basilique.

Madame Espinosa s'agenouilla et entama ses prières, qui duraient généralement une dizaine de minutes. Snake se mit à lire un dépliant qu'il avait ramassé dans un présentoir. Il y apprit en bâillant que l'oratoire demeurait l'un des seuls temples de cette envergure érigé au cœur de villes importantes, après Saint-Pierre de Rome et le sanctuaire de Montmartre à Paris.

La vieille avait raison. Mais il s'en fichait. Il s'était assoupi lorsqu'elle vint lui signifier en le secouant qu'elle avait terminé de rendre grâce.

Ils reprirent la voiture, roulèrent sur Queen Mary jusqu'à Victoria, qu'ils descendirent en direction sud. Snake tourna ensuite sur Côte-Saint-Luc et prit la bretelle de service de l'autoroute Décarie.

Il conduisit madame Espinosa dans un centre commercial situé tout près de l'hippodrome Blue Bonnets.

Pendant le trajet, elle lui fit remarquer que le véhicule dégageait une mauvaise odeur. Elle avait raison. Heureusement, il confierait la BMW à Tool plus tard dans la journée.

Au magasin, elle acheta des savons, des crèmes de soin pour la peau, une robe à rayures qui aurait nécessité qu'elle perde au moins dix kilos pour l'enfiler et un millier d'autres articles de toilette inutiles. Pauvre madame Espinosa! Pourquoi tentait-elle encore de se faire belle alors que l'image que lui renvoyait son miroir aurait dû la convaincre de rester cloîtrée?

C'est peut-être ça, vieillir, pensa Snake.

Il proposa à la vieille de porter ses paquets. Chargé comme une mule, il peina à rejoindre la voiture. Il posa d'abord les sacs sur le sol. Il déverrouilla ensuite les portières et aida la vieille à s'installer.

Il ouvrit le coffre pour y déposer la marchandise.

L'odeur de putréfaction lui sauta à la gorge. Il referma le coffre, jeta les paquets sur le siège arrière et démarra en trombe.

— Qu'est-ce qu'il y a, mon garçon? On dirait que tu as aperçu un fantôme.

C'était pire que ça!

Dans le coffre il y avait un sac de hockey avec une mèche de cheveux blonds qui en dépassait. Snake n'avait jamais vu de cadavre auparavant, mais il savait à l'odeur qu'il en trimballait un dans la voiture.

Il devait déposer madame Espinosa le plus rapidement possible chez elle et ensuite donner un coup de fil à Jimbo.

Il filait à cent kilomètres à l'heure dans une zone de cinquante. Il relâcha l'accélérateur: ce n'était pas le moment de se faire arrêter par la police.

La vieille le fouillait du regard depuis leur départ.

— Qu'est-ce qu'il y a, mon garçon? Tu es blanc comme un linge.

• • •

Lessard marcha jusqu'à la voiture en continuant de parler sur son mobile.

— C'est très préliminaire jusqu'ici, dit Fernandez. Mongeau a d'abord pratiqué comme médecin généraliste sur la Rive-Sud de Montréal. Puis il a commencé à s'intéresser à la politique.

Il s'est présenté comme candidat libéral aux élections fédérales de 1984, dans la circonscription de Taschereau, où il a été défait. Il a travaillé comme chef de cabinet du premier ministre de 1986 à 1994. On le disait très influent, très impliqué dans le financement du parti. On l'a nommé directeur d'un hôpital de la région de Québec en 1997. Il a occupé ce poste jusqu'à l'année dernière, où il a accepté un défi similaire à l'Hôpital général de Montréal.

– On sait pourquoi?

– Sa femme aurait fait pression pour qu'il revienne à Montréal. Elle en avait assez de ne le voir que le week-end. J'ai parlé au président du conseil d'administration du Général. Selon lui, c'était un excellent gestionnaire, très respecté du personnel médical, gros travaillant. On le disait juste et, surtout, très bien entouré.

– Un dossier criminel?

– Non, mais j'ai retrouvé une plainte pour harcèlement scxucl déposée par une ex-collègue en 1978, qui semble avoir été abandonnée par la suite. C'est la seule tache que j'ai relevée à son dossier jusqu'à présent.

Lessard ouvrit la porte de sa Corolla criblée de rouille et se glissa derrière le volant. Ils devaient creuser davantage. Chercher et trouver la faille.

– Beau boulot, Nadja. Continue de fouiller. S'il y a une fissure dans le tableau, il faut la découvrir. As-tu vérifié ses comptes bancaires?

– Non, pas encore eu le temps. Par contre, j'ai parlé au président d'Atlas, une compagnie spécialisée dans la biométrie.

– Et alors?

– Il dit que le marché est en pleine croissance depuis la fin des années quatre-vingt-dix. Il semble qu'il y ait plusieurs applications possibles. On parle bien sûr de coffres-forts ou de coffrets de sécurité à reconnaissance digitale, mais des objets aussi communs que des souris d'ordinateur ou des téléphones mobiles incorporent maintenant ce genre de patente.

L'espace d'une seconde, Lessard regarda son vieux Nokia d'un autre œil.

– C'est déjà si répandu?

– Il s'agit d'un marché en plein essor. Plusieurs de ces applications sont en circulation.

– Il faut élargir le champ de nos recherches. Si je comprends bien, l'index de la victime pourrait servir à ouvrir un coffre tout autant qu'à accéder à un ordinateur ou à utiliser un mobile.

– Entre autres.

Ce n'était pas une bonne nouvelle, ils pataugeaient déjà dans la mélasse. Et le fait que le commandant convoque une conférence de presse à 19 h n'arrangeait en rien les choses.

Lessard commença à ressentir des brûlements d'estomac, comme chaque fois que son niveau de stress augmentait.

– OK. Concentre-toi sur les comptes bancaires. À propos de la biométrie, je vais parler à Sirois pour qu'il insiste auprès de la veuve. Pour l'instant, c'est notre point de départ.

Il raccrocha et fouilla dans sa mémoire quelques instants. L'impression d'oublier quelque chose le tenaillait, puis elle se dissipa.

Il inséra la clé dans la serrure de sa Corolla.

Tuer pour s'approprier un doigt!

Dans quel monde de barbares vivons-nous?

14.

Lessard s'arrêta dans un dépanneur et rapporta quatre gobelets de café avec lui. Dans le bureau de Mongeau, il en donna un à Pearson et les deux autres à Adams et à son assistant.

Était-ce Perron ou Charron?

Il n'arrivait toujours pas à se souvenir de son nom.

Il prit une gorgée de café qui lui brûla la langue et le palais. Il porta une main à sa bouche en invoquant tous les saints du ciel.

— AHHHRG! Ils le chauffent à la torche, leur maudit café?

Pearson était encore affairé à l'ordinateur.

— Hé! Vic! Viens voir ce que j'ai trouvé.

Lessard se posta derrière son collègue. Ce dernier fit défiler une série d'images montrant le corps de la victime sous tous ses angles.

— C'est quoi? Les photos prises par Doug?

— Non, le contenu du disque qu'on a trouvé sur le bureau. Ça répond à ta question: il a été laissé là intentionnellement par le meurtrier.

Lessard s'humecta les lèvres machinalement.

Pourquoi le tueur avait-il pris ces photos? Voulait-il leur transmettre un message? Si oui, lequel?

— C'est tout?

— J'ai vérifié l'adresse Internet inscrite sur le disque. Il s'agit d'un blogue, créé à partir d'une adresse IP publique.

Lessard ne s'y entendait guère en informatique. Pearson s'exprimerait en cantonais qu'il ne comprendrait pas plus aisément.

– Un quoi?

– Un blogue. C'est une espèce de site Web personnel que tu peux produire gratuitement pour afficher ton contenu en ligne. Il y en a des millions de par le monde et sur des sujets aussi variés que le curling, l'assassinat de Kennedy ou les problèmes d'érection.

– Tu veux dire que n'importe qui peut en faire un? Par exemple, je pourrais me bâtir un site sur Mohamed Ali?

– Ou sur tes vacances au lac Pohénégamook.

Lessard y avait séjourné avec sa famille deux ans auparavant. Leur dernière trêve avant que tout n'éclate.

– Niaise pas, c'est cool, le lac Pohénégamook.

– Je sais. Il y a le monstre, fit Pearson avec un gros rire épais.

Lessard ignora la moquerie.

– Créer un site, ça doit laisser des traces. Alors, il doit être possible d'en identifier l'auteur?

– Dans la mesure où il a été créé à l'aide de l'ordinateur d'un particulier, oui. Dans notre cas, il a été lancé à partir d'un réseau public.

– C'est-à-dire?

– Un café Internet de la région de Québec.

– Je vois. Il y a des caméras de surveillance dans ces cafés? Des formalités d'enregistrement?

– Aucune.

– Donc, nous n'avons aucun moyen d'identifier la personne qui a créé le blogue?

– À moins d'un formidable coup de chance, non. J'ai appelé le café et j'attends des nouvelles du gérant.

– Qu'est-ce qu'il y a sur le site actuellement?

– C'est ce qui est étrange. Rien, à part une mention similaire à celle trouvée sur le disque: *Message d'erreur: 10161416.*

– Peut-être que le meurtrier veut y publier les photos trouvées sur le disque? À ton avis, qu'est-ce que ça signifie, ce message d'erreur?

– En informatique, un message d'erreur apparaît lorsque le système d'exploitation ou un logiciel rencontre un problème. Le chiffre sert habituellement à déterminer la nature du problème.

– Est-ce qu'un message d'erreur portant ce numéro est connu?

– Non. J'ai vérifié les principaux messages d'erreur recensés sur les logiciels courants et je ne retrouve celui-là nulle part. J'ai pensé aussi à une date d'anniversaire ou à un numéro de téléphone, mais il y a trop de chiffres.

– Et si c'était le numéro d'un coffre? s'exclama Lessard.

– Un coffre à reconnaissance digitale? Pas bête comme idée. Mais, dans ce cas, pourquoi le meurtrier nous en communiquerait-il le numéro?

Lessard demeura silencieux quelques instants.

– Honnêtement, je ne sais pas, finit-il par dire. Mais il est trop tôt pour éliminer des pistes. Continue d'examiner les images: il y a peut-être un message ou un sens caché que l'on ne saisit pas. Le tueur essaie de nous dire quelque chose, c'est certain, sinon il n'aurait pas laissé ce disque. (Lessard prit une canette de Coke qui traînait sur le bureau et la jeta à la poubelle. *Tant pis pour le recyclage!*) Vois aussi avec le gérant de ce café Internet si c'est possible d'identifier la personne qui a créé le site. Et vérifie avec Adams s'il y a des empreintes sur le disque ou s'il peut déterminer à partir de quel type d'appareil les photos ont été prises.

– Il travaille déjà là-dessus.

– C'est bon. As-tu trouvé autre chose?

– Oui. Et ça semble plutôt intéressant. Regarde ça.

Pearson donna un clic de souris sur un fichier et une image apparut. Elle montrait la victime, Jacques Mongeau, à genoux sur un sol argileux, les mains retenues à un mur par des menottes. Le défunt était nu comme un ver. Derrière lui, une femme vêtue d'un pantalon de latex ajusté le menaçait, une cravache à la main. Les seins lourds de la dominatrice pendaient à quelques centimètres de la bouche de Mongeau. Lessard avait déjà vu cette femme quelque part.

Quoi qu'il en soit, la scène paraissait très suggestive, très *hardcore*.

Lessard grimaça d'étonnement.

— Domination, sadomaso?

Pearson acquiesça.

— Qui est cette femme?

Pearson montra du doigt la photo de famille qui trônait sur le rebord de la fenêtre.

— La sienne.

Lessard ravala sa surprise.

— Il y en a d'autres?

— Une quinzaine de clichés en tout. Des photos d'amateur, si j'en juge par le cadrage et l'éclairage. Prises avec un appareil numérique. On les voit tantôt ensemble, tantôt avec d'autres couples.

— Des échangistes?

— Ça en a tout l'air.

Lessard hésita. Qu'est-ce que ça signifiait?

— As-tu reconnu d'autres personnes?

— Non. La plupart des gens sont masqués.

— Il y a des trucs encore plus trash? Des animaux, des enfants?

— Non, non, que des adultes consentants, à ce qu'il me semble.

Lessard fronça les sourcils, perplexe. S'agissait-il d'une piste ou d'un autre cul-de-sac? Il s'imaginait mal l'ancien conseiller personnel du premier ministre attaché sur un lit, recevant les coups de fouet d'une dominatrice vêtue de latex. Pourtant, les images parlaient d'elles-mêmes.

— C'était bien caché?

— Pas pour un habitué de l'informatique.

— Le tueur pouvait-il copier ces images?

— Facilement. Soit en se les adressant par courrier électronique ou en les copiant sur un disque compact. Je peux déjà te confirmer que ces photos n'ont pas été envoyées par courriel.

— Ont-elles été gravées?

— Je n'ai aucun moyen de le savoir.

– …

– Vic, crois-tu que le tueur pourrait afficher ces photos sur le blogue?

– Possible. (Lessard réfléchit.) Peut-on piéger le blogue de façon à identifier le tueur? Comme de l'écoute électronique?

– Absolument. Cependant, s'il continue d'être prudent et d'utiliser des sites publics, nos chances de le coincer sont faibles. Veux-tu que je demande un mandat?

– Ne perdons pas de temps là-dessus pour le moment. Autre chose?

– Pas vraiment. Beaucoup de courriels, dont certains avec le bureau de l'ancien premier ministre, mais rien qui suggère un lien avec sa mort.

Lessard se tourna vers le classeur métallique dans le coin de la pièce, sur lequel Adams et son assistant relevaient les empreintes.

– Et les dossiers physiques? Des trucs qui manquent ou qui ont été fouillés?

– J'ai fait le tour avec madame Daoust tout à l'heure. Elle n'a rien remarqué d'anormal.

Lessard se racla la gorge.

– Nous sommes bien avancés. On est pris avec une victime proche de l'ancien premier ministre, qui s'adonnait au sadomasochisme et à l'échangisme. En prime, on lui coupe un doigt après l'avoir tué. Va savoir pourquoi!

Lessard s'avança vers Doug Adams.

– Du nouveau, Doug? Des empreintes?

– Plein d'empreintes, plein de fibres, c'est bien ça, le problème. Le bureau en particulier est une autoroute d'empreintes. Si le meurtrier en a laissé et qu'il est fiché, on va finir par les isoler. Mais ça prendra du temps, Vic.

Lessard maugréa. Il ne disposait de rien de positif, rien à se mettre sous la dent. Ça le foutait en rogne. Tanguay jubilerait à l'idée de se débarrasser de l'enquête.

Le sergent-détective grimaça. Maudit, que ces brûlements d'estomac le faisaient souffrir!

– Pearson, le commandant a convoqué la conférence de presse à 19 h. J'aimerais qu'on se voie trente minutes avant pour un débriefing. Doug, dès que tu as du nouveau…

– Je sais! Je t'appelle…

Lessard sortit, les mains dans les poches, la mine renfrognée. L'image des deux têtes de caribou se présenta furtivement à lui. Il ne pouvait se débarrasser de cette idée qu'il oubliait quelque chose.

Un verre de scotch simplifierait tout.

15.

Je ne saurais dire combien de temps au juste je suis restée à contempler la façade du magasin d'aliments naturels. Je me sentais engluée, incapable du moindre mouvement, comme si une bulle invisible m'avait enveloppée pour me figer.

J'avais beau fouiller dans mes souvenirs et inspecter soigneusement le mur, il n'y avait pas d'erreur possible : tout concordait, les détails d'ornementation, la couleur de la pierre et, surtout, ces gargouilles inimitables.

Tout, sauf qu'il n'y avait aucune trace du bistrot tenu par George.

J'ai poussé la porte de l'établissement.

Un jeune commis arborant un anneau dans la lèvre inférieure s'activait mollement derrière le comptoir. Devant lui, un homme au visage buriné attendait patiemment qu'on le serve. J'ai observé les étalages, les murs, le linoléum usé, comme si je m'attendais à y découvrir quelque vérité insoupçonnée.

Les dimensions du local correspondaient *grosso modo* à celles du bistrot. Toute comparaison entre les deux commerces s'arrêtait là. Si leur coquille était semblable, le magasin d'aliments naturels était un véritable bric-à-brac, qui ne ressemblait en rien à l'intérieur minimaliste du bistrot.

Je me suis timidement avancée jusqu'au caissier, qui n'a pas semblé remarquer ma présence.

— Pardon. C'est pour un renseignement. Depuis quand êtes-vous ouverts?

Le commis s'est retourné et m'a fixée, l'air hébété. Ce type ne transpirait pas l'intelligence.

— Hein?

J'ai répété la question avec impatience.

— Heu… 9 h ce matin, a-t-il répondu.

— Non. Je veux dire : depuis quand votre magasin se trouve-t-il ici?

— Dans ce bâtiment?

— Oui.

— Depuis l'an 2000, je pense. Avant, on était de l'autre côté de la rue.

Ils occupaient donc l'endroit depuis plus de cinq ans. Comment était-ce possible?

— Qu'y avait-il ici avant? ai-je dit.

— Je ne me souviens pas exactement. Un nettoyeur, je crois.

— Vraiment?

— Heu… oui.

— Ce n'était pas un bistrot par hasard?

L'homme a fait non de la tête. J'ai murmuré de vagues remerciements et je suis sortie.

Prise d'un tournis, je me suis assise directement sur la chaîne de trottoir et j'ai vomi entre mes jambes.

Qu'est-ce qui m'arrivait?

D'abord l'appartement de Miles et maintenant l'endroit où j'avais bu un café en sa compagnie. Dans les deux cas, une seule constante : les lieux avaient subi de profondes transformations depuis mon passage.

Cette découverte me forçait à envisager la situation sous un jour nouveau. Maquiller un appartement en quelques heures était une chose, mais déménager un commerce et le remplacer par un autre s'avérait être une tâche infiniment plus complexe.

Je me suis souvenue d'un film mettant en vedette Michael Douglas, où une gigantesque mise en scène avait été élaborée pour lui faire croire qu'on voulait le déposséder de ses biens et attenter à sa vie.

Miles avait-il le pouvoir de mettre en œuvre une supercherie d'une telle ampleur?

On n'était pas à Hollywood ici!

Personne ne possédait ce genre de moyens dans la vraie vie.

• • •

Trois-Pistoles

Par la fenêtre, Laurent vit les langues de brume qui montaient du fleuve se dissiper.

Toujours sanglé sur son lit, pris de tremblements incontrôlables, il avait passé les dernières heures à vociférer.

– Waldorf! Détache-moi!

Ce salaud de Waldorf ne répondait même pas.

Il y avait un moment que Laurent n'avait pas entendu de bruit. L'autre était-il encore dans la maison? Si c'était le cas, que fabriquait-il?

Si seulement il pouvait se libérer un membre! Il avait beau bander les muscles et forcer dans toutes les directions, ça semblait peine perdue. Waldorf s'y entendait quand il s'agissait d'immobiliser quelqu'un. À preuve: à tenter de se libérer, Laurent n'avait réussi qu'à entamer la peau de ses poignets.

Il se sentait étourdi et nauséeux.

Il savait que ce n'était pas à cause de l'injection que Waldorf lui avait faite. Il avait besoin de sa dose d'alcool. Juste d'y penser lui faisait mal aux os.

Un vertige s'empara de sa tête. Il se mit à hurler.

– WALDORF! WALDORF!

Dans le séjour, Waldorf était tranquillement plongé dans la lecture d'un livre. De temps à autre, il marquait un passage à l'aide d'un surligneur jaune.

Il laissa passer la crise sans manifester la moindre émotion, buvant un thé vert à petites lampées. Il se leva plusieurs minutes après le retour du silence.

Il entra dans la chambre sans bruit.

Laurent le regarda, l'air hagard. Un filet de bave pendait de sa joue gauche. Sans une parole, Waldorf enfourna deux comprimés dans la bouche du jeune homme et le força à boire de l'eau.

Laurent eut un sursaut d'énergie, tenta encore de se désentraver.

– Libère-moi, Waldorf! T'as pas le droit d...

Waldorf sourit et tapota la poche de sa veste, là où il avait glissé le revolver.

– Au contraire, j'ai tous les droits, le coupa-t-il.

– Tu veux me parler? Ben, parle!

– Pas maintenant. J'ai promis à Miles de te sevrer avant.

Les yeux de Laurent devinrent des fentes. Il haïssait cet homme.

– ARRÊTE, WALDORF! T'AS PAS PARLÉ À MILES. TU SAIS QUE C'EST IMPOSSIBLE!

Waldorf sortit en soupirant. Réussirait-il à casser le jeune homme?

• • •

Je n'avais plus la force de réfléchir.

Comment réagir quand tous vos repères foutent le camp? Que penser lorsque même ce que vous tenez pour acquis ne tient plus?

Je suis restée prostrée sur le trottoir dans l'espoir de secouer ma torpeur. Au bout d'un moment, j'ai entendu la porte du magasin pivoter sur ses gonds.

Une présence dans mon dos m'a poussée à me retourner. L'homme qui attendait au comptoir du magasin lorsque j'étais entrée s'avançait dans ma direction.

Il s'est penché vers moi. J'ai tenté de dissimuler mes vomissures avec de la neige, mais il les avait remarquées.

– Avez-vous besoin d'aide?

J'allais lui répondre que tout allait bien, mais sans que je puisse me contrôler, j'ai senti de nouveau les larmes me monter aux yeux. Pleurer comme une madone deux fois en quelques heures n'était pas dans mes habitudes.

– Ça va, vous êtes gentil, ai-je dit entre deux sanglots. Excusez-moi, c'est vraiment une mauvaise journée.

Je suis repartie de plus belle, incapable de me contenir. Il a sorti un mouchoir à carreaux de sa poche et me l'a tendu.

– Allez, mouchez-vous un bon coup, ça ira mieux après.

J'ai obéi. Il a patiemment attendu que je me calme.

— Excusez-moi. Je crois que ma mémoire me joue de mauvais tours aujourd'hui.

— Oh, je vous comprends, a-t-il déclaré. Et j'ai le regret de vous dire que ça ne va pas s'améliorer avec l'âge. Pourtant, dans votre cas, je crois qu'il y a de l'espoir.

— Que voulez-vous dire?

— J'ai entendu votre conversation avec le caissier. J'ai hésité à intervenir, pour ne pas paraître indiscret, mais vous avez parfaitement raison: il y a déjà eu un bistrot ici. Toutefois, il est fermé depuis longtemps. Ce n'était pas un endroit que je fréquentais souvent, mais j'y prenais un verre à l'occasion. L'endroit était tenu par deux frères, Tom et George Griffin.

Je me suis levée d'un bond.

Le fait que l'homme parle du bistrot et mentionne le nom de George m'a remplie de joie. Quelqu'un m'apportait-il enfin la preuve que je n'avais pas imaginé toute cette histoire, que je n'étais pas victime d'hallucinations?

J'ai déchanté cependant sur-le-champ en digérant ce que l'homme venait d'affirmer.

Fermé depuis longtemps.

— Fermé depuis quand?

— Si ma mémoire est exacte, je dirais depuis le début des années quatre-vingt.

J'ai entrepris de lui décrire le bistrot dans le menu détail afin de m'assurer qu'il n'y avait pas d'ambiguïté possible.

— Oui, c'est exactement ça, a-t-il confirmé. Vous avez une bonne mémoire. Êtes-vous déjà venue? Avec vos parents peut-être?

J'ai failli rétorquer que c'était impossible, que j'étais à la maternelle à l'époque, que mes parents détestaient le jazz et que nous habitions la ville de Québec, mais il ne servait à rien de mettre la parole de l'homme en doute.

J'ai essayé de faire fi de l'incongruité de la situation et je me suis concentrée sur les questions à poser.

— Qu'est devenu George? Où pourrais-je le trouver?

Le visage de l'homme s'est assombri.

– J'ai bien peur que ce soit impossible. George a eu un grave accident de motocyclette à la fin des années soixante-dix. Il est sûrement mort à l'heure qu'il est. Tom ne s'en est jamais remis. Il a commencé à boire plus que de coutume. C'est d'ailleurs ce qui a entraîné la fermeture de l'endroit.

J'ai fixé l'homme, m'attendant à ce qu'il pouffe de rire à tout moment.

Il n'en a rien fait.

Je ne croyais pas aux fantômes, mais j'ai senti la peur s'insinuer en moi.

Comment avais-je pu rencontrer George s'il était mort?

J'ai mis un moment à chasser l'angoisse qui m'étreignait.

La mort de George me ramenait de nouveau dans un cul-de-sac. Que me restait-il pour espérer retrouver Miles?

– Et son frère? ai-je repris.

– Tom? Il a ouvert un autre pub sur Monkland. Attendez… Le pub Old Orchard, je crois. Mais ce n'est pas un cabaret comparable à celui-ci. On venait des quatre coins de la ville pour entendre du jazz ici, vous savez. Toutes les pointures locales y jouaient: Sandy Simpson, Jamal Cherraf, Felix Redding, etc.

– Attendez un instant! Vous avez bien dit Jamal Cherraf?

– Oui. Un sacré trompettiste!

Le voisin de Miles!

Mais comment diable avais-je pu être bête au point de l'oublier, celui-là?

– Vous l'avez vu récemment? ai-je demandé.

– Jamal? Non. Je ne sais pas ce qu'il est devenu.

J'ai remercié l'homme chaleureusement et lui ai rendu son mouchoir.

– Je m'excuse, il est souillé maintenant.

Il l'a remis dans sa poche sans se formaliser.

– Ne vous inquiétez pas, nous le sommes tous.

J'ai pensé téléphoner à Ariane pour lui demander son aide, mais j'y ai renoncé. Elle tenterait de me convaincre de retourner à l'hôpital, ce qui était hors de question. Je tenais à présent deux pistes fraîches qui pourraient peut-être, avec un peu de chance, me mener jusqu'à Miles.

Ces pistes avaient pour nom Jamal Cherraf et Tom Griffin.

J'ai rebroussé chemin dans la rue Blueridge-Crescent et tourné à droite sur le chemin Côte-des-Neiges. Comme la température chutait rapidement, j'ai boutonné mon manteau et relevé mon col.

J'ai marché tout en étant aux aguets.

L'homme à la veste de cuir était-il encore sur ma piste?

À un moment, j'ai cru l'apercevoir, mais j'ai constaté en m'approchant qu'il s'agissait d'un adolescent boutonneux qui discutait avec ses potes.

L'immeuble en briques rouges est apparu dans mon champ de vision. Le logement du rez-de-chaussée, celui où Miles m'avait emmenée, était plongé dans l'obscurité. J'ai tenté de voir à l'intérieur en collant mon nez sur la vitre, mais les rideaux étaient tirés.

La vieille était-elle sortie faire des courses?

Par chance, il y avait de la lumière au deuxième. J'ai monté les marches sans hâte, jusqu'à l'appartement de Jamal.

Une jeune femme à la peau ambrée m'a ouvert, tenant dans ses bras un poupon joufflu. Elle me rappelait une camarade de classe du primaire qui, après avoir lu à mon insu mon journal intime, s'était offusquée de ne pas se retrouver dans mes meilleures amies, dont je faisais régulièrement la liste à l'époque.

Que les enfants peuvent être cruels!

— Pardonnez-moi de vous importuner. Je suis à la recherche de Jamal Cherraf. C'est un trompettiste de jazz.

La jeune femme m'a regardée bizarrement.

— Si c'est une blague, elle est de très mauvais goût.

Elle s'apprêtait à refermer la porte, mais je l'en ai empêchée.

— Madame, je m'excuse si j'ai dit quelque chose qui vous a offensée, c'était bien involontaire. Mais je dois parler à Jamal, c'est une question de vie ou de mort. Si vous savez où le trouver, dites-lui que Simone Fortin aimerait le voir. Il me connaît, ai-je ajouté avec conviction.

La jeune femme m'a jaugée, comme pour me percer à jour.

— Tu sembles sincère. Entre.

Mon hôtesse, qui se prénommait Raïcha, m'a demandé de patienter quelques instants afin de lui permettre de coucher l'enfant.

J'ai pris place sur le canapé du salon et jeté un regard sur la pièce.

Sans surprise, j'en reconnaissais la configuration et les dimensions, mais la décoration et les meubles différaient de ceux que j'avais vus dans l'appartement de Jamal lors de ma visite.

Je ne m'en suis même pas inquiétée. Je commençais à avoir l'habitude.

Raïcha est revenue et a mis de l'eau à bouillir. Sans prononcer une parole, elle m'a servi du thé et s'est assise en tailleur sur le sol, face à moi.

— Alors, tu recherches Jamal Cherraf?

— Oui.

— Tu le connais?

— Je l'ai rencontré hier, ici même. Il a joué de la trompette pour moi.

La jeune femme est partie d'un grand éclat de rire.

— Ça serait surprenant.

— Pourquoi?

— Je tenais Jamal devant toi tout à l'heure. Il dort maintenant.

— Tu veux dire que ton fils…

— C'est le fils de ma colocataire, Dalila. Il a dix mois. Je le garde pendant qu'elle suit ses cours à l'université.

— Et il s'appelle Jamal?

— Jamal Cherraf, oui.

Un enfant?

Soudain, le plafond et les murs se sont mis à vaciller.

16.

Westmount

Trottoirs soignés, maisons homogènes, parcs aussi impec-
cables que déserts, espaces verts préservés, réverbères stylisés,
rues toujours propres et exemptes de nids-de-poule.

Westmount à flanc de montagne, ressemblant à une pâle
copie de Nice, la mer, le soleil et les jolies filles en bikini en
moins. Westmount l'ordonnée, où l'on ne croise jamais un piéton, ou peut-être exceptionnellement une femme de ménage
d'origine philippine promenant un cheptel de chiens de race.

Westmount la cossue, la plus que parfaite, la lumineuse,
beauté plastique de revue de décoration, mais où l'on ne vit
pas. En comparaison, Montréal la crasseuse, la sordide, la
bordélique, Montréal, donc, fait figure de parent pauvre.

Alors qu'il garait sa voiture devant l'imposante maison de
pierre, sur The Boulevard, Lessard songea que la frontière
entre les deux sœurs jumelles était aussi perceptible qu'une
rage de dents.

Il remonta l'allée sans pouvoir s'empêcher de compter les
étages. Il s'arrêta à quatre et sonna.

Un garçon d'une vingtaine d'années, les yeux rougis, vint
répondre. Un des fils de la victime.

— Victor Lessard, enquêteur de la police de Montréal.

— Je m'appelle Sacha.

Le policier aurait voulu trouver les mots, mais il ne sut
qu'offrir platement ses condoléances.

Le jeune homme s'effaça et Lessard entra dans un hall de
bonne proportion, surplombé d'un grand lustre de cristal.

Par respect, il retira ses chaussures avant de s'avancer sur le plancher de marbre.

Sacha le conduisit dans un salon luxueux, tout en tentures feutrées et en cuir sombre. Un feu crépitait dans une cheminée de brique massive.

Assis sur un divan, Sirois s'entretenait avec Hélène Lacoursière, la conjointe du défunt. Elle se leva pour accueillir le nouveau venu.

Portant un tailleur sombre, dans la jeune cinquantaine, pour autant que Lessard pût en juger, elle paraissait nettement plus jeune que son mari. Avec un certain malaise, il ne put se retenir de reluquer sa poitrine, qu'il avait observée de près sur les photos, quelques minutes auparavant. Il ne s'était pas rendu compte alors à quel point il s'agissait d'une belle femme, à l'allure classique et distinguée.

Il se sentit tout à coup ridicule et vulnérable avec ses chaussettes trouées et son veston fatigué.

— Monsieur Lessard? Je suis Hélène Lacoursière. Votre collègue m'avait prévenue de votre arrivée.

Elle semblait tenir le coup. Il prit une grande inspiration. Il ne voulait pas gaffer.

— Je regrette de vous rencontrer dans ces circonstances, madame. Permettez-moi de vous offrir, ainsi qu'à toute votre famille, mes plus sincères condoléances.

— Je vous remercie. Le commandant Tanguay a téléphoné tout à l'heure pour nous témoigner son soutien.

Lessard faillit s'étouffer, mais n'en laissa rien paraître. De quel droit Tanguay s'ingérait-il dans son enquête?

— Soyez assurée, madame, que nous ferons tout ce qui est possible pour arrêter rapidement le coupable.

Elle le regarda avec détermination.

— C'est ce que m'a affirmé le commandant. Je suis à votre entière disposition, enquêteur. Je veux qu'on épingle celui qui a fait ça. Et qu'il soit puni.

Les larmes la submergèrent, mais elle se contint. Le choc initial était passé, elle s'efforçait d'être forte.

– C'est pour les garçons que c'est le plus difficile. Sacha est solide, mais Louis s'est enfermé dans sa chambre.

Lessard fut surpris d'entendre sa propre voix.

– Il faut que le temps passe, madame.

Il entraîna la femme vers le fauteuil. Elle reprit sa place à côté de Sirois, qui n'avait pas bougé. Lessard approcha une chaise de style Louis XIV.

– Si vous me le permettez, je désirerais vous poser quelques questions. Il se pourrait qu'elles recoupent celles de l'enquêteur Sirois. Certaines d'entre elles pourraient aussi vous indisposer ou vous choquer. Vous m'en voyez désolé, mais les premières heures suivant le crime sont cruciales.

Voulant à tout prix laisser de côté sa brusquerie coutumière, Lessard louvoyait, parlait avec emphase. On aurait dit un ours en tutu.

– Je comprends, enquêteur. Allez-y.

– J'aimerais aussi vous demander la permission de laisser l'enquêteur Sirois examiner les affaires de votre mari. Avait-il un bureau ici?

– Oui. Sacha, tu veux bien conduire monsieur Sirois au bureau de ton père?

Les deux hommes partis, Lessard sortit son calepin et se carra dans sa chaise.

– Tout d'abord, quand avez-vous vu votre mari ou lui avez-vous parlé la dernière fois?

– C'était ce matin, vers 10 h 30. Je lui ai téléphoné parce que j'avais fait l'acquisition d'une nouvelle toile. Jacques est… (Elle essuya quelques larmes.) Pardon. Jacques appréciait l'art en connaisseur.

– Vous a-t-il paru changé ou anormal?

– Non. Nous avions convenu de passer le week-end à la campagne. Il devait me prendre en fin d'après-midi.

– Ces derniers temps, vous semblait-il plus préoccupé que d'habitude? Plus tendu? Différent?

– Vous savez, mon mari était très impliqué en politique. Jacques était quelqu'un de très actif, de très énergique. Il jouait encore au tennis trois ou quatre fois par semaine. Il avait une grande facilité à gérer son stress. En trente ans de vie commune, je l'ai rarement vu incommodé, malgré les responsabilités importantes auxquelles il avait à faire face. Je n'ai rien remarqué de différent dans son comportement ces dernières semaines.

— Avait-il des problèmes d'argent?

Elle éclata d'un rire qui surprit Lessard.

— Disons les choses ainsi, enquêteur: si Jacques a déjà connu des problèmes d'argent, ils ont cessé le jour où il m'a épousée.

Lessard se souvenait à présent de cette femme: Hélène Lacoursière, la fille de Charles Lacoursière, le magnat des télé-communications! Il rougit jusqu'aux oreilles.

— Désolé si mes questions vous semblent étranges, mais nous ne devons négliger aucun angle. Votre mari aimait-il jouer?

— Non. Il nous est arrivé de nous rendre à Las Vegas pour assister aux spectacles du Cirque du Soleil ou de Céline, mais je peux vous assurer que je devais user de tous les stratagèmes possibles pour réussir à le convaincre de m'accompagner aux tables de black-jack.

— Consommait-il de l'alcool, des drogues?

La femme lui lança un regard courroucé.

— Jacques prenait un soin jaloux de sa santé. Il buvait peu, un verre de vin en mangeant à l'occasion, mais certainement pas de drogue.

— Parlez-moi un peu de sa carrière...

Elle lui répéta ce que Fernandez lui avait appris plus tôt, à quelques détails près, mais rien qui ressemblait à l'ombre d'un début de piste. Jacques Mongeau avait gravi les échelons rapidement, en partie grâce à ses contacts politiques et à l'influence de la famille de son épouse.

— Lui connaissiez-vous des ennemis?

Elle émit un rire sec.

— C'était un politicien, monsieur Lessard. En politique, vous cultivez les ennemis. Jacques disait souvent qu'il ne pouvait faire confiance à personne. Pas même aux gens de son entourage ou de son propre parti.

– Vous pensez à quelqu'un en particulier, à quelqu'un qui lui en aurait voulu au point de…

– Le tuer? Non, je ne vois vraiment pas. On n'est plus au temps de D'Arcy McGee, enquêteur.

Lessard ne pigeait pas à qui elle faisait référence, l'histoire n'ayant jamais compté parmi ses matières favorites à l'école. Qu'importe, il ne distinguait aucune piste et avait presque fait le tour des questions qu'il avait à lui poser.

– Madame Lacoursière, connaissez-vous la biométrie?

– Vaguement. Ne s'agit-il pas de reconnaissance par les empreintes digitales ou de l'iris?

– Précisément. Votre mari avait-il un coffre ou une serrure à reconnaissance digitale?

Hélène Lacoursière semblait franchement étonnée.

– Nous avons un coffre à la banque qui s'ouvre avec deux clés. C'est tout.

– Peut-être un autre objet auquel vous n'auriez pas pensé, un ordinateur ou un téléphone mobile par exemple?

Elle fit la moue.

– Non. Si Jacques s'était procuré ce genre de bidule, je l'aurais su. Il n'était pas très porté sur la technologie. Pourquoi ces questions?

Lessard hésita, il ne voulait pas se montrer indélicat. Cependant, en sa qualité de conjointe du défunt, elle était en droit de connaître la vérité.

– Le meurtrier lui a coupé un doigt et nous tentons de déterminer pourquoi.

Elle plaqua sur sa bouche une main affolée. Des larmes se mirent à valser sur ses joues.

– Oh, mon Dieu! C'est horrible! A-t-il souffert? A-t-il été torturé?

– Le légiste croit qu'il est mort en quelques secondes. (Lessard regardait le bout de ses chaussures.) Il était déjà décédé lorsque le meurtrier lui a coupé l'index.

Les vannes s'ouvrirent. Hélène Lacoursière ne pouvait plus se contenir.

Elle se mit à sangloter.

Lessard aurait voulu la réconforter, la prendre dans ses bras, mais il resta figé sur sa chaise, à chiffonner les pages de son calepin, incapable de bouger.

Il décida de ne pas l'importuner avec les photos sadomasochistes.

Pas pour le moment.

• • •

Snake gara la voiture dans le garage désaffecté de la rue Hochelaga. Jimbo tenait à s'assurer de la véracité des dires de son ami par lui-même. Il enfila des gants de toile et entrouvrit le sac. Il tomba sur les genoux.

— *Fuck*!

— Qu'est-ce que tu veux qu'on fasse? demanda Snake.

— On se débarrasse du corps et on donne l'auto à Tool ce soir, comme prévu.

— Oublie ça! Un, Tool ne voudra jamais reprendre la BMW. Il doit déjà y avoir un avis de recherche dessus. Deux, si on fait disparaître le corps, on va se faire accuser de meurtre. On a volé une auto, même plusieurs, mais on n'a tué personne.

— On la remet dans la rue et on oublie ça, reprit Jimbo.

— Il y a nos empreintes partout dedans.

— On n'a qu'à la laver au complet, avec des gants.

— Et si on efface les empreintes du meurtrier? lança Snake.

— Et pis après? On s'en crisse, c'est pas notre problème.

— C'est un meurtre, Jimbo.

— Pas notre problème, que je te dis, *man*.

— On ne peut quand même pas rester là sans rien faire pendant qu'un meurtrier est en liberté. Ç'aurait pu être quelqu'un que tu connais dans le coffre. Imagine si ça prend trois semaines avant que la police découvre le corps.

— On fait un appel anonyme au 911, si ça te fait plaisir.

— Et nos empreintes? Tu les oublies?

— Je te l'ai dit, *man*, c'est pas nos oignons. On s'en crisse!

— Pas moi, Jimbo.

— Quoi, pas toi?

— Pas moi. Je ne peux pas m'en crisser.

Jimbo explosa et donna une violente poussée à son ami.

— Et tu proposes quoi, monsieur le justicier?

— Il faut avertir la police.

— T'es complètement malade! Ils vont nous jeter en dedans. Il n'est pas question que j'y retourne.

Snake resta silencieux quelques secondes.

— Il y a peut-être un autre moyen…

17.

Cette fois, je conduis la berline noire. J'avance à toute vitesse dans un tunnel de brique où des moellons sont descellés. Un regard menaçant me guette derrière chaque ouverture. Un homme est étendu sur la chaussée devant moi. Au dernier instant, il se retourne en hurlant. La voiture l'écrabouille avec un bruit de pastèque qui éclate sur le sol. MILES! Le véhicule s'arrête. Un groupe d'hommes s'avance vers moi. On me conduit dans un bâtiment sombre, aux fenêtres barricadées. Un asile.

J'ai ouvert les yeux.

Sans bouger, j'ai d'abord fixé la fenêtre. À travers la vitre, j'ai aperçu les branches chauves et tordues d'un arbre.

J'ai relevé la tête et mis quelques secondes à reconnaître la pièce.

J'étais étendue sur le divan et Raïcha m'épongeait le front avec une serviette imbibée d'eau fraîche. Son visage laissait transparaître une certaine inquiétude.

– Que se passe-t-il? On dirait que tu as eu un choc.

Je n'ai pas démenti.

À ce stade, il aurait été nettement plus sage de retourner à l'hôpital. Je me sentais confuse et ma syncope ne laissait présager rien de bon.

– Je ne sais pas si tu t'en es rendu compte, mais tu parlais pendant que tu étais inconsciente.

– Et je disais quoi?

– Tu répétais deux noms comme une litanie: George et Miles. Et aussi des mots. Je ne les ai pas tous saisis, mais il y avait «asiles», «mur» et «naturel».

Mes idées se bousculaient. Je me sentais prisonnière d'un monde où la réalité et mes hallucinations s'affrontaient, avec mon cerveau et ma santé mentale comme champ de bataille.

— La maman de Jamal rentre-t-elle bientôt? ai-je fini par articuler.

— Dalila? Dans quelques heures. Veux-tu l'attendre?

J'avais accepté l'offre de Raïcha.

Tout ça était si inattendu et invraisemblable. J'avais besoin d'un peu de temps pour reprendre mes esprits et j'étais curieuse de parler à Dalila, de la questionner au sujet de Jamal.

Après trente minutes, je ne tenais cependant déjà plus en place.

D'une part, le poupon s'était réveillé en pleurs à trois reprises. D'autre part, l'idée que Tom Griffin pourrait peut-être m'aider à retrouver la trace de Miles me rendait fébrile.

— As-tu un bottin téléphonique? ai-je demandé à Raïcha.

Au même instant, le poupon s'est remis à pleurer. Il poussait des cris si stridents que j'en ai grimacé. Raïcha s'est levée en soupirant.

— Il a une otite. Je crois que les antibiotiques ne font pas effet. (Elle a marché vers la chambre.) Le bottin est dans l'armoire au-dessus de l'évier.

J'ai trouvé facilement le numéro du pub Old Orchard. J'ai voulu demander à Raïcha la permission d'utiliser le téléphone, mais elle avait disparu dans la chambre et semblait en avoir plein les bras avec le bébé.

Après une hésitation, j'ai saisi mon mobile et composé le numéro.

— *Old Orchard Pub*? a répondu en anglais une voix de femme nasillarde.

— Bonjour, j'aimerais parler à Tom Griffin.

— *Who?*

— Tom Griffin.

— *Just a minute, please*, a dit la voix.

J'ai entendu le brouhaha des conversations en arrière-plan et mon interlocutrice discuter à voix haute avec une autre femme.

– This is someone calling for Tom Griffin.

– OK. I'll take it.

Quelqu'un a repris le combiné.

– Bonjour, je suis Tina. Vous voulez parler à Tom Griffin?

Le ton était amène; l'accent anglais, à peine perceptible.

– Oui. On m'a dit qu'il était propriétaire du pub.

– Tom a revendu ses parts l'année dernière.

– Savez-vous où je pourrais le trouver? ai-je demandé du tac au tac.

– Attendez une minute, je crois que j'ai ses coordonnées quelque part.

Elle a posé le combiné.

Je l'ai entendue parler à un homme sans comprendre ce qu'ils disaient. J'ai patienté une bonne minute jusqu'à ce qu'elle reprenne l'appareil.

– C'est votre jour de chance. (Mon jour de chance? Si elle savait!) Le barman a son numéro de téléphone et son adresse. Je ne sais pas s'ils sont toujours bons par contre.

J'ai griffonné les renseignements à la hâte.

– Merci beaucoup.

– De rien. En passant, je ne sais pas quel est votre lien avec Tom, mais si vous ne le connaissez pas, sachez que c'est quelqu'un de spécial.

– Dans quel sens?

– Il est saoul en permanence. Il peut être vraiment désagréable. Et même violent.

– Merci du tuyau.

J'ai composé immédiatement le numéro de Tom Griffin. J'ai raccroché après une dizaine de sonneries.

Pas de répondeur. Que faire?

Attendre le retour de la mère de Jamal ou prendre la chance de me rendre à l'adresse que venait de me donner cette Tina dans l'espoir d'y attraper Griffin au vol?

J'ai pris ma décision sur un coup de tête: je me rendrais chez Tom Griffin, le frère de George.

Je n'en étais pas à une mauvaise décision près dans cette journée cauchemardesque, mais je me suis juré que, si Griffin ne pouvait m'aider, cette fois, je renoncerais.

J'ai quitté Raïcha en lui faisant promettre de demander à Dalila de me téléphoner sur mon mobile dès son retour. Je ne me faisais toutefois pas d'illusions sur la capacité de cette dernière de m'aider à élucider le mystère.

Ni sur celle de Tom Griffin, d'ailleurs.

Ce dernier habitait le quartier Notre-Dame-de-Grâce.

Je devrais prendre un taxi pour m'y rendre, mais je n'avais plus un dollar en poche. Je me suis dirigée vers Blueridge Crescent où je pourrais trouver un guichet automatique.

Par habitude, je me suis engagée dans la ruelle que j'empruntais quotidiennement lorsque je me rendais au bureau. Cela me permettrait de gagner quelques minutes.

J'ai avisé le ciel sombre et sans lune. La nuit était tombée.

Il ne me restait plus que cent mètres à parcourir dans ce cloaque pour rejoindre la rue, lorsqu'une silhouette est soudain apparue devant moi, me barrant la route.

À la seconde où les phares d'une voiture ont éclairé la veste de cuir, j'ai détalé en direction inverse, aussi vite que ma cheville me le permettait. L'espace fugace d'une seconde, j'avais aperçu le visage de l'homme.

Il ne s'agissait pas de Miles!

Je ne savais pas ce que me voulait cet inconnu qui me filait le train depuis quelques heures, mais j'imaginais assez facilement le pire.

Plus rapide, l'homme m'a rattrapée au milieu de la ruelle.

Un choc sur mon épaule a failli me faire perdre l'équilibre. Sans réfléchir, j'ai pivoté sur moi-même et je lui ai balancé un coup en pleine figure avec mon sac. À quelques mètres sur ma gauche, j'ai vu un escalier de secours et je m'y suis engouffrée.

J'avais franchi le premier palier lorsque l'homme m'a saisi le mollet. J'ai donné un violent coup de pied qui l'a atteint à la tempe et j'ai continué à monter.

Dans l'espoir que quelqu'un m'ouvre, je criais et frappais aux portes et aux fenêtres que je croisais dans ma fuite. Jusqu'au moment où, ne remarquant aucune lumière, j'ai réalisé que l'immeuble était inoccupé. Dans ma hâte de fuir mon poursuivant, je ne m'étais rendu compte de rien.

À moins d'un miracle, personne ne viendrait donc à mon secours. J'ai tenté d'enfoncer une porte à coups de pied, mais le battant a refusé de céder. Entendant les pas de l'homme sur le métal des marches, j'ai décampé sans me retourner.

Je n'avais qu'une chance de lui échapper : les toits. Je me suis hâtée vers le quatrième et dernier palier.

Figée dans la brique, une échelle rouillée permettait d'accéder au toit. J'ai tiré dessus pour m'assurer de sa solidité et entamé mon ascension.

Je suis arrivée sur le toit alors que l'homme s'engageait sur les échelons. Dès qu'il s'est trouvé à ma portée, j'ai commencé à le frapper avec mon sac, qu'il a envoyé valser quatre étages plus bas.

J'ai repris ma course folle, enjambant à l'aveuglette des poutrelles d'acier qui jonchaient le sol. Tout à coup, j'ai perdu pied et chuté lourdement, m'écorchant les mains au sang. Le souffle de l'homme dans mon dos, je me suis relevée et j'ai avancé encore de quelques mètres.

Il s'apprêtait à fondre sur moi lorsque, soudain, le sol s'est ouvert sous mes pieds et je me suis sentie aspirée dans le vide.

J'ai crié d'effroi.

Le toit s'était effondré sous mon poids.

• • •

— Maman, pourquoi Simone est à l'hôpital ?

— Je te l'ai expliqué tout à l'heure, Mathilde. Elle s'est fait frapper par une voiture.

— Elle n'a pas regardé des deux côtés avant de traverser ? Moi, je regarde toujours à gauche et à droite avant de traverser. Des fois, il faut attendre que le bonhomme blanc s'allume. Et aussi s'arrêter quand la main rouge apparaît. Hein, maman ?

— Exactement, ma cocotte.

— L'autre jour, Axelle a traversé la rue sans regarder et son papa lui a donné une tape.

— Jean-Pierre? C'est vrai, ça?

— Oui. Axelle me l'a dit. Il est plus sévère que toi.

— Ah, ça…

— Maman?

— Mmm?

— Est-ce que Simone va mourir?

Ariane sourit et se tourna brièvement vers sa fille.

— Mais non, ma grande. Elle va seulement rester à l'hôpital quelques jours.

— Maman, regarde en avant quand tu conduis!

Ariane marchait dans le corridor, tenant une pile de revues sous un bras et la main de sa fille de l'autre. La petite serrait sur son corps son toutou porte-bonheur.

— Je vais lui prêter, maman, comme ça elle se sentira moins seule.

— C'est gentil, ma chouette.

— Mais je la prête seulement, hein? Je ne la donne pas.

— Je comprends, c'est ta grenouille.

— Oui, c'est ma grenouille. Maman, pourquoi ça sent bizarre?

— Ça sent toujours comme ça, les hôpitaux, ma cocotte.

— Pourquoi? Ils ne font pas le ménage?

La logique de l'enfant embêta Ariane. La maladie avait-elle une odeur après tout?

— Oui, mais l'édifice est vieux et… Tiens, on est arrivées.

Ariane poussa doucement la porte de la chambre 222. Un garçon d'une quinzaine d'années dormait dans le lit, la tête enrubannée.

— Tu t'es trompée de chambre, maman?

Ariane était un peu en avance, mais Simone aurait dû être là. Elle vérifia le numéro de nouveau.

— Viens, Mathilde.

– Où on va, maman?

– On va demander à l'infirmière où est Simone.

– Je suis fatiguée de marcher.

– Allez, cocotte.

Ariane entraîna la petite à sa suite.

– Elle a changé de chambre?

– On dirait que oui.

Sans savoir pourquoi, Ariane eut soudain un mauvais pressentiment.

– Peut-être que Simone est déjà rentrée à la maison, hein, maman?

• • •

– Ne bou… bou… ne bougez pas.

Arc-bouté au-dessus du cratère, l'homme m'avait agrippée par le col de mon manteau. Il essayait de me hisser sur la portion intacte du toit à la force de ses bras.

J'ai essayé de rester calme, évitant de regarder le vide qui s'ouvrait sous mes pieds. J'ai entendu l'homme peiner, râler, puis au bout de ce qui m'a semblé être une éternité, il a réussi à me saisir sous les aisselles et à me ramener près de lui.

Tandis qu'il reprenait son souffle à côté de moi, j'ai regardé par l'ouverture béante. Sans son intervention, j'aurais chuté d'au moins deux étages à travers une marée de débris. La peur m'a brutalement avalée et je me suis assise sur le sol.

Nous sommes restés silencieux un bon moment, puis j'ai risqué un coup d'œil sur ma droite.

La face ravagée par l'acné, vêtu comme un meurt-de-faim, l'homme devait avoir tout au plus vingt-cinq ans. Et moi qui m'étais imaginé qu'il s'agissait de Miles!

À ce moment, il s'est tourné vers moi.

– Ça va? a-t-il demandé.

La peur a fait place à la colère, ma réaction a été instinctive: je me suis jetée sur lui et j'ai commencé à le rouer de coups. Il se protégeait du mieux qu'il pouvait.

– Espèce de malade! J'aurais pu me tuer!

— Non. Atten… attendez.

Je lui ai décoché un coup de pied au tibia qui l'a fait se plier en deux.

— Qu'est-ce que tu me veux, hein?

J'étais littéralement hors de moi. Je lui ai sauté au visage et j'ai tenté de le griffer, mais il a saisi mes poignets et réussi à me maîtriser.

Ses genoux sur mes avant-bras, il m'a maintenue au sol avec fermeté, mais sans rudesse. J'ai remarqué non sans une pointe de fierté que je lui avais ouvert la lèvre inférieure dans l'échauffourée.

— Je ne vous v… v… veux…

L'homme bégayait.

— … pas de mal.

J'ai affronté son regard et su qu'il disait vrai.

Cet homme semblait incapable de la moindre méchanceté. Le sang qui emplissait sa bouche lui donnait, en fait, presque l'air d'un martyr. Il a relâché son étreinte. J'en ai profité pour me redresser. Je n'étais pas prête pour autant à lui donner l'absolution. Ce détraqué avait mis ma vie en péril, après tout.

— Qu'est-ce que tu veux?

— Je suis dé… dé… solé de vous avoir fait peur. Je… je… vou… vou …vou… lais vous parler, mais v… v… vous vous êtes sauvée.

— Parce que tu trouves ça normal d'être poursuivie par un inconnu?

— Dé… dé… solé.

— Qui es-tu?

— Gustave. Je m'ap… m'appelle Gustave.

L'homme dégageait une impression de naïveté qui frôlait la simplicité d'esprit. Je me suis radoucie. Après tout, il m'avait sauvé la vie.

— Pourquoi me suis-tu, Gustave?

Gustave a scruté les toits, préoccupé.

— Parce que vous les a… a… avez vus.

— De qui parles-tu?

Il s'est agité.

– Je vous ai vue près de l'ap... de l'ap... de l'appartement et du bi... bi... bistrot. Vous les avez vus!

– Qui? Miles?

Il roulait à présent des yeux hagards dans tous les sens.

– Parle! Qui? George? Jamal?

– Chut! il ne faut pas pro... pro... prononcer leurs noms.

Il s'est mis à chuchoter dans le creux de mon oreille:

– Faites attention!

– Faire attention à quoi, Gustave? Qu'est-ce que tu veux dire?

– Ils nous su... su... surveillent, ils nous entendent et ils con... con... ils contrôlent nos pensées.

– Mais de qui parles-tu?

– Les hommes de l'autre monde. Ils sont pa... pa... pa... parmi nous.

Il s'est levé d'un bond. Avant que j'aie eu le temps de réagir, il a redescendu l'échelle. Lorsque je suis arrivée sur le palier, je l'ai vu s'enfoncer dans l'obscurité, puis disparaître dans la nuit.

Les hommes de l'autre monde?

18.

Lessard passa par son bureau, prit la bouteille de Pepto-Bismol qu'il gardait dans un tiroir et en but la moitié. Il la remit à sa place puis, se ravisant, la fourra dans la poche de son veston.

Ils se rassemblèrent autour de la grande table, dans la salle de réunion. Sirois distribua des gobelets de café à tous. La rencontre leur permettrait de mettre en commun les divers éléments de l'enquête.

Lessard compulsa ses notes une dernière fois, révisa encore le rapport du légiste, tentant de regrouper ses idées. Il avait dressé une liste des différents points qu'il désirait aborder.

La journée traînait en longueur. Il remarqua que Pearson, qui devait s'occuper d'un nouveau-né à la maison, avait des poches sous les yeux. Il compatissait. Il était passé par là. Il pensa de nouveau que la conciliation travail-famille devenait un enjeu majeur dans l'économie actuelle.

Pour Sirois et Fernandez, plus jeunes et célibataires, la situation différait.

Doug Adams, pour sa part, se trouvait dans le même bateau que lui. Son mariage n'avait pas survécu à cette distance insidieuse qui s'installe entre ceux qui sont allés au bout de l'horreur et les autres.

«À voir tant de douleur et de violence, avait un jour dit Lessard à la psychologue de la police, on développe un espace intérieur où plus rien ne peut nous atteindre. Un mécanisme de survie que certains perçoivent comme de l'indifférence, du cynisme ou de la froideur.»

Lessard s'éclaircit la voix. Tout le monde se tut.

— On va faire ça vite, la conférence de presse commence dans une demi-heure.

Il marqua une pause, rassembla ses idées. Tous les regards étaient fixés sur lui.

— OK, dit Lessard en soupirant. On est le 1er avril. Jacques Mongeau a été tué dans son bureau entre 14 h 30 et 15 h 30. Sa secrétaire a vu le meurtrier. Langevin travaille avec elle sur un portrait-robot qui sera prêt demain. (Il se racla la gorge.) Nguyen a recueilli les dépositions des collègues de Mongeau. Comme c'était l'heure du lunch, personne n'a remarqué le meurtrier. (Il consulta ses notes avant de poursuivre.) Berger conclut que Mongeau a été tué par les coups au thorax. Selon lui, le meurtrier savait ce qu'il faisait : les coups étaient tous mortels. L'arme du crime serait un couteau de survie. J'ai mis sur la table un couteau qui pourrait y ressembler : un côté dentelé et l'autre tranchant. C'est une arme en vente libre, populaire auprès des amateurs des films *Rambo* et des chasseurs. On a peut-être affaire à l'un ou à l'autre…

— Ou peut-être à un militaire ? suggéra Fernandez. Un milicien ?

— Peut-être, fit Lessard. Pour l'index amputé, Berger est catégorique : c'est une blessure *post-mortem*. Le meurtrier n'a donc pas torturé Mongeau pour lui soutirer une information. Ce qui veut dire qu'on n'a pas encore de mobile pour le meurtre, ni rien pour expliquer l'amputation. Pour l'instant, l'hypo…

Il s'interrompit en voyant la porte de la salle s'ouvrir. Le commandant Tanguay entra et vint s'asseoir en face de lui. Le sergent-détective lui résuma le début de la réunion. Tanguay affichait cet air de supériorité qui ne le quittait jamais.

Lessard reprit son analyse :

— Pour l'instant, l'hypothèse la plus plausible est que le tueur avait besoin de l'index pour ouvrir un coffre-fort, pour se servir d'un ordinateur ou encore d'un mobile à reconnaissance digitale.

— Pourquoi l'égorger comme un vulgaire animal? demanda Fernandez. Ça ressemble à une exécution.

Ils se regardèrent. Lessard but une gorgée de café.

— L'une de ces pistes est peut-être la bonne, déclara-t-il. Il faut déterminer laquelle.

— Et vite, lança le commandant Tanguay, qui prenait la parole pour la première fois. Vous savez tous que la pression des médias sera forte. Jacques Mongeau n'était pas n'importe qui.

Un silence de mort s'abattit sur le groupe. Lessard jeta un œil assassin à son supérieur. Il lui en voulait d'exercer ce genre de pression sur les membres de son équipe. Ceux-ci avaient besoin d'être encouragés, pas qu'on leur botte le cul. Il rectifia le tir.

— C'est une enquête importante et je sais que vous faites tous le maximum. Il ne faut pas se décourager, nous finirons par tirer sur la bonne ficelle. Fernandez, où en es-tu avec les comptes bancaires?

— J'ai épluché tous les actifs. Ils ont une maison à Westmount, un chalet en Estrie et un condo dans les Keys. Quatre voitures. Tout est payé, ils n'ont pas de passif. Je n'ai remarqué aucune transaction douteuse dans leurs livres. Ces gens-là roulaient sur l'or.

— Bon, on peut exclure que ce soit lié à une dette ou à une transaction qui a mal tourné. Je n'imagine pas non plus sa femme le faisant assassiner pour toucher l'assurance. Elle aurait pu l'acheter et le revendre à crédit. Quoi d'autre?

— Pas grand-chose. J'ai fait faire un relevé de ses empreintes. Il n'est pas fiché et ne possède aucun casier judiciaire. J'ai retrouvé une vieille plainte pour harcèlement sexuel dans son dossier, alors qu'il pratiquait comme médecin. Ce serait surprenant qu'il y ait un lien. C'est à peu près tout.

— Je me charge de cette plainte, dit Lessard.

Fernandez lui tendit le dossier.

— Ne perdez pas de temps là-dessus, Lessard, c'est de l'histoire ancienne, intervint Tanguay.

De quoi se mêlait-il, cet animal?

Lessard enchaîna:

— Mongeau était l'ancien conseiller du premier ministre et il était très impliqué dans les collectes de fonds du parti. Il a été nommé directeur de l'Hôpital général de Montréal après avoir occupé le même poste dans un hôpital de Québec. Il était très respecté comme gestionnaire, mais sa femme m'a confié qu'il s'était fait de nombreux ennemis en politique. Ça soulève une question : son meurtre était-il motivé par des considérations politiques ?

— Peut-être qu'il était mêlé au scandale des commandites, suggéra Pearson.

Tanguay toussa bruyamment, comme pour marquer son désaccord. Lessard feignit l'ignorance.

— Peut-être, dit-il. Sirois, qu'est-ce que tu as pour nous ?

— Rien que tu ne saches déjà. La conjointe de la victime, Hélène Lacoursière, est la fille du magnat des télécommunications. Grosse fortune, très impliquée dans les milieux caritatifs, elle préside sa propre fondation qui vient en aide aux enfants victimes de malnutrition. Elle était plus jeune que lui d'une dizaine d'années. Ils ont deux enfants, des garçons. Sacha est diplômé en droit, son frère Louis a quitté l'école après le secondaire. Il est bassiste dans un groupe rock. Il est très renfermé. J'ai découvert un peu de cannabis en fouillant sa chambre.

— Un fait que vous omettrez de consigner dans votre rapport, souffla Tanguay, puisque ce n'est pas pertinent.

Lessard était à deux doigts de péter les plombs.

— Continue, Sirois.

— Elle a parlé à son mari pour la dernière fois vers 10 h 30. Elle ne lui trouvait rien de changé. Son comportement des derniers mois n'était pas différent non plus. Il buvait peu, ne jouait pas, faisait du sport régulièrement. À sa connaissance, il ne possédait aucun coffre ou appareil susceptible d'utiliser la technologie de reconnaissance digitale. J'ai aussi fouillé son bureau. Il n'avait pas d'ordinateur à la maison. Je n'ai rien trouvé de notable dans ses papiers. Voilà, c'est à peu près tout.

— Pearson ?

Tandis que Sirois parlait, Lessard avait glissé une note à Pearson, qui était assis à ses côtés: «Ne parle pas des photos sadomaso devant Tanguay.»

– Comme vous le savez, nous avons retrouvé un disque contenant diverses photos de la scène du crime. Nous supposons qu'elles ont été prises par l'assassin. Doug Adams essaie présentement de déterminer à partir de quel type d'appareil elles ont été faites. Le disque contenait aussi la mention suivante: *Message d'erreur: 10161416.* Nous prenons comme hypothèse que le meurtrier a voulu nous laisser un message et tentons d'établir lequel en examinant minutieusement les images et les principaux messages d'erreur que l'on retrouve en informatique. Le disque contenait également une adresse Internet menant à un blogue, qui demeure inactif pour l'instant. Nous croyons que le meurtrier pourrait vouloir y publier les photos de l'assassinat de Mongeau. Le blogue a été créé à partir d'un café Internet de la région de Québec. Après vérifications avec les employés et le gérant de l'établissement, nous ne tenons aucune piste qui pourrait nous permettre d'identifier le tueur. Nous envisageons cependant de piéger le blogue, dans l'espoir de retracer le tueur la prochaine fois qu'il s'y connectera.

– Autre chose?

– J'ai vérifié si des dossiers manquaient et parcouru le contenu de l'ordinateur, comme tu me l'avais demandé.

– Et puis?

Pearson hésita.

– Hum... je n'ai rien trouvé. J'ai aussi aidé Nguyen à prendre les dépositions des personnes travaillant sur l'étage. La plupart d'entre elles ont un alibi solide. C'était l'anniversaire d'une des employées du service et tout le monde ou presque a mangé au même restaurant. Pour les autres, on continue de vérifier, mais je n'ai aucun suspect pour l'instant.

– Merci, Pearson. Doug?

Avant de sortir, Tanguay regarda Lessard et tapa sur le verre de sa montre avec l'index. Il lui rappelait que la conférence de presse commencerait sous peu.

— Quelle délicatesse, grommela Lessard.

— On a répertorié quarante-neuf spécimens d'empreintes différentes dans la pièce, dit Adams, outre celles de la victime et de sa secrétaire. Nous passons la banque de données au crible, sans résultat pour l'instant.

Lessard se versa un verre d'eau et le vida d'un trait.

— Voilà où nous en sommes. Nous savons peu de choses. Fernandez, continue à creuser son passé. Il y a peut-être quelque chose qui nous échappe. Sirois, fais le point avec Berger sur le résultat des tests de toxicologie. Montre-lui aussi le couteau, qu'il te dise si ça correspond au type d'arme utilisé. Pearson, mets les autres au courant pour les photos. Essaie de déterminer où elles ont été prises, par quel type d'appareil, etc. Il y a peut-être quelque chose là-dessous. Mais attention, pas un mot à Tanguay! (Lessard marqua une pause pour s'assurer que tous comprenaient l'enjeu.) Oh! Pearson… téléphone à la veuve et dis-lui qu'on va repasser après la conférence de presse. Je veux la questionner au sujet des photos.

Il mit fin à la réunion et sortit en trombe, de l'écume au bord des lèvres.

S'il avait pu, Lessard aurait volontiers frappé Tanguay.

19 h

La salle de conférence était pleine à craquer. Tous les grands quotidiens y étaient représentés. Cinq chaînes de télévision avaient également répondu à l'appel.

Pearson et Sirois écoutaient, adossés au mur du fond. Fernandez était assise parmi les journalistes et griffonnait sur une feuille de papier.

Tout se déroulait comme prévu. Tanguay n'avait pas ouvert la bouche, sauf pour l'entrée en matière où il avait déballé les banalités habituelles : bref rappel du passé de la victime, confirmation succincte des circonstances du crime et de l'heure approximative du décès.

Lessard se montra pour sa part d'un laconisme magistral, se bornant à répéter sur tous les tons qu'il ne pouvait donner plus de détails sans compromettre certains éléments de l'enquête en cours.

Ils mirent un terme à la conférence de presse. Plusieurs journalistes quittèrent la salle, sachant par expérience que Lessard n'en dirait pas plus.

Ce dernier s'apprêtait à accorder une courte entrevue à un reporter de la presse électronique lorsqu'il entendit Tanguay déclarer à un autre journaliste que «le sergent-détective Lessard lui avait confirmé qu'il tenait une piste sérieuse, et qu'il y aurait bientôt d'importants faits nouveaux».

Lessard marcha directement vers son supérieur, la bouche remplie d'une lave qui ne demandait qu'à être déversée. Tanguay termina son entrevue en répétant qu'il avait totalement confiance en Victor Lessard et en son équipe. Celui-ci le prit à l'écart. Leurs visages étaient à quelques centimètres l'un de l'autre.

Il eut envie de le frapper, mais il se retint. Il s'efforça d'adopter un ton détaché.

— Mais qu'est-ce que vous faites?

— Je vous achète du temps, Lessard. La division des crimes majeurs me souffle déjà dans le cou. Si vous n'avez rien d'ici demain à la même heure, vous pouvez dire adieu à cette enquête.

Lessard tourna les talons et entra dans les vestiaires. Il frappa de toutes ses forces dans une armoire métallique, qui vacilla sous la force de l'impact.

Tanguay n'était qu'un peureux et un imbécile. Il ne faisait que se protéger le cul.

Lessard s'imaginait déjà les manchettes du lendemain matin. Ses brûlements d'estomac reprirent. Il sortit la bouteille de Pepto-Bismol de la poche de son veston et but la seconde moitié d'un trait.

Il se dirigea vers le bureau de Pearson. Ils devaient interroger Hélène Lacoursière de nouveau pour lui parler des photos.

Pourquoi s'entêtait-il à pratiquer ce métier?

19.

Trois-Pistoles

Laurent ne souhaitait plus qu'une chose: abandonner ce corps et cette âme disloqués. Brisé par cette soirée noire comme une flaque d'encre, il réalisait à quel point il avait gâché de belles années de sa vie.

Waldorf était revenu à trois reprises.

La première fois pour lui donner de l'eau et de nouveaux cachets, la deuxième pour une injection, et la dernière, pour le détacher.

Les deux hommes étaient attablés, face à face, Laurent menotté sur sa chaise. Posé sur la table, l'automatique n'en constituait pas moins une menace muette. À contrecœur, livide et défait, Laurent se résigna à écouter ce que Waldorf désirait lui confier.

– Miles était jardinier au cimetière Notre-Dame-des-Neiges. Ta mère s'appelait Catherine, elle est décédée de la leucémie, alors que tu avais cinq ans. Vous habitiez un duplex de briques rouges, en face du cimetière. Vous passiez les vacances d'été dans un chalet de Trois-Pistoles, dont Miles avait hérité au décès de ses parents. Tu as commencé à faire de la voile à l'âge de quatre ans. Quand tu en avais huit, il t'a acheté un gant de baseball, un Rawlings couleur fauve. Vous l'avez enduit d'huile de citron et formé, en mettant une balle dans le panier entouré d'un gros élastique. Ton premier coach de hockey s'appelait Raymond Bolduc. Tu as gagné plusieurs médailles en cyclisme. Ton héros favori était Batman. Ta couleur préférée, le jaune. Le nom de ton premier chien était Pico. Chaque soir, Miles devait faire le tour de la maison avec toi pour te montrer que personne ne s'y cachait. Un jour, vous avez construit un camp dans un champ de maïs.

Une larme roula sur la joue de Laurent.

– Je continue? dit Waldorf.

Été 1985

Laurent a neuf ans. Une chaleur suffocante l'accable. Dieu, que le maïs est haut! Des mouches lui bourdonnent dans les oreilles. Il n'aurait pas dû s'éloigner ainsi. Est-il arrivé par la gauche ou la droite? Est-ce qu'il tourne en rond? Il sent la panique le gagner peu à peu. Il est grand, il n'a pas besoin d'aide. Il continue à marcher. Il entend un bruit qui le fait sursauter. Il y a un animal ou quelque chose d'autre. Il crie de terreur. Miles arrive au bout de trente secondes. «Ça va, bonhomme?» «J'étais perdu. J'ai entendu un bruit bizarre.» Malgré lui, il se met à sangloter comme un bébé. Son père s'agenouille, le prend dans ses bras, le serre très fort contre lui. «Ne t'en fais pas, c'est normal d'avoir peur.» Laurent se sent rassuré. Miles a ce don de lui donner la force nécessaire pour se surpasser, pour devenir plus grand que lui-même. Il sèche ses larmes, ils rebroussent chemin. Il marche en tenant la main de Miles. «Hé! p'pa, est-ce que maman va revenir un jour?» Miles le soulève de terre. «Elle est avec toi, partout, toujours. Dans ton cœur.»

Waldorf connaissait son père, Laurent en était persuadé. Il avait fourni trop de détails précis sur la vie de Miles pour que cela puisse être remis en cause.

Mais ce qu'il racontait s'avérait plus inconcevable que dans ses lettres. De voir devant lui cet homme parler d'une voix si raisonnable et pondérée semblait irréel. Comment pouvait-il paraître si équilibré, alors même que ses révélations relevaient du pur délire surréaliste? Laurent ne savait plus quoi penser, mais il espérait encore trouver une explication rationnelle.

Comment devait-il agir?

• • •

J'ai récupéré mon sac à main dans la ruelle et j'en ai vérifié le contenu : malgré la chute de quatre étages, mon mobile semblait intact. On ne pouvait en dire autant de ma bouteille de parfum bon marché, qui s'était fendue sous le choc. Heureusement, le flacon était presque vide. J'ai jeté les débris dans un conteneur rouillé qui traînait par là.

Les hommes de l'autre monde ?

Je ne savais trop quelle foi accorder aux propos incohérents du jeune homme. Avais-je seulement eu affaire à un simple d'esprit ?

À moins que Gustave ne fût un complice de Miles ?

J'ai hoché la tête. Cette histoire me dépassait.

J'ai retiré de l'argent au distributeur automatique. Il m'a fallu quelques minutes de plus pour trouver un taxi. La voiture m'a déposée devant un immeuble fatigué, chemin Queen-Mary.

J'ai vérifié l'adresse sur la façade. Le chauffeur ne s'était pas trompé : j'étais devant l'immeuble dont Tina m'avait fourni l'adresse.

L'endroit n'avait rien d'un palace, je vous prie de me croire.

Je suis entrée dans un lobby éclairé par une ampoule. Sur le mur jauni se trouvait une rangée de boîtes aux lettres avec, en dessous, une sonnette pour chaque appartement.

J'ai repéré sans problème le nom de Tom Griffin : appartement 312.

La chance me sourirait peut-être, après tout…

Quelques secondes après le son du timbre, j'ai entendu un déclic. La porte d'entrée venait d'être déverrouillée à distance.

Je me suis engagée dans l'escalier. Sur le premier palier, j'ai dû enjamber des excréments de chien et quelques préservatifs usagés.

En gravissant les marches, je me suis remémoré les paroles de Tina. Griffin pouvait se montrer violent. Je n'avais pas réfléchi à la question avant ce moment, mais je n'ai pu m'empêcher d'imaginer la bobine qu'il ferait si je lui relatais ma rencontre de la veille avec George, son frère... défunt. Au mieux, il risquait de s'emporter. Au pire... Je n'osais pas imaginer le pire.

Comment l'aborder?

Tout s'est passé très vite.

Mue par une impulsion, j'ai décidé, en frappant à la porte de son appartement, d'user d'un subterfuge.

Une voix m'a répondu en criant à travers le battant:

— *If you're looking to sell me your insurance garbage, leave me alone and let me die in peace!*

C'était là. Je n'allais pas tarder à savoir si Griffin se laisserait prendre au piège.

— Bonjour, monsieur. Mon nom est Simone Fortin, je travaille pour le directeur général des élections. (Je parlais fort pour qu'il saisisse mes paroles.) Est-ce que je pourrais entrer?

— *What do you want from me? Get the hell out of here!*

— Je suis chargée de mettre à jour la liste électorale.

Un être visqueux est sorti sur le palier: peignoir sale, ouvert sur une poitrine luisante et flasque, dents pourries, dessous des ongles bourré de crasse, haleine fétide, cheveux en bataille et, en prime, odeur rance d'aisselles.

— *Write down what you want. I don't vote anymore. Those bastards politicians in this city are all corrupt!*

Effectivement, Griffin ne semblait pas commode. Je ne bénéficierais pas de son attention très longtemps. J'ai tendu ma perche:

— Vous êtes monsieur Griffin? Monsieur George Griffin?

Il s'est mis à vociférer, s'avançant vers moi d'un air menaçant.

— *Bunch of stupid, good-for-nothing losers! The city of Montreal has the biggest collection of useless city servants!*

Aujourd'hui encore, ce qu'il a ajouté me donne froid dans le dos:

— George est dans le coma depuis le 7 août 1979, madame la fonctionnaire. (Il avait prononcé la phrase en cassant son français, et souligné les mots «madame la fonctionnaire» d'un ton méprisant.) *How would you like him to vote?*

Les jambes en guenille, je suis sortie de l'immeuble.

Avant même que j'aie eu le temps d'encaisser le choc, mon mobile a sonné. Le nom de Dalila Cherraf est apparu sur mon afficheur.

— Je vous préviens, si vous vous approchez encore de ma famille, je contacte la police sur-le-champ.

Le ton était agressif, cassant.

— Mais je…

— Espèce de petite salope! Je ne sais pas comment vous avez obtenu notre adresse, mais laissez-nous tranquilles. Laissez mon père en paix!

— Votre père? Madame, il y a méprise, je croyais que c'était votre fils qui…

— Cessez votre petit numéro. Nous ne parlons plus aux journalistes.

— Je ne suis pas journaliste, je…

— C'était très habile de venir pendant mon absence. Vous avez peut-être trompé Raïcha en faisant semblant de tomber dans les pommes, mais pas moi.

J'ai entendu Raïcha protester en arrière-plan, mais Dalila l'a fait taire.

— Écoutez, il y a erreur, ai-je dit fermement pour qu'elle ne m'interrompe pas. Ça peut sembler difficile à croire, mais, comme je l'ai dit à Raïcha, j'essaie de retrouver un homme, un trompettiste de jazz qui s'appelle Jamal Cherraf.

— Épargnez-moi vos manigances, vous savez très bien que mon fils porte le même nom que son grand-père. Quel est le topo cette fois-ci? Un numéro spécial pour le dixième anniversaire de son attaque? Une entrevue avec d'anciens musiciens de son orchestre?

D'anciens musiciens de son orchestre?

J'ai compris à ce moment que je ne m'étais pas trompée. J'avais bien retrouvé Jamal.

— Vous n'y êtes pas, je…

– Je ne sais pas pour quel journal vous travaillez, mais sachez une chose : vous n'êtes pas la première à nous contacter. Il n'y a rien à ajouter. Finirez-vous par comprendre?

– Dalila, attendez… J'aimerais…

– FICHEZ-NOUS LA PAIX! PAPA EST DANS LE COMA DEPUIS 1985 ET IL NE SE RÉVEILLERA JAMAIS!

20.

Hélène Lacoursière leur offrit du café, mais Lessard le refusa poliment. Ils s'assirent au salon et le policier décida d'attaquer de front.

— Madame, nous avons trouvé des photos dans l'ordinateur de votre mari, au bureau.

Elle avait tressailli l'espace d'une fraction de seconde, il le vit à la contraction de son maxillaire. À présent, elle semblait avoir retrouvé son sang-froid.

— Est-ce anormal, enquêteur? risqua-t-elle d'un ton neutre.

— Non. Mais ce sont, disons… (Il chercha ses mots.) Oui… des clichés particuliers.

— En quoi est-ce lié à sa mort?

— Nous pensons qu'il a peut-être été victime d'un chantage.

— Quelle est la question au juste, enquêteur?

Pearson lui passa la chemise dans laquelle il avait pris soin de glisser quelques exemplaires des photos trouvées dans l'ordinateur du défunt. Elle regarda les clichés où on la voyait nue.

Lessard s'attendait à une explosion.

Au lieu de ça, elle releva lentement le menton. Sa lèvre inférieure tremblait.

— Vous n'êtes qu'un rustre, enquêteur. Du vent.

— Je suis désolé, madame, mais aidez-nous à y voir plus clair. Nous voulons retrouver celui qui a tué votre mari.

Elle se leva et marcha en direction de l'entrée.

— Sortez, enquêteur, et ne revenez plus. Vous n'êtes plus le bienvenu ici.

Incapable de se concentrer, Lessard quitta le bureau vers 20 h 45. Pearson était parti cinq minutes avant. Le sergent-détective avait envie d'un bon repas et d'une douche. Il n'arriverait pas à dormir de sitôt, mais au moins il pourrait se relaxer en regardant le documentaire sur Mohamed Ali dont il ne se lassait pas. Il reverrait sans doute de nouveau les combats contre Joe Frazier.

Alors qu'il marchait tranquillement vers sa voiture, son mobile sonna. Il reconnut le numéro de Tanguay.

N'aurait-il jamais de répit?

— Lessard.

— Vous dérapez, Lessard. Vous mettez votre nez dans des affaires qui ne vous regardent pas.

— Que voulez-vous dire, commandant? Je ne com…

— Arrêtez de faire le cave, Lessard. Laissez la veuve tranquille.

Lessard demeura interdit.

Comment Tanguay pouvait-il savoir aussi vite? Pearson avait-il parlé? Sûrement pas. Il y avait une seule autre option: Hélène Lacoursière elle-même lui avait téléphoné.

Pourquoi Tanguay acceptait-il d'intercéder pour elle? Qu'est-ce que tout ça cachait?

— Nous ne voulons pas l'importuner, commandant, mais nous tenons une piste qui semble prometteuse.

— VOUS ALLEZ LÂCHER CETTE PISTE IMMÉDIATEMENT, LESSARD. ME SUIS-JE BIEN FAIT COMPRENDRE? SINON VOUS RISQUEZ DE LE REGRETTER…

Lessard n'en croyait pas ses oreilles.

— Est-ce une menace, commandant?

— Je préférerais parler d'une mise en garde, Lessard. Une simple mise en garde.

Tanguay raccrocha.

Lessard était ébranlé. Il ne savait pas ce qui se tramait dans son dos, mais il s'agissait à l'évidence de quelque chose de suffisamment gros pour que Tanguay intervienne ainsi de façon brutale.

Il atteignit la voiture et demeura quelques secondes sans bouger, en état de choc.

Il roulait sur l'avenue Somerled lorsque la sonnerie de son mobile le tira de sa torpeur. Il regarda le numéro, mais ne le reconnut pas. Il faillit ne pas décrocher, mais c'était plus fort que lui.

— Heu… bonjour, Victor. C'est Ariane Bélanger. On s'est rencontrés ce matin. Pour le délit de fuite…

Tu parles s'il s'en souvenait!

Ses pulsations cardiaques se mirent à augmenter comme celles d'un écolier qui demande à une fille de danser pour la première fois.

Il bafouilla.

— Bon… bonjour Ariane.

— Je suis désolée de te déranger, mais c'est à propos de mon amie, Simone.

Bien que prévisible, le fait que son appel concerne le délit de fuite lui fit l'effet d'une douche froide.

— Il y a un problème?

— Quand je suis retournée à l'hôpital en début de soirée, on m'a dit qu'elle était partie peu après vous avoir parlé. Elle a signé un formulaire de refus de traitement. J'ai essayé de la joindre depuis, mais elle ne répond pas au téléphone. Je me demandais si elle avait dit où elle comptait aller?

Lessard était surpris.

Comment cette fille s'était-elle débrouillée pour obtenir son congé de l'hôpital aussi rapidement? Quoi qu'il en soit, il avait bien d'autres chats à fouetter pour l'instant.

— Non, elle ne m'a rien dit. Mais je suis certain qu'il n'y a aucune raison de t'inquiéter. Son médecin ne l'aurait pas laissée partir s'il avait eu le moindre doute. Ne t'en fais pas.

— C'est ce que je me disais. Excuse-moi de t'avoir dérangé pour ça.

— Aucun problème.

Il allait raccrocher.

— Victor? Je t'ai vu à la télé tout à l'heure. Dure journée?

– Les joies du métier, dit-il sur un ton faussement enjoué.

– Écoute, tu es probablement crevé, mais je viens de cuisiner un osso bucco et il y en a au moins pour une armée. Si... enfin si le cœur t'en dit, on pourrait souper ensemble, chez moi?

Lessard hésita.

Il avait prévu de faire un appel concernant la plainte de harcèlement sexuel.

Après tout, ça pourrait attendre au lendemain.

Il observa l'immense maison à flanc de montagne sur l'avenue Docteur-Penfield. Il regarda de nouveau l'adresse qu'il avait notée dans son carnet. Il ne se trompait pas.

À la vue de ce palace, il se sentit intimidé et faillit rebrousser chemin. Il monta mécaniquement la volée de marches et appuya sur le bouton de la sonnette.

Ariane ouvrit presque instantanément, comme si elle guettait son arrivée. Elle était vêtue simplement de jeans et d'une camisole moulante. Ses cheveux flottaient sur ses épaules.

Un frisson parcourut Lessard. Elle était beaucoup plus sexy que lorsqu'il l'avait rencontrée le matin. Il s'agissait d'une vraie femme, avec des formes bien senties, pas une de ces maigrichonnes rachitiques, retouchées à l'ordinateur, que l'on glorifie dans les revues de mode.

– Salut, lança-t-elle.

Il tendit les fleurs qu'il avait achetées dans un dépanneur, après être passé à son appartement pour se doucher. Il avait pris soin de retirer au préalable l'emballage plastique qui en trahissait la provenance. Normalement, les règles élémentaires de politesse auraient voulu qu'il apporte aussi une bouteille de vin, mais il ne tenait pas à rechuter. C'était la première fois qu'on l'invitait à souper depuis qu'il était sobre. Il se demanda comment il jouerait cela avec Ariane.

Elle s'avança pour lui faire la bise. Il se pencha vers elle au même instant et se cogna sur son front.

Elle pouffa de rire.

– Excuse-moi, je suis maladroit, dit-il.

– Non, c'est moi. Entre.

Il pénétra dans une grande pièce aux murs blancs. Sur la gauche, une sorte de petit sanctuaire capta son attention. Sous un autel tendu de soie rouge étaient disposés deux cierges, ainsi que la photo d'un homme et d'une femme, tous deux grisonnants. Sur le mur adjacent, un agrandissement de *Ground Zero* était fixé au mur.

Ariane remarqua son étonnement.

– Ce sont mes parents. Ils sont morts dans les attentats du 11 septembre. Ils étaient diplomates. Ils devaient assister à une conférence sur les enjeux des politiques d'aide au développement dans les pays d'Afrique. Ils se trouvaient à l'un des étages frappés de plein fouet par le premier avion. Ils n'ont eu aucune chance.

– Je suis désolé, bredouilla Lessard. C'est vraiment triste.

– Oui et non. Mes parents ont vécu plus de choses que le commun des mortels. Ils ont été heureux chaque jour de leur existence. Ils ont mené la vie dont ils rêvaient. Et ils sont morts ensemble, sans souffrir.

– …

– Je sais, j'ai l'air d'une indécrottable optimiste comme ça. Mais j'ai appris ça d'eux. Ne jamais me laisser abattre.

Cette fille l'intimidait. Il se sentit tout à coup trop habillé avec son veston et sa cravate. Il croisa les mains derrière le dos pour se donner une contenance.

– C'est… c'est une jolie maison…

– Oui. C'était la leur. Je n'ai pas encore réussi à me résoudre à la vendre. J'ai été élevée ici. J'aimerais que ma fille y grandisse, mais, à deux, c'est beaucoup trop grand.

Malgré son intérêt récent pour la cuisine, Lessard s'était accoutumé à manger des plats simples depuis qu'il vivait seul. Aussi, il se régala du repas somptueux que lui servit Ariane.

Mais il se jura de recommencer sa diète dès le lendemain.

Il hésita un peu lorsqu'elle lui offrit du vin, mais il finit par refuser en prétextant qu'il devait prendre son service très tôt le lendemain matin.

Il se demanda un instant s'il ne valait pas mieux lui avouer la vérité, mais, réflexion faite, il décida d'attendre. Peu de jeunes femmes épanouies s'intéresseraient à un alcoolique en rémission.

Durant le repas, Ariane lui raconta comment elle avait réussi à ramener au pays sa fille Mathilde, qui dormait à l'étage.

Au gré des affectations de ses parents, elle avait séjourné en Afrique du Sud et en Pologne, avant de revenir au Canada.

À dix-neuf ans, après une adolescence particulièrement difficile, elle était partie seule, avec son sac à dos, pour explorer l'Amérique du Sud, où elle avait tissé de solides liens avec une communauté du Guatemala. À vingt-quatre ans, elle y était retournée pour le compte d'une ONG canadienne.

Avec l'aide des relations de son père, elle avait réussi à sortir un nourrisson d'un orphelinat local et à le ramener au pays.

C'était en 1999, la petite avait alors six mois. Ariane s'était occupée d'elle avec l'appui de ses parents, jusqu'à ce que ces derniers disparaissent.

Lessard parla de son ex-femme et de ses enfants, tout en restant vague sur les motifs de leur séparation.

Parce qu'elle le questionnait sur son travail et qu'il se sentait bien, il lui raconta les événements tragiques qu'il avait vécus, sans mentionner la profonde dépression qu'ils avaient entraînée.

Ils discutèrent aussi brièvement de Simone et du délit de fuite. Lessard lui répéta qu'elle n'avait pas à s'inquiéter.

Elle servit le dessert au salon, des profiteroles au chocolat accompagnées d'un *espresso* bien corsé. À sa demande, Lessard alluma un feu dans la cheminée.

Ariane frissonna et se blottit contre lui.

— Réchauffe-moi, dit-elle d'un ton langoureux.

Lessard avala sa bouchée sans mastiquer, faillit s'étouffer. Elle toucha sa cuisse et se pencha pour l'embrasser.

À peine eut-il le temps de penser qu'il aurait une haleine de café que déjà la langue d'Ariane se frayait un passage dans sa bouche.

Il n'avait pas embrassé une femme depuis le déluge. Ariane goûtait le chocolat et sa langue glissait sur la sienne avec la douceur d'une pêche fondante.

Elle se serra encore davantage contre lui.

Il sentit la main de la jeune femme remonter sur sa cuisse, près de sa braguette, et il rougit jusqu'aux oreilles.

Si elle continuait, elle remarquerait son érection.

Et merde!

Lessard plongea vers le cou d'Ariane. Il visa une veine bleutée et y planta les lèvres. Sa compagne eut un spasme de plaisir. Encouragé, il lui retira sa camisole tandis qu'elle ouvrait frénétiquement sa braguette. Il saisit ses seins rebondis à pleines mains, pressa les pointes durcies contre sa langue.

Ils étaient nus à présent, chair contre chair, chauffés à blanc.

Deux bouches avides et des mains tournoyaient dans l'air en un ballet silencieux.

Ariane se leva pour prendre une couverture. Elle revint et en couvrit Lessard, qui s'était endormi comme un bébé après avoir vérifié ses messages sur son mobile.

Cet homme lui plaisait. Il était humble, grave et sensible. C'était un bon amant, justement parce qu'il avait en lui cette peur viscérale de décevoir.

Elle se coucha à ses côtés sur le canapé et s'endormit. Elle se sentait bien.

● ● ●

À l'étage, il avait passé la soirée tapi dans un coin sombre de la chambre de Mathilde, se contentant de la regarder dormir.

Il la trouvait mignonne avec son teint olivâtre.

Les Sud-Américains, les Asiatiques et les Haïtiens se sont bien intégrés à la société québécoise. On ne peut en dire autant des intégristes islamiques, ces terroristes que le tamis à gros trous d'Immigration Canada laisse allègrement entrer au pays. Montréal est devenue une poudrière. Ils viennent s'établir ici, conservent leur culture, les chartes les protègent et ils en profitent pour faire entrer hidjabs, turbans et poignards dans nos écoles et nos institutions. Heureusement, dans la ville de Québec, les cours d'école sont encore sécuritaires.

Il avait d'abord cru que la présence du policier ce soir-là était liée au délit de fuite. Lorsqu'il s'était aperçu qu'il n'en était rien, il n'avait écouté leur conversation que d'une oreille distraite. Apparemment, ces deux-là vivaient un intense coup de foudre.

Quand il devint manifeste que tout le monde dormait, il ressortit sans bruit par la fenêtre du sous-sol, qu'il avait forcée pour entrer.

Simone Fortin ne s'était pas encore manifestée, mais il ne servait à rien de rester plus tard. Il était peu probable qu'il se produise quelque chose. Il rentrerait au motel pour dormir quelques heures. Il reviendrait reprendre sa garde vers 6 h 30 le lendemain matin.

Il regagna la Buick, qui démarra au quart de tour.
De la bonne mécanique américaine.

● ● ●

Snake convint avec Jimbo d'attendre quelques heures pour passer le coup de fil, le temps de permettre à ce dernier de quitter la ville. Il était près de minuit maintenant. Il se demanda de nouveau s'il prenait la bonne décision. Quoi qu'il en soit, il ne savait pas qui d'autre pouvait l'aider et il ne laisserait pas un meurtrier s'en tirer pour se couvrir.

Il composa le numéro du mobile de son père.

Lessard se réveilla en sursaut, se leva en catastrophe, trébucha dans la couverture et s'étala de tout son long. Il lança un œil inquiet vers Ariane. Par chance, elle dormait toujours.

Il saisit son mobile à la troisième sonnerie.
– Lessard.
À l'autre bout du fil, Snake hésita.

– Papa? C'est Martin.

Il n'avait pas parlé à son fils depuis au moins deux semaines. Et d'ordinaire, celui-ci ne téléphonait jamais à cette heure.

– Martin? Qu'est-ce qui se passe? Il y a un problème avec ta mère?

– Non. Papa, écoute-moi! Je suis dans la merde, j'ai besoin d'aide.

2 AvRIL 2005

21.

Lui en restait-il quelques-unes?

Si c'était le cas, Victor Lessard perdit sans doute le reste de ses illusions cette nuit-là.

Lorsque, après coup, il réfléchirait à ce qui venait de se produire, il se demanderait où il avait échoué, comment il avait pu perdre son fils de vue à ce point.

Alors que cette enquête difficile serait bouclée et qu'il aurait terminé son rapport, Fernandez le surprendrait en train de picoler dans son bureau, la mine crayeuse, son arme de service posée sur le buvard.

Elle s'assoirait sans un mot et le laisserait se vider le cœur.

— Je croyais connaître mes propres enfants, Nadja. J'ai vu Martin grandir, passer d'un stade où il avait besoin de ma présence à un autre où ses efforts étaient concentrés sur un seul objectif: me ressembler le moins possible. Et puis, dans un moment de détresse, il m'a lancé un appel à l'aide. Je me suis senti utile à nouveau, j'ai cru retrouver une complicité perdue. Si tu savais comme je regrette toutes les fois où j'ai refusé de jouer avec lui... J'étais soit trop occupé, soit trop fatigué. Peu importe, tout ça, c'est de la nostalgie.

Ce soir-là, Fernandez le reconduirait à son appartement et le mettrait au lit. Le lendemain, en la croisant au poste, il lui poserait la main sur l'épaule quelques secondes, pour la remercier. Ils ne reparleraient jamais de cet épisode, mais ils sauraient tous deux qu'elle lui avait sauvé la vie.

Pour l'instant, Lessard ne savait pas à quoi s'attendre. Il entra dans le garage crade, s'avança en enjambant des boîtes de carton remplies de matériel électronique : baladeurs, jeux, lecteurs de MP3, etc.

Il nota la présence d'une BMW dont la malle arrière était entrouverte.

Chétif dans son blouson surdimensionné, Martin ne l'avait pas entendu arriver.

En route, Lessard s'était promis de ne pas le brusquer. Sa colère l'emporta.

— Bordel, Martin, mais qu'est-ce que tu fais ici ? Et à cette heure ?

Martin se retourna, un masque à poussière lui couvrant le nez et la bouche.

— Regarde dans le coffre.

Non, c'était impossible !

Lessard resta un moment immobile, puis, incapable de se retenir, il vomit à droite du véhicule.

Il y avait un corps dans la malle arrière, dans un sac de hockey.

Un cadavre.

Il revit dans sa tête, comme un vieux film en super-8, les moments clés de l'enfance de son fils. Les scénarios les plus improbables se bousculèrent dans son esprit.

Lessard sentit une boule de panique grossir dans son estomac. Il eut soudainement envie de rebrousser chemin, de tourner le dos à cette situation qui le dépassait.

Est-ce que Martin… ?

Son propre fils, un meurtrier ?

Il ne se sentait pas à la hauteur. Comment accepter que sa propre chair, son propre sang, ait commis l'irréparable ?

Du dos de la main, il essuya la commissure de ses lèvres.

— C'est pas moi qui l'ai tué, si c'est ça que tu te demandes, lança son fils. J'ai juste volé la voiture.

Lessard poussa un soupir de soulagement. Il alla s'asseoir sans un mot à côté du garçon, sur une caisse de bois.

À sa grande surprise, il parla d'une voix calme :

— Qu'est-ce qui s'est passé ?

Martin pointa la BMW d'un geste du menton.

– Je l'ai volée ce matin, dans la rue.

– Quelle rue?

– Je sais plus.

– Fais un effort, c'est important.

Le jeune homme chuchota :

– Forest-Hill, je crois. Oui, c'est ça. Au coin Forest-Hill et Côte-des-Neiges.

Lessard nota le nom des rues dans un carnet.

– Ensuite?

– Je devais la refiler à un acheteur ce soir.

– Un réseau?

Martin murmurait à présent. Sa lèvre inférieure tremblotait.

– Oui. J'avais remarqué l'odeur, mais c'est en voulant mettre des paquets dans le coffre que…

Le garçon éclata en sanglots. Lessard le serra gauchement dans ses bras, jusqu'à ce qu'il s'apaise. Il aurait aimé prendre davantage son temps avec lui, mais il devait agir vite.

– Martin, je vais te poser une question très, très importante. Prends ton temps pour réfléchir et réponds-moi franchement.

– …

– As-tu touché au corps?

La réponse vint, nette, rapide et précise :

– Non.

Lessard scruta l'expression de son fils. Visiblement, il disait la vérité.

– Quelqu'un d'autre est au courant?

Martin hésita une fraction de seconde. Son père sut immédiatement qu'il mentirait.

– Non.

– Qui?

– Personne, pap…

Lessard ne voulait pas s'emporter, mais ne put se retenir.

– Ça suffit, mon petit crisse! Qui?

– Jimbo.

– C'est qui, Jimbo? Il vole des voitures avec toi?

– Oui. C'est un chum.

– Où est-il?

– À la campagne, chez son père. Je ne sais pas où exactement. Je te le jure.

Le garçon se calma.

– Et lui, il a touché au corps?

– Non. Je te jure, papa, c'est pas nous qui...

– Et ton ami, Jimbo, c'est le genre qui est capable de se fermer la gueule?

Surpris, Martin mit quelques secondes à répondre:

– Je crois, oui.

– Ça fait longtemps que tu voles des voitures?

– Environ six mois.

Lessard pensa au réseau qu'il tentait de coincer dans son arrondissement.

– Les voitures, tu les piques dans Côte-des-Neiges?

Martin prit une mine penaude.

– Oui.

Le policier tenta de réfléchir froidement.

Il était manifeste que son fils n'avait rien à se reprocher en ce qui concernait le meurtre. Pour les vols par contre, il devrait normalement faire face à la justice. Il s'agissait malgré tout d'un délit très sérieux.

Lessard hésita.

D'un côté, il y avait crime. Moralement, il se devait de faire son travail.

D'autre part, il pouvait éviter à Martin les longs interrogatoires, les procédures judiciaires, l'incarcération, le casier judiciaire et, surtout, les inévitables stigmates qui en découleraient.

La culpabilité qu'il ressentait fit pencher la balance. Martin lui en voulait. Il ne volait pas dans son arrondissement par hasard.

Était-ce aussi simple que ça? Peu importe.

– Pourquoi n'as-tu pas tout simplement fait un appel anonyme au 911?

– Il y a mes empreintes partout dans la voiture. On m'aurait retrouvé tôt ou tard.

— Pas si tes empreintes ne sont pas fichées.

— Je sais.

— Alors pourquoi?

— C'est grave, papa, un meurtre. Ça m'a fait réfléchir.

— T'avais envie que ça s'arrête?

Martin serra son père si fort que celui-ci en perdit l'équilibre. Pendant une seconde, son petit garçon eut de nouveau cinq ans.

— Je m'excuse, p'pa.

Lessard se retint pour ne pas éclater en sanglots.

— Je suis content que tu m'aies téléphoné, Martin.

Tandis que son fils pleurait, il aurait tout donné pour pouvoir recommencer à zéro et lui offrir ce que lui n'avait pas reçu.

Lessard songea à son propre père et au geste irréparable qu'il avait commis ce jour-là. Il aurait subi le même sort que sa mère et ses frères s'il était rentré de l'école à l'heure prévue au lieu d'aller reconduire Marie, celle qui deviendrait plus tard sa femme.

«Drame familial», avaient titré les journaux de l'époque.

Des années à être ballotté de famille d'accueil en famille d'accueil, avant d'être adopté par une famille unie, à l'âge de seize ans. Et voilà que maintenant il trouvait le moyen d'embarrasser cette sœur dont le ciel lui avait fait cadeau et qu'il aimait plus que tout. Il ne put s'empêcher de penser que sa mère et son père adoptifs en seraient chamboulés s'ils vivaient encore. Il donnerait un coup de fil à Valérie plus tard dans la journée.

Il était entré dans la police en partie pour se prouver que les gènes paternels n'auraient aucune emprise sur lui. Marie s'était chargée de le lui rappeler lorsqu'il l'avait frappée.

«Tu vas faire comme ton père avec ta famille? Tu vas me buter?»

S'il avait pu tout recommencer, il aurait écouté son instinct et serait devenu menuisier. Comme il en rêvait à l'adolescence.

La vie n'est qu'une succession de choix. Dès qu'on emprunte la mauvaise route, il n'y a plus de retour en arrière possible.

– C'est moi, Marie... Oui, je sais quelle heure il est... Non... ne raccroche pas!... J'ai Martin ici. Oui, il est avec moi. Je t'expliquerai. J'aimerais que tu viennes le chercher... (Il lui refila les coordonnées.) Maintenant. Oui, je suis conscient de l'heure qu'il... Ne racc...

Il soupira. Elle lui avait raccroché au nez.

Martin fut surpris de voir son père gérer la situation de la sorte. Connaissant sa probité, il s'était attendu à être arrêté, puis interrogé.

Ils patientèrent dans la Corolla, en face du garage.

Sans moraliser le garçon, il voulait qu'il réalise que l'affaire n'en resterait pas là.

– Martin, tu comprends ce que je suis en train de faire?

– Oui, p'pa.

– Je veux que ce soit clair. Dès que j'aurai terminé mon enquête, on va avoir une très sérieuse discussion.

– Je comprends.

– Je veux ta parole que tu vas faire ce que je te demanderai.

– Oui.

– Y compris voir un psychologue.

– Je ne suis pas fou! se défendit le garçon.

– Martin, c'est important que tu saches pourquoi tu es rendu là. Crois-moi, ça va t'aider de voir un psychologue. J'en ai eu besoin dans le passé et ça m'a fait du bien.

– Vraiment?

– Oui.

– Je vais démanteler ce réseau. Tu devras me donner des renseignements.

Le jeune homme s'emporta.

– Je *stool* pas!

– C'est ton choix. Je peux appeler mes collègues et te livrer.

– S'ils savent que j'ai donné des renseignements à la police, ils me tueront.

– Ne t'en fais pas pour ça, il y a des moyens d'éviter qu'ils sachent. J'ai ta parole?

Martin grogna avant de répondre:

– Oui.

– Dernière chose : je veux que tu reprennes l'école.

Le garçon explosa.

– Ça, pas question !

– Attends avant de paniquer. Si tu termines ton secondaire, je suis prêt à te payer les cours de sonorisation que tu voulais suivre.

– T'es sérieux ?

– Très. Penses-y.

Lorsque son ex-femme arriva, Lessard la prit à l'écart et lui expliqua la situation. Elle se montra forte, même si elle ne put réprimer quelques larmes.

– Merci, Victor. Je sais ce que ça représente pour toi.

– Je le fais pour Martin. (Il hésita.) Et aussi parce que tout est de ma faute.

Elle ne le contredit pas sur ce point, mais se reposa brièvement contre son épaule avant de remonter dans la voiture. Lessard regarda le véhicule s'éloigner. Le sentiment d'échec et de culpabilité l'étouffait toujours, mais il y avait autre chose.

De l'espoir. Peut-être que tout ça les rapprocherait.

Fernandez décrocha à la quatrième sonnerie.

– Il faut que tu viennes me rejoindre. Tu as un papier et un crayon ?

La voix de Fernandez était encore ensommeillée.

– Tu pourrais au moins me dire que tu es désolé de me réveiller, Vic. Qu'est-ce qu'il y a ?

Lessard déglutit. Il se préparait à mentir pour la première fois à sa collègue.

– Un corps dans un coffre de voiture. Coup de fil anonyme sur mon mobile.

Elle était tout à fait réveillée maintenant.

– Où es-tu ?

Il lui donna l'adresse, rue Hochelaga.

– OK. Donne-moi quinze minutes.

– Téléphone à Doug et à Berger. Laisse dormir les autres.

– Je m'en occupe.

Lessard retourna à la BMW et ferma le coffre. Il enfila une paire de gants et fit démarrer la voiture en joignant les fils dénudés qui pendaient sous le volant.

Il sortit du garage et gara le véhicule deux pâtés de maisons plus loin. Il tira sur les fils pour couper le contact et laissa le coffre entrouvert.

Il balaya la rue du regard. Personne.

Il revint prendre sa Corolla et se rangea derrière l'autre auto.

Fernandez et Adams arrivèrent vingt minutes plus tard, dans deux voitures différentes. Adams le salua et s'approcha du coffre avec une lampe torche. Fernandez s'avança et lui tendit un gobelet de café fumant.

– Homme ou femme?

– Aucune idée, je ne voulais toucher à rien avant votre arrivée. Où est Berger?

– Il s'en vient. Je demande un camion-plateau pour transporter le véhicule au hangar?

– Plus tard. Laissons d'abord Adams et Berger faire les premières constatations.

Berger freina derrière eux et descendit de sa voiture en maugréant. Lessard entendit glisser la fermeture éclair du sac de hockey.

Adams avait déjà commencé à disposer de fortes lampes pour éclairer chaque centimètre du coffre. Fernandez établit un cordon de sécurité.

Lessard et Fernandez rejoignirent leurs collègues près de la BMW. Berger coupa la pellicule plastique avec son scalpel, dégagea la tête de la victime.

Cette dernière avait la gorge tranchée.

Lessard remarqua la peau pâle de l'homme ainsi que ses cheveux blonds.

– Fin trentaine, début quarantaine, estima à voix haute Berger.

Il incisa la pellicule plastique jusqu'au thorax. Le cadavre avait une tache sombre sur la poitrine.

Du sang séché.

Berger coupa un rectangle dans le tissu de la chemise pour dégager la plaie. Lessard en avait examiné une similaire, pas même douze heures auparavant.

Berger se tourna vers lui, blanc comme les sous-vêtements d'une vestale.

— Tu vois ce que je vois, Lessard?

— C'est le même genre de blessure?

— J'ai bien peur que oui.

Fernandez risqua tout haut ce que personne n'osait dire :

— La gorge tranchée, la blessure au sternum... C'est le même tueur?

— C'est prématuré, déclara Berger, mais, à première vue, ça se ressemble.

— On lui a coupé un doigt? demanda Lessard.

Berger dégagea les mains avec précaution. Trempé de sueur, il se tourna vers Lessard.

— Non.

Qu'est-ce que c'est que ce merdier? se demanda Lessard. S'il s'agissait du même tueur, pourquoi avait-il amputé Mongeau de son index, mais pas l'autre victime?

Avait-il autre chose à demander à Berger?

Lessard essaya en vain de se rappeler la question qui lui brûlait les lèvres deux minutes auparavant.

Je suis fatigué, j'ai besoin de sommeil. Tout va trop vite, je n'ai pas le temps d'assimiler tous les nouveaux renseignements qui déboulent.

Tout à coup, la question réapparut.

— Jacob, peux-tu me donner une idée approximative de l'heure de la mort?

— Pas avant de faire l'autopsie.

— Une estimation suffira. Tu as de l'expérience.

L'autre soupira, contrarié.

— C'est difficile à dire, la pellicule plastique complique le portrait.

— Avant ou après la mort de Mongeau?

— Bien avant. Au moins vingt-quatre heures avant.

— Il a un portefeuille?

— Je ne peux pas l'atteindre dans cette position, on doit sortir le corps.

Fernandez le regarda.

— Qu'est-ce qu'on fait, Vic?

— On embarque la voiture. Fais venir le camion-plateau. S'il y a un lien entre les deux affaires, il faut identifier ce corps le plus rapidement possible.

Lessard se tourna vers Adams.

— Ce n'est pas la scène du crime. La voiture a été abandonnée ici, mais le meurtre a été commis ailleurs. Prends quelques photos, mais ne perds pas trop de temps.

Il tenta de se concentrer tandis que Fernandez donnait des instructions au téléphone.

Adams sortit son matériel photographique et mitrailla le véhicule sous tous ses angles. Ensuite, il se pencha sous la voiture pour vérifier si des indices s'y trouvaient. Il mit tout ce qu'il dénicha aux alentours dans des sacs de plastique scellés : bouchons de bière, mégots de cigarette et une vieille chaussure.

Lessard le laissa fouiller, même s'il savait pertinemment qu'il ne découvrirait rien.

La situation aurait pu difficilement se présenter plus mal.

Son propre fils volait une voiture avec un cadavre à l'intérieur. Il brodait pour sa part une fausse histoire de téléphone anonyme et voilà qu'il se rendait compte qu'il existait peut-être un lien entre ce meurtre et celui de Jacques Mongeau.

Il devrait inventer, mentir de nouveau à ses collègues, ce qu'il exécrait, mais quel autre choix lui restait-il? Il s'était engagé sur la mauvaise voie, il ne pouvait plus reculer maintenant.

Il fit quelques pas pour chasser la tension. Son estomac brûlait comme s'il avait avalé un gallon d'acide.

Il ne put s'empêcher de se demander s'ils étaient sur la piste d'un tueur en série, mais cette histoire de doigt ne collait pas.

Un sentiment d'urgence l'étreignait, une peur panique que des éléments importants ne lui échappent. Il regarda ses mains.

Au moins, j'ai mes dix doigts.

Comment pouvait-il seulement raisonner de la sorte?

Ce n'est pas la bouche qu'il faudrait lui laver avec du savon, mais l'âme.

22.

L'autocar roulait dans la nuit glaciale, le moteur du véhicule tournant à contretemps avec les battements saccadés de mon cœur.

J'ai vu, sur ma droite, un terrain de camping avec son parc de motorisés en bordure de l'autoroute et un panneau qui annonçait la ville de Rivière-du-Loup. Il devait être autour d'une heure du matin. Il y avait près de cinq heures que nous roulions.

Pour une énième fois, j'ai vérifié, dans la poche de mon manteau, la présence du papier sur lequel j'avais inscrit l'adresse du Centre de soins de longue durée de l'hôpital de Trois-Pistoles.

J'ai lutté pour refouler le trop-plein d'émotions qui me submergeait de nouveau.

Je vous prie de me croire, après celle de la mort du gamin, je venais de vivre la journée la plus éprouvante de ma vie.

Ce que j'avais appris, quelques heures plus tôt, n'avait en rien arrangé les choses.

Je me suis appuyée contre la vitre pour y voir glisser les gouttelettes de pluie.

J'ai ensuite rejoué dans ma tête le film des événements ayant suivi l'appel de Dalila Cherraf et ma visite à Tom Griffin.

En sortant de chez ce dernier, j'étais entrée dans le premier restaurant que j'avais trouvé sur Monkland. N'ayant rien avalé de toute la journée, j'y avais commandé une pointe de pizza avec un Coke diète. La serveuse en uniforme de polyester m'avait regardée avec effroi engloutir ma portion en quelques bouchées.

J'étais ressortie presque aussitôt. J'avais acheté un paquet de cigarettes dans un dépanneur et déniché un banc public. Je m'étais assise pour en fumer une tranquillement.

J'aurais probablement dû me questionner, tenter de trouver une explication cohérente. Pourtant, je n'avais pas bronché. J'étais restée assise sagement.

J'avais même pris la peine d'en allumer une deuxième.

J'avais compris à quoi Gustave faisait allusion quand il parlait des «hommes de l'autre monde», j'avais déjà accepté comme vraie cette idée pourtant impossible à admettre :

J'étais entrée en contact avec Miles, George et Jamal alors que j'étais dans le coma.

• • •

Ariane se réveilla en sursaut sur le divan et chercha Victor Lessard du regard.

Elle se leva, encore barbouillée de sommeil. Il était parti.

Lessard était un homme bien, elle l'avait senti tout de suite.

Peut-être trop bien pour moi.

Ces derniers mois, elle avait dérivé un peu. Elle convenait volontiers qu'elle était allée loin dans ses fantasmes. Trop loin?

Tout avait commencé quand elle avait rencontré Diego sur un site de rencontres. Petit à petit, ce dernier l'avait initiée aux plaisirs de la domination.

Était-ce une tare pour une femme d'aimer le sexe?

Diego avait été son maître pendant plusieurs semaines. Une période où elle avait répondu au moindre de ses désirs. Il ne l'avait pas forcée à participer aux sauteries où elle avait baisé avec des partenaires anonymes.

Ariane avait un petit côté… aventurier. Elle aimait la domination légère, être prise fermement alors qu'elle était entravée. Diego avait toujours été respectueux, mais elle avait maintenant envie d'autre chose, d'une relation plus stable. Elle ne croyait pas à l'amour avec un grand A, mais un amant qui pourrait être aussi son ami, ce serait bien!

Quelqu'un avec qui elle pourrait passer le dimanche matin sous la couette, à rigoler. Un homme, un mec pas trop macho, mais quand même un peu.

Quelqu'un comme Victor Lessard, en fait.

Cet homme était de l'ancienne école. Pourrait-il seulement accepter son passé?

• • •

J'aurais pu demander à Stefan de m'aider à trouver Miles.

Il disposait des codes d'accès nécessaires pour interroger les différentes banques de données du réseau de la santé, mais il n'était pas question que je lui passe un coup de fil. Je ne lui avais pas reparlé depuis sept ans et je n'étais pas prête à remuer le passé.

J'avais décidé de faire jouer d'autres contacts.

J'avais composé le numéro de Suzanne Schmidt en qui j'avais totalement confiance avant mon départ précipité. Il y avait bien sûr un risque qu'elle raconte tout à Stefan. Mais j'avais décidé de tenter ma chance.

Par bonheur, elle avait décroché à la deuxième sonnerie.

— Suzanne, c'est Simone Fortin.

Une longue parenthèse blanche avait salué mon entrée en matière.

— Simone? C'est bien toi? Combien de temps ça fait?

Elle avait paru plus émue que je ne m'y étais attendue, mais je ne pouvais m'enfoncer dans une séance de rattrapage.

— Presque sept ans.

— Mon Dieu, je n'arrive pas à y croire! Qu'est-ce que tu deviens?

— Écoute, Suzanne, je ne peux pas t'expliquer maintenant, mais j'aurais besoin que tu me rendes un service. J'aimerais que tu m'aides à retrouver un patient plongé dans le coma.

Je lui avais fourni les renseignements que je possédais à propos de Miles. Elle avait posé plusieurs questions en vrac, auxquelles je m'étais contentée de répondre succinctement: oui, j'allais bien; non, je n'avais pas repris le boulot; non,

je n'étais pas entrée en contact avec Stefan; non, je ne pré-
voyais pas revenir.

Elle avait accepté de m'aider mais, en échange, j'avais dû
m'engager à lui donner de mes nouvelles rapidement. D'ici
là, elle promettait de ne pas mettre Stefan au courant de
notre conversation.

— Pour quand as-tu besoin de ce renseignement, Simone?

— Hier? avais-je dit en riant trop fort.

Elle avait mis moins d'une heure à me rappeler.

La nouvelle était tombée sans surprise: Miles Green était
hospitalisé depuis le 21 juin 1998 au Centre de soins de longue durée de l'hôpital de Trois-Pistoles.

Dans un coma irréversible.

• • •

Au moment où elle allait se recoucher, Ariane entendit du
bruit en provenance du sous-sol.

Elle descendit et remarqua qu'une fenêtre claquait.

Ariane Bélanger n'était pas du genre à s'inquiéter pour
rien ou à avoir peur de son ombre. Elle ne remarqua pas
les marques laissées par le pied-de-biche sur le rebord de la
fenêtre.

Forte de ses expériences de coopérante internationale
en Amérique du Sud, elle avait une grande confiance en la
nature humaine.

Il ne lui serait même pas venu à l'esprit que l'on puisse
essayer d'entrer chez elle.

Elle haussa les épaules et referma la fenêtre.

Après avoir bordé Mathilde, elle regagna sa chambre et se
glissa dans son lit.

• • •

Par la suite, les choses avaient déboulé.

Un taxi m'avait déposée à la Station Centrale, rue Berri, coin
de Maisonneuve. Après avoir acheté un billet à un guichetier

atone, j'avais pris une bouteille d'eau, un sandwich, quelques revues de mode et un recueil de nouvelles, déniché sur un présentoir.

Il n'y avait qu'une dizaine de personnes quand j'étais entrée dans le bus, alors j'avais entrepris d'aménager le siège supplémentaire dont je disposais. J'y avais placé revues, livre et bouteille, puis je m'étais calée confortablement dans le fauteuil.

L'autobus s'était ébranlé à 20 h pile et arriverait à Trois-Pistoles vers 2 h 30 du matin. J'avais feuilleté les revues d'un doigt léger, en superficie, égrenant les titres sans lire les articles. On y parlait de trucs minceur, on dressait une liste de dix façons de plaire à un homme au lit et on proposait aux filles un test infaillible pour mesurer la fidélité de leur conjoint.

J'avais déballé mon sandwich en arrivant à la hauteur de Drummondville, tandis qu'une Jaguar dépassait lentement l'autobus. À l'intérieur, plafonnier allumé, un homme et une femme dans la cinquantaine s'engueulaient vertement. Sans le savoir, ils entraient dans la phase précédant l'indifférence. Je m'y connaissais en la matière : c'est ce qui nous était arrivé, à Stefan et moi, avant que je le quitte.

Pour la première fois depuis des lustres, je m'étais demandé ce qu'il était devenu. Je sais, par expérience, qu'il ne sert à rien d'avoir des regrets, mais j'étais trop fatiguée pour empêcher la mélancolie de me gagner.

Passé Québec, j'avais réussi à joindre l'infirmière-chef du centre. Malgré ses objections initiales, je l'avais convaincue de m'attendre jusqu'à 3 h du matin et de m'accorder un droit de visite exceptionnel.

En raccrochant, j'avais fermé mon mobile pour économiser la batterie.

Je ne cessais de penser à Miles.

Pourquoi me rendre à son chevet ?

Tout simplement parce que cet homme m'avait touchée, qu'il m'habitait.

À mesure que nous approchions de Trois-Pistoles, je me sentais de plus en plus anxieuse. En voulant rouvrir mon livre, je me suis rendu compte que je tremblais.

Que ressentirais-je devant lui?

• • •

Il ferma la télé.

Aux nouvelles, il avait vu un reportage sur la conférence de presse que Victor Lessard avait donnée quelques heures auparavant. Il avait constaté avec satisfaction que les policiers nageaient en plein brouillard, qu'ils ne savaient pratiquement rien.

S'il éprouvait une certaine sympathie pour l'enquêteur Lessard, il ne ressentait que du mépris à l'égard de son supérieur, qui lui avait paru arrogant.

L'exercice du pouvoir n'est pas à la portée de tous. Trop souvent, ceux qui le détiennent en abusent.

Il se leva du fauteuil, aspira les quelques gouttes de rhum qui restaient au fond de son verre et déposa ce dernier sur le comptoir.

Comme chaque soir depuis trente ans, il effectua ses exercices d'assouplissement.

Il fit ensuite une toilette sommaire, se brossa vigoureusement les dents et se mit au lit.

Sous l'oreiller, il saisit un exemplaire usé des principaux contes d'Andersen.

Il ouvrit le bouquin et se mit à relire *La petite fille aux allumettes.*

• • •

— Mademoiselle, nous sommes arrivés à Trois-Pistoles.

La voix du chauffeur m'a sortie de ma torpeur. L'autobus était désert. J'ai regardé ma montre. J'avais dormi un peu. Je suis descendue du véhicule. J'aurais pu prendre un taxi, mais j'ai décidé de marcher jusqu'à l'hôpital qui se trouvait seulement à quelques pâtés de maisons de là.

234

À l'intérieur, une infirmière m'a conduite le long d'un corridor lugubre en parlant *ex cathedra* de l'état de « son » patient. Jetant des regards fugaces par les portes entrebâillées, je ne prêtai qu'une oreille absente à cet exposé terne, que je connaissais par cœur.

Les odeurs de l'hôpital, désagréables et synonymes de souffrance pour le commun des mortels, me rappelaient mille souvenirs, mille visages, qui jaillissaient dans ma mémoire, comme des flammes sortant de la bouche d'un cracheur de feu.

L'infirmière s'est arrêtée devant une porte entrouverte, au beau milieu d'une phrase qu'elle n'a pas achevée, elle-même gagnée par la lassitude.

– Je vous laisse quinze minutes, a-t-elle lancé avant de disparaître.

Un homme était étendu derrière cette porte, un esprit prisonnier d'un corps.

Un homme que j'avais brièvement connu dans une autre réalité, même si ce fait demeurait difficile à admettre. Un homme coupé des autres depuis si longtemps.

Aurais-je pu l'aimer si le temps ne nous avait pas manqué?

Je me suis avancée vers le corps recroquevillé et j'ai sursauté.

Je ne pouvais me tromper, il s'agissait bien de Miles. Cependant, il me paraissait méconnaissable : son visage était émacié ; ses os, saillants ; sa tignasse, clairsemée et grisonnante. L'âge et le long coma avaient provoqué des outrages irréversibles.

J'ai enregistré mentalement la présence d'une sonde alimentaire.

Une boule d'émotion m'étranglait. Comme des billes balancées par des gamins, des larmes se sont mises à débouler sur mes joues.

Chaque fois que j'avançais les doigts, une sorte de champ magnétique invisible m'empêchait de le toucher. J'avais pourtant déjà côtoyé la mort et la maladie à plusieurs reprises.

J'ai compris beaucoup plus tard que de prendre conscience de cette vie freinée en plein élan m'avait renvoyé en pleine figure mon incapacité à affronter la faute que j'avais commise.

Je suis restée là, plantée sur mon îlot de doutes, avec le sentiment trouble que la mort rôdait partout autour de nous. J'ai essayé de m'accoutumer à l'idée que le regard de Miles survolait un autre monde. J'ai même eu la suffisance de croire qu'il existait un lien logique et perceptible entre nous : notre rencontre ne pouvait être le simple fruit du hasard.

J'ai pensé à son fils qui, après avoir surmonté la douleur de perdre sa mère, devait maintenant endurer la léthargie permanente qui affligeait son père. Comment réagirait-il si je lui racontais la rencontre que je croyais avoir eue avec Miles ? Trouverait-il un quelconque réconfort dans l'idée que son père survivait dans une réalité parallèle ?

De poser la question m'a permis de constater que je n'acceptais pas encore la situation : la loque qui gisait devant moi et l'homme pour lequel je m'étais enflammée ne pouvaient rationnellement former qu'un.

Que savais-je de la réalité après tout ?

Ne la fuyais-je pas moi-même depuis trop longtemps ?

Si j'espérais un miracle, il ne s'est pas produit.

Miles est demeuré inconscient et moi, apitoyée sur mon sort, à pleurer comme une lavette, totalement incapable du moindre geste.

À la fin de la période de visite qui m'était accordée, voyant que j'étais émue, l'infirmière m'a prise par les épaules et m'a raccompagnée jusqu'à la porte. Je suis sortie dans le brouillard du stationnement en titubant comme un pochard imbibé d'alcool.

Un homme aux allures d'ecclésiastique, vêtu de noir, s'est avancé vers moi.

Dans la lumière diffuse des réverbères, j'ai remarqué une cicatrice lui barrant le menton et reculé instinctivement. Cet homme m'inspirait un sentiment trouble, mélange de crainte et de respect.

– Simone Fortin?
– Qui êtes-vous? Qu'est-ce que vous voulez?
– Je veux vous parler de Miles. Je m'appelle Kurt Waldorf.

TROISIÈME PARTIE

*Je m'intéresse à l'avenir parce que c'est là que je vais
passer le reste de ma vie.*

Charles F. Kettering

23.

Transi de fatigue, Lessard prit la direction de son appartement, avenue Oxford.

Dans la voiture, il rumina les principaux moments de cette journée insensée : l'assassinat de Mongeau ; la conférence de presse, marquée par le croc-en-jambe inélégant de son supérieur ; enfin, la découverte d'un deuxième corps et l'existence possible d'un lien entre les deux meurtres.

Bien qu'indirecte, l'implication de son propre fils dans cette spirale d'événements et sa dissimulation subséquente lui nouait l'estomac.

Il devait établir un ordre de priorités, sans rien négliger. En remontant Sherbrooke vers l'ouest, il tenta d'ordonner mentalement les diverses données qui s'entrecroisaient dans ses neurones.

D'abord, cette histoire de délit de fuite. Il devenait impératif de ne pas donner de munitions à l'état-major en se montrant incapable de traiter les affaires courantes, sous prétexte qu'ils planchaient sur deux assassinats à la fois.

Il allait demander à l'agent Nguyen de prendre le relais sur ce dossier.

Ensuite, les meurtres.

Il réunirait les membres de l'équipe d'enquête pour revoir les pistes et les aiguiller adéquatement. Mais que leur dirait-il ? Pas maintenant. Il dormait debout.

Il entrouvrit la vitre. Le vent glacé le fouetta. Il replongea dans ses pensées.

Ariane était le seul point positif de cette journée immonde.

Cette femme lui plaisait. Il la rappellerait plus tard pour s'excuser de son départ précipité. Il faudrait aussi qu'il pense à noter sa recette d'osso bucco.

Il s'immobilisa sur le viaduc, à l'angle de Côte-Saint-Luc et de Décarie. Un marchand de journaux ambulant s'approcha. Pauvre homme. Comment pouvait-il supporter le froid, jour après jour, en plein vent?

Lessard lui acheta un exemplaire du journal du matin.

La nouvelle figurait en première page: «JACQUES MON-GEAU ASSASSINÉ». Un peu plus bas, Lessard remarqua son propre visage. Une photo prise durant la conférence de presse.

En gros titre: «ARRESTATION IMMINENTE? LA POLICE SUR UNE PISTE.»

Il jeta le torchon brutalement sur le siège du passager et, en maugréant, prit une nouvelle rasade de Pepto-Bismol.

Cette fois, il réussit à garer la voiture devant son immeuble.

Le mercure avait encore chuté pour atteindre quinze degrés Celsius sous zéro. Sur la clôture déglinguée, Lessard vit un moineau trottiner avec insouciance. Si on lui en offrait la possibilité, il s'arracherait volontiers à cet univers glauque d'un coup d'ailes.

Il enleva ses bottes sans les détacher, balança son manteau sur le divan et regarda sa montre: 5 h 45. Il régla son réveille-matin pour 6 h 35. Il plongea tout habillé sous les couvertures. Le visage de son supérieur se mêla à la succession d'images qui défilèrent en rafales dans sa tête avant qu'il ne s'endorme.

«Surtout, ne pas oublier Tanguay», marmonna-t-il entre les dents dans un demi-sommeil.

Il devrait lui parler, tôt ou tard, pour le mettre au courant du deuxième meurtre. Considérant que le commandant voulait refiler le dossier à la division des crimes majeurs, il attendrait encore quelques heures.

Il se trouvait dans une voiture avec son fils. Ils fonçaient à toute allure sur un sentier bordé d'arbres et de brouillard. Ils débouchaient en haut de la colline, à plein régime.

Au dernier moment, il vit le mur.

6 h 35

Le réveil hurlait.

Il avait les cheveux plaqués sur le front par la sueur et une douleur lancinante sous l'omoplate gauche. Il s'arracha péniblement du lit et laissa choir ses vêtements sur le sol de la salle de bains. Il prit une douche brûlante. Ses ablutions terminées, il s'habilla de frais et avala un café.

Il sortit avec un croûton de pain qu'il émietta sur le perron. L'oiseau qu'il avait aperçu en rentrant reviendrait-il? Il resta quelques secondes à contempler le ciel. Que des nuages blafards. On devenait vite aliéné à affronter, jour après jour, la morosité de l'hiver.

Maudit hiver.

Dans la voiture, il récapitula mentalement les points qu'il aborderait avec son équipe. En passant devant le Shaïka Café, il résista à la tentation de s'arrêter prendre un croissant. Il ne voulait pas arriver en retard à sa propre réunion.

Il pensa à Martin, tout le reste du trajet.

Que son fils ait pu le tromper à ce point le dépassait. Il se sentait à la fois impuissant et incompétent dans son rôle de père. Quelle attitude devrait-il adopter pour l'aider à vaincre ses démons? Devait-il se montrer compréhensif ou, au contraire, intransigeant? Comment trouverait-il les mots appropriés pour lui venir en aide, lui qui ne comprenait rien aux jeunes?

Dans le stationnement, il croisa Pearson et le mit au courant des événements de la nuit, en omettant bien sûr de parler du rôle joué par Martin.

Son collègue fronça les sourcils.

— Pourquoi ne m'avez-vous pas réveillé?

— Prends soin de ta femme et de tes enfants, Chris. C'est ta priorité. Ne gâche pas tout, comme moi.

L'autre ne répondit pas, mais fixa son collègue avec la même empathie que l'on peut ressentir lorsqu'on regarde un enfant malade.

Lessard se versa un café à la cuisinette, où Fernandez mettait Sirois au courant des circonstances du deuxième meurtre. Une boîte de viennoiseries traînait sur la table et il résista à une terrible envie d'en prendre une.

— Tu as manqué Berger de cinq minutes, lui dit la jeune femme. Il est parti se coucher.

Lessard regarda par la fenêtre. Que de la grisaille, à perte de vue. Un homme normalement constitué pouvait-il survivre toute sa vie à la morosité des hivers québécois? On questionnait le génome et les cellules souches à grands coups de milliards. Mais quelqu'un s'était-il seulement déjà arrêté à penser que la grisaille provoquait peut-être les cancers? La grisaille et la solitude. Sur ça aussi, il en connaissait un rayon.

— Victor?

Il émergea.

— Excuse-moi. Quelle est sa conclusion?

— Les deux victimes ont été tuées avec la même arme, déclara Fernandez. La marge d'erreur est très mince, pratiquement nulle. La première victime a été tuée jeudi, entre 15 h et 23 h. Berger croit être en mesure de préciser l'heure exacte du décès à la lumière des analyses complémentaires.

— On connaît l'identité du mort? Berger a retrouvé ses papiers?

— Non, mais son assistant tente déjà d'établir des rapprochements entre les empreintes dentaires du défunt et celles du registre des personnes disparues.

— Trop long. On a autre chose?

— Le rapport de toxicologie sera terminé en début d'après-midi.

— Il faut identifier le corps au plus vite, Nadja. As-tu lu le journal ce matin? Si on ne fait pas une percée décisive dans les prochaines heures, Tanguay va nous retirer l'enquête. Il n'attend que ça. Les vautours des crimes majeurs tournent déjà au-dessus de nos têtes.

– Lui as-tu parlé?

– Négatif. Je peux nous acheter quelques heures, mais dès qu'il saura pour cet autre meurtre, il appuiera sur le bouton de panique.

Les mains sur les genoux, Lessard grimaça soudain de douleur.

– Ça va, Vic? s'inquiéta Fernandez.

Il cligna des paupières en signe d'assentiment. Il pensa à avouer sur-le-champ à ses collègues l'implication de Martin et ainsi libérer sa conscience.

Qu'est-ce qui lui avait pris de leur mentir?

Il s'abstint. La rédemption de son fils en dépendait. Et peut-être aussi un peu la sienne.

– As-tu retracé le propriétaire de la BMW? demanda-t-il.

– Elle appartient à un certain Éric Leclerc, répondit Fernandez. J'ai vérifié son alibi, c'est du solide. Il a laissé le véhicule à l'aéroport de Québec, le 12 mars. Il séjourne en Floride depuis. Je l'ai joint à son hôtel. Sa femme, et un couple d'amis qui les accompagne, corroborent. À moins d'être illu-sionniste, il ne peut avoir tué nos deux victimes.

– J'aimerais quand même lui parler. Dis-lui que je lui téléphonerai dans la prochaine heure. Qu'il ne quitte pas sa chambre. Et Doug?

– Il est au hangar. Je lui ai parlé il y a moins de trente minutes, dit Fernandez. Il s'apprêtait à commencer l'examen de la voiture.

Lessard avait réuni l'équipe d'enquête dans la salle de conférences.

Il se demanda par où commencer. Pour se donner du courage, il s'imagina avec Martin et Charlotte en camping, dans les Rocheuses. *Le mensonge est la pire des calamités*, pensa-t-il, mais il ne pouvait reculer.

– Cette nuit, j'ai reçu un appel sur mon mobile. Un homme disait avoir trouvé un corps dans le coffre d'une voiture. Il m'a donné une adresse… j'y suis allé et j'ai trouvé le corps.

Pearson prenait des notes.

– C'est tout? Il n'a rien dit d'autre?

– Seulement qu'il a volé le véhicule vendredi midi, à l'intersection de Forest-Hill et de Côte-des-Neiges, et qu'il n'était pas impliqué dans le meurtre.

– Il faudrait obtenir le relevé de tes appels, on peut peut-être le retracer.

– C'est déjà fait, mentit encore Lessard. L'appel provenait d'une cabine téléphonique.

– Rien ne prouve qu'il disait la vérité, reprit Pearson. Ton informateur anonyme pourrait aussi bien être le tueur.

Lessard devait lui concéder ce point. Mais que penseraient ses collègues de lui, de ses aptitudes de père, s'il leur apprenait que le voleur n'était nul autre que son propre fils? Il dévia le tir.

– Tu as raison, mais j'ai l'impression qu'il disait la vérité. Quoi qu'il en soit, il faut interroger les commerçants et les habitants des immeubles de la rue Forest-Hill. Peut-être quelqu'un a-t-il vu quelque chose.

Pearson leva le bras.

– Je m'en charge.

Sans s'en rendre compte, Lessard but une gorgée de café dans le gobelet de Fernandez, qui ne s'en formalisa pas.

– Nous avons deux corps, mais Berger pense que c'est le même tueur, à cause du type d'arme utilisé, des blessures au thorax et parce que les victimes ont été égorgées. Il y a par contre deux différences importantes: le tueur a coupé l'index de Jacques Mongeau et on a trouvé un disque sur son bureau.

Sirois se leva et marmonna quelques mots avant de disparaître aux toilettes. Lessard attendit son retour avant de poursuivre:

– La chronologie des événements tient à peu de choses: jeudi, entre 15 h et 23 h, le meurtrier tue l'homme retrouvé dans le coffre de la BMW. Vendredi, entre 14 h 30 et 15 h 30, il assassine Jacques Mongeau dans son bureau.

Tous hochaient la tête pour approuver.

– La BMW était stationnée à l'aéroport de Québec. Elle appartient à un particulier qui était à l'extérieur du pays au moment des meurtres. Son alibi a été vérifié et corroboré.

Nous devons donc présumer que le tueur a volé le véhicule à l'aéroport. Doit-on en conclure que l'homme retrouvé dans la BMW habitait Québec? C'est à vérifier.

– Le nombre de combinaisons possibles est presque infini, intervint Sirois. Il a très bien pu voler la BMW à Québec et tuer sa victime ailleurs.

– Ce serait une belle façon de brouiller les pistes, ajouta Pearson.

– Très juste, dit Lessard. Il faudrait faxer la photo du corps au poste du parc Victoria, à Québec. Quelqu'un peut-il s'en charger sans attirer l'attention de Tanguay?

– Je vais le faire, répondit Sirois.

– Que savons-nous d'autre au sujet du premier meurtre? demanda Lessard.

Il attendit que quelqu'un d'autre prenne la parole, mais ses collègues demeurèrent silencieux, préférant qu'il poursuive.

– Le tueur a pris la précaution d'emballer le corps dans une pellicule plastique, reprit Lessard. Ça suggère qu'il a agi avec méthode, qu'il a planifié son crime avec soin. Nous avons eu de la chance que la voiture soit volée, sinon la découverte du corps aurait pu prendre beaucoup plus de temps.

Fernandez ouvrit la bouche pour dire quelque chose, mais elle se ravisa. Lessard remarqua son hésitation.

– Un problème, Nadja?

– Juste une idée comme ça. Nous présumons que le tueur a abandonné la BMW dans la rue une fois son crime commis. Mais il y a une autre possibilité.

– Explique-toi, fit Lessard.

– Le tueur aurait pu garer la BMW avec l'intention de venir la reprendre plus tard.

– Peu probable, trancha Sirois. Pourquoi aurait-il pris le risque de laisser la BMW sans surveillance?

– Il ne pouvait quand même pas deviner que quelqu'un volerait la voiture, risqua Pearson.

– C'est vrai, mais tu ne quittes pas un véhicule avec un cadavre dans le coffre sans raison valable, répliqua Sirois.

Le ton commençait à monter.

– Ça suffit, lança Lessard.

Un silence lourd tomba sur la pièce. Lessard reprit la parole au bout d'un moment :

– Jusqu'ici, la piste la plus solide dont nous disposons pour expliquer l'amputation du doigt est la biométrie. Le tueur avait besoin spécifiquement de l'index de Jacques Mongeau. Il faut découvrir pourquoi.

Il regarda les membres du groupe d'enquête et ne vit que des cheveux en bataille, des barbes hirsutes et des cernes.

– Le problème, c'est qu'on n'a pas de mobile pour nous éclairer. Il existe forcément un lien entre ces deux meurtres. Nous devons découvrir lequel, continuer à creuser. Nous ne pouvons pas disposer de tous les éléments à ce stade et nous devons l'accepter, sinon nous n'arriverons à rien.

– Connaître l'identité de la première victime nous faciliterait grandement la vie, maugréa Pearson.

Lessard se tourna vers Fernandez.

– Nadja, téléphone à Berger et vois où ils en sont avec les fiches dentaires. Qu'il accélère le processus en les faxant directement aux cabinets de dentistes.

– On est samedi, Vic.

Lessard sacra à voix haute. Il en perdait toute notion du temps.

– Que fait-on des photos sadomaso ? demanda Sirois. Qu'est-ce que ça vient faire là-dedans ? Doit-on chercher des ramifications politiques à toute cette histoire ?

– Il ne faut pas non plus oublier le disque, ajouta Fernandez. Le tueur voulait clairement nous communiquer un message quant au meurtre de Mongeau.

Ils tentaient de faire un puzzle de mille morceaux sans en avoir vu l'image au préalable. Lessard sentit poindre une migraine.

– Je ne sais plus, avoua-t-il. Mais quoi que nous fassions, nous devons agir vite, avant que Tanguay nous retire le dossier.

La réunion s'achevait. Alors que ses collègues commençaient à se lever pour quitter la pièce, Lessard lança :

– Une dernière chose : il faut se couvrir le cul avec l'état-major et, surtout, ne pas leur donner l'impression que nous négligeons les affaires courantes. Outre le délit de fuite, qu'avons-nous sur le feu en ce moment ?

Fernandez lui résuma brièvement les dossiers en cours. Aucun d'entre eux ne nécessitait une attention immédiate.

– Nadja, crois-tu que Nguyen pourrait assurer le suivi pour le délit de fuite ?

– Oui. Je vais lui en parler.

Sirois fronça les sourcils.

– Au fait, la voiture recherchée était bien une berline noire ?

Lessard sacra.

Ils cherchaient une Mercedes ou une Lexus, mais, vu son âge avancé, le témoin avait peut-être confondu.

Pourquoi n'y avait-il pas pensé plus tôt ?

Lorsque Lessard et Fernandez entrèrent à la hâte dans le hangar, Adams marchait à quatre pattes sur le sol bétonné, appliqué à examiner le châssis de la BMW à l'aide d'une lampe torche.

– Doug, as-tu trouvé des traces d'impact sur le véhicule ?

– J'ai même découvert mieux que ça. J'allais justement te téléphoner.

Il marcha jusqu'à un comptoir d'acier inoxydable et en revint en tendant à Lessard un sac de plastique qui contenait un morceau d'étoffe. Ce dernier plissa le front.

– Qu'est-ce que c'est ?

– Un morceau de jean. Je l'ai trouvé coincé dans une fente du pare-chocs avant.

– Crois-tu que cette voiture a pu heurter un piéton ?

– Oui. Le pare-chocs est abîmé et le capot légèrement enfoncé.

Lessard pensa à sa conversation avec le médecin de l'Hôpital général. Ce dernier affirmait que l'impact avait eu lieu au niveau des jambes. Cela expliquait sans doute que les dommages n'étaient que superficiels.

– Nadja, essaie de joindre Simone Fortin pour une identification. Qu'elle vienne dès que possible avec les vêtements qu'elle portait lors de l'accident. Appelle aussi le témoin, le vieux que j'ai interrogé hier.

– Celui qui promenait son chien?

Butor. Il ne se souvenait que du nom de l'animal.

– C'est ça.

Tandis que Fernandez s'éloignait, Lessard réfléchit.

Pour l'instant, rien ne prouvait que la BMW ait heurté Simone Fortin.

Il ne put s'empêcher de se questionner.

Qu'est-ce que ça signifierait si c'était le cas? Probablement rien, hormis qu'elle s'était trouvée au mauvais endroit au mauvais moment.

– J'ai aussi trouvé des cigarettes et des joints de cannabis à demi consumés dans le cendrier. Je les ai envoyés au labo. Tu sais comme moi que la salive est pleine d'ADN.

Lessard blêmit. Il ne se faisait pas d'illusions quant à l'identité du fumeur : son fils.

– Viens, j'ai autre chose à te montrer.

Il entraîna Lessard jusqu'à une table où était posé un attirail complet de photographie.

– C'était dans la voiture?

– Oui, sous le sac de hockey.

– C'est ce qui a servi à prendre les photos qu'on a trouvées sur le disque?

– Non. Mais c'est du matériel de haute qualité, dont on devrait pouvoir retracer la provenance. J'ai déjà appelé quelques boutiques spécialisées. Regarde ça aussi.

Adams tendit le doigt vers des sacs de plastique remplis d'eau.

– Des sacs de glace? risqua Lessard.

– Oui, dit Adams. Comme si on avait voulu préserver le corps. Il y a autre chose.

Il tendit une pochette de plastique à Lessard.

– C'est un bout de papier que j'ai trouvé sous le siège du conducteur. Il y a une inscription dessus.

– 4100 CN? C'est quoi, CN? Canadien National? La compagnie ferroviaire?

– C'est ce j'ai pensé aussi. Peut-être le numéro d'un wagon de train ou d'un trajet?

– Peut-être un autre code d'erreur? Je vais mettre Pearson là-dessus.

Le mobile de Lessard bourdonna.

– Oui, Nadja?

– Je viens de parler à monsieur Gagnon, il est chez lui et il attend ton appel. Quant à Simone Fortin, elle est déjà sortie de l'hôpital et je n'arrive pas à la joindre au téléphone.

– Ne pose pas de questions, mais je suis au courant.

Il n'avait pas envie de raconter à Fernandez sa nuit torride avec Ariane. Il coupa court.

– Tu as laissé un message?

– Oui.

– Parfait. Dis au vieux qu'on va passer le chercher dans quinze minutes et rejoins-moi dans le stationnement.

Sous l'éclairage d'un projecteur, Adams reprit son examen minutieux de la BMW, à la recherche d'éventuelles empreintes.

– Doug, tu m'appelles d…

– … dès que j'ai du nouveau. Je sais.

Lessard sortit. Le vent tournait-il enfin? En marchant vers sa voiture, il crut entrevoir un rayon de soleil. Son imagination lui jouait-elle des tours?

Alors qu'il ouvrait la portière, son mobile ronronna de nouveau. Il reconnut le numéro sur l'afficheur: Tanguay essayait de le joindre. Il ne manquait plus que lui! Il savait qu'il jouait gros, mais il ne répondit pas.

Lessard se sentit humilié lorsque Fernandez entreprit de dégager le siège du passager pour pouvoir s'asseoir. Il régnait dans sa Corolla le même bordel que dans son appartement et dans sa vie.

– On devrait peut-être prendre une autre voiture, Vic?

Il regarda autour de lui. Il aurait aimé pouvoir claquer des doigts pour faire disparaître les journaux, la pelure de banane, les papiers de barres de chocolat, la paire de bottes en cuir racorni et le parapluie qui étaient éparpillés sur la banquette. Sans compter le tourne-disque et ses vinyles de Genesis qui traînaient là depuis que Marie l'avait foutu dehors. Il faudrait qu'il fasse du ménage, mais il se sentit découragé à cette seule pensée.

– Tu as raison, répondit-il en poussant un gros soupir.

Pendant que Fernandez retournait à l'intérieur chercher les clés d'une voiture banalisée, Lessard composa le numéro de son ex-femme. Il se sentait tout drôle, chaque fois, inquiet à l'idée qu'un autre homme réponde. Il ne voulait pas penser à cette possibilité. Elle décrocha en chuchotant, dès la première sonnerie. Il dut insister à plusieurs reprises pour qu'elle accepte de réveiller Martin. Mais quelle conne! Est-ce qu'il faisait la grasse matinée, lui?

– Salut, p'pa, dit Martin d'une voix ensommeillée.

– Le matériel photographique dans la voiture. C'est ton ami et toi qui l'avez volé?

– Le quoi?

– C'est important, Martin, ne me raconte pas d'histoires.

– C'est pas nous, je te jure.

Lessard savait à son ton qu'il n'avait rien à voir là-dedans.

– Le bout de papier, c'est vous?

– Quoi?

– 4100 CN.

– Je ne comprends pas de quoi tu parles.

– En es-tu certain?

Martin soupira.

– Oui, p'pa.

– Les joints et les cigarettes dans le cendrier?

– Ça, c'est nous, finit par dire Martin, après un silence.

– On va avoir une discussion sérieuse, mon gars.

– Oui, p'pa.

Lessard raccrocha sans saluer son fils, ce qu'il regretta aussitôt. Fernandez ouvrit la portière côté conducteur au même moment. Il sursauta comme un gamin pris en défaut.

– J'ai les clés, tu viens?

Avait-elle entendu sa conversation?

— J'arrive, répondit-il en s'efforçant de prendre une mine enjouée.

— Du nouveau? demanda-t-elle d'un air allègre.

Il s'empourpra.

— Non, non.

Fernandez insista pour prendre le volant. Lessard avait la réputation de conduire comme un pied et plusieurs avaient des haut-le-cœur, après une virée en sa compagnie. Pour sa part, Nadja roulait vite, mais sans brusquerie.

— Ça va, Vic? Tu sembles préoccupé.

— C'est cette maudite enquête qui me suce mon énergie.

À un feu rouge, il faillit lui avouer la vérité à propos de son fils, mais lorsqu'il se décida, il aperçut le vieil homme qui les attendait au bord de la route.

Il l'aida à monter à l'arrière avec sa bête, dont la bave dégoulinait sur la banquette. Dieu, qu'il haïssait les chiens!

En route, le vieux ne cessa de se plaindre de ses petits bobos et trouva en Fernandez une oreille compatissante. Lessard préféra demeurer silencieux. Il n'éprouvait aucune empathie pour les personnes âgées et la simple idée de devoir prendre soin d'un vieux le répugnait.

Il se laissa plutôt aller à la rêverie. Il imagina ses vacances avec les enfants, à Banff. Il achèterait une tente, des sacs de couchage, un réchaud. Ils pourraient se baigner dans les lacs, pêcher, allumer des feux, contempler les étoiles et, surtout, se retrouver, repartir à zéro. Avec leur aide, il deviendrait un père modèle.

Peut-être même qu'Ariane pourrait les accompagner avec sa petite Mathilde.

Tu vas trop vite en affaires, Lessard. Commence par donner du temps de qualité à tes propres enfants avant de compliquer le programme.

Fernandez aida le vieux à descendre de la voiture. Puis ils se dirigèrent vers le hangar. Adams et son assistant mangeaient un sandwich et buvaient un café à l'écart.

Lessard désigna la BMW du menton.

— Regardez cette voiture, monsieur Gagnon. Est-ce bien celle que vous avez vue?

Derrière ses verres épais, le vieil homme plissa ses yeux de chouette.

— Ça semble être le cas. C'est bien ce que je disais: une Mercedes.

Fernandez intervint:

— C'est une BMW, monsieur Gagnon.

— Oui, oui. Mercedes, BMW, c'est du pareil au même. Des voitures allemandes. Vous pouvez compter sur moi pour les reconnaître. Quand on a fait la Grande Guerre, madame, ça ne s'oublie pas, les chars allemands. J'en ai même fait sauter un à la grenade. C'était à Dunkerque, je crois. D'ailleurs, je ne comprends pas qu'on vende ces véhicules ici. C'est un manque flagrant de respect envers les anciens combattants.

Lessard et Fernandez se dévisagèrent, interloqués.

— Vous êtes bien certain que c'était cette voiture? reprit le policier.

— Absolument. Est-ce que j'ai l'air d'hésiter?

S'abstenant de répondre, Lessard dit simplement:

— Merci, monsieur. Ma collègue va vous reconduire.

Il les regarda s'éloigner, ne sachant trop s'il pouvait se fier aux affirmations du vieil homme.

S'il s'avérait que la BMW avait frappé Simone, était-elle mêlée à cette affaire par accident ou avait-elle été visée à dessein?

Même si cette dernière hypothèse lui semblait hautement improbable, il ne devait rien négliger.

• • •

Un rayon de soleil me caressait le visage.

Je me suis étirée paresseusement sous les couvertures. Il y avait si longtemps que je n'avais pas fait la grasse matinée!

Qu'allais-je faire aujourd'hui? D'abord, me préparer un café. Ensuite?

Ensuite, on verrait.

J'ai tendu la main vers la gauche.

Le chat était-il roulé en boule contre l'oreiller, son endroit favori?

Engluée dans un demi-sommeil, j'ai alors réalisé que je n'étais pas dans mon appartement.

J'ai ouvert les yeux.

Un néon baignait la pièce d'une lumière crue. Je me suis redressée sur le lit et j'ai regardé autour de moi.

Je me suis souvenu tout à coup que j'étais dans une chambre de motel : un lit moche, un tapis crasseux, une commode bancale, une table de mélamine et deux chaises pliantes en témoignaient. Dans un coin, l'homme qui s'était présenté à moi sous le nom de Kurt Waldorf dormait sur un fauteuil.

* * *

Entre deux rasades de Pepto-Bismol, Lessard se souvint qu'il devait faire un appel pour en savoir plus sur la plainte de harcèlement sexuel qu'avait découverte Fernandez. Il relut le document daté du 25 septembre 1978. Le feuillet jauni avait été rempli à la machine à écrire. La plainte faisait état de paroles et d'insinuations à caractère sexuel, adressées par Mongeau à la plaignante, dans le cadre de l'exécution de ses fonctions. Il apprit en outre que les actes reprochés étaient survenus à plusieurs reprises, durant une période de trois semaines. Il reposa le document sur le bureau en s'interrogeant sur la nécessité d'entreprendre une telle démarche. Plus de vingt-cinq années s'étaient écoulées depuis l'incident. Il ne s'agissait pas d'un crime dont les stigmates profonds auraient pu motiver un désir de vengeance après tout ce temps. Après quelques hésitations, le policier composa le numéro de la plaignante, que Fernandez avait retracée.

– Véronique Poirier, s'il vous plaît.

– Elle-même.

La femme s'exprimait avec distinction. Il se présenta.

– Je téléphone au sujet de Jacques Mongeau...

— Qu'a-t-il fait encore, l'ami Jacques? répondit-elle d'un ton badin.

Lessard s'attendait à tout, sauf à ce qu'elle parle de l'homme qui l'avait harcelée avec une telle légèreté, comme s'il s'agissait d'une vieille connaissance.

— Puisqu'il a été assassiné, j'ai des questions à vous poser concernant la plai...

Il perçut un cri étouffé à l'autre bout du fil.

Véronique Poirier reprit d'une voix tremblante:

— Jacques? Il a été tué... Je... C'est horrible.

— Vous n'avez pas lu les journaux ce matin? C'est en première page.

— Pardonnez-moi, je rentre du chalet. Je n'étais pas au courant. Pauvre Hélène... et les enfants. Mon Dieu, comme c'est horrible!

Décidément, Lessard allait de surprise en surprise. Alors qu'il pensait tomber sur une femme aigrie, voilà que Véronique Poirier semblait proche de la famille. Son instinct lui dictait de suivre cette piste inattendue sans tarder.

— J'aimerais vous rencontrer, madame. Je pourrais être chez vous dans vingt minutes.

24.

Lessard sonna à la porte de Véronique Poirier et se figea sur le seuil. Il contempla, quelques secondes de plus que les règles de bienséance ne le permettent, le spectacle souverain qui lui était présenté, conscient de la somptuosité de l'offrande qu'on lui tendait. Pieds nus, la vamp n'était vêtue que d'un peignoir de soie, qui épousait parfaitement des courbes à faire pâlir d'envie les mannequins des défilés Victoria's Secret.

Brune, armée de grands yeux verts qui donnaient envie de lui décrocher la lune, elle devait avoir entre trente-cinq et quarante ans, tout au plus. Vu la date de la plainte, Lessard s'était attendu à trouver une femme beaucoup plus âgée.

Elle le pria d'entrer et lui désigna un canapé.

— J'ai préparé du café. Vous en voulez?

— Volontiers.

Elle s'excusa et disparut en marchant avec grâce vers la cuisine, tandis que le regard du policier suivait le rythme de ses hanches.

— Vous le prenez comment? dit-elle en revenant avec un plateau.

— Noir, balbutia Lessard, qui se carra dans le fauteuil et saisit la tasse qu'elle lui tendait.

Elle s'assit face à lui. Si elle avait semblé émue au téléphone, elle s'était reprise joliment. Son visage était ouvert, amène. Le policier s'efforça de ne pas reluquer ses jambes.

— Vous revenez de votre chalet? commença-t-il.

— Oui, dans Lanaudière. C'est un endroit isolé, dans la montagne, où je me retire pour peindre.

Le mobile de Lessard vibra. Celui-ci consulta l'afficheur. Tanguay essayait encore de le joindre.

— C'est votre métier?

— Si on veut. C'est ce que je fais à plein temps. Mais je n'en vis pas. J'ai hérité de cette maison et du chalet à la mort de mes parents, si vous vous posez la question. Disons que je n'ai jamais eu besoin d'un travail qui rapporte.

— Quand êtes-vous rentrée?

— Hier soir, vers minuit. Si vous me soupçonnez de l'avoir tué, j'ai passé la semaine en compagnie d'amis qui pourront vous confirmer notre emploi du temps, lança-t-elle d'un ton léger, avant de prendre une gorgée de café.

Véronique Poirier était une femme vive et intelligente. Même s'il s'efforçait de se donner une contenance, Lessard se sentait rustre en sa présence.

— Quand l'avez-vous connu?

— Le 24 mai 1978.

— Votre souvenir est très précis...

— Je l'ai rencontré par l'intermédiaire de Flavio Dinar, un ami commun, le jour même où j'ai achevé ma maîtrise en travail social. Il m'a ensuite embauchée pour travailler auprès d'enfants malades, dans son service.

Comment pouvait-elle avoir terminé des études supérieures en 1978? Elle ne devait pas avoir plus de dix ou quinze ans à l'époque.

— Pardonnez-moi mon indiscrétion, mais quel âge avez-vous?

Véronique émit un rire cristallin comme une cascade.

— C'est une question que l'on ne pose jamais à une femme, vous devriez le savoir. J'aurai cinquante-quatre ans le mois prochain.

Sa réponse le médusa : elle avait atteint l'âge de la ménopause!

Elle a découvert la source du jardin d'Éden ou son chirurgien est un génie.

— Sans exagérer, je ne vous donnais pas plus de trente-cinq ans, dit-il.

– Je me maintiens. Vous êtes gentil.

– Si je comprends bien, c'est donc dans ce contexte que vous avez déposé votre plainte?

– De quelle plainte parlons-nous?

– De la plainte déposée contre Jacques Mongeau pour harcèlement sexuel.

La femme rit encore, cette fois à gorge déployée. Les pans de son peignoir s'entrouvrirent, laissant apparaître la naissance de seins trop rebondis pour être naturels. Lessard se sentait de plus en plus tendu. Il s'épongea le front.

– Ça fait si longtemps, j'avais oublié. C'est pour ça que vous êtes ici?

Le policier acquiesça.

– Il ne m'a jamais harcelée, ni sexuellement ni autrement. À l'époque, j'avais déposé cette plainte pour lui nuire.

– Ça vous embête de m'expliquer pourquoi?

– Pas du tout. Je couchais déjà avec lui depuis quelques mois lorsque je me suis aperçue qu'il filmait nos ébats. Je l'ai alors sommé de me rendre les bandes. Quand j'ai vu qu'il hésitait, j'ai utilisé ce stratagème.

– Et?

– Il me les a remises trois jours plus tard. J'ai retiré l'accusation par la suite. Propre et efficace.

– Ça vous a brouillés?

– Pas le moins du monde. Jacques était magouilleur et il savait apprécier ce talent chez les autres.

– Vous êtes donc demeurée sa maîtresse? demanda Lessard, mal à l'aise.

– C'est un bien grand mot. Nous aimions tous deux le sexe, voilà tout. Je participais aussi parfois à ses «soirées de copinage», comme il se plaisait à les appeler.

– Des soirées de copinage?

– Mon Dieu! Vous n'êtes pas au courant? Vous êtes bien l'un des seuls sur l'île de Montréal!

Lessard se sentit ridicule. Cette femme l'effarouchait.

– Jacques organisait des petites sauteries pour ses amis, dans le cadre de ses activités politiques.

Bien qu'encore floue, l'image de Jacques Mongeau commençait à prendre forme dans l'esprit de Lessard : les photos trouvées dans son ordinateur ; un monde secret et parallèle.

— Vous faites allusion à des soirées échangistes ?

— Pour y avoir participé, je parlerais plutôt d'orgies, mais appelez-les comme vous voulez.

— Et à cette occasion, il prenait des photos ?

— Oui, parfois même des films.

— À l'insu des invités ?

— Toujours. Jacques était un petit malin. Il disait que c'était sa police d'assurance. Que ça lui permettait de garder tout le monde honnête.

— Qui participait à ces soirées ?

Véronique Poirier décroisa et recroisa les jambes. Elle portait une culotte de dentelle blanche. Lessard déglutit péniblement.

— Le gratin de Montréal, l'intelligentsia politique d'Ottawa, les dirigeants des principales agences de publicité impliquées dans le programme des commandites et quantité d'avocats, de médecins, de juges, de banquiers, d'hommes d'affaires et de prostituées de luxe. J'y ai même déjà rencontré quelques gradés de la police.

Lessard songea à Tanguay qu'il avait toujours soupçonné d'être un lèche-botte. Il lui paraissait plus qu'évident qu'il protégeait quelqu'un. Un chef ? Lui-même ?

— Pourriez-vous me donner quelques noms ?

— Je pourrais, mais je refuse de le faire.

— Et si j'obtenais un mandat pour vous y forcer ?

— Vous ne le ferez pas.

— Et pourquoi ?

— Parce que vous êtes un gentleman.

Le policier rougit comme un gamin, totalement envoûté par cette femme.

— Et le premier min... Je... Enfin...

— Le premier ministre ?

Il opina du chef.

— Vous aimeriez savoir s'il participait à ces partouzes ? Quelques-uns de ses ministres les plus influents étaient sur la liste des invités, mais, à ma connaissance, ni le premier ministre ni son épouse n'ont pris part aux festivités.

– La femme de Jacques Mongeau était-elle... heu... au courant?

– J'ai passé de très agréables moments en compagnie d'Hélène, déclara Véronique dans un murmure coquin.

Lessard s'étrangla.

– Je faisais plutôt référence aux photos. En connaissait-elle l'existence?

– Je ne saurais l'affirmer. Jacques était un homme discret.

– Quand l'avez-vous vu pour la dernière fois?

– C'était il y a environ un mois, le 17 février pour être plus précise. C'était durant le vernissage de mes œuvres. Jacques est venu avec Hélène. Il y avait aussi Flavio Dinar et sa femme. On a pris un verre et... enfin, c'était agréable.

Elle le fixa de nouveau avec ce battement de cils concupiscent qui lui donnait envie de s'approcher d'elle, de lui arracher ses vêtements et de la prendre là, sans hésiter, à même le plancher. Tout serait consommé dans cet élan sauvage. Mais il reprit ses sens.

Mongeau conviait la classe économique et politique à ses fêtes et il filmait leurs ébats, accumulant ainsi du matériel dont il pourrait éventuellement se servir pour obtenir des faveurs de leur part. Trafic d'influence, reniflait Lessard.

Mongeau aurait-il mal anticipé la réaction de l'un de ses «convives»? Certains hommes de pouvoir désiraient préserver leur image à n'importe quel prix.

L'univers que Lessard découvrait lui donnait le vertige, même s'il ne voyait que la pointe de l'iceberg. À moins qu'il ne fît fausse route, il possédait là un mobile plus que potable.

– À votre avis, se servait-il des films ou des photos pour obtenir certaines faveurs?

– Jacques était un très bon amant, mais je m'en tenais à ses couilles, pas au reste. J'ai toujours évité de me mêler de ses affaires. De son propre aveu, il jouait un jeu dangereux. Il répétait souvent que sa «collection» était conservée en lieu sûr.

— Vous savez où?

— Il ne me l'aurait jamais révélé. Il ne faisait confiance à personne, pas même à Hélène ou à ses fils.

— Vous a-t-il déjà parlé d'un coffre à reconnaissance digitale?

— Non.

Lessard décida de chercher dans une autre direction. Véronique Poirier avait peut-être côtoyé le tueur sans le savoir. Il restait peut-être tapi dans l'ombre, quelque part en périphérie de sa mémoire.

Pendant près de trente minutes, il fouilla dans ses souvenirs en lui posant des questions sur les «soirées de copinage» et ses rencontres avec Jacques Mongeau. Il ne négligea aucun détail, récapitula à plusieurs reprises.

Avait-elle remarqué quelqu'un qui ne voulait pas l'être? Une personne que l'on ne voit pas, même si elle est toujours là? Elle se plia de bonne grâce à l'exercice, sans qu'ils parviennent à déterrer l'ombre d'une piste. Elle ne lui dissimulait rien, il en était convaincu.

Il promit de lui faire porter le portrait-robot du suspect dans l'après-midi. Il n'avait pas grand espoir d'obtenir des résultats de ce côté. Si le meurtre reposait sur des motifs politiques, on avait probablement engagé un tueur professionnel.

Lessard se leva, n'ayant plus de questions à poser.

— Je vous laisse ma carte, dit-il en lui tendant le bout de carton. Si quelque chose vous revient, même un détail, n'hésitez pas à me téléphoner.

Véronique Poirier le raccompagna à la porte. Il ne put s'empêcher de lorgner ses fesses tandis qu'elle marchait à pas feutrés, comme si elle avançait sur un coussin d'air. Elle se retourna, affichant tout à coup une mine grave.

— A-t-il souffert?

La question surprit Lessard. Il baissa la tête.

— Je ne crois pas.

Ils restèrent tous les deux sans rien dire.

Alors qu'il fermait la porte, il vit des larmes rouler sur ses joues. Comme il aurait aimé la serrer dans ses bras!

Dehors, le vent s'était levé.

Encore étourdi par ce qu'il venait d'apprendre, Lessard regagna la Corolla. Mongeau avait-il marché sur les plates-bandes d'un tout-puissant qui n'entendait pas à rire? Si tel était le cas, s'agissait-il d'une raison suffisante pour le faire assassiner? Quoi qu'il en soit, il restait improbable que la victime du chantage, si chantage il y avait eu, ait pris le risque de faire elle-même le sale boulot.

Ce genre d'individus n'aime pas trop se salir les mains.

Quel était le rôle de la victime retrouvée dans le coffre de la BMW? Et celui de Simone Fortin, pour autant que l'on présume qu'elle ait été impliquée dans cette affaire? S'était-elle aussi livrée à des jeux sexuels dans les soirées torrides de Jacques Mongeau?

Ce que Véronique Poirier lui avait révélé jetait un éclairage nouveau sur les motivations du tueur. Si Mongeau cachait une collection de photos et de films compromettants, tout indiquait qu'il avait pris des précautions pour assurer ses arrières. Subitement, l'idée d'un coffre à reconnaissance d'empreintes digitales ne lui paraissait plus aussi farfelue. Ses collègues et lui devaient trouver ce coffre et son contenu rapidement.

Et Tanguay, dans tout ça?

Il devait se méfier de ce salopard qui ne cessait de s'ingérer dans son enquête. Protégeait-il quelqu'un? Si ce que cette femme disait était vrai, Lessard s'apprêtait à s'aventurer à découvert sur un terrain miné. Certaines personnes au sein même du service de police auraient peut-être intérêt à ce que l'affaire soit enterrée. Il se retrouverait alors face à un mur.

Il mit la voiture en marche, en conservant cette désagréable impression de passer à côté d'un élément vital. Une main sur le volant, il tenta de joindre sa sœur, mais raccrocha lorsqu'il entendit le message. Son mobile sonna au moment où il le remettait dans sa poche. Il regarda le numéro sur l'afficheur. Tanguay commençait à s'impatienter.

Il laissa filer l'appel dans sa boîte vocale en grimaçant.

• • •

Il s'était réveillé en nage. Il avait dormi d'un sommeil agité.

L'omelette qu'il avait mangée au souper la veille en était-elle la cause?

Fait rarissime, il avait rêvé.

Il avait rêvé de Simone Fortin de surcroît. C'était la première fois qu'il rêvait d'une de ses victimes. Elle était étendue sur un lit, à l'hôpital. Il poussait la porte de sa chambre et entrait sans faire de bruit. La jeune femme ouvrait les yeux au moment où il s'apprêtait à lui planter son couteau dans le thorax.

Son élan était stoppé net.

Il avait beau essayer de continuer son geste, le couteau restait figé dans les airs.

Il était superstitieux, mais il s'efforça de ne voir aucun mauvais présage dans ce songe.

Il déjeuna d'un jus de fruits frais, d'une orange et de deux tartines de confiture.

Armé d'un thermos de café, il se posta à proximité de la maison d'Ariane Bélanger. À travers les nuages, le soleil brillait au-dessus du mont Royal.

• • •

Lessard ouvrit la porte du Shaïka et invita Fernandez à entrer.

La décoration de l'endroit était constituée d'un mélange de meubles des années quatre-vingt et d'accessoires kitsch. Fernandez prit un jus de fruits frais tandis que Lessard commandait un sandwich et un café au lait. Il se laissa choir lourdement sur un siège recouvert de vinyle orange. Il avait résumé à sa collègue sa conversation avec Véronique Poirier. Ils avaient, en outre, discuté des indices découverts par Doug Adams.

— On a le portrait-robot? demanda-t-il.

— Langevin y travaille encore. Il dit que ce sera prêt en fin d'après-midi, au mieux.

Lessard soupira. Les artistes! C'était comme s'ils vivaient sur une autre planète, ceux-là.

— Dès que tu l'as, tu en faxes une copie à Véronique Poirier et à tous les postes de quartier.

— Oui, chef!

Il ne s'était pas rendu compte à quel point il était directif.

— Excuse-moi, Nadja. J'apprécie beaucoup ton aide.

La jeune femme ne put réprimer un sourire. Lessard n'était qu'un gros ours bourru avec le cœur de mère Teresa.

— Au fait, as-tu reparlé au proprio de la BMW? lança-t-il.

— Éric Leclerc? Non. Je croyais que tu t'en occupais. Il ne va pas être content. Je lui avais demandé de ne pas quitter sa chambre.

— Ça m'est complètement sorti de la tête. As-tu son numéro?

Fernandez fouilla dans un carnet. On décrocha après une seule sonnerie.

— Éric Leclerc, s'il vous plaît.

— Moi-même, répondit une voix bourrue.

— Bonjour. Victor Lessard du SPVM.

— Non mais, vous en avez mis du temps!

Lessard faillit l'envoyer promener, mais il se retint.

— Quelques questions et vous pourrez retourner à vos occupations. Quand avez-vous garé la voiture à l'aéroport?

— Quand? Mais le jour de mon départ!

— Et quelle était la date de votre départ?

— Le 12 mars.

— À quelle heure?

— À 7 h du matin.

— Quelqu'un vous accompagnait?

— Ma femme. Et des amis. Mais je ne vois pas...

Le policer perdait son temps. Cet idiot ne lui apprendrait rien.

— Monsieur Leclerc, dit Lessard en haussant le ton, contentez-vous de répondre à mes questions! Il s'agit d'une enquête pour meurtre.

L'autre se tut.

— Votre auto était-elle barrée?

— Bien entendu.

— Quelqu'un d'autre possédait-il un double?

— Personne, à part ma femme.

— Vous avez tous les jeux avec vous en ce moment?

— Oui, les deux trousseaux.

— Aviez-vous dissimulé une clé sur le véhicule?

Un silence embarrassé s'installa quelques secondes.

Gros malin.

— J'avais caché une clé dans un étui aimanté, près du pot d'échappement. Mais je suis le seul à savoir que...

— Ces gens-là ont l'habitude, le coupa Lessard. Conserviez-vous des objets de valeur dans le véhicule?

— Non.

— Pas de matériel photographique?

— Non.

— Un sac de hockey?

Leclerc soupira avec dédain.

— Bien sûr que non.

— L'inscription 4100 CN a été retrouvée sur un bout de papier. Vous est-elle familière?

— Non, je ne vois pas.

— C'est tout. Je vous remercie, monsieur Leclerc. Bon séjour en Floride.

— Holà, un instant! Et ma voiture? Je vais envoyer ma fille la reprendre dès aujourd'hui.

— Contactez notre service à votre retour. Pour l'instant, c'est une pièce à conviction dans une enquête pour meurtre et nous n'avons pas terminé nos analyses.

— J'exige qu'on remette la voiture à ma fille lorsqu'elle se présentera. Savez-vous à qui vous avez affaire? Mon beau-frère est sous-ministre!

— Vous m'en voyez heureux, ne put s'empêcher de répliquer Lessard. Pour la voiture, vous devrez attendre.

— Je vais porter plainte contre vous. Votre attitude est inadmissible. J'ai des amis haut placés et j'exige qu'on me rende ma voiture.

Les oreilles de Lessard se mirent à bourdonner. Il perdit patience.

– Moi aussi, j'ai des amis haut placés et je parle régulièrement à Dieu si vous voulez savoir! Il raccrocha. Il n'avait pas la force de soutenir cette conversation une seconde de plus. Il se heurtait à l'une des enquêtes les plus difficiles de sa carrière, une affaire dont les retombées risquaient d'en éclabousser quelques-uns en haut lieu, il venait d'apprendre que son fils volait des voitures et voilà que ce loustic menaçait de porter plainte contre lui.

Fernandez posa une main sur son avant-bras.

– Ça ira, Vic? Tu devrais peut-être te reposer un peu…

– Non, non. C'est juste qu'il m'a fait chier, lui.

– On est tous stressés. C'est normal.

– Il faut que ça débloque aujourd'hui, Nadja.

– J'ai de la difficulté à croire à toute cette histoire de photos et d'échangistes.

– On a déjà tué pour bien moins que ça. Et il y a peut-être autre chose d'explosif dans ce coffre.

– En tout cas, pour un milieu où les apparences sont si importantes, la manière dont le meurtre a été commis détonne.

Le mobile de Lessard se mit à bondir sur la table.

– Excuse-moi une seconde, c'est Pearson. Oui?

– Vic, tu devrais venir me rejoindre. J'ai un témoin. Il a parlé à un homme qui cherchait une BMW vendredi midi.

– Où es-tu?

– Coin Côte-des-Neiges et Forest-Hill, dans la pharmacie.

– J'arrive. Donne-moi quinze minutes.

Il se tourna vers Fernandez.

– Il faut que j'y aille. Dis à Langevin qu'on a besoin du portrait-robot au plus sacrant!

Il enfilait son manteau lorsqu'il se souvint que Tanguay avait tenté de le joindre à trois reprises depuis le début de la matinée. Il saisit de nouveau son mobile.

Vous avez trois nouveaux messages.

Premier message.

«Lessard, ici Tanguay. Rappelez-moi, je veux un topo complet dans la prochaine heure.»

Le sergent-détective prit une bouchée de croissant, son estomac se contracta. Il profiterait de son passage à la pharmacie pour acheter du Pepto-Bismol.

Deuxième message.

«Lessard, ne jouez pas à ça avec moi où je vous envoie faire la circulation au coin de Sherbrooke et Berri.»

Tanguay tonnait sec, cassant.

Troisième message.

«Lessard, espèce de trou de c… si je n'ai pas de vos nouv… dans les dix proc… inutes… je transfère le dossi… à l'esc… des crim… majeu…»

À en juger par les coupures du dernier message, Tanguay lui téléphonait de son mobile. Lessard composa donc le numéro de son supérieur au quartier général. Comme il l'espérait, il tomba sur sa boîte vocale après les cinq sonneries usuelles.

Bip.

«Bonjour, commandant, c'est Lessard. J'ai essayé de vous appeler sur votre mobile, mais ça ne marche pas. Je suis à l'extérieur de la ville en ce moment. Je crois qu'on tient une piste sérieuse. J'ai presque plus de batterie, mais je vous rappelle dès que…»

Il coupa la communication.

Fernandez prit une mine soucieuse.

– Ça sent mauvais?

– Pire encore. Écoute, je vais retrouver Pearson. Il a peut-être un témoin. Téléphone à Tanguay. Dis-lui que j'essaie de le joindre depuis ce matin. Dis-lui aussi de vérifier son mobile, que la connexion est mauvaise.

– Il n'avalera jamais ça.

– Je m'en fous. Gagne-moi du temps.

– Où es-tu si Tanguay le demande?

– Tu n'as pas entendu? À l'extérieur de la ville pour interroger des témoins. Une piste prometteuse, avec un grand P. Je lui téléphone tout de suite après.

Fernandez soupira. Lessard l'embrassa sur la joue en se levant.

– Je t'adore, Nadja. Tu es la meilleure.

– Mouais…

En roulant, Lessard pensa au bout de papier qu'Adams avait découvert.

4100 CN.

Pearson n'avait relevé aucun message d'erreur portant ce numéro. Fernandez avait épluché la liste des départs de.trains du CN. Sans succès.

• • •

Ariane s'était levée tôt.

Elle devait d'abord confectionner le déjeuner de Mathilde qui sautait hors du lit aux aurores. Elle devait ensuite la préparer pour ses cours de ballet.

Elle avait posé le léotard et le tutu de la gamine sur le canapé.

– Habille-toi, cria-t-elle depuis la cuisine où elle se faisait un café.

Hypnotisée par la télé, la petite ne réagit pas.

– Est-ce que je vais être obligée de te donner une conséquence, ma cocotte?

– Je m'habille, dit Mathilde en enfilant ses collants à la hâte.

Ariane la rejoignit au séjour avec une tasse à la main.

– Tu bois du café, maman?

– Oui, ma cocotte.

– Ça goûte mauvais.

– Comment tu sais ça, toi? demanda Ariane en souriant.

– C'est Axelle qui me l'a dit. Elle en a déjà bu.

– Je parie que tu en boiras aussi quand tu seras grande.

– Beurk! Et je suis déjà grande, maman.

– Je sais. Allez, on va être en retard.

• • •

Pearson l'attendait devant la pharmacie, un gobelet de café vissé aux lèvres.

Lessard dut s'y reprendre à deux fois pour fermer la portière rouillée de sa Corolla, qui grinça comme le vieux sommier où il avait fait ses premières expériences sexuelles.

— Qu'est-ce que tu as trouvé?

— Viens, on entre, dit Pearson.

Le terme *bric-à-brac* aurait mieux convenu à l'établissement que celui de *pharmacie*. Le mélange des genres atteignait ici un sommet.

Un jour, on pourra acheter une voiture à la pharmacie!

Lessard se fraya un chemin dans l'allée encombrée de produits nettoyants, d'un congélateur vomissant des surgelés et d'un îlot débordant de ballons multicolores. Il chercha un comptoir à médicaments, mais n'en trouva nulle part. Pearson s'avançait déjà vers la caisse, dissimulée derrière un présentoir à cigares de plexiglas, éclairé au néon.

Lessard avisa les mauvais cigares enveloppés dans de la cellophane : repoussant! On prenait vraiment les gens pour des valises. Jadis, il s'arrêtait de temps à autre à la Casa del Habano pour fumer un cigare avec le gérant. Il s'écrasait alors dans un fauteuil de cuir et pompait son havane en regardant les hommes d'affaires en complet-cravate parler business.

Le gérant lui filait d'ordinaire quelques cafés corsés que Lessard agrémentait de cognac dès que l'autre tournait le dos. Et pour ne rien cacher, il tournait souvent le dos. Lessard ne se gênait pas non plus pour boire à même le goulot de sa flasque durant ses (trop) fréquentes visites aux toilettes.

Il ne pouvait plus s'autoriser ce genre de gâteries depuis qu'il s'était joint aux AA.

L'association cigare-alcool était si profondément ancrée dans ses neurones que de fumer un havane l'aurait fait rechuter.

Pearson se dirigea vers un Asiatique vêtu d'un sarrau. Lessard comprit aussitôt qu'il s'agissait du pharmacien.

— Vous avez reçu la visite d'un client particulier, hier, n'est-ce pas? lui demanda Pearson.

— Oui. Un client particulier, répéta l'Asiatique.

— Pouvez-vous dire à mon collègue ce que vous m'avez raconté tout à l'heure?

— Il m'arrive de sortir fumer une cigarette dehors. Un homme est passé devant la pharmacie à quelques reprises. Il semblait chercher quelque chose.

— Qu'est-ce qui vous a fait croire ça? fit Lessard.

— Je ne saurais vous dire. Une impression. Il avait l'air bizarre.

Lessard tenta de lui faire préciser ce qu'il entendait par là, mais le pharmacien fut incapable d'être plus clair.

— Ensuite?

— Je lui ai demandé si je pouvais l'aider. Il a hésité, puis il m'a dit qu'il croyait s'être fait voler son auto.

— Il a précisé la marque?

— Une BMW noire garée en face de la pharmacie.

Pearson gonfla la poitrine, fier de son coup.

— Et?

— Il m'a demandé si j'avais vu une remorqueuse passer dans le coin.

— Vous aviez remarqué quelque chose?

— Sauf quand je sors pour fumer, je suis trop occupé ici pour prêter attention à ce qui se passe dehors.

Lessard ne put s'empêcher de penser à une remarque qu'avait faite Fernandez plus tôt: le tueur avait garé la BMW avec l'intention de la reprendre. Le témoignage du pharmacien le confirmait.

— C'est arrivé à quelle heure?

— Entre midi et une heure. Je le sais, car je remplace la caissière le midi et elle était en pause.

Lessard plissa le front.

— Qui prépare les médicaments lorsque vous êtes derrière la caisse?

— Moi, mais depuis quelques années je fais la majeure partie de mon chiffre d'affaires sur la marchandise. En réalité, je cours à gauche et à droite, je remplis les tablettes. J'ai une caissière qui commence à 10 h 30 et, le samedi, un commis qui rentre tôt le matin.

— Vous souvenez-vous de l'homme?

— Il portait une tuque et des lunettes noires.

— C'était un Blanc, un Asiatique, un Noir?

— Un Blanc.

— Un accent?

— Non.

— Grand, petit?

— Plutôt petit. Je dirais environ un mètre soixante-dix.

— Son manteau?

— Noir ou marine. Foncé en tout cas.

Lessard prenait des notes dans son calepin.

— Vous avez remarqué autre chose?

— Il portait un sac à dos.

— Quel âge avait-il, selon vous?

— C'est difficile à dire avec le bonnet et les lunettes. Peut-être cinquante ans...

La description donnée par le pharmacien correspondait sommairement à celle fournie par Jeannine Daoust quant à la taille, l'origine ethnique et l'âge. Malheureusement, le témoignage du pharmacien ne permettait pas de confirmer la couleur des cheveux et des yeux. Lessard savait par expérience qu'il s'agissait des deux paramètres les plus faciles à altérer: les cheveux peuvent aisément être teints et les yeux, colorés par des lentilles cornéennes ou encore, comme dans ce cas, camouflés par une tuque et des verres fumés. Par conséquent, le portrait-robot s'avérerait être un outil précieux pour contre-vérifier les souvenirs de chacun.

Satané Langevin, quelle tortue!

— Qu'est-ce qu'il vous a dit exactement? Essayez de vous souvenir des mots exacts.

— Il a dit quelque chose comme: «Je crois qu'on m'a volé ma voiture.»

— Comment était-il? Énervé? En colère?

— Non. Il paraissait calme.

— Ensuite?

— Je lui ai offert de téléphoner à la police. Il m'a dit qu'il l'avait déjà fait.

– C'est tout?

– Il a dit que ses antidépresseurs étaient restés dans la voiture. Il voulait que je l'aide à en obtenir d'autres. Il n'avait pas d'ordonnance.

– Il a mentionné le nom du médicament?

– Amytal.

Lessard fronça les sourcils.

– Qu'est-ce que c'est?

– Un barbiturique sur ordonnance, utilisé pour soulager l'insomnie et l'anxiété.

– Qu'avez-vous fait?

– Je lui ai proposé de vérifier dans le système, mais il m'a dit qu'il résidait en Ontario.

– Alors?

– Comme je n'ai pas accès aux banques de données des autres provinces, je ne pouvais rien faire pour lui. Je lui ai recommandé de consulter son médecin.

– Après?

– C'est tout. Il est reparti à pied et moi, je suis rentré.

Lessard dévisagea Pearson, qui triomphait.

– Ce médicament, Amytal… est-il fréquemment prescrit?

– Plus maintenant. Les benzodiazépines, qu'on appelle communément «tranquillisants», ont presque totalement remplacé les barbituriques pour le traitement de l'anxiété et des troubles du sommeil. On les utilise aussi pour sevrer les alcooliques.

– Pourquoi les barbituriques n'ont plus la cote?

– Parce que les tranquillisants ne présentent pas les mêmes risques de surdose mortelle.

– L'utilisation des barbituriques est-elle rare au point de permettre de cibler ceux qui les prescrivent?

– Non. L'Amytal fait quand même partie d'un arsenal de traitements auquel chaque psychiatre peut avoir recours de temps à autre.

Une fois l'interrogatoire terminé, Lessard acheta trois bouteilles de Pepto-Bismol format géant. Dès qu'il se retrouva dans la rue, il se tourna vers Pearson. Il lui fit le même résumé de la situation qu'à Fernandez, quelques instants plus tôt. Ils convinrent que Pearson soumettrait le portrait-robot au pharmacien dès que possible.

— Que penses-tu de ce qu'on vient d'apprendre? demanda Pearson.

— Fernandez avait raison. Le tueur n'avait pas abandonné la voiture. Il est revenu la prendre, sauf que le voleur lui a coupé l'herbe sous le pied. (Silence.) Quelque chose m'échappe, Chris. (Lessard s'adressait rarement à Pearson par son prénom.) Pourquoi le tueur a-t-il pris le risque de laisser la voiture sans surveillance avec un corps dans le coffre?

— Il avait peut-être un rendez-vous dans les environs?

— Peut-être. Mais n'oublie pas que Simone Fortin a été renversée à quelques coins de rue de l'endroit où il a garé la voiture.

— Et après? Sommes-nous certains que c'est le tueur qui l'a renversée?

— Nous n'en avons pas encore la preuve formelle, mais ça me semble très plausible.

— …

— Nous savons qu'elle a été heurtée vers 10 h 30 et que la BMW a été volée vers midi, dit Lessard. Qu'a-t-il fait pendant ce temps?

— Supposons que ce soit le cas. Il panique après avoir frappé Simone Fortin. Il quitte momentanément le véhicule pour se calmer. Lorsqu'il vient la récupérer, la voiture a disparu.

— Visait-il Simone Fortin volontairement?

— Il a tué les deux autres victimes au couteau de chasse, répondit Pearson sans hésiter. S'il voulait l'éliminer, pourquoi aurait-il agi différemment avec elle? Crois-moi, si c'est la voiture du tueur qui l'a renversée, c'était sans doute un accident.

Lessard ne savait plus quoi penser. Il avait l'intuition que Simone Fortin flottait en périphérie de cette affaire, sans parvenir à comprendre d'où venait ce sentiment.

— Moi, ce qui me chicote, c'est cette histoire de barbituriques, reprit Pearson. Cherche-t-on un déséquilibré suicidaire?

Lessard, qui avait eu recours à des antidépresseurs l'année précédente, était dorénavant sensibilisé aux préjugés que les gens entretenaient à cet égard.

— Même s'il était traité pour dépression, ça ne nous avancerait guère. Près de la moitié de la population du Québec est déprimée. Autant chercher une aiguille dans une botte de foin.

Ils restèrent longtemps sans parler.

— Que penses-tu du lieu de résidence? lança Pearson. Crois-tu vraiment qu'il demeure en Ontario?

— Si c'est le tueur, ça me surprendrait qu'il ait pris le risque de révéler l'endroit d'où il vient.

— Qu'est-ce qu'on fait maintenant? Est-ce que ça vaudrait le coup de dresser une liste des usagers de ce barbiturique?

— Ça serait trop long, surtout si le tueur ne réside pas au Québec. En plus, on va vite avoir des problèmes de confidentialité.

— Tu as une meilleure idée?

— Si le tueur a réellement perdu ses médicaments à cause du vol de la voiture, il essaiera peut-être d'en trouver autrement. Vérifie si quelqu'un a enregistré une plainte pour vol de pharmacie dans les dernières quarante-huit heures. Comme ça, on ne pourra pas nous reprocher de négliger des pistes potentielles.

— Et après? Est-ce que je continue à interroger les gens du voisinage? demanda Pearson.

— Pourquoi pas? On ne sait jamais.

Le mobile de Lessard sautilla dans sa poche alors qu'il roulait sur l'avenue Victoria.

— Lessard.

— Bonjour, c'est Véronique Poirier. Vous m'aviez dit de vous téléphoner si je me souvenais de quelque chose. Ce n'est probablement rien d'important, mais, il y a quelques mois, un journaliste est venu me questionner.

— À propos de Mongeau et des soirées échangistes?

— Surtout des soirées. Il était bien renseigné. Il m'a cité le nom de personnes que j'avais déjà rencontrées à ces occasions. J'ai feint l'ignorance.

— Il a parlé des photos?

— Non, il n'a pas abordé ce sujet. J'ai naturellement tout rapporté à Jacques sur-le-champ. Il n'a pas paru surpris outre mesure, mais il m'a rappelée quelques heures après pour me demander de le tenir au courant si quelqu'un abordait de nouveau la question avec moi: après vérification, la personne que j'avais reçue n'était pas journaliste.

— Vous savez de qui il s'agissait?

— Non. Jacques m'a dit que ce n'était rien, qu'il savait de quoi il retournait et que ça ne se produirait plus. Mais j'ai senti que ça l'agaçait.

— Cette personne, vous pourriez la reconnaître?

— Ça fait longtemps, mais je crois que oui. Grand, cheveux bruns, mi-quarantaine.

Lessard réfléchit quelques instants. Où cela le menait-il? Le faux journaliste pouvait-il être l'homme que l'on avait chargé d'éliminer Mongeau? Si tel était le cas, il faudrait remonter la piste jusqu'au commanditaire.

La description de Véronique Poirier ne cadrait pas avec celle fournie par la secrétaire de Mongeau et le pharmacien. Lessard ne put s'empêcher de penser que Tanguay pour sa part était plutôt grand, avait la mi-quarantaine et les cheveux bruns.

Une voix intérieure lui soufflait que quelque chose clochait. Mais quoi au juste?

— J'entends tourner l'engrenage...

— Excusez-moi, dit Lessard. Vous souvenez-vous du moment de cette rencontre?

— C'était en été. Avant mes vacances, je crois. Probablement fin juin, début juillet 2004.

Ça remontait à plus de huit mois. Existait-il un lien entre cet incident et le meurtre?

Lessard se sentit tout à coup abattu. Il n'y arriverait pas. Il eut envie de s'acheter une bouteille de Jack Daniel's pour se saouler à mort.

— Victor?

Son cœur bondit. L'avait-elle appelé par son prénom?

— Je sais que vous menez une enquête difficile, mais quand elle sera bouclée, peut-être pourrions-nous sortir ensemble un soir… C'est la période idéale pour aller au spa ces temps-ci. Vous aimez les bains et les saunas en plein air?

Lessard manqua s'évanouir. Il n'avait jamais séjourné dans un spa, mais il savait qu'on s'y promenait en maillot de bain.

Il se sentit défaillir à la pensée de voir le corps sculptural de Véronique Poirier.

— Avec plaisir, s'entendit-il répondre.

— À bientôt.

Elle raccrocha.

Avec plaisir.

Avait-il vraiment dit ça sur un ton de vieux crooner maîtrisant parfaitement la situation? Était-ce bien lui, Victor Lessard, qui avait parlé ainsi? Comment une femme exquise comme Véronique Poirier pouvait-elle s'intéresser à un perdant dans son genre?

Il tourna la tête dans tous les sens. Quelqu'un s'apprêtait sûrement à bondir d'un coin et à lui indiquer du doigt une caméra cachée.

25.

Trois-Pistoles

Je me suis levée en prenant soin de ne pas réveiller Kurt Waldorf.

Je m'en suis voulu de ne pas lui avoir offert de partager le lit : il avait dormi tout habillé dans le fauteuil défoncé et son corps se ressentirait de cette nuit sur la corde à linge.

Comment avais-je atterri là?

Le plus simplement du monde!

Dans le stationnement, il avait proposé de me conduire au seul motel encore ouvert à cette heure dans le village. Il était presque 4 h du matin, je tombais de fatigue, je ne connaissais pas Trois-Pistoles et, franchement, que pouvait-il encore m'arriver? Ignorant mon instinct qui me sommait avec insistance de me méfier, je l'avais suivi jusqu'à sa voiture.

Tandis qu'il conduisait, j'avais constaté en prenant mes messages qu'Ariane avait tenté de me joindre alors que mon mobile était fermé. J'avais hésité à la rappeler en raison de l'heure tardive, mais je savais qu'elle éteignait son mobile le soir. J'étais tombée directement sur sa boîte vocale. Je lui avais laissé un message pour lui dire que j'avais dû m'absenter pour un court séjour dans le Bas-du-Fleuve, que je ne savais pas exactement quand je rentrerais, mais que je lui raconterais tout en détail lorsque nous nous verrions. Je la suppliais en outre de ne pas s'inquiéter et de passer nourrir le chat «si [c'était] possible, bien évidemment, merci!».

Au moment où j'allais tourner la clé dans la serrure de ma chambre, le monologue qui se déroulait dans ma tête s'était amplifié.

Mais pourquoi tu laisses entrer cet homme? Parce qu'il veut te parler de Miles et que tu as besoin de comprendre!

Waldorf avait tiré la table vers le centre de la pièce, approché les chaises et déposé sur le meuble une bouteille de vodka que, tel un prestidigitateur, il avait sortie de son manteau. J'avais retiré la cellophane des deux verres de plastique posés sur le bord du lavabo. Il les avait remplis au quart et ajouté quelques glaçons cueillis à la réception.

Comme je portais le verre à mes lèvres, je m'étais sentie défaillir de nouveau. Il m'avait attrapée avant que je tourne de l'œil et m'avait escortée jusqu'au lit.

— Laissez-moi vous examiner.

— Non, ça va.

Je l'avais regardé d'un œil torve. Pour qui se prenait-il de vouloir m'examiner?

— J'insiste.

Sans manteau, il avait marché jusqu'à la voiture et en avait rapporté une trousse médicale.

Je m'étais cabrée.

— Faites-moi confiance, avait-il dit, je suis neurochirurgien. Du moins, je l'étais avant.

Il ressemblait autant à un neurochirurgien que moi à une danseuse du ventre. Mais je l'avais laissé faire. Il y avait dans sa voix une telle chaleur, une telle sincérité : un homme avec une voix semblable ne pouvait être malveillant.

Waldorf avait examiné mes yeux au moyen d'un faisceau lumineux, puis il avait vérifié ma pression à l'aide d'un tensiomètre.

— Vous avez subi un traumatisme crânien. (Il avait relâché l'air emprisonné dans le brassard.) Votre pression est un peu élevée, mais tout semble sous contrôle.

— Je…

— Depuis combien de temps êtes-vous sortie du coma?

Cette conversation avait tout à coup pris un tour irréel. Ahurie, je n'avais rien trouvé de mieux à offrir que la vérité.

— À 14 h 30 hier. Mais comment saviez-v…

Il m'avait interrompue.

– Vous n'avez pas perdu de temps! J'ai mis plusieurs semaines à me convaincre de retrouver la trace de Miles.

J'avais encaissé le choc sans broncher.

– Vous êtes la deuxième personne en moins de douze heures à essayer de me faire croire que vous l'avez vu. Est-ce une conspiration?

– Vous avez rencontré Gustave, n'est-ce pas?

Deux verres de vodka peuvent vous assommer au point de faire tomber vos dernières défenses. Abrutie de fatigue et d'alcool, j'avais tenté d'en apprendre plus sur Gustave lorsque Waldorf, assis en tailleur sur le fauteuil défoncé, avait répliqué :

– Il faut vous reposer un peu. Je vous réveillerai dans quelques heures.

Tant de questions restaient sans réponse.

D'ordinaire, je me serais battue bec et ongles pour lui extirper, lambeau par lambeau, tout ce qu'il savait. Mais, à ce moment, sa voix m'avait semblé lointaine comme ma première communion et le matelas aussi moelleux qu'une couche de crème à la surface d'un bol de café.

J'avais tout de même insisté un peu, pour la forme.

– Comment m'avez-vous trouvée?

– J'avais demandé qu'on m'avertisse si Miles recevait des visites.

Je dormais presque. Waldorf avait repris :

– Miles vous a-t-il parlé de Laurent, son fils?

– Oui.

J'avais les paupières lourdes, le débit rocailleux. Pour sa part, Waldorf hésitait.

– Il est ici, à Trois-Pistoles. Nous irons le voir demain.

Je m'étais endormie sur cette phrase.

Voilà comment j'avais atterri dans cette chambre!

Même si on aurait pu croire la chose impossible, la laideur de la salle à manger du motel supplantait aisément celle de la chambre. Waldorf avait commandé du jus d'orange, des œufs et du bacon, alors que je m'étais contentée d'un café aigre et de croissants flasques.

La serveuse a posé les assiettes sur la table et nous avons mangé en silence. Bientôt, Waldorf a repoussé sur le côté les restes de son repas.

Je me souvenais avec exactitude que nous avions parlé de Miles, de son fils et également de Gustave, avant que je m'endorme. Je brûlais d'envie d'en apprendre davantage.

— Kurt, je…

Avait-il anticipé ce que j'allais lui demander?

Quoi qu'il en soit, il m'a coupée d'une voix douce, comme s'il voulait éviter de brusquer un vieil ami:

— Je sais, je vous dois quelques explications, Simone.

Il a pris quelques secondes pour rassembler ses idées.

J'ai grimacé en avalant une gorgée de çafé. Par la fenêtre, j'ai vu une voiture rouler sur le bitume humide.

— Vous savez, je croyais avoir une vie modèle: marié depuis seize ans à une femme extraordinaire. Neurologue à la Cité de la santé. Professionnel admiré et respecté dans mon milieu, de l'argent, une maison de campagne, des voyages…

Alors qu'un voile sombre passait sur son visage, je n'ai pu m'empêcher de penser que, moi aussi, à une certaine époque, j'avais aspiré à une vie offrant confort et sécurité.

— Bref, aucun tracas jusqu'à ce jour d'octobre 2004. C'était une soirée froide, je rentrais du bloc opératoire. Je ne me souviens plus si j'étais fatigué au point de m'endormir au volant. Peu importe, c'est ce que j'ai fait. Réveil brutal, douze jours plus tard, aux soins intensifs. Diagnostic: traumatisme crânien, multiples fractures aux jambes et au bassin. J'avais embouti l'arrière d'un camion-remorque et le simple fait que je m'en sorte sans séquelles graves tenait du miracle. Dans les premières heures qui ont suivi mon réveil, j'avais du mal à reconnaître ma femme, mais mon état s'est amélioré rapidement, si bien que, sur le plan neurologique, tout est rentré dans l'ordre dès le lendemain. Tout, sauf cette histoire à dormir debout qui ne cessait de me hanter et dont je n'osais parler à personne: *J'avais rencontré un homme prénommé Miles alors que j'étais dans le coma.*

Je me suis crispée sur ma chaise, j'ai serré les accoudoirs si fort que le bout de mes doigts est vite devenu exsangue. J'ai levé vers lui de grands yeux incrédules, même si je savais qu'il disait la vérité.

– Je ne suis pas religieux, ni très porté sur la spiritualité. Comme neurologue, j'ai d'abord dû surmonter mes propres doutes. Je me suis posé toutes les questions auxquelles vous tentez sans doute de répondre en ce moment : Ai-je rêvé? Suis-je fou?

En entendant Waldorf raconter ses incertitudes, j'ai éprouvé à la fois un certain soulagement et un terrible vertige, comme si je prenais tout à coup conscience de la portée de ce que j'avais vécu.

– Vous comprenez que, pour quelqu'un qui, comme moi, s'enorgueillit de connaître le cerveau humain et ses réactions, le doute était de taille. Pendant mon coma, est-ce que j'étais entré en contact avec une autre personne dans le même état? Bien entendu, tout ça me semblait absolument impossible. Après quelques jours, je suis retourné à la maison. J'ai passé plusieurs heures sur Internet à recenser des banques de données médicales à la recherche de cas semblables, sans rien trouver. Après quelques semaines, j'ai réappris à vivre, en tentant de me convaincre que rien n'était arrivé. Je ne voulais pas en parler à ma femme, comme si j'étais porteur d'une tare dont j'avais honte moi-même. Peu après, n'y tenant plus, j'ai résolu de partager mon «expérience» avec un collègue en qui j'avais confiance, quelqu'un que je savais plus ouvert que moi sur le plan spirituel. Il m'a fait passer une batterie de tests, plus par compassion que pour tenter de comprendre, je m'en rends bien compte aujourd'hui. Mon cerveau était tout à fait normal et il a fini par essayer de me convaincre qu'il s'agissait d'un effet post-traumatique. La conclusion qui s'imposait me semblait sans équivoque : si ce collègue refusait de croire que quelque chose d'inexplicable s'était produit, personne d'autre ne voudrait accepter une telle possibilité.

J'ai songé à la brève discussion que j'avais eue avec Ariane. Je saisissais très exactement le sentiment de vide qu'il avait éprouvé, comme si le reste du monde décrétait que votre jugement devenait tout à coup suspect.

Waldorf a continué :

– J'ai essayé d'oublier, mais j'étais devenu obsédé par cette histoire. J'ai commencé à me livrer à ma femme et à quelques personnes de mon entourage. On vous fait comprendre assez vite que vous dérangez si vous vous entêtez à parler de votre expérience. On se met à chuchoter, dès que vous entrez dans une pièce : «Pauvre Kurt, il n'est plus le même depuis l'accident, il n'a plus toute sa tête.»

– Votre femme ne vous a pas cru ?

Il a baissé la tête.

– C'est ce qui a été le plus difficile. Je conserve un léger déficit de coordination. Ça ne m'affecte pas dans les tâches quotidiennes, mais ça m'empêche de pratiquer toute forme de chirurgie. Une partie de mon univers s'est écroulé après l'accident. Opérer était toute ma vie. (Son regard a flotté quelques secondes.) Je pense qu'elle a fini par croire que j'inventais cette histoire pour éviter de faire face à la réalité. (Il a regardé le mur un bon moment, comme si on y rejouait des épisodes de sa vie.) C'est un peu plus compliqué en fait, cette épreuve a ouvert d'autres plaies. Les dernières semaines, elle était devenue une étrangère. (Ici, son regard s'est voilé.) Bref, nous sommes séparés depuis plus de deux mois. C'est à ce moment que j'ai entrepris mes premières démarches pour retrouver Miles.

– Je suis désolée, ai-je dit.

– Ne le soyez pas, a-t-il repris. C'est en cas de coup dur qu'on découvre la vraie nature de ceux qui nous entourent. (Il a marqué une pause.) À ce jour, je ne suis toujours pas en mesure de comprendre le phénomène, à plus forte raison de l'expliquer. Face à la situation, après m'être torturé pendant des semaines, j'en suis pourtant venu à cette simple conclusion : je n'avais que de deux choix : croire ou nier. J'ai choisi de croire, j'ai fini par accepter les faits comme réels.

– Vous avez parlé de Gustave tout à l'heure. Vous le connaissez ?

— Il m'a accosté alors que je flânais près de la chambre de Miles à l'hôpital. Il est assez difficile d'avoir une conversation rationnelle avec lui. Selon ce que j'ai compris, il est demeuré plus d'une semaine dans le coma à la suite d'un accident de planche à neige et il a vécu une expérience similaire à la nôtre. Cependant, il a décidé de nier ce qui s'était produit ou, plutôt, il a opté pour sa propre explication.

— Les hommes de l'autre monde.

— Voilà.

Au moins deux autres personnes avaient vécu la même chose que moi, dont Kurt Waldorf, neurochirurgien, un homme éloquent.

— Pourquoi nous? Sommes-nous les seuls? ai-je demandé.

— Il y a aussi des questions auxquelles je tente de trouver des réponses. Celle-là en fait partie. Écoutez, Simone, je ne sais pas où vous en êtes dans votre propre réflexion, mais soyez assurée que je comprends parfaitement ce que vous ressentez.

La serveuse a posé l'addition sur la table et, même si j'ai protesté pour la forme, Kurt a tendu une carte de crédit qu'elle a emportée vers la caisse.

Ma curiosité satisfaite, j'ai compris, en voyant son regard insistant, que je devais à mon tour lui raconter mon expérience. J'ai mis un peu plus de quinze minutes à lui relater en détail mon accident, ma visite du cimetière, en compagnie de Miles, ainsi que ma rencontre avec George et Jamal. Enfin, j'ai parlé de mon réveil à l'hôpital et de mes pérégrinations pour retrouver la trace de Miles.

À mesure que je déballais mon récit, la surprise de Kurt grandissait.

— Miles vous a-t-il donné un message pour Laurent? a demandé Waldorf.

— Non. Et à vous?

— Je… Hum… oui, finit-il par cracher entre les dents.

— Ça vous dirait de m'expliquer?

Waldorf s'est levé d'un bond.

— Pas maintenant, venez.

• • •

Laurent ne savait plus trop quoi penser.

Waldorf était resté à son chevet toute la soirée. Le jeune homme avait fini par trouver sa présence rassurante, surtout au plus fort de la crise, lorsque l'envie d'alcool avait été insoutenable. Ce type parlait peu, mais son regard témoignait d'une grande empathie.

Peut-être Laurent s'était-il trompé à son sujet.

Puis il y avait eu ce coup de fil, en plein milieu de la nuit. Waldorf s'était éloigné avec son portable, de telle sorte que Laurent n'avait pu entendre la conversation.

Lorsqu'il était revenu dans la chambre, Waldorf l'avait désentravé et aidé à marcher jusqu'à la cuisine.

La suite des événements avait laissé Laurent pantois.

Waldorf avait déclaré qu'il serait de retour dans quelques heures, avec des éléments qui permettraient de corroborer ses affirmations.

«Je vais te donner une preuve tangible que je dis la vérité», avait-il dit.

Il lui laissait le choix : il pouvait soit le menotter à une chaise, soit le laisser libre de ses mouvements.

Après quelques secondes d'hésitation, Laurent lui avait demandé de le menotter.

Il était assez lucide pour ne pas se faire confiance.

• • •

Waldorf conduisait d'une main agile, sur la route couverte de brouillard. Le mercure n'était pas loin du point de congélation, et de la neige fondante tombait, rendant la chaussée glissante.

— Ce message pour Laurent, de quoi s'agissait-il? ai-je demandé.

Il a marqué une pause avant de répondre, comme s'il hésitait.

— J'ignore pourquoi, mais il semble que Miles n'ait pas voulu vous utiliser comme messager. Peut-être a-t-il changé d'idée.

– Pouvez-vous parler moins clairement? ai-je dit, sarcastique.

– Écoutez, je ne sais pas jusqu'à quel point il m'appartient de vous mettre au courant.

– Mais enfin, de quoi s'agit-il?

Il a quitté la route du regard un instant.

– Miles ne vous a pas parlé de son état?

– C'est-à-dire?

– Ses états d'âme par rapport au fait d'être dans le coma.

– Bien sûr que non.

Waldorf a secoué la tête.

– Je croyais qu'il agirait de la même façon avec les autres qu'avec Gustave et moi. J'avoue que je ne comprends pas.

– Bienvenue dans le club! Moi, je ne comprends rien à votre histoire. Qu'y a-t-il de si important ou de si terrible pour que vous hésitiez à m'en parler?

– Je ne veux rien vous cacher. Sauf que Miles avait peut-être un autre dessein en banque pour vous.

26.

Lessard acheta un café et trouva un fauteuil à l'écart.

Il aimait le calme et le charme de la bibliothèque municipale de Westmount, où il venait parfois se réfugier dans le cours d'une enquête pour mettre de l'ordre dans ses pensées. Cette fois-ci, il voulait surtout éviter de prendre le risque de se trouver nez à nez avec Tanguay, en retournant au bureau.

Son cerveau bouillonnait. Il devait organiser ses idées. Il y avait tant d'éléments disparates, qu'il s'y perdait.

Qu'avait-il appris de nouveau depuis le matin?

D'abord, l'examen de la BMW par Adams, qui recelait quelques pistes. Ensuite, les révélations de Véronique Poirier et du pharmacien. Que tirer de cet ensemble hétéroclite?

Il se laissa divaguer, tentant de reconstituer le puzzle, d'imbriquer les pièces aux bons endroits. Mais il avait constamment l'impression de négliger certains angles. Parfois, il lui semblait s'approcher de quelque chose d'important, mais l'idée lui glissait entre les doigts.

Il s'efforça de revenir à la base, aux faits. Il commença à prendre des notes dans son calepin :

⇨ Vendredi, 10 h 30 : une BMW transportant le corps de la première victime heurte vraisemblablement Simone Fortin.
⇨ Midi : Martin vole la BMW. Peu après, le tueur questionne le pharmacien à propos de la disparition de la BMW et essaie d'obtenir des barbituriques sans ordonnance.
⇨ 15 h 30 : assassinat de Jacques Mongeau.
⇨ Question : qu'a fait le tueur entre 10 h 30 et le meurtre de Mongeau ?

Lessard relut son résumé.

Il biffa le mot «vraisemblablement» et le remplaça par «peut-être».

Son instinct lui disait que cette histoire de barbituriques ne cadrait pas avec le reste, sans qu'il parvienne à bien saisir pourquoi.

Il se leva et marcha jusqu'au terminal d'ordinateur mis à la disposition des usagers de la bibliothèque. Après plusieurs essais infructueux, il réussit à établir une connexion Internet. Il tapa «Amytal» sur Google et parcourut en diagonale différents documents, lesquels confirmaient en substance les renseignements que le pharmacien lui avait donnés.

Lessard lut aussi une fiche technique qui expliquait les effets du barbiturique. À faible dose, l'Amytal réduisait la tension causée par l'anxiété ou l'insomnie. Les doses plus importantes provoquaient des troubles de la vision, une articulation difficile, une mauvaise perception du temps et de la distance, ainsi qu'un ralentissement des réflexes et de la respiration.

Une surdose pouvait provoquer le coma et la mort.

Il demeura songeur quelques secondes.

Selon le pharmacien, le tueur paraissait calme. Contrôlait-il son anxiété ou son insomnie à l'aide de cette drogue?

Lessard imprima la page et la fourra dans la poche de sa veste. Il laissa ensuite un message à Berger. Avait-il retrouvé des traces d'Amytal ou d'autres barbituriques durant l'autopsie des deux victimes?

De retour à son fauteuil, le policier replongea dans ses notes et tenta de dresser une liste des principales questions qui demeuraient en suspens:

⇨ Q1: Qui était la première victime?

⇨ Q2: Pourquoi le tueur a-t-il modifié son modus operandi? (Doigt amputé, disque).

⇨ Q3: Mongeau dissimulait-il ses photos dans un coffre protégé par biométrie?

⇨ Q4: Qui pouvait être inquiet au point de vouloir le tuer?

⇨ Q5: Que signifiait le numéro imprimé sur le disque? Et 4100 CN?

Lessard ne put s'empêcher de penser à son supérieur et à tout ce qu'il faisait pour le forcer à abandonner la piste des photographies sadomasochistes.

Tanguay protégeait-il quelqu'un?

Alors qu'il révisait les notes qu'il avait prises quelques instants plus tôt, une idée l'effleura. Adams assurait que l'appareil photo retrouvé dans la BMW était du matériel de professionnel. Les photos trouvées dans l'ordinateur de Mongeau provenaient-elles de cet appareil?

Il laissa un message à Adams. La question méritait d'être posée.

Le témoignage d'Hilaire Gagnon et les traces d'impact sur la carrosserie semblaient suggérer que Simone Fortin avait été frappée par la BMW, un véhicule dans lequel on trimballait un cadavre. Était-ce un simple accident ou était-elle une cible? Dans le dernier cas, était-elle d'une quelconque façon liée aux soirées échangistes organisées par Mongeau?

Lessard frappa du poing sur l'accoudoir. Il pataugeait. Et le mobile, dans tout ça? Il devait découvrir la faille.

Le policier regarda par la fenêtre. Une mère souriante entraînait trois gamins à sa suite. Le père suivait avec un pousse-pousse. Ils semblaient heureux. Sa famille lui manquait. Que faisaient sa femme et ses enfants pendant qu'il tentait de deviner les sombres machinations d'un détraqué? Était-il trop tard? Pouvait-il encore espérer marquer positivement la vie de Martin et de Charlotte?

Après cette enquête, il faudrait qu'il y réfléchisse. Qu'il prenne une décision à propos de ce travail anxiogène.

Il descendit au rez-de-chaussée, tenta d'acheter un café dans la machine distributrice, laquelle goba ses sous sans expulser le nectar tant convoité. Frustré, il donna un violent coup de pied dans l'appareil. Une vieille dame qui passait par là le regarda avec crainte. Il devait se ressaisir. En tant que policier, il devait inspirer confiance aux citoyens, pas l'inverse.

Il songea à donner un coup de fil à son mentor, Ted Rutherford. Mais Ted n'était plus le même depuis l'attaque qui l'avait terrassé cinq ans plus tôt. Chaque fois qu'il lui rendait visite, Lessard en ressortait bouleversé.

Que ferais-tu, Ted, dans un cas comme celui-ci?

En fait, il savait très bien comment Ted s'y prendrait : il essaierait d'échafauder un scénario plausible, avec les éléments dont il disposait, et il confirmerait ou infirmerait ce scénario au fur et à mesure que l'enquête progresserait.

Lessard réfléchit. Quelle hypothèse semblait la plus plausible à ce stade?

Une personne avait assassiné Mongeau parce qu'il possédait des photos la compromettant. Peut-être Mongeau avait-il tenté de la faire chanter ou d'en obtenir des faveurs.

Une image floue émergeait peu à peu.

D'une certaine façon, cette personne mène sa propre enquête. Elle dispose sans doute de ressources importantes. Elle envoie un faux journaliste tirer les vers du nez de Véronique Poirier. Mongeau est mis au courant, mais cette personne finit par apprendre l'existence du coffre.

Quel était le rôle joué par la première victime?

Un complice de Mongeau qu'il était impératif de faire disparaître?

Qu'importe, un tueur est mandaté. Il tue la première victime et ensuite Mongeau. Il ampute l'index du directeur pour être en mesure d'ouvrir le coffre.

Est-ce que tout ça se tenait?

Lessard eut soudain un flash.

Il laissa un message à Sirois en lui demandant de vérifier si la première victime figurait sur les photos trouvées dans l'ordinateur de Mongeau. Alors qu'il coupait la communication, il vit que Fernandez tentait de le joindre. Il essaya de la rappeler, mais tomba sur sa boîte vocale. En prenant ses messages, il s'aperçut qu'elle venait de lui en laisser un. Tanguay était sur le point de lancer un avis de recherche pour le retrouver. Et elle n'avait toujours pas eu de nouvelles de Simone Fortin.

Par la fenêtre, le policier vit des flocons de neige tombant du ciel incolore. Il aimait bien les premiers flocons de novembre, frais comme une ingénue, ceux que l'on regarde tomber en se promettant de repartir à zéro. Il détestait cependant les flocons d'avril, profanateurs d'un printemps qui tarde à se manifester.

Sale hiver de merde!

Lessard omettait des éléments importants, il en était convaincu. Il repensa à sa conversation avec Fernandez au Shaïka Café. Elle avait dit quelque chose qui lui paraissait maintenant capital. Mais quoi exactement?

Il tenta de la joindre, mais tomba de nouveau sur sa boîte vocale. Il ne laissa pas de message. En se retournant, il renversa son café.

Il sacra à plusieurs reprises en épongeant les dégâts avec des feuilles arrachées à son carnet. Sa mémoire était sursaturée de renseignements. Il bâilla.

Lessard se réveilla en sursaut et consulta sa montre. Il avait dormi onze minutes. Il se secoua pour chasser les dernières brumes du sommeil. Une douleur lancinante lui barrait le dos.

Il décida de tout reprendre depuis le début, mais cette fois de l'angle du tueur. Il devait établir une séquence chronologique de ses faits et gestes. Il saisit son bloc-notes.

⇨ Jeudi : le tueur vole la BMW à l'aéroport et assassine la première victime.
⇨ Vendredi, 10 h 30 : le tueur heurte Simone Fortin. La première victime est dans le coffre. Il stationne la voiture deux coins de rue plus loin.
⇨ Vendredi 12 h : Martin vole la BMW sur Forest-Hill.
⇨ Vendredi, entre 12 h et 13 h : le tueur entre dans la pharmacie. Il questionne le pharmacien à propos de la disparition de la BMW. Il tente de se procurer des barbituriques sans ordonnance.
⇨ 15 h 30 : assassinat de Jacques Mongeau.

Lessard avait beau réfléchir, il revenait sans cesse aux mêmes questions :

⇨ Pourquoi le tueur gare-t-il la voiture en premier lieu ?
⇨ Que fait le tueur entre 10 h 30 et 12 h ?

Il imagina une première hypothèse.

Pearson avait peut-être raison : le tueur avait un rendez-vous. Ou encore il devait remettre le véhicule à un complice, lequel se chargerait ensuite de faire disparaître le corps. Si c'était le cas, tout était sans doute planifié, l'autre l'attendait, ce qui rendait le vol pratiquement impossible.

Ça ne collait pas, quelque chose clochait. Lessard biffa rageusement ce qu'il venait d'écrire. Le tueur avait pris le risque de garer la BMW à deux rues de l'accident, laissant la voiture et sa cargaison sans surveillance. Il n'avait sûrement pas pensé que quelqu'un pourrait la voler, mais il ne pouvait ignorer la possibilité qu'un témoin du délit de fuite la reconnaisse et avertisse la police. Pourtant, il avait quitté le véhicule. Avec un cadavre dans le coffre, il n'avait certes pas pris à la légère un tel risque. Il devait avoir un motif sérieux pour agir ainsi ou alors il était totalement inconscient. D'autant que la présence de sacs de glace suggérait qu'il tentait de conserver le corps intact le plus longtemps possible.

Une autre hypothèse lui sauta tout à coup à la figure.

Était-il envisageable que le tueur soit revenu sur ses pas pour achever Simone Fortin?

Il se renversa sur sa chaise et demeura pensif quelques secondes. Il n'était pas convaincu.

Cette hypothèse paraissait-elle trop simple ou trop farfelue?

Il tenta de voir la scène dans sa tête : le tueur attendait que Simone Fortin sorte de l'édifice où elle travaillait avant de démarrer pour la renverser; ensuite, il revenait sur les lieux pour s'assurer qu'elle était morte et, lorsqu'il constatait qu'elle vivait toujours, la présence de témoins l'empêchait de terminer le travail.

Lessard fit la moue. C'était possible, mais était-ce plausible?

Il se massa la nuque. Ses idées étaient plus claires à présent. Cette solution avait l'avantage d'offrir une explication logique aux actes du tueur, mais soulevait de nouvelles questions et présentait des faiblesses.

Par exemple, le tueur éliminait les deux victimes à coups de couteau alors qu'il tentait d'écraser Simone Fortin sous les roues de son véhicule.

Pourquoi? Pourquoi vouloir la tuer? Avait-elle participé aux soirées de Mongeau? Désirait-on la faire taire, elle aussi?

Lessard se leva et enfila son manteau. Avait-il tort ou raison? Devait-il orienter l'équipe d'enquête sur cette voie?

En marchant vers sa voiture, il frissonna.

Dans quel genre de monde déshumanisé vivait-on? Pour la majorité des gens, la violence était devenue banale. Deux hommes poignardés, une femme que l'on tente d'écraser, on voit ça tous les jours aux informations, dans les journaux ou les films. Comment s'en émouvoir quand génocides, guerres ou attentats à la bombe ne sont que quelques images de plus sur le flot de barbarie charrié par la télévision?

Les atrocités nous laissent insensibles.

Mais, ce matin-là, Victor Lessard frissonnait.

Non pas de froid, mais parce qu'il était inquiet. Parce que lui, qui tentait de surnager dans cette mer de violence, ne restait pas indifférent au sort de ces deux hommes morts, assassinés.

Il s'assit derrière le volant de sa Corolla et s'aperçut qu'il pleurait. Qu'il pleurait la mort de ces deux inconnus.

Qu'il pleurait sur le sort de tous ceux qui s'en fichent. Qu'il pleurait pour tous ceux qui vont au lit après le journal télévisé et qui oublient.

Il aurait aimé oublier, lui aussi.

27.

Lessard emprunta Côte-Saint-Antoine, monta Marcil et traversa le village Monkland, le quadrilatère le plus branché de Notre-Dame-de-Grâce. Il s'arrêta quelques instants pour prendre de l'essence dans un garage et échangea quelques banalités avec le pompiste.

Pour se délier les muscles, il fit quelques enjambées vers un resto italien où il achetait régulièrement des pâtes fraîches et de la sauce maison. Il salua le proprio qui nettoyait les quatre chiffres de son adresse civique avec de l'eau et une éponge.

En le regardant faire, une idée s'imposa à lui.

4100 CN.

Il s'agissait d'une adresse!

4100, Côte-des-Neiges.

Il démarra sur les chapeaux de roues et revint précipitamment au bureau. S'il ne se trompait pas, c'était à peu près à la hauteur de l'endroit où avait été heurtée la jeune femme. Où avait-elle dit qu'elle travaillait déjà? Une agence de publicité.

Il fouilla dans les poches de sa veste, en extirpa son carnet. Il le feuilleta. Bon sang, il avait noté ça quelque part! Il se promit d'écrire plus lisiblement la prochaine fois.

Il s'apprêtait à renoncer lorsqu'il trouva ce qu'il cherchait:

Simone Fortin (33 ans)
Dinar Communications.

Lessard tapa «dinarcommunications.com» dans son fureteur. Le site s'ouvrit sur une animation flash. Lessard sauta l'introduction pour aller directement sur la page principale.

Il chercha quelques secondes avant de repérer l'onglet «Nous contacter», sur lequel il cliqua. Une nouvelle page apparut :

Dinar Communications Inc.
4100, Côte-des-Neiges

Voilà trop de coïncidences.
Un papier avec l'adresse du bureau de Simone Fortin avait été retrouvé dans la BMW. Son intuition lui disait d'agir vite. Il devait réunir son équipe immédiatement. Le tueur était revenu sur ses pas pour achever sa victime.

Mais s'il faisait fausse route et que l'enquête se retrouvait dans une impasse ?

Il composa le numéro de Fernandez.

Simone Fortin était en danger, il le sentait.

Lessard commença la réunion en résumant la situation à ses collègues et leur exposa ensuite le fruit de sa réflexion. Son hypothèse était simple : Simone Fortin avait été victime d'une tentative de meurtre qui la reliait aux deux autres crimes.

Avait-elle participé aux soirées échangistes de Mongeau ?

Était-elle devenue gênante au point de devoir être éliminée ?

Dès à présent, ils devaient concentrer leurs efforts sur la jeune femme : elle constituait la pièce manquante qui leur permettrait d'assembler le puzzle.

Pearson reprocha à Lessard de tirer des conclusions trop hâtives.

— Qu'est-ce qui prouve que la BMW était bel et bien le véhicule en cause dans le délit de fuite dont a été victime Simone Fortin ?

— Nous avons un témoin oculaire. Nous avons les traces d'impact sur le capot de la BMW. Nous avons un morceau de jean coincé dans le pare-chocs. De plus, nous savons que la voiture était dans les parages après le délit de fuite. Que veux-tu de plus ?

– En admettant qu'il s'agisse bien du même véhicule, reprit Pearson sans se laisser démonter, qu'est-ce qui prouve que ce n'était pas un simple accident? Qu'est-ce qui prouve que Simone Fortin était en danger?

– C'est ce que j'essaie de te faire comprendre! Le bout de papier: 4100, Côte-des-Neiges. Le tueur la guettait, Pearson! D'abord il la renverse. Ensuite il se stationne pour l'achever, mais la présence de témoins l'empêche de passer à l'action. Dans l'intervalle, on lui vole la voiture.

– Belle théorie, Vic, mais ça n'explique pas le changement de *modus operandi* du tueur. Il tue la première victime au couteau, la transporte dans le coffre de la BMW, ampute la seconde d'un doigt et tente de heurter la troisième en auto. Sans compter le disque retrouvé dans le bureau de Mongeau et le blogue. Ça te semble cohérent, tout ça?

Le sentiment de faire fausse route submergea de nouveau Lessard. Amenait-il l'enquête dans un autre cul-de-sac?

– C'est juste une hypothèse, mais je parierais qu'il y a un lien entre la mort de Mongeau, le cadavre de la BMW et Simone Fortin. Il faut fouiller son passé, déterrer tout ce qu'on peut trouver, jusqu'à ce qu'on découvre le chaînon manquant.

– Si on cherche le chaînon manquant, ça risque d'être long. Même nos meilleurs scientifiques n'ont pas encore réussi à en percer le mystère, lança Sirois en riant.

Lessard le fusilla du regard. L'heure était grave.

– On laisse tomber tout le reste? demanda Fernandez.

Lessard hésita.

– Concentrons-nous là-dessus pour quelques heures. Au fait, as-tu des nouvelles de Simone Fortin?

– Non.

– Retrouvons-la, nous serons rapidement fixés. Penses-tu qu'elle a quitté l'hôpital par ses propres moyens? Il me semble qu'après un coma...

– Tu as raison. Je vais reparler à l'infirmière qui était de garde. C'est important de savoir exactement dans quel état elle se trouve.

— Moi, je téléphone à Ariane Bélanger. (Il rougit sans que personne ne s'en aperçoive.) Elle pourra peut-être nous aider.

— À moins que Simone Fortin ne soit déjà morte? suggéra Sirois.

La réplique de Lessard fusa, cinglante et sans équivoque:

— Dis donc, Sirois, en as-tu d'autres comme celle-là?

S'adressant aux autres, il ajouta:

— Envoyez son signalement à toutes les voitures de patrouille. *Let's go!*

Pas une autre mort. Il ne le supporterait pas.

Lessard prit un café et se retira dans son bureau. Sa chaise grinça sous son poids. Lorsqu'il étira le bras pour saisir le combiné du téléphone, il se rendit compte qu'il tremblait. Il prit quelques minutes pour se rasséréner avant de composer le numéro. Il tomba encore une fois sur une boîte vocale.

— Bonjour, Ariane. Ici Victor Lessard. (Ton distant et professionnel.) J'aimerais que tu me téléphones le plus vite possible. C'est au sujet de ton amie, Simone Fortin. C'est urgent. (Sa voix se radoucit quelque peu.) Heu… je voulais aussi m'excuser pour hier soir. Je suis parti rapidement, je t'expliquerai. (Ton professionnel de nouveau.) Appelle-moi dès que tu prends ce message.

Il laissa son numéro de mobile et raccrocha. Il se rendit compte, après coup, qu'il avait oublié de la saluer avant de couper la communication.

Pourquoi devait-il constamment se montrer à ce point maladroit et asocial?

• • •

Ariane avait réussi l'impossible: elle était parvenue à faire habiller Mathilde.

Elle avait ensuite pris une douche éclair.

Le défi ultime consistait à présent à trouver une place pour garer la voiture dans la rue Sherbrooke. Elle renonça, après un moment, et la laissa dans une zone où le stationnement était interdit.

Elle but une gorgée de café et regarda Mathilde se tré-mousser sur la piste de danse. Après le cours, elles passeraient chez Simone pour nourrir le chat. Elle avait été soulagée d'entendre le message de son amie, mais inquiète de la savoir si loin. Qu'était-elle allée fabriquer là-bas?

Avec affection, elle repensa à Victor Lessard. Elle avait passé une bonne soirée, mais qu'il semblait timide! Il était parti sans crier gare. Ariane aurait parié qu'elle l'avait effrayé.

Lui téléphonerait-il aujourd'hui?

● ● ●

Lessard avait pensé retourner chez lui pour dormir un peu, mais il décida de s'allonger sur le tapis de son bureau quelques minutes.

Il venait de rouler sa veste en boule, en guise d'oreiller, lorsqu'il entendit un grand brouhaha dans le corridor. Il percevait indistinctement des éclats de voix.

Faites que ce ne soit pas un autre corps...

Il ouvrit la porte et se trouva nez à nez avec un Tanguay cramoisi de colère. De l'écume lui tapissait la commissure des lèvres.

— Vous me prenez pour un imbécile, Lessard?

— J'allais justement vous téléphoner, commandant. Nous tenons une pis...

— Vous expliquerez ça à la division des crimes majeurs. Je vous retire l'enquête.

Lessard n'eut pas le temps de penser qu'il jouait sa carrière sur les mots qu'il s'apprêtait à prononcer. Sa réplique sortit d'un trait, comme une flèche bien acérée qui frappe le rouge de la cible de plein fouet.

— Vous ne ferez pas ça.

Tanguay tressaillit.

— Pardon?

Lessard déglutit péniblement.

— Vous m'avez très bien entendu, monsieur.

— ASSEZ! CE N'EST PAS À VOUS D'EN DÉCIDER, LESSARD.

Tanguay regardait le sergent-détective d'un air mauvais. Celui-ci s'accorda une seconde pour reprendre son sang-froid. Tout se jouerait avec sa prochaine phrase.

— Vous pouvez transférer le dossier aux crimes majeurs, commandant, mais des images que vous risqueriez de ne pas apprécier pourraient refaire surface.

Tanguay devint aussi blanc qu'une momie. Il mordait à son bluff.

— Je ne vois pas à quoi vous faites allusion, Lessard. Vous me menacez?

— Je préférerais parler d'une mise en garde, monsieur.

Ils se toisèrent durant plusieurs secondes. Tanguay finit par baisser le regard.

— Vous n'avez pas idée dans quel trou de merde vous foutez les pieds, Lessard.

Il fit claquer ses talons et s'éloigna rapidement dans le corridor. Avant de tourner le coin, il décocha un violent coup de poing qui laissa un cratère dans le mur de gypse.

Sa carrière dans la police venait de prendre fin. Tanguay comptait sur des amis haut placés.

Il n'était plus qu'un condamné en sursis.

28.

Waldorf a stoppé la voiture sur le chemin de terre, à quelques mètres d'un chalet. La cheminée crachait une épaisse fumée blanche. Sur le seuil, j'ai eu un brusque mouvement de recul : dans la cuisine, un homme était menotté à une chaise.

— J'ai omis de vous prévenir, Simone : notre ami Laurent a accepté de suivre une thérapie-choc.

Le jeune homme s'est détourné, humilié.

La ressemblance entre le père et le fils m'a frappée : traits fins, mêmes yeux magnétiques. Laurent possédait toutefois une carrure plus athlétique, plus imposante que celle de son paternel.

— Je sais, a dit Waldorf qui avait remarqué ma surprise, la ressemblance est évidente. Passé une bonne nuit, Laurent ?

— Magnifique, a grincé l'autre. Mais ne te recycle jamais dans l'hôtellerie, tu ferais faillite.

L'homme à la balafre a préparé une seringue et en a injecté le contenu à Laurent, qui n'a pas bronché. Je suis demeurée en retrait, interdite.

— C'est pour l'aider dans la phase initiale du sevrage, m'a-t-il lancé.

— Détache-moi, Waldorf ! J'aimerais prendre ma douche.

Laurent est sorti de la salle de bains, rasé de frais. Ses cheveux encore humides étaient rejetés vers l'arrière. Il avait enfilé des jeans propres et une chemise noire. Waldorf, qui servait du café, a sifflé narquoisement quand il l'a vu.

— On dirait un autre homme.

– Arrête, Waldorf. Je te l'ai déjà dit, tu n'es pas mon genre.

Laurent m'a détaillée brièvement.

– C'est elle, ta preuve tangible? a-t-il dit.

– C'est elle, en effet, a répondu Waldorf. (Il s'est tourné vers moi.) Simone, pourriez-vous nous excuser un instant?

J'étais assise à la table, une tasse de café posée devant moi. Sans trop comprendre de quoi il retournait, j'ai hoché la tête en signe d'assentiment. Waldorf a entraîné Laurent dans la chambre. Lorsqu'ils ont reparu, Waldorf était vêtu de son manteau et portait un sac de sport. Ma réaction a été spontanée.

– Vous partez, Kurt?

Il s'est éclairci la gorge.

– Oui.

Je me suis levée. Je ne le laisserais pas repartir sans qu'il ait d'abord éclairci cette histoire de messagers. Et puis, il me restait des dizaines de questions à lui poser. Je lui ai lancé un regard chargé de reproches. Il a fait un geste pour m'apaiser.

– Laurent comblera les lacunes. Il en sait maintenant autant que moi.

Les questions se bousculaient dans ma tête. Je n'allais pas rester là comme une idiote à le regarder se défiler. Il était hors de question qu'il me fasse faux bond.

– Vous disiez avoir reçu un message. Pourquoi Miles ne m'a-t-il rien confié?

Il s'agissait autant d'une interrogation que de l'expression d'une vive déception.

– Simone, j'ai rempli la promesse que j'avais faite à Miles. Pour le reste, je m'en remets à son jugement. Je doute que vous soyez ici par pur hasard.

Il y a eu une brève agitation.

– Kurt, vous ne pouvez pas partir maintenant! ai-je dit en me plaçant pathétiquement entre la porte et lui.

Il m'a écartée doucement.

J'aurais voulu utiliser la force pour le retenir, lui flanquer un coup de poing dans la figure. Pour sa part, Laurent inspectait les rainures dans le bois de la table.

Pourtant, au moment où l'autre sortait, il l'a interpellé :

– Hé ! Waldorf.

Kurt s'est immobilisé, tandis que Laurent s'entortillait les doigts et disait d'une voix presque inaudible :

– Merci pour tout.

L'ancien neurochirurgien a levé le bras avant de disparaître, happé par la lumière du matin. Son départ me sifflait toute mon énergie. Je n'avais plus la force de rien.

Laurent et moi nous sommes regardés en chiens de faïence quelques instants.

Il me fixait sans expression. Le silence était dérangeant, mais j'ai soutenu son regard.

– J'aimerais que tu m'expliques, ai-je dit finalement pour chasser le malaise.

– Il n'y a rien à expliquer.

Il s'est levé et s'est posté à la fenêtre. J'ai attendu qu'il reprenne la parole.

– Je ne sais pas ce que Waldorf t'a dit à mon sujet, a-t-il commencé après un moment.

– Pas grand-chose, ai-je balbutié.

– Tu as sans doute compris que j'ai un problème d'alcool.

Que répondre à ça ?

J'ai décidé de me taire. Mon silence l'a-t-il convaincu de me faire confiance ?

Sur l'insistance de Laurent, nous sommes sortis marcher sur la neige inviolée recouvrant la plage. J'avais mis des bottes et un épais manteau de duvet, dénichés dans un placard.

– Waldorf m'a dit tout à l'heure que tu as rencontré Miles, a-t-il lancé.

Il a soupiré, regardé vers le large. Un navire marchand se frayait un chemin à travers les glaces.

– C'est vrai, ai-je répondu.

– C'est très gentil à toi d'être venue jusqu'ici, mais je n'ai pas envie que quelqu'un d'autre tente de me convaincre que mon père vit dans une réalité parallèle.

— C'est ce que Kurt t'a dit?

— Oui. Tout a commencé il y a quelques semaines. Il m'a envoyé une lettre dans laquelle il prétendait être entré en contact avec Miles alors qu'il était lui-même dans le coma. Au départ, j'ai songé à l'œuvre d'un dérangé. Je n'ai tout simplement pas donné suite. Peu de temps après, j'ai reçu une seconde lettre où il me donnait des preuves de son accident et de son hospitalisation. L'enveloppe contenait aussi des articles sur sa carrière.

— Tu n'y croyais pas, je me trompe?

— Qu'est-ce que ça prouvait? Qu'un brave type sorti du coma disjonctait? Jusque-là, ça demeurait anecdotique pour moi. Mais lorsqu'il a commencé à me harceler, j'ai pété les plombs. Je voulais qu'il me fiche la paix.

— Alors, pourquoi as-tu accepté de le voir? Qu'est-ce qui t'a fait changer d'idée?

— Je n'ai pas accepté, c'est lui qui a débarqué à l'improviste.

Il s'est remis à marcher, les mains enfoncées dans ses poches. J'ai regardé au loin. Le ciel était criblé de nuages bas et cotonneux.

— Et maintenant? Il t'a convaincu?

— Je ne sais plus. À vrai dire, il m'a troublé. Il est loin d'être l'illuminé que j'avais imaginé. Il m'a mentionné des faits que seuls mon père et moi connaissions. Mais, je l'avoue, j'ai toujours de la difficulté à croire que Miles vit *ailleurs*.

— C'est difficile à accepter, j'en conviens.

— Est-ce que Miles t'a aussi confié un message?

— Qu'est-ce que cette histoire de messages, Laurent? Je ne comprends pas.

Il m'a regardée, comme s'il évaluait ma sincérité.

— Miles a chargé Gustave et Kurt de me prévenir.

— À quel propos?

• • •

Il avait suivi Ariane Bélanger comme son ombre depuis le matin.

Discrètement, par la fenêtre de l'immeuble, il avait assisté au cours de danse de la petite, tout en gardant un œil sur sa mère. Celle-ci était totalement absorbée par la lecture d'une revue de mode. À sa connaissance, elle n'avait reçu aucun appel. Cela ne le découragea pas.

Simone Fortin finirait tôt ou tard par refaire surface.

La gamine était vraiment adorable. Petite fleur perdue au milieu d'un monde hostile.

Il en savait quelque chose, les enfants constituaient sans contredit le bien le plus précieux qui soit. Pourtant, la société ne se souciait guère de leur sort.

Les éducatrices en garderie et les professeurs étaient sous-payés. Afin de préserver quelques emplois de misère, le gouvernement préférait accorder de l'aide à des multinationales qui ne pensaient qu'à gonfler davantage leurs profits.

Comment pensait-on créer un monde meilleur si l'on n'investissait pas dans l'enfance?

Ariane Bélanger et la gamine sortirent sur le trottoir.

La petite trottinait à la remorque de sa mère. Son tutu dépassait de son manteau.

Il s'engagea à leur suite, les laissant prendre une légère avance, tout en s'assurant de ne pas les perdre de vue.

● ● ●

— Miles veut que je débranche sa sonde alimentaire. Il veut mourir.

La surprise m'a figée.

— Sais-tu pourquoi je n'ai jamais pu me résoudre à demander qu'on la retire?

Laurent s'est retourné et a planté son regard dans le mien. J'ai contemplé mes bottes, qui formaient une tache sombre sur la neige. La tristesse qu'il dégageait me transperçait comme les dards de mille guêpes.

— Les gens pensent qu'on prend ce genre de décision sur la base de motifs religieux, mais ce n'est pas le cas. Je comprends le diagnostic : mon père est dans un état neurovégétatif. Ce que je remets en cause, c'est le caractère irréversible de son état. Et s'ils se trompaient, s'il devenait possible de ramener à la vie ces patients dans quelques années, grâce aux progrès de la science ? Ou encore, s'il sortait du coma sans assistance ?

— Je ne te juge pas, Laurent. L'euthanasie est un acte grave.

Il a poussé un long soupir.

— Surtout si j'admets qu'il vit dans une réalité parallèle. Comment être sûr que c'est sa volonté de mourir ? Comment être certain de ne pas mettre fin à un long combat pour la vie ?

Je me suis tenue coite : il avait besoin qu'on l'écoute.

— Si je pouvais être certain qu'il veut s'éteindre, je prendrais les moyens nécessaires pour y arriver, quitte à être en infraction. Mais qui croire ? Gustave et Waldorf qui affirment qu'il veut mourir ou toi à qui il n'a rien dit de ses intentions ?

Laurent a voulu ajouter quelque chose, mais il s'est ravisé.

Nous débouchions sur un promontoire et il m'a aidée à franchir les derniers mètres. Le sommet offrait une vue imprenable sur le fleuve et l'île aux Pommes, une mince étendue de terre caillouteuse, longue de quelques kilomètres.

— Le jour où c'est arrivé, nous avions fait de la voile, puis nous nous sommes arrêtés pique-niquer sur l'île que tu vois en face. Il faisait un soleil magnifique, un ciel limpide. Depuis la mort de maman, il me poussait à vivre chaque seconde intensément. Il n'était jamais triste ni abattu.

Il m'a ensuite raconté comment, après leurs manœuvres d'accostage, Miles lui avait demandé d'amarrer le navire. Il m'a aussi relaté les circonstances de l'accident et m'a expliqué que l'enquête du coroner tendait à démontrer que les amarres étaient en cause dans la chute fatale de Miles.

— Les gens du village ont été discrets, on ne m'a jamais montré du doigt. (Il a écrasé une larme du pouce.) Si seulement j'avais pris quelques secondes de plus pour fixer les amarres correctement. C'était un geste machinal que j'avais fait des centaines de fois.

— C'était un accident, ai-je dit.

– Mais comment peut-on continuer à vivre après ça? Qu'est-ce qui reste? Je veux dire: comprends-tu ce qu'on ressent lorsqu'on se sait responsable d'un tel accident et de ses conséquences?

J'ai vu Étienne Beauregard-Delorme qui me regardait fixement. Il se tenait à quelques mètres devant moi, immobile. Son visage livide accentuait l'éclat de ses lèvres, rouges comme le sang. Il restait là, tout simplement, sans expression ni reproche, muet et désincarné. J'ai tendu la main dans le néant, convaincue de pouvoir le toucher. Puis, comme elle était arrivée, la vision s'est évanouie.

Nos cheminements étaient identiques. Deux écorchés vifs portant leur culpabilité à fleur de peau, comme une croix. Laurent disposerait-il de suffisamment de temps dans cette vie pour obtenir la rédemption de ce qu'il jugeait constituer sa faute? Et moi, qui fuyais en avant depuis si longtemps, y trouverais-je la mienne?

– Tu te trompes, Laurent. Je sais trop bien ce que c'est de se sentir coupable de la mort de quelqu'un.

Nous sommes restés longtemps sur le promontoire tandis que je lui parlais de mon passé et encore davantage en silence, à simplement contempler le fleuve.

29.

La percée que Lessard espérait tant survint peu après 10 h.

Il s'était assoupi lorsque Fernandez et Sirois entrèrent en trombe dans son bureau. Il avait même rêvé. Les deux têtes de caribous aperçues chez Baron Sports remuaient les lèvres pour lui parler, mais il ne comprenait rien à leurs borborygmes.

– Je pense qu'on tient un lien entre Fortin et Mongeau, annonça Fernandez, portée par l'adrénaline.

Lessard se redressa sur sa chaise. Il avait mal aux dents.

– J'ai parlé à l'infirmière qui l'a soignée. Elle m'a dit que Simone Fortin semblait posséder des connaissances médicales. Au point où elle a même cru, à un certain moment, se trouver en présence d'une consœur.

– Et alors?

– Comme tu avais noté qu'elle travaillait en informatique, ça m'a étonnée. J'ai d'abord fait quelques recherches à l'Ordre des infirmières, sans résultats. Mais ça m'a donné une autre idée.

– Accouche, Nadja! s'impatienta Lessard.

– J'ai entrepris la même démarche auprès du Collège des médecins. C'est là que ça devient intéressant.

– Ne me dis pas qu'elle est médecin?! s'étonna Lessard.

– Oui, mais elle a cessé d'exercer, dit Fernandez. J'ai parlé à l'administrateur de l'hôpital où elle travaillait. Il confirme qu'elle était interne aux urgences, jusqu'en juin 1998.

– Pourquoi est-elle partie?

– Ce point n'est pas encore très clair, l'administrateur n'était pas en poste à l'époque. Mais il m'a donné le numéro de téléphone d'un certain Stefan Gustaffson, son ancien chef de service, à qui j'ai déjà laissé un message.

– Tu parlais d'un lien avec Mongeau. Je ne suis pas sûr de te suivre. Tu ne vas quand même pas me dire que Simone Fortin travaillait aussi à l'Hôpital général de Montréal?

– Non, à l'Enfant-Jésus, à Québec. Souviens-toi, je t'ai dit que la femme de Mongeau avait exercé des pressions pour qu'il soit transféré de Québec à Montréal.

– L'Enfant-Jésus, c'est l'hôpital dont Jacques Mongeau était le directeur avant sa mutation à Montréal?

– Exact. Et ils ont tous les deux travaillé là à la même époque.

Lessard ne put réprimer une certaine excitation, mais demeurait perplexe.

– Êtes-vous sûrs qu'il s'agit de la même personne? Elle travaillait comme urgentologue à Québec jusqu'en 1998 et maintenant on la retrouve à Montréal, en informatique. C'est bizarre, non?

Sirois déposa une liasse de feuilles froissées devant Lessard.

– Nous avons obtenu de l'administrateur de l'Enfant-Jésus son numéro d'assurance sociale. J'ai interrogé les différentes banques de données et fait des recoupements avec les renseignements dont nous disposions. Les cartes de débit et de crédit, émises au nom de Simone Fortin ont été annulées, et la totalité des sommes disponibles sur ses comptes bancaires, retirée en juin 1998. Au bas mot, une cagnotte non négligeable de cinquante-quatre mille dollars. Son permis de conduire, sa carte d'assurance-maladie et son passeport n'ont jamais été renouvelés. En bref, nous perdons sa trace, elle s'évanouit dans la nature. J'ai ensuite vérifié les informations que tu as obtenues à l'hôpital: l'adresse qu'elle t'a fournie est exacte, elle habite bien à cet endroit. Par contre, j'ai contacté le propriétaire de l'immeuble: le bail a été signé au nom de Simone Ouellet. Curieux hasard, c'était le nom de famille de la mère de Simone Fortin. Le numéro de téléphone qu'elle t'a donné est en service, mais il est confidentiel. Après vérifications, elle n'a pas de téléphone fixe. Enfin, le numéro d'assurance sociale que vient de me communiquer la responsable des ressources humaines de Dinar correspond à celui que m'a remis l'administrateur de l'hôpital. De plus, celle-ci me confirme que Simone Fortin était payée par chèque à la quinzaine. Il lui suffisait ensuite de se présenter dans un bureau de change- pour toucher l'argent sans avoir besoin de compte bancaire ni de fournir de pièces d'identité.

— Si je comprends bien, tu prétends que c'est la même personne et qu'elle a cherché à disparaître?

— C'est la même fille, il n'y a pas de doute possible. Le numéro d'assurance sociale correspond. Elle a essayé de brouiller les pistes, mais ça demeurait facilement détectable.

Lessard frappa du poing dans sa paume. La muraille s'effritait-elle enfin? Qu'est-ce que le passé de Simone Fortin dissimulait? Pourquoi cette fuite?

Le sergent-détective se tourna vers Sirois.

— Continue de fouiller cette histoire. Je crois qu'on est sur la bonne voie. Si Mongeau et Fortin travaillaient ensemble, c'est possible qu'elle ait participé à ses soirées.

Sirois sortit en emportant le paquet de feuilles sous le bras.

— Nadja, on ne peut pas attendre que Stefan Gustaffson rappelle, il faut parler à quelqu'un d'autre à l'Enfant-Jésus.

— Je savais que tu dirais ça. L'administrateur m'a donné le numéro d'une de ses collègues de l'époque: Suzanne Schmidt.

Lessard mit la fonction «mains libres» du téléphone afin que Fernandez puisse participer à la conversation. Ils avaient besoin d'un peu de chance cette fois. Pas d'une autre boîte vocale! Par miracle, quelqu'un décrocha. Lessard laissa échapper un cri de joie qui surprit sa collègue.

— Allô? fit une voix de fillette à l'autre bout du fil.

— Est-ce que ta maman est là?

Il entendit le choc de l'appareil que l'on dépose sur un meuble, des bruits de pas et des chuchotements.

— Je te l'ai déjà dit, ma chouette, il faut dire: «Un instant, s'il vous plaît.» Allô?

— Suzanne Schmidt?

— Moi-même.

Lessard se présenta. Il sentit son interlocutrice se figer.

— Il est arrivé quelque chose à mon mari?

– Non, rassurez-vous. Je vous téléphone à propos de Simone Fortin.

Sans entrer dans les détails, il déclara que le nom de Simone avait fait surface dans le cadre d'une enquête et qu'il devait vérifier certains renseignements.

– C'est au sujet du type dans le coma?

– Pardon?

– Ça concerne Miles Green? J'avais le pressentiment qu'il y avait quelque chose d'étrange là-dessous.

Lessard se figea à son tour.

– Pouvez-vous m'expliquer de quoi il retourne, madame Schmidt?

Elle lui relata l'appel de Simone, la veille.

– Vous lui avez parlé pour la dernière fois vers 18 h, hier soir. Exact?

– Oui.

– À votre connaissance, s'est-elle rendue à Trois-Pistoles pour rendre visite à cet homme?

– Je n'en ai aucune idée. Nous ne sommes plus en contact depuis longtemps. Est-ce que… (Elle hésita.) Simone a-t-elle quelque chose à se reprocher?

– Absolument pas. Au contraire.

Cela sembla la rassurer. Une expression interrogative apparut sur le visage de Fernandez. Pourquoi ce type, Miles Green, figurait-il tout à coup dans le portrait? Un ancien patient? Lessard s'efforça de rester concentré.

– Madame Schmidt, c'est très important. J'aimerais comprendre les circonstances de son départ de l'Enfant-Jésus.

Il perçut distinctement son embarras.

– C'est que… c'est un peu délicat, enquêteur. Vous devriez peut-être parler à Stefan. Il pourrait mieux que moi vous…

– Stefan Gustaffson?

– Oui. Vous savez, ça n'a été facile pour personne quand ils se sont quittés. Tout a été si soudain.

Lessard et Fernandez se regardèrent, interloqués.

– Ils étaient mariés?

– Non, mais c'était un couple très uni.

– Nous avons déjà tenté sans succès de joindre monsieur Gustaffson. J'ai peur de devoir insister.

– Vous avez essayé son *pager*?

Fernandez se présenta et intervint:

– J'ai laissé un message il y a plus de quarante minutes.

– Ça m'étonne qu'il ne vous ait pas encore rappelée. Il devrait le faire bientôt. D'habitude il retourne ses appels promptement. Il est en vacances jusqu'au milieu de la semaine prochaine, mais comme chef de service il est toujours de garde.

Lessard dut réfréner son impatience.

– Madame, j'apprécie ces précisions, mais j'ai vraiment besoin de comprendre.

– Seul Stefan pourrait vous confirmer précisément ce qui s'est passé. Simone et moi n'étions pas proches au point de nous faire des confidences.

– Vous devez bien avoir votre idée?

Lessard sentait qu'elle hésitait.

– Je crois bien qu'elle a dû faire une dépression. Elle a traversé une très mauvaise période au boulot, elle a notamment fait l'objet d'une plainte en déontologie. D'après ce que j'ai compris, sa relation avec Stefan s'est détériorée durant la même période. Ce qui s'est passé exactement entre eux, je ne saurais le dire.

Lessard cherchait une fissure dans le mur, une aspérité à laquelle se raccrocher. Il tenta une autre approche.

– Le nom de Jacques Mongeau vous est-il familier?

– Ce serait difficile de prétendre le contraire. Sa photo tapisse la première page de tous les journaux. Pour être honnête, je sais qu'il était notre directeur général à l'époque, mais je n'ai jamais eu affaire à lui directement. Pourquoi? Quel est le rapport avec Simone?

– C'est ce que nous tentons d'établir, madame. À votre avis, est-ce qu'elle le connaissait?

– Probablement de nom, comme moi.

– Pas personnellement?

– Pas à ma connaissance.

Lessard réfléchit à toute vitesse. Pourquoi un couple qu'on dit aussi uni se désagrège-t-il si rapidement?

— Madame Schmidt, je vous mets en attente quelques secondes.

Il se tourna vers Fernandez.

— Imagine que Simone Fortin participe aux sauteries de Mongeau et que Gustaffson l'apprend. Il devient jaloux, voire furieux. On ne sait jamais, c'est peut-être lui, notre homme...

— Après tout ce temps? J'en doute, mais rien ne dit qu'il n'y participait pas, lui aussi. Ça vaut la peine de vérifier s'il colle à la description fournie par la secrétaire de Mongeau et celle du pharmacien.

Lessard remit Suzanne Schmidt en ligne.

— Madame, pourriez-vous me décrire Stefan Gustaffson physiquement?

— Début de la quarantaine. Plutôt grand, blond, le teint pâle. Stefan est un maître international d'échecs. Il y a des photos de lui sur son site Web, si vous voulez les consulter.

Ça ne correspondait pas au signalement du tueur, mais Lessard nota machinalement l'adresse Internet que lui dictait Suzanne Schmidt.

Nous n'en apprendrons pas plus d'elle. Nous marchons à l'aveuglette dans le brouillard.

Il lui posa encore quelques questions avant de mettre un terme à la conversation. Cette impression de conduire l'enquête vers un cul-de-sac le submergeait de nouveau.

— Où est-ce que ça nous mène, Vic? demanda Fernandez.

Simone Fortin tournait soudainement le dos à la médecine et à Gustaffson. Pourquoi? Lessard soupira, écœuré.

— Je ne sais plus, répondit-il en ouvrant son fureteur pour consulter le site de Gustaffson. Il pianota à deux doigts quelques instants, appuya sur la touche Entrée et attendit que la page Web se télécharge.

Il eut soudain un brusque mouvement de recul.

— Qu'est-ce qu'il y a? demanda Fernandez, qui ne pouvait voir l'écran de l'endroit où elle se trouvait.

Lessard reconnut l'homme immédiatement. Sous la photo, une simple inscription : Stefan Gustaffson, 3e Open de Nantes, 2004.

— Que se passe-t-il, Vic?

— On vient d'identifier le premier corps, Nadja…

Il tourna l'écran pour que Fernandez puisse regarder l'image.

L'homme blond qui souriait à l'objectif ne se doutait pas, à ce moment-là, qu'il finirait la gorge tranchée dans la malle arrière d'une BMW.

30.

Laurent a bourré le poêle.

Je lui ai raconté en détail ma rencontre avec Miles. Il a été touché par la description de leur ancien appartement.

– J'y suis retourné, il y a quelques années, a-t-il fait pensivement. C'est un couple de vieux qui habite là maintenant. Ils m'ont laissé le visiter.

Ma lanterne s'éclairait! Laurent était le jeune homme dont la dame m'avait parlé.

– Elle est seule depuis la mort de son mari l'année dernière, ai-je dit.

Une chaleur cataclysmique a envahi la pièce qui semblait se rétracter sur elle-même.

Le visage couvert de sueur, Laurent s'est levé et a entrouvert une fenêtre.

Un vent glacial a sifflé dans la pièce.

Laurent me questionnait sur des points spécifiques, me faisant préciser un détail ou répéter des bouts de mon récit. Je ne tentais pas de le convaincre de la véracité de mon histoire. Je répondais à ses questions, parce que je comprenais à quel point c'était important pour lui.

En fait, je comprenais parfaitement son déchirement.

D'une part, il avait envie de croire que Miles vivait toujours ailleurs, dans un *quelque part* hypothétique.

D'autre part, sa raison lui commandait la prudence.

J'ai parlé à un moment du coffre que Miles et lui s'étaient promis de déterrer en l'an 2000. Le sentant ému, j'ai passé un bras autour de ses épaules.

J'étais habitée par l'étrange impression de le connaître intimement.

Certaines personnes peuvent partager votre quotidien pendant quinze ans sans vous marquer, alors que d'autres traversent votre vie comme un météore et transfigurent à jamais votre univers.

Laurent s'est relevé et a marché jusqu'à la fenêtre.

– Tout ce que tu m'as raconté sur Miles est rigoureusement exact. Il y a une seule chose qui cloche : il avait chargé Gustave et Waldorf de me dire qu'il souhaitait en finir, mais pas toi.

Pourquoi Miles ne m'avait-il pas utilisée comme «messagère»? C'était *la* question qui tourmentait Laurent.

Qui devait-il croire?

Était-il possible que Miles ait changé d'idée?

– Peut-être qu'il t'a remis un message, mais que tu ne peux pas le déchiffrer toi-même, a-t-il repris. Il a peut-être dit une chose à laquelle tu n'as pas attaché d'importance sur le moment.

La mention du mot «déchiffrer» m'a fait tout à coup songer aux anagrammes que Miles et lui faisaient.

– Il a dit que vous communiquiez souvent par anagrammes.

Laurent s'est approché, vif comme un chat qui flaire un nid d'oisillons.

– C'est vrai. Et alors?

– Alors, rien. Je viens juste de me souvenir de ça.

Il est reparti arpenter la pièce de long en large, comme s'il suivait un tracé précis, marqué à la craie sur le sol.

– Il t'a peut-être donné une série de mots pour moi...

– Si c'est le cas, je ne m'en suis pas rendu compte.

Laurent n'a pas su cacher sa déception.

Il s'est massé les tempes quelques secondes, puis, prestement, il a saisi son manteau.

– Viens, a-t-il lancé. J'ai un coffre à déterrer. Si je sais encore compter, j'ai déjà plus de cinq ans de retard.

Nous avons emprunté le chemin du Havre et garé l'auto près d'une maison de bardeaux décrépits. Une pancarte «À vendre» était à demi ensevelie sous la neige. Laurent a pris une pelle dans le coffre de la voiture et s'est engagée dans l'allée.

— C'est inhabité, a-t-il dit, voyant que j'hésitais à le suivre.

Nous sommes passés devant la porte et nous sommes dirigés vers l'arrière-cour, qui donnait sur le fleuve.

— C'est là.

Avant de commencer à creuser, il a poussé un soupir de condamné à mort.

— Ça ira? ai-je demandé.

Il m'a jeté une œillade.

— Ça ira.

Malgré le sol gelé, il a déterré le coffre en quelques minutes.

— Tu veux l'ouvrir ici?

Laurent braquait un œil hagard sur le caisson.

— Je devais avoir sept ou huit ans lorsqu'on a enterré ce coffre. L'année 2000 me paraissait si loin…

— Te souviens-tu de son contenu?

— Pas spécialement. (Il est demeuré perdu dans ses pensées un moment.) Il y a un endroit près de l'église où on peut prendre un café tranquilles.

Laurent a fait démarrer la voiture.

J'ai gardé le coffre sur mes genoux, émue de savoir qu'il contenait des parcelles du passé de Miles, touchée, en outre, de penser qu'un père pouvait aimer un enfant au point d'enfouir des objets pour lui créer des souvenirs dans sa vie d'adulte. Ce coffre me renvoyait l'image du vide intersidéral laissé par mon père dans mon existence de carton-pâte.

J'ai regardé les clochers de l'église s'agrandir en pensant qu'en recevant le don de la vie, on décroche aussi une paire de parents. Comme pour un billet de loto, si la chance frappe à votre porte, vous tirez le bon numéro. Sinon, pour les adeptes de la réincarnation, meilleure chance la prochaine fois.

Est-ce que je ne gardais que des mauvais souvenirs de mon père?

Lui pardonnerais-je un jour d'avoir refait sa vie avec une femme à peine plus âgée que moi? L'excuserais-je de m'avoir trahie en réservant toutes ses attentions à l'enfant qu'ils avaient mis au monde?

Comme l'avait prévu Laurent, l'endroit était peu achalandé. Nous avons pris une table à l'écart et commandé un bol de café au lait chacun. La serveuse l'appelait par son prénom et lui a proposé d'arroser le tout de cognac. Il a refusé avec embarras.

— Bon, c'est le moment de vérité, a-t-il dit en crânant, pour masquer son émotion.

Il saisissait le coffre lorsque je l'ai interrompu.

— Attends, essaie de te souvenir.

Laurent a tenté de se concentrer.

— Je crois qu'il y a une photo de Miles et moi dans un champ de maïs. J'avais eu une belle frousse ce jour-là.

— Quoi d'autre?

— Peut-être une bille de verre. Je ne sais plus.

Il s'apprêtait à soulever le couvercle, mais a suspendu son geste.

— Je n'y arriverai pas. Fais-le pour moi.

Et moi, pourquoi y arriverais-je? Je me sentais aussi solide qu'une héroïne de mélodrame. Pourtant, j'ai approché ma chaise et fait ce qu'il me demandait.

Le coffre recelait quatre enveloppes de papier kraft. J'ai décacheté la première et en ai sorti des coupures de journaux datant de l'année 1986, jaunies par le temps. Nous les avons rapidement passées en revue:

25 février: élection de Cory Aquino aux Philippines, où la démocratie est rétablie et marque la fin de la dictature de Ferdinand Marcos; 28 février: assassinat du premier ministre suédois Olof Palme; 29 mars: la chanson *Rock Me Amadeus* du chanteur Falco est la première chanson germanophone à devenir numéro 1 aux États-Unis; 3 avril: *Out of Africa* de Sydney Pollack remporte l'oscar du meilleur film; 26 avril: explosion de la centrale nucléaire de Tchernobyl; 24 mai: les

Canadiens de Montréal battent les Flames de Calgary 4 à 1 pour ainsi ramener la coupe Stanley à Montréal; 5 septembre: au Pakistan, quatre pirates de l'air s'emparent d'un Boeing 747 de la Pan Am et l'assaut de l'armée fait 21 morts et une centaine de blessés; 17 septembre: à Paris, rue de Rennes, l'explosion d'une bombe fait 7 morts et 51 blessés; 11 octobre: sommet Mikhaïl Gorbatchev-Ronald Reagan de Reykjavik; 17 novembre: assassinat du PDG de Renault, Georges Besse, par Action directe; 28 novembre: le prix Nobel de la paix est attribué à Elie Wiesel; 29 novembre: décès de l'acteur Cary Grant.

Des dessins d'enfant signés par Laurent étaient rangés dans la deuxième enveloppe.

Dans la troisième enveloppe, nous avons découvert une dizaine de photos, dont une de Laurent, bébé, dans les bras de sa mère, une autre de toute la famille devant un voilier et enfin la photo dans le champ de maïs qu'avait évoquée Laurent.

La quatrième enveloppe contenait un billet rédigé de la main de Miles.

1ᵉʳ septembre 1986

Laurent,

Ce matin, nous avons enterré ce coffre avec l'intention de l'ouvrir ensemble en l'an 2000. Pour le petit homme que tu es présentement, cela doit te sembler loin comme l'éternité. Pour moi, c'est déjà un peu différent, car au moment de t'écrire ce mot je sais une chose que tu apprendras plus tard: franchi le cap de la vingtaine, le temps file à une telle vitesse qu'on aimerait le figer pour en profiter davantage. Je te concède que l'idée de figer le temps est égoïste en soi. C'est une invention d'adulte, fondée sur la nostalgie, un concept qui n'existe que chez les grands. Je te regarde grandir et j'aimerais que cette période ne s'achève jamais. Je redoute déjà le moment où tu commenceras à te détacher de moi. Mais, en même temps, je suis si fier de toi et de ce que tu accomplis. Tu vois, je me relis et c'est plus fort que moi, je m'adresse au petit garçon qui dort dans la pièce d'à côté, plutôt qu'à l'homme que tu es devenu. Si cette lettre te trouve avec des enfants, toi aussi, peut-être comprendras-tu un peu ce que je ressens maintenant.

Etiquette jus mal pou Naturel
(Te souviendras-tu comment déchiffrer cela?)

Miles

Laurent a écrasé quelques larmes du pouce et m'a tendu la lettre. Je l'ai parcourue et j'ai dû me retenir à mon tour pour ne pas éclater en sanglots. Cependant, je me suis figée à la vue du mot «Naturel».

— Cette phrase codée, c'est une sorte d'anagramme, n'est-ce pas?

— Exact.

— Que veut dire «Naturel»?

— Naturel est l'anagramme de Laurent. «Etiquette jus mal pou Naturel», une anagramme pour «Je t'aime plus que tout, Laurent».

J'ai repensé à la toile punaisée au mur de la chambre de Miles et aux mots inscrits dessus. *Naturel, Asiles, Moi, Mur, Roi.*

J'ai essayé de me convaincre : peut-être ne s'agissait-il que d'une pure coïncidence.

Allons, Simone, il est là, le message que tu cherchais!

— Te rappelles-tu cette toile peinte par ton père, celle qui représentait un mur de pierre couvert de graffitis?

Laurent a froncé les sourcils.

— Qu'est-ce que tu racontes? Mon père n'a jamais peint.

— Tu en es sûr? (J'ai hésité.) Il y avait une toile dans sa chambre. Je me souviens très clairement qu'il m'a dit en être l'auteur.

— Je t'assure, mon père ne peignait pas. Pourquoi me parles-tu de cette toile?

— Il y avait cinq mots inscrits en rouge dessus.

— Et alors?

— L'un d'eux était «Naturel», ai-je dit.

Laurent s'est empourpré.

— Quels étaient les autres? Attends. Écris-les plutôt.

Il m'a tendu un stylo. J'ai noté à la hâte les cinq mots sur ma serviette de papier et la lui ai donnée. Il a griffonné brièvement, la lèvre inférieure agitée de mouvements involontaires.

— Waldorf avait raison, a-t-il soufflé. Tu es aussi porteuse d'un message.

Livide, il a fait glisser la serviette vers moi.

Sous les cinq mots que j'avais inscrits, il avait déchiffré l'anagramme.

• • •

Ariane paya l'addition et elles sortirent sur le trottoir.

— Bien mangé, ma cocotte?

La petite mit la main sur son estomac.

— Oui. C'était bon. Où on va maintenant, maman?

— On va faire des courses.

— Pour le souper?

— C'est ça, ma chouette. Il faut aussi s'arrêter à la pharmacie et au club vidéo pour rendre le film que tu as regardé hier.

— Et après?

— Après, on va aller faire un tour à l'appartement de Simone. Peux-tu marcher un peu plus vite?

— Pourquoi on va chez Simone? Elle est revenue de l'hôpital?

— Simone est sortie de l'hôpital, mais elle n'est pas à la maison présentement. Elle m'a demandé d'aller nourrir son chat.

Le visage de Mathilde s'illumina.

— Mozart? Je peux le faire, maman? Dis, je peux nourrir Mozart?

— Bien sûr, ma cocotte. Donne-moi la main, on traverse ici.

— Hourra!

Ariane Bélanger sourit.

Elle avait vécu une période difficile à l'adolescence, ayant du mal à s'accepter physiquement. Elle était tombée dans tous les pièges possibles : alcool, drogue, tatouages, piercings, sexualité débridée. Elle devait séjourner en Amérique du Sud un mois, elle y était restée trois ans.

C'est en travaillant bénévolement auprès d'enfants défavorisés qu'elle s'était prise en main. Ramener Mathilde au pays avait achevé un processus de transformation déjà bien enclenché.

Ariane aimait s'amuser de temps à autre et se permettait parfois quelques excès. S'éclater avec Diego avait été particulièrement divertissant, mais elle se définissait d'abord et avant tout comme une mère de famille. Avec tout ce que ça implique de responsabilités.

Ariane Bélanger était à l'étape de sa vie où elle avait envie de partager son bonheur avec un homme qui n'aurait pas peur de s'engager et de consacrer du temps à sa famille.

Elle avait trouvé sa voie le jour où elle avait compris que les enfants sont porteurs d'espoir.

Elle pensa à Victor Lessard, convaincue que les plus belles surprises que la vie lui réservait étaient à venir. L'avait-il appelée ? Elle eut soudain très hâte de rentrer à la maison pour vérifier les messages sur son mobile, qu'elle avait branché pour le recharger avant de sortir.

• • •

Laisse-moi mourir, Laurent.

Plus rien n'existait en dehors de ces mots, comme si tout mouvement environnant s'était figé. J'ai pris chaque lettre de la phrase qu'avait décodée Laurent et reformé un à un les cinq mots que j'avais vus sur la toile.

Pas de doute possible. Pourtant, j'ai demandé à Laurent :

— Tu es certain de ne pas te tromper ? Les lettres pourraient être assemblées autrement, former d'autres mots.

— Tu crois à ce type de coïncidence ?

— …

— Je ne voulais pas croire qu'il vivait dans une réalité parallèle, encore moins qu'il souhaitait mourir, mais c'est pourtant ce que Gustave et Waldorf étaient venus m'annoncer. Et maintenant toi.

— Je n'ai pas eu l'impression que Miles désirait mourir, ai-je ajouté.

Pourquoi ne m'avait-il rien confié?

Je n'étais pas certaine de bien comprendre toutes les implications de ce que je venais d'apprendre. Le visage défait, Laurent respirait par à-coups, le souffle court.

— Ça ne va pas? ai-je dit.

— Il faut que je sorte d'ici, j'étouffe.

Il s'est levé d'un bond, a balancé de l'argent sur la table et a foncé vers la porte. J'ai remis à la hâte les enveloppes dans le coffre et je l'ai rattrapé sur le trottoir.

— Attends, Laurent, tu as une crise de panique.

Il a traversé la rue à toute allure, zigzaguant entre les voitures.

Il s'est mis à courir dans le stationnement de l'église sous un concert de klaxons, puis il a disparu de mon champ de vision.

31.

Lorsqu'il repenserait à cette affaire, Lessard continuerait à se questionner, sans jamais parvenir tout à fait à dissiper ses doutes ni à effacer son sentiment de culpabilité.

Ses collègues et lui auraient-ils pu réagir plus promptement? Auraient-ils pu retrouver plus rapidement la trace du tueur? Qu'importe, dès lors qu'il découvrit l'identité de la première victime, une fièvre dévorante s'empara de lui.

Il débita ses directives dans le désordre, comme elles lui venaient. Il ne voulait surtout rien omettre.

– Qu'on envoie des policiers au domicile de Stefan Gustaffson : qu'ils établissent une scène de crime, qu'ils cherchent des traces d'effraction, de lutte ou encore du sang, qu'on relève les empreintes, bref tout le kit.

Fernandez écrivait dans son calepin. Sirois était déjà au téléphone.

– Je veux aussi qu'on montre les photographies du site Web à Berger et qu'il nous donne son avis. Est-ce que le corps de la première victime est bien celui de Gustaffson?

– Tu en doutes encore?

– Non, mais on ne doit rien négliger. Qu'on contacte la Sûreté du Québec. Il faut vérifier si Simone Fortin a rendu visite à Miles Green à l'hôpital de Trois-Pistoles. Si c'est le cas, qu'on leur fournisse son signalement, elle traîne peut-être encore dans le coin. Qu'on fouille également le passé de ce type. Qui est-il? Qu'est-ce qu'il vient faire dans cette histoire?

– Attends une seconde, Vic, tu vas trop vite.

Fernandez notait furieusement.

– Qu'on me trouve une photographie de cette fille et qu'on fasse en sorte qu'elle soit visible sur les ordinateurs de bord des voitures de patrouille. Envoie aussi un agent se poster devant chez elle pour l'intercepter, si elle y refait surface.

Qu'est-ce que tu me caches, Simone Fortin? Quel est le lien que je ne vois pas? Que faisais-tu avec Mongeau?

Il eut une intuition soudaine.

En raison des photos sadomasochistes, ils cherchaient un lien personnel entre ces deux personnes. Mais si ce lien se situait plutôt dans le domaine professionnel?

Lessard s'en voulait de ne pas avoir davantage creusé la question avec Suzanne Schmidt alors qu'elle était en ligne.

— Nous devrions peut-être fouiller davantage cette histoire de déontologie, dit-il à Fernandez. Téléphone à Suzanne Schmidt. Il doit exister un comité ou un conseil quelconque qui entend les plaintes. Il faut parler à quelqu'un qui siégeait à ce conseil à l'époque et vérifier si Mongeau en faisait partie. Un dossier est archivé quelque part, trouvons-le! Et qu'on demande à Pearson de venir nous rejoindre ici le plus rapidement possible. Simone Fortin est au cœur de cette histoire. Il faut la trouver avant le tueur!

Il composa le numéro d'Ariane, mais tomba pour la énième fois sur son répondeur.

— C'est Victor. Téléphone-moi dès que tu prends ce message, c'est très urgent.

Son mobile bourdonna au moment où il le reposa sur la table. Ariane? Non, plutôt son ancienne femme.

— Il faut qu'on parle, Victor. J'admire beaucoup ce que tu as fait ce matin, mais je m'inquiète pour notre fils.

— Je suis d'accord avec toi, Marie, mais est-ce que je peux te rappeler un peu plus tard?

— Ce n'est pas un bon moment?

— C'est que…

L'invective jaillit, assassine :

— C'est ça, le problème avec toi, Victor : ton travail a toujours priorité sur ta famille.

Marie raccrocha.

Lessard balança son mobile à l'autre bout de la pièce.

• • •

J'ai retrouvé Laurent au presbytère, assis sous un arbre.

Je me suis approchée doucement. J'ai hésité à lui toucher l'épaule.

J'ai toujours pensé que la douleur crée autour d'un individu une sorte d'habitacle qu'il ne faut investir qu'avec une infinie prudence.

Je me suis assise à côté de lui sans un mot, le laissant sangloter en silence.

Un passant fumant la pipe nous a dévisagés.

J'ai vu, dans ses yeux, la certitude qu'il assistait à une dispute entre amoureux. J'ai eu envie de lui hurler de garder son nez dans ses affaires. Que les gens peuvent être indiscrets! Mais il est vrai que nous offrions un spectacle pitoyable. L'homme a continué son chemin avec un sourire en coin, laissant derrière lui de longues volutes de fumée à l'odeur de vanille.

— Lorsque Waldorf et Gustave m'ont affirmé que Miles voulait en finir, je n'y ai pas vraiment cru, a dit Laurent. Mais, là, le message que je viens de déchiffrer me frappe de plein fouet.

Nous avons marché jusqu'à la voiture sans prononcer une parole.

— Qu'est-ce que tu comptes faire? ai-je demandé en ouvrant la portière.

A-t-il entendu ma question?

J'ai posé le coffre sur la banquette arrière et nous sommes rentrés chez lui en silence.

En vitesse, il a jeté quelques affaires dans un sac.

Je ne me souviens pas exactement des paroles échangées, ni qui a proposé quoi, mais un moment plus tard nous roulions sur l'autoroute 20.

Je ne savais pas ce que Laurent avait en tête.

Seulement qu'il me déposerait à Montréal.

• • •

Tandis que Fernandez passait des coups de fil dans son bureau, Lessard reprit le dossier depuis le début avec Sirois. Ils comparèrent leurs notes, sans parvenir à faire de nouveaux recoupements.

Pearson arriva, les cheveux en bataille, sa chemise froissée pendant hors du pantalon. Son excitation leur insuffla momentanément une dose additionnelle d'énergie.

— Une pharmacie sur Saint-Jacques a été cambriolée la veille de l'assassinat de Mongeau. Devine ce qu'on y a pris : seulement quelques ampoules d'Amytal et des seringues.

Lessard retourna l'information dans tous les sens. Quelque chose l'agaçait.

— On cherche un professionnel qui a planifié soigneusement les meurtres. Mais voilà que, la veille d'un crime important, il vole des barbituriques comme un vulgaire malfaiteur. C'est courir un bien grand risque.

— Pas s'il en a absolument besoin pour stabiliser son état, dit Pearson.

— Ça ne colle pas, souffla Lessard. Pourquoi demander à un pharmacien de lui en procurer le lendemain ? Et sans ordonnance en plus.

— Suppose qu'il disait vrai, que le médicament lui a été subtilisé en même temps que le véhicule.

— Dans ce cas, nous aurions retrouvé les ampoules dans la BMW. (Lessard sacra.) À moins que Martin et…

Il stoppa net.

— Quoi ? demanda Pearson. Qu'est-ce que Martin vient f…

Lessard fit mine de réfléchir.

— Non, rien. Je vais aux toilettes.

Il se leva et partit dans le corridor à toute allure, laissant Pearson cloué sur place.

Aux toilettes, Lessard appela son fils.

— Si ce n'est pas toi qui les as, chuchota-t-il, est-ce que c'est possible que ce soit ton chum Jimbo ? Prends le nom en note : A-M-Y-T-A-L. C'est très important. Rappelle-moi dès que tu lui auras parlé.

En raccrochant, Lessard entendit le bruit d'une chasse d'eau. Il sortit de la cabine et tomba sur Sirois.

— Salut, Vic. On avance?

Lessard se renfrogna, persuadé que Sirois avait entendu sa conversation.

— Mmm.

Sirois se savonnait compulsivement les mains, y mettant autant de soin qu'un chirurgien avant d'entrer au bloc opératoire.

— Si je me fie aux apparences, cette fille-là avait quelque chose à cacher pour essayer de brouiller les pistes de la sorte, déclara-t-il pour dissiper le malaise.

— On lâche pas, marmonna Lessard en s'aspergeant d'eau froide.

Une vision diffuse se présenta à son esprit. Fernandez avait dit quelque chose ce matin. Quelque chose qui l'avait frappé. Mais quoi? Pourquoi la mémoire lui faisait-elle cruellement défaut dans les situations critiques? Dans l'état où il se trouvait, il se dit que même le fait de se souvenir d'une chose aussi simple que ses tables de multiplication devenait aléatoire.

— Sirois, peux-tu demander à Fernandez de venir me voir dans la salle de réunion?

La jeune femme entra en chaussettes, l'air groggy, des rougeurs sur le côté droit du visage: elle s'était endormie sur son bureau.

— Nadja, tout à l'heure au Shaïka, avant que je parte pour rejoindre Pearson, tu as dit quelque chose. À propos des apparences, je crois. Te souviens-tu?

— Vaguement.

— Essaie de me répéter mot pour mot ce que tu as dit.

— Attends... (Elle réfléchit.) Je pense que j'ai dit que la manière dont le meurtre a été commis détonne avec le monde où évoluait Mongeau... Je veux dire: un monde où les apparences sont tellement importantes.

La vision se clarifia peu à peu.

La scène du crime donnait une impression de brutalité qui ne cadrait pas avec le reste.

— Est-ce que ça t'aide? dit Fernandez.

— Je crois que oui. (Il hésita un moment, incertain de la direction à imprimer à la discussion.) Revenons sur les circonstances des meurtres. Nous partons de l'hypothèse qu'ils sont liés aux activités clandestines de Mongeau et qu'ils sont l'œuvre d'un tueur professionnel...

Les autres se gardèrent d'intervenir, attendant que Lessard précise sa pensée.

— Un tueur chevronné aurait-il pris le risque de laisser la BMW sans surveillance, sachant qu'il transportait déjà un corps? Aurait-il pris le risque de se faire remarquer en essayant d'obtenir des barbituriques sans ordonnance?

— Où veux-tu en venir? demanda Sirois.

— Je ne sais pas. Il nous manque des éléments pour bien comprendre le portrait d'ensemble, mais il y a peut-être des failles dans notre hypothèse. Les meurtres sont-ils réellement une réplique à une tentative d'extorsion faite par Mongeau? Si c'est le cas, devons-nous chercher un professionnel ou quelqu'un qui agit pour un autre motif?

Lessard s'abstint d'exprimer plus clairement ses doutes. Mais, intérieurement, il se torturait. S'était-il trompé en suivant la piste des photos?

Avait-il conduit l'enquête dans une impasse?

● ● ●

Kilomètre 88

Toute cette histoire me dépassait.

J'aurais aimé parler davantage avec Laurent, le questionner, mais je respectais son silence.

Je regrettais de n'avoir pu rendre visite à Miles une dernière fois pour m'amender de mon incurie de la veille, mais, vu les circonstances, je n'avais pas osé en formuler la demande.

Je me sentais lasse et vidée.

J'avais la nette impression de flotter à l'extérieur de mon corps, quelque part entre la réalité et ma perception de la réalité, comme si on avait enfermé mon esprit dans une boîte, elle-même enfermée dans une autre boîte et ainsi de suite.

N'étais-je pas devenue une étrangère à l'intérieur de moi-même?

● ● ●

Ils pataugèrent encore un bon moment sans réussir à trouver une nouvelle avenue. Les visages étaient tordus de fatigue, blafards. Lessard imposait à ses collègues un rythme surhumain, il en avait pleinement conscience.

La table de la salle de réunion était couverte de dossiers épars et de gobelets de café. Sirois n'avait pas su résister à l'interdiction de fumer. Une canette de boisson gazeuse vide servait de cendrier. Ils devaient continuer coûte que coûte. Chaque centimètre de terrain gagné pouvait s'avérer décisif.

Lessard appela l'agent Nguyen, à qui l'on avait demandé de se poster devant l'appartement de Simone Fortin.

– Du mouvement?

– J'ai été retardé. Je vous rappelle dès que j'arrive sur les lieux.

Marchant au ralenti, Fernandez reparut avec une feuille chiffonnée, qu'elle tendit à Lessard.

– J'ai rejoint Suzanne Schmidt. Elle m'a donné le numéro de Marcel Loranger, un des membres du comité de déontologie depuis 1996. Il est en ligne.

– Qu'est-ce que tu lui as dit?

– Rien de plus que le strict nécessaire.

Lessard mit le téléphone sur «mains libres».

– Monsieur Loranger?

– Bonjour, monsieur Lessard. Que puis-je faire pour vous?

Le ton était franc, direct.

– J'ai besoin de quelques renseignements à propos de Simone Fortin, une ancienne employée de votre hôpital. Plus particulièrement concernant sa comparution devant le comité de déontologie, en 1998.

– Je n'ai pas le dossier devant moi, mais je me souviens assez bien des faits. C'était un cas assez particulier.

– Pouvez-vous me résumer l'affaire?

– Voyons voir. (L'homme fut pris d'une quinte de toux. Lessard reconnut tout de suite les signes: un fumeur.) Le docteur Fortin avait eu à traiter simultanément un jeune garçon et son grand-père, tous deux accidentés de la route. Elle a d'abord stabilisé l'enfant, qui ne souffrait que d'une fracture à la jambe, pour s'occuper ensuite du grand-père, dont l'état semblait critique. Or, pendant ce temps, le garçon a subi une dépression respiratoire et il est mort, malgré les tentatives du docteur Fortin pour le réanimer. Les parents ont porté plainte, affirmant qu'une erreur médicale avait été commise. Après enquête administrative, nous avons organisé une réunion de conciliation en présence des parents, comme c'est de coutume. Le docteur Fortin et son superviseur, Stefan Gustaffson, étaient présents. (À la mention du nom de Gustaffson, Lessard lança un regard à Fernandez.) Sur la base des faits, le comité a conclu que la procédure avait été correctement suivie et que la mort du jeune garçon, bien que malheureuse, ne pouvait raisonnablement être anticipée.

– Donc, Simone Fortin n'avait rien à se reprocher?

– Non. Mais les parents n'étaient pas de cet avis. Leur réaction a été très… disons vindicative. C'est d'ailleurs pour cette raison que je me souviens du dossier avec autant de précision. Le père du jeune garçon a tenté de s'en prendre physiquement au docteur Fortin et a même proféré des menaces de mort à son endroit. J'ai dû intervenir avec un autre collègue le jour de l'audition pour l'expulser de la salle d'audience.

– A-t-elle porté plainte à la police?

– Le docteur Fortin a choisi de ne pas donner suite.

– Et Jacques Mongeau? Était-il membre du comité?

– Jacques? Quelle terrible nouvelle! Nous sommes tous consternés ici.

– Monsieur Loranger, répondez à ma question. Mongeau faisait-il partie du comité?

– Non. Toutefois, ça n'empêche pas certains parents de s'adresser directement au directeur de l'hôpital pour essayer de faire renverser la décision. Je ne saurais dire si c'est ce qui s'est passé dans ce cas-ci, mais les décisions du comité sont exécutoires. L'intervention du directeur ne peut rien y changer.

Lessard ne put refouler l'idée qu'il faisait fausse route depuis le début, que Loranger venait de lui confirmer que la collection d'images olé olé de Mongeau n'avait rien à voir dans cette série de meurtres. La solution s'annonçait beaucoup plus simple.

Et beaucoup plus terrible.

– Si ce que vous me dites est exact, j'ai besoin de connaître l'identité du père. Et ses coordonnées. Je comprends qu'il s'agit de renseignements confidentiels, mais la vie de quelqu'un en dépend. Je peux même envoyer une voiture de patrouille vous prendre.

– Ce ne sera pas nécessaire. Le temps de sauter dans la mienne et de me rendre au bureau, j'en ai pour dix minutes. Depuis 2002, les dossiers sont archivés à l'externe, mais je conserve des fichiers informatisés avec un résumé de chaque affaire, le nom et les coordonnées des parties impliquées. Ça risque quand même de prendre un certain temps, mes fichiers n'étaient pas indexés, à l'époque.

– Faites aussi vite que vous le pourrez. (Lessard lui dicta son numéro.) Je ne bouge pas d'ici tant que je n'ai pas de vos nouvelles.

– Monsieur Lessard? Vous avez éveillé ma curiosité. S'agit-il de l'enquête sur la mort de Jacques?

– Je ne peux rien dire pour l'instant, mais vous le saurez bientôt.

Le sergent-détective resta prostré quelques secondes, puis tapa du poing sur la table. Fernandez s'approcha. Il savait qu'ils tenaient dorénavant le bon filon et qu'il avait lancé l'enquête sur la mauvaise voie.

– Je me suis trompé.

– Ça ne veut rien dire, Vic.

Il se leva et flanqua un grand coup de pied dans la poubelle, qu'il envoya valser à plusieurs mètres. Le sol se couvrit de papiers. Pourquoi ne s'en était-il pas rendu compte plus tôt? Pourquoi?

Il espérait de tout son être que Simone Fortin vivait encore.

• • •

Kilomètre 142

— Tu dors? a dit Laurent
— Mmm?

Kilomètre 175

La voiture s'est arrêtée. J'ai entrouvert les paupières. Nous étions immobilisés, près d'une station-service. Laurent était sorti. J'ai refermé les yeux.

La portière s'est ouverte.

— Je t'ai acheté un sandwich. Aimes-tu la mayonnaise?

Je me suis redressée sur mon siège. Je m'étais assoupie.

— Oui, merci.

— J'ai bien failli prendre aussi quelques bières, a-t-il lancé en me regardant nerveusement.

Il a redémarré.

Nous avons mangé sans un mot.

32.

Lessard décrocha avant que la première sonnerie ne cesse de retentir.

— Vous avez de quoi noter? demanda Loranger.

Le policier écrivit les renseignements que lui dictait l'autre.

— Pourquoi me donnez-vous une adresse à Montréal? dit-il. Je croyais que le garçon avait été traité à Québec.

— Si je me souviens bien, il était en visite dans sa famille au moment de l'accident. Je vous faxe mon dossier?

Lessard lui donna le numéro, le remercia et raccrocha.

Il tendit à Fernandez un bout de papier barbouillé de son écriture illisible.

— Demande à l'escouade tactique de se tenir prête. On fonce dès que tu me confirmes que cette adresse est toujours bonne.

• • •

Kilomètre 226

— Ça te manque, de soigner les gens?

Le matin même, sur le promontoire de glace qui surplombait le fleuve, je m'étais ouverte à Laurent en lui relatant que j'avais pratiqué la médecine auparavant et que je m'estimais responsable de la mort d'un jeune garçon.

— Parfois, ai-je dit.

— Pourquoi la médecine?

— À cause de ma mère, je pense. Je terminais mon bac en informatique quand elle est morte d'une rupture d'anévrisme.

— Tu crois que sa mort a influencé ta décision?

– Mon père est parti avec une de ses maîtresses lorsque j'avais douze ans. Maman possédait ce don particulier de me faire sentir unique. Sa mort m'a dévastée. En choisissant de devenir médecin, j'imagine que j'ai voulu donner un sens à son départ.

– Et ton père? Êtes-vous toujours en contact?

Que voulait-il entendre? Que j'avoue que mon père était un pur trou de cul?

– La mort de maman nous avait un peu rapprochés. Il m'aidait financièrement quand j'étais étudiante. Je lui ai lancé un appel de détresse le soir où j'ai perdu ce patient, j'avais besoin de son soutien. Il a été égal à lui-même : il m'a rappelée une semaine plus tard, entre deux réunions. Je ne lui ai jamais reparlé.

• • •

Pearson parlait à sa femme à voix basse, Sirois fumait cigarette sur cigarette.

Lessard avait failli succomber à plus d'une reprise, mais il se défendait de fumer, ce qui rendait son humeur encore plus massacrante.

– Arrête de branler la jambe, Sirois, je vais devenir fou.

– Excuse-moi, Vic.

Au même instant, Fernandez surgit dans la salle de réunion, à bout de souffle.

– On n'avait pas la bonne adresse. Ils ont déménagé à Québec en 1999, moins d'un an après la mort de leur fils.

Elle tendit à Lessard une feuille avec les nouvelles coordonnées en caractère d'imprimerie.

Celui-ci sacra.

Il croyait pouvoir investir le domicile du tueur dans les prochaines minutes et, avec un peu de chance l'arrêter. Ce qu'il venait d'apprendre changeait complètement la donne.

– Je veux qu'on contacte la Police de Québec et qu'elle envoie des agents immédiatement à cette adresse. Si on suppose que le suspect est sur les traces de Simone Fortin, il ne sera pas chez lui. Qu'ils fassent attention quand même. C'est possible qu'on trouve une scène de crime. On ne sait jamais...

Il se tourna vers les membres de son équipe.

— J'ai besoin de quelqu'un à Québec pour coordonner l'enquête avec les policiers locaux. Tout indice pouvant nous révéler l'endroit où se trouve le tueur doit être analysé.

Sirois sauta sur ses pieds et attrapa sa veste.

— Je m'en charge.

— Prends une voiture de fonction, dit Lessard.

L'autre était déjà sorti.

• • •

Ariane gara sa voiture à moins de deux cents mètres de l'appartement de Simone. Elle se tourna vers Mathilde, assise sur la banquette arrière.

— Tu peux te détacher, ma chouette.

Espiègle, la fillette regarda sa mère.

— Est-ce que je vais pouvoir prendre Mozart dans mes bras, maman?

— Bien sûr, ma cocotte.

Ariane défit sa ceinture et sortit.

Tandis qu'elle gagnait le trottoir, une Buick Regal se rangea derrière sa voiture.

Elle tendit la main à Mathilde et elles avancèrent. L'enfant traînait ses lourdes bottes sur le sol.

— Est-ce que les grandes ballerines font autant de bruit en marchant, ma chouette?

— Non, maman.

— Montre-moi comment elles font.

La gamine se mit à se mouvoir comme une Sioux, sur la pointe des pieds.

— Beaucoup mieux.

Ariane aida Mathilde à grimper les escaliers. Elle sortit son trousseau de clés et déverrouilla la porte. Elles entrèrent toutes les deux. Mathilde partit en courant dans le corridor.

– Minou, minou, minou.

– Mathilde, viens enlever tes bottes !

Il attendit une minute, puis il monta les marches. Le battant s'ouvrit sans résistance et il referma sans bruit derrière lui.

• • •

Québec

Guy Simoneau arriva le premier sur les lieux avec son coéquipier, François Béland.

Il avait quarante et un ans et était né à Charlesbourg. Un policier expérimenté et compétent, qui ne savait rien à propos de l'affaire Mongeau.

La main sur son arme de service, il descendit de voiture et s'avança vers le modeste bungalow de brique mal entretenu, qui détonnait dans cette rue bordée de maisons proprettes. Son coéquipier sur les talons, il frappa à plusieurs reprises sur le battant, sans obtenir de réponse.

– On entre, dit-il.

Simoneau balança un coup d'épaule dans la vieille porte qui céda en émettant un faible craquement. Avant de foncer, il dégaina son Glock.

– POLICE. S'IL Y A QUELQU'UN, IDENTIFIEZ-VOUS.

– Ça pue, remarqua Béland.

Simoneau lança un regard circulaire. La cuisine était jonchée de vaisselle sale et d'aliments en état de décomposition.

– C'est totalement insalubre, renchérit Simoneau.

Les deux hommes attendirent quelques secondes et commencèrent à avancer lentement. Personne dans la cuisine, ni au salon. Ils continuèrent leur progression dans le couloir menant aux chambres.

La porte de la chambre du fond était close. Simoneau entendit un craquement et sentit son rythme cardiaque s'accélérer.

– POLICE. S'IL Y A QUELQU'UN, IDENTIFIEZ-VOUS.

Les policiers se regardèrent. Simoneau fit signe à Béland d'enfoncer la porte.

La pièce était illuminée par une flopée de lampions. Une femme rachitique gisait à demi nue sur le sol, une seringue encore plantée dans le bras.

Simoneau s'approcha prudemment d'elle.

– Elle est dans les vapes. Appelle une ambulance.

La femme remua. Elle tenait son poing crispé. Craignant qu'elle ne dissimule une arme, Simoneau écarta ses doigts et prit l'objet qu'elle retenait : il s'agissait de la photo d'un garçonnet moucheté de taches de rousseur.

Mignon, pensa-t-il.

• • •

Ariane ouvrait la boîte de nourriture pour chat dans la cuisine, lorsqu'elle perçut une présence dans son dos.

Un frisson d'angoisse la parcourut, mais, déjà, une main se plaquait sur sa bouche et la tirait en arrière. Elle sentit le contact froid d'une lame sur sa gorge.

Avant même qu'elle ne réussisse à comprendre ce qui lui arrivait, il l'entraîna vers la chambre.

Elle tenta de hurler, mais la main étouffait les sons. Elle s'inquiétait surtout pour Mathilde. Elle voulait lui crier de s'enfuir.

Une voix murmura dans son oreille.

– Calmez-vous, Ariane. Si vous coopérez, je ne vous ferai aucun mal. Ni à vous ni à la petite.

Un homme. Il connaissait son nom ?

Ils atteignaient la chambre lorsque Mathilde déboucha au bout du corridor, près de la porte d'entrée.

Le temps d'assimiler ce qu'elle voyait, la petite se figea. Elle réalisa après quelques secondes qu'un méchant homme menaçait sa mère avec un gros couteau.

Il la regardait pourtant d'un air invitant.

– Viens, petite. Je ne te ferai pas de mal. Ce n'est qu'un jeu. Je suis un ami de ta maman.

Mathilde hésita. Les yeux d'Ariane lui faisaient des signes qu'elle ne comprenait pas.

À l'école, elle avait appris à reconnaître les maisons munies de pancartes Parents-Secours. Elle décida qu'il valait mieux sortir pour demander de l'aide. Elle espérait que sa maman ne serait pas fâchée.

Elle se mit à marcher à reculons, fixant l'homme.

Il fronça les sourcils.

— Non, Mathilde. NE FAIS PAS ÇA!

Il relâcha sa prise durant une fraction de seconde. Ariane réussit à se dégager brièvement.

— SAUVE-TOI!

Ariane sentit un souffle gelé sur sa carotide.

Elle tenta de crier de nouveau, mais n'émit qu'un gargouillis liquide. Ses jambes flageolèrent, puis elle s'affaissa sur le sol.

Elle porta les mains à sa gorge. Hébétée, elle vit du sang poisseux couler entre ses doigts. Elle vit la pièce se brouiller, puis reculer, tout doucement.

Elle glissait.

Elle comprit qu'elle ne verrait pas Mathilde grandir: elle ne la conduirait pas à l'école pour son premier jour de classe; elle ne l'aiderait pas à faire ses devoirs et à apprendre ses leçons; elle ne la verrait pas danser lors de son premier spectacle de ballet; elle ne pourrait pas la prendre dans ses bras lorsqu'elle aurait son premier chagrin d'amour; elle n'assisterait pas à la remise de ses diplômes; elle ne connaîtrait jamais les personnes importantes de sa vie ni ses enfants; elle ne pourrait davantage guider sa fille et l'aider à éviter les nombreux écueils qui parsèment l'existence. Elle deviendrait un lointain souvenir dans sa mémoire.

Pourquoi?

Qu'avait-elle fait pour mériter un pareil sort?

Elle n'eut encore la force de murmurer qu'un seul mot:

— Mathilde.

Elle se tut.

En quelques secondes, sa vie avait basculé.

On frappa à la porte.

L'agent Nguyen ne se doutait pas du drame qui se jouait à l'intérieur lorsqu'il entendit glisser le loquet.

• • •

Lessard alternait entre café et Pepto-Bismol lorsque Fernandez lui apprit que les policiers dépêchés chez Stefan Gustaffson venaient de découvrir un disque, daté du 31 mars 2005, portant la même mention que celui trouvé dans le bureau de Mongeau :

Message d'erreur: 10161416.

Le disque contenait aussi des photos du corps de Stefan Gustaffson.

Lessard aurait dû s'en réjouir, cela confirmait le lien entre les deux affaires et aussi, probablement, la date du décès de Gustaffson, mais l'attente lui brûlait les entrailles.

Il se dirigea vers les toilettes. Il allait se plonger la figure dans le lavabo rempli d'eau froide lorsque son mobile tressauta dans sa poche.

— Lessard.

— Guy Simoneau, police de Québec. Je suis sur place. Nous avons trouvé la conjointe du suspect, Isabelle Beauregard. Elle est dans le cirage présentement et, si j'en crois les ambulanciers, elle en a encore pour quelques heures. Toxicomane. Pas de trace de Pierre Delorme.

— Merde! jura Lessard.

— C'est une petite banlieue où tout le monde se connaît. D'après ce que m'a dit un des voisins, les deux consomment des drogues dures depuis quelques années.

— A-t-on une idée de l'endroit où il peut être?

— On n'a pas vu le mari depuis quelques jours. Il fait de temps à autre des séjours en psychiatrie, au Centre hospitalier Robert-Giffard. Le voisin croit qu'il est possible qu'il y soit en ce moment. Je suis déjà en route pour m'y rendre. J'ai laissé mon collègue sur place pour fouiller la maison. Je vous rappelle dès que j'ai d'autres renseignements.

Lessard pensa que ça pouvait coller avec le profil qu'ils avaient établi. L'Amytal ne servait-il pas à traiter les troubles d'anxiété?

— Dites à votre collègue et aux techniciens de considérer les lieux comme une scène de crime potentielle. Aussi, qu'il nous faxe une photo du suspect, dès qu'il en trouve une.

Il allait raccrocher lorsqu'il se rappela le rêve qu'il avait fait plus tôt dans la matinée. Les deux têtes de caribous. Sans qu'il comprenne pourquoi, cette image le hantait.

Qu'avait dit le vendeur de Baron Sports au sujet du couteau déjà?

«Il est prisé par les chasseurs.»

— Simoneau? Soyez vigilants. Nous avons peut-être affaire à un chasseur.

— D'ailleurs, j'ai vu une tête d'orignal empaillée au sous-sol.

L'intuition de Lessard se confirmait-elle? S'agissait-il bien de leur homme?

Il aurait tout donné pour se trouver dans cette voiture, à la place de Simoneau. Il se sentait mis à l'écart de sa propre enquête, aussi impuissant qu'un grand-père en manque de Viagra.

• • •

Kilomètre 336

— L'humain est une drôle de créature, la seule du règne animal à prolonger la souffrance, à étirer la vie de cellules devenues inutilisables. La vérité, Simone, c'est qu'il ne se passe pas un jour sans que je me demande pourquoi je n'arrive pas à faire débrancher sa sonde. Est-ce ma propre fin que je souhaite repousser? Peut-être est-ce simplement le besoin de garder un lien avec les vivants. Miles est la seule personne qui me rattache encore au monde.

— Tu n'es pas le seul à te poser ces questions, ai-je dit. Tous ceux qui se retrouvent dans une telle situation connaissent les mêmes doutes.

Kilomètre 375

— J'ai besoin de faire le point. Je vais aller marcher au cimetière où Miles travaillait.

— Et ensuite?

— Je ne sais pas.

• • •

Pearson s'avança et tendit à Lessard quelques feuilles de papier.

— C'est tout ce qu'on a trouvé pour l'instant.

Pierre Delorme était né à Montréal, le 7 mars 1964. Il avait été pompier à la Ville de Montréal de février 1984 à décembre 1999. Quelques contraventions pour des stationnements interdits. Un excès de vitesse. Pas de casier judiciaire. Depuis mars 2000, il avait obtenu son transfert au service des incendies de la Ville de Québec.

Lessard composa le numéro de la caserne de Delorme à Québec et demanda à parler au plus haut gradé en fonction. On lui passa le capitaine Bolduc. Il se présenta. L'heure de la réserve et de la diplomatie était passée.

— Nous recherchons Pierre Delorme. Nous croyons qu'il est impliqué dans un crime important. Un meurtre.

— Pierre? C'est impossible, voyons!

— Pourquoi dites-vous cela? Ne lui arrive-t-il pas parfois d'être violent?

— Non. C'est un doux, quelqu'un de très timide, de très réservé de nature. Peut-être était-il différent avant la mort de son fils, mais croyez-moi, c'est presque quelqu'un d'éteint.

— Vous êtes au courant pour Étienne?

— Tout le monde à la caserne l'est. Il a demandé son transfert quelques mois après la mort du petit. Nous sommes comme une famille ici. Ma femme et moi essayons de les soutenir du mieux que nous pouvons. Étienne était un miracle du ciel pour eux. Sa mort a été un choc insurmontable.

— Et la drogue?

Bolduc hésita.

— C'est arrivé de façon progressive, finit-il par dire. Nous avons commencé à comprendre que quelque chose ne tournait pas rond il y a environ deux ans. Nous l'avons couvert un bout de temps, mais le problème semblait profond. J'ai réussi à le convaincre de parler au psychologue. Ça fait quinze mois qu'il est en congé de maladie. Une fois, il a téléphoné ici alors qu'il était en crise. Avec un collègue, nous sommes allés le chercher. Il délirait. Il avait des hallucinations. On a dû l'hospitaliser d'urgence à Robert-Giffard. Le médecin nous a expliqué qu'il souffrait d'une dépression majeure. Quand il est sous traitement, il réussit à fonctionner normalement. Le problème, c'est que dès qu'il sort de l'hôpital pour rentrer chez lui, il cesse de prendre ses médicaments et il consomme de l'héroïne avec Isabelle.

— Mais vous maintenez qu'il n'est jamais violent?

— Absolument. Ses médicaments l'apaisent. Et lorsqu'il est en crise, il n'est un danger que pour lui-même.

L'histoire était pathétique. Lessard éprouvait presque de la pitié pour le type. Mais il se remémora les corps des deux victimes et ce sentiment s'évanouit aussitôt.

— Quand l'avez-vous vu pour la dernière fois?

— Il y a environ deux semaines. Madeleine et moi sommes allés leur porter de la nourriture à la maison. C'est le seul moyen que nous avons trouvé pour les aider. Ils se laissent dépérir.

— Comment était-il?

— Gelé jusqu'à la moelle. Il ne m'a même pas reconnu.

— A-t-il des parents, des amis?

— Je crois que son père vit toujours. Et peut-être aussi une sœur. Mais nous ne les voyons jamais.

— Est-ce que Delorme chassait?

— Pierre? Non, mais c'est un grand amateur de hockey. Un des seuls de la caserne à encourager le Canadien. Il faut comprendre que, depuis le départ des Nordiques, ce n'est plus ce que c'était ici.

— Vous avez une idée de l'endroit où il peut être?

— S'il n'est pas chez lui, essayez le centre d'achats près de l'hôpital psychiatrique. C'est là que je l'ai ramassé la dernière fois.

Lessard vit sur son afficheur que Simoneau tentait de le joindre. Il raccrocha avec brusquerie sans même saluer le capitaine Bolduc.

— Je viens de parler à un de ses médecins.

— Il est interné en ce moment?

– Non. Ils ne l'ont pas traité depuis deux semaines. Il fait ponctuellement de courts séjours en psychiatrie, surtout lorsqu'il est en période de crise. Il est sous traitement pour dépression majeure. Le médecin confirme aussi qu'il est toxicomane, ce qui s'avère être un cocktail explosif, la drogue exacerbant parfois les effets de la médication et vice-versa.

– Il a des tendances violentes?

– D'après le médecin, oui, mais elles ne sont centrées que sur lui.

– Suicidaire?

– Automutilation aussi, d'après ce que j'ai compris.

– Est-il envisageable qu'il ait commis les actes qu'on lui reproche?

– Le médecin a paru surpris au début. Il a dit que ça ne cadrait pas avec son profil. Mais il a ajouté qu'en psychiatrie, tout est possible.

Lessard frappa du poing sur la table. Ils n'étaient pas plus avancés.

– Lancez un avis de recherche. Regardez du côté du centre d'achats près de l'hôpital psychiatrique. J'ai parlé à un de ses anciens collègues. Il paraît qu'il traîne parfois dans le coin.

– C'est un des premiers endroits que nous visitons par habitude.

– Au fait, vous savez ce qu'on lui administre comme traitement?

– Vous voulez dire le nom des médicaments?

– Oui.

– Je ne me suis pas renseigné. C'est important?

– Ça pourrait l'être. Demandez au médecin si on lui donnait de l'Amytal. A-M-Y-T-A-L.

– C'est noté. Je vous rappelle.

• • •

Kilomètre 412

– Le petit garçon que tu as perdu…

– Oui?

– Pourrais-tu m'expliquer ce qui s'est passé?

Je me suis plongée dans mes souvenirs. Je revoyais Étienne étendu sur la civière.

– Je vous avais dit «3 cc»?

– Oui, docteur.

– Vous en êtes certaine?

L'infirmière opine du chef.

– Il est en dépression respiratoire. Préparez de l'oxygène.

– Bien, docteur, répond calmement l'infirmière.

– Avez-vous téléphoné à Stefan?

– J'ai laissé un message sur son téléavertisseur.

Le moniteur émet soudain un son strident et ininterrompu. Un bourdonnement sourd dans mes oreilles. Les mains moites. Une goutte de sueur qui descend dans le sourcil et me pique l'œil. Et cette lumière crue, aveuglante. L'infirmière me regarde. Qu'est-ce qu'elle me dit? Compter. Un, deux, un deux, compter, compter encore. Continue, Simone. Prends le défibrillateur.

– Écartez-vous!

Un éclair blanc. Encore, Simone. Une autre fois. Un nouvel éclair blanc. Injecter une autre dose d'adrénaline. Voilà. Mes mains tremblent. Masser la poitrine. Compter. Toujours compter. Allez, petit homme, accroche-toi. Tu ne vas pas te laisser aller comme ça! Respire, Étienne. RESPIRE! L'infirmière me regarde. Elle pose sa main sur mon épaule. Une voix douce.

– C'est fini. Il n'a plus de pouls.

– C'était un accident de la route. Le grand-père est arrivé en arrêt cardiaque, le garçon était conscient, mais il avait une fracture ouverte du fémur droit. Comme sa pression chutait, j'ai demandé à l'infirmière de lui donner des médicaments par intraveineuse, pendant que je stabilisais son grand-père. Je me suis trompée dans le dosage, l'infirmière n'a pas contre-vérifié. Pas une erreur grossière, mais quand même fatale. Le petit a subi une dépression respiratoire. Je n'ai jamais pu le ranimer. Stefan, le patron de mon unité, s'est pointé cinq minutes après, mais tout était déjà joué.

— Le grand-père est-il mort aussi?

— Non, il s'en est tiré avec une fracture du bassin et quelques jours aux soins intensifs. Par la suite, j'ai essayé de continuer pendant quatre ou cinq semaines. Mais je n'arrivais pas à me ressaisir. Dès que je voyais un enfant... Étienne avait cinq ans, des cheveux ébouriffés, des taches de rousseur sur le nez et un cœur dessiné au stylo sur la main droite. (J'ai pris une pause, pour essuyer mes larmes.) Stefan a fait en sorte que je ne sois pas inquiétée par l'administration de l'hôpital, que le décès soit considéré comme naturel. Voulait-il éviter d'être lui-même éclaboussé, puisque nous couchions ensemble? Mais les parents, le père en particulier, n'y ont jamais cru. J'ai même reçu des menaces de mort. Après, ma relation avec Stefan s'est dégradée. Je ne pouvais pas lui pardonner de continuer à vivre comme si rien n'était arrivé. Au fond, j'imagine que je lui en voulais aussi de ne pas avoir été là pour m'assister. J'ai toujours pensé, à tort ou à raison, que ces cinq minutes auraient pu tout changer, qu'il se serait aperçu de mon erreur et que la vie du garçon aurait pu être sauvée.

— Et tu es partie?

— Je me suis enfuie plutôt. La ville de Québec était devenue trop petite. Je m'étais juré de ne revoir ni mon père ni Stefan.

— ...

— Certains jours, j'ai eu envie d'en finir, de m'injecter les ampoules de morphine que je gardais dans le tiroir de ma table de nuit.

— ...

— Parfois, je pense au garçon. Il aurait douze ans maintenant.

• • •

Pour tromper l'angoisse de l'attente, Lessard s'efforça de s'activer.

Qu'est-ce qui retenait encore Langevin avec son maudit portrait-robot? Cela aurait dû être terminé depuis des heures. Le policier fouilla dans le bottin de la SPVM et trouva son numéro de mobile. Langevin devait avoir dans les vingt-six, vingt-sept ans, tout au plus. Un grand efflanqué avec des cheveux décolorés.

— Allô? fit une voix de femme.

— Xavier Langevin? lança Lessard d'une voix bourrue.

Il entendit des murmures et des rires étouffés à l'autre bout du fil.

— Heu… c'est qu'il est occupé pour l'instant. Je peux prendre un message?

— Dites-lui que c'est Victor Lessard. Et que s'il ne prend pas le téléphone tout de suite, je lui rentre le canon de mon arme si loin dans la gorge qu'il va lui ressortir par le cul!

Il entendit de nouveau murmurer.

— Monsieur Lessard, je…

Lessard était déjà sorti de ses gonds.

— Ferme ta gueule, petit con, et écoute bien: quinze minutes. C'est tout le temps que tu as pour remballer ta bite et m'apporter le portrait-robot.

Il raccrocha, furibond. Il téléphona à Adams.

— Pas d'empreintes fichées à date, Vic. Rien.

— Et les photographies sadomasochistes?

— Elles ne proviennent pas de l'appareil retrouvé dans la BMW. Je cherche encore le détaillant qui aurait vendu ce matériel. Il me reste cinq ou six possibilités. C'est une question de temps.

— Courage, Doug.

Lessard tenta ensuite de joindre Berger. Il tomba sur sa boîte vocale. Il était si en colère qu'il lui laissa un message odieux, qu'il regretta aussitôt. Il rappelait pour s'excuser lorsque Berger lui-même répondit.

— Ça va? fit Lessard, embarrassé. Je téléphonais… hum… pour savoir si tu avais du nouveau.

— J'allais t'appeler. J'ai reçu les résultats des rapports toxicologiques. Pas de traces d'Amytal, ni rien de notable par ailleurs. Quant à l'identification de la première victime, je crois que tu as raison. C'est bien l'homme qu'on voit sur les photos du site Web : Stefan Gustaffson. Toutefois, je ne peux me prononcer de façon officielle tant qu'il n'a pas été formellement identifié par un proche. J'attends aussi les rapports de comparaison des fiches dentaires.

– Je comprends. Hum… (Lessard patinait.) Je viens de te laisser un message. Efface-le sans l'écouter, je suis stressé. Merci de ton aide.

Et maintenant ? Pourquoi Simoneau ne téléphonait-il pas ?

Lessard prit son manteau et sortit. Il traversa la rue en diagonale et se rendit au dépanneur situé en face du poste. Sans réfléchir, il acheta un paquet de Camel et en grilla deux avant de rentrer. Il avait pourtant cessé de fumer depuis cinq ans.

Simoneau le rappela vingt minutes plus tard.

– J'ai reparlé au médecin. On ne lui donne ni Amytal ni aucun barbiturique.

– Vous en êtes certain ?

– Absolument. Il a consulté le dossier devant moi.

Simoneau promit de lui faire un autre rapport dans la prochaine heure.

Qu'est-ce que ça voulait dire ? Le barbiturique aurait-il servi à autre chose ? Lessard regagna son bureau et prit la feuille qu'il avait imprimée à la bibliothèque. En la relisant, un passage capta son attention.

« Les doses plus importantes provoquent des troubles de la vision, une articulation difficile, une mauvaise perception du temps et de la distance, ainsi qu'un ralentissement des réflexes et de la respiration. Une surdose peut causer le coma et la mort. »

Lessard se perdit dans ses pensées.

Mauvaise perception du temps, ralentissement des réflexes. Coma.

Comment comptais-tu utiliser ça ? Tu n'as pas drogué les deux premières victimes. Qui alors ? Simone Fortin ?

Il fallait la retrouver coûte que coûte.

Lessard composa le numéro d'Ariane et fut de nouveau accueilli par sa boîte vocale. Il était presque 17 h. Mais où était-elle, bon sang?

33.

Lessard prit les feuilles que vomissait le fax.

Le dossier du comité de déontologie de Marcel Loranger comptait une quinzaine de pages.

Le policier retourna à son bureau et parcourut le document.

Il s'agissait en fait d'un procès-verbal beaucoup plus détaillé que ce à quoi il s'était attendu. Il avait été dicté par Loranger lui-même.

La première chose qui capta son attention fut le numéro de dossier relatif à la plainte :

N° 10161416.

Pourquoi ce numéro lui semblait-il si familier?

Lessard allait sortir ses notes lorsqu'il se rappela les disques. Le dossier portait le même numéro que les disques retrouvés chez Gustaffson et dans le bureau de Mongeau! S'il avait le moindre doute quant à la validité de la piste qu'ils poursuivaient, ces interrogations venaient de s'éteindre pour de bon.

Une photocopie d'une coupure de presse datée du 28 mars 1998 accompagnait le dossier. Lessard commença par l'article.

Le titre ne laissait aucune place à l'interprétation : DÉRAPAGE À L'ENFANT-JÉSUS?

L'accident était survenu vers 11 h.

Lessard parcourut le premier paragraphe.

«Le grand-père, qui venait de faire visiter à son petit-fils l'école de foresterie de Duchesnay où il a déjà enseigné, roulait sur la route 143, à environ 45 kilomètres de Québec, lorsqu'un camion-remorque a bifurqué de sa trajectoire pour les emboutir.»

On précisait en outre que l'ambulance avait mis trente minutes à se rendre sur les lieux, autant pour atteindre l'hôpital. À l'arrivée des ambulanciers, des pompiers volontaires de l'endroit avaient déjà stabilisé les deux victimes. Le conducteur du camion-remorque avait dû, quant à lui, être traité pour un violent choc nerveux.

L'article versait ensuite dans le sensationnalisme, remettant en cause la qualité des soins reçus sans vraiment appuyer le propos par des faits tangibles. Il se terminait sur une question troublante : « Comment expliquer qu'un jeune garçon en parfaite santé, admis avec une simple fracture, rende l'âme quelques heures plus tard ? »

Une autre page était consacrée à une interview d'une voisine éplorée qui disait connaître le gamin et sa mère.

Un entrefilet parlait de la réaction du porte-parole de l'hôpital, qui réservait ses commentaires « jusqu'à éclaircissement des faits ».

Lessard délaissa l'article et entreprit d'examiner le procès-verbal. Loranger y décrivait d'abord l'état des victimes lors de leur admission.

Le compte rendu devenait dès lors si technique que Lessard s'y perdait. Il comprenait essentiellement que des médicaments par intraveineuse avaient été donnés au garçon pendant que l'on s'occupait du grand-père et qu'il avait par la suite perdu connaissance, avant de s'éteindre.

On décrivait par le menu détail tout ce qu'avait fait Simone Fortin. Encore ici, le propos s'avérait rébarbatif. Lessard sauta à la page des conclusions. En bref, les membres du comité concluaient à l'unanimité que les soins avaient été administrés de façon adéquate. Par conséquent, la plainte des parents avait été rejetée et l'affaire, classée.

Dans une annexe au document principal, Loranger racontait les événements fâcheux qui s'étaient produits durant l'audience. Si le compte rendu était un modèle de précision et de rigueur, ici le laconisme de Loranger tranchait. Il se contentait de déclarer : « Monsieur Delorme, le père de la victime, a tenu des propos offensants, injurieux et de nature à porter atteinte à l'intégrité physique du docteur Fortin.»

Lessard reposa les papiers.

Il pouvait comprendre le désarroi du père. La perte d'un enfant devait être terrible. Mais elle ne justifiait pas le meurtre. Sans pouvoir l'expliquer, il éprouvait un malaise. L'impression qu'il négligeait un détail le submergeait de nouveau. Il relut le dossier avec attention, sans pouvoir déterminer ce qui l'ennuyait.

Pearson se faufila dans l'entrebâillement. Il y avait sur sa chemise une grosse tache brunâtre. Du café.

– Je vais à la maison me changer. J'en ai pour environ quarante-cinq minutes.

– Prends ton temps, prends soin du bébé. Ça ne sert à rien d'être tous ici à attendre. Je te téléphone si ça bouge.

Pearson se braqua. Il ne supportait pas ce qu'il considérait comme des manœuvres dilatoires de la part de Lessard pour le tenir à l'écart de l'enquête.

– Je reviens d'ici quarante-cinq minutes, Vic. Pas plus.

Incapable de tenir en place, Lessard se leva et se rendit dans le bureau de Fernandez. Il se laissa choir sur le siège du visiteur en poussant un soupir.

– Je pars dès que cette histoire est finie.

Fernandez fronça les sourcils.

– Tu démissionnes?

Il lui raconta son affrontement avec Tanguay.

– Il ne peut pas te congédier pour ça. Le syndicat va te soutenir.

– Il me rendrait service en me jetant dehors, je suis indigne de faire ce travail.

– Ne dis pas ça, tu sais que c'est faux.

Lessard hésita.

– Te souviens-tu de l'informateur qui m'a appelé pour le vol de la BMW?

– L'appel anonyme?

– J'ai menti.

– Qu'est-ce que tu veux dire?

– C'était Martin.

Fernandez se crispa.

– Ton fils? Qu'est-ce que tu racontes?

Lessard prit une grande inspiration. Ses poumons le faisaient souffrir.

– Il est dans le réseau de recel de voitures que nous tentons d'arrêter. C'est un de ses complices et lui qui ont volé la BMW. Te rends-tu compte, mon propre fils est un vulgaire voleur d'autos et j'ai caché ce fait au groupe d'enquête.

La jeune femme resta un moment silencieuse tandis qu'une larme roulait sur la joue de Lessard.

– Ce que tu as fait est stupide, finit-elle par dire, mais j'aurais agi de la même manière que toi.

Il la regarda, surpris.

– Vraiment?

– Bien sûr. C'est ton fils, que pouvais-tu faire d'autre?

Fernandez posa sa main sur la sienne quelques secondes. Mal à l'aise, Lessard rompit le contact.

– On a besoin de se remonter le moral, lança-t-elle. Je vais aller acheter une pizza. T'en veux?

– Je n'ai pas très faim.

– Ta, ta, ta, Lessard. Avec de l'eau minérale?

– Merci, Nadja. Tu es gentille.

Elle lui lança un regard brûlant, qui le troubla.

– Pas seulement gentille, Victor.

Elle enfila son manteau et sortit.

Lessard réfléchit à ses dernières paroles. Qu'est-ce qu'elle voulait dire au juste?

Il devait trouver à s'occuper, sinon il deviendrait timbré.

Il prit ses notes avec l'intention de les relire depuis le début, mais se montra incapable de mener l'exercice à terme, faute de concentration. Dépité, il grilla trois cigarettes coup sur coup, dans le stationnement.

Il ne pouvait s'empêcher de penser que chaque minute qui passait diminuait les chances de survie de Simone Fortin. Le tueur qui la poursuivait n'aurait aucune pitié.

Il composa le numéro d'Ariane, mais il raccrocha dès qu'il entendit le message. Peut-être ne voulait-elle plus lui parler. Après tout, il était parti sans même prendre le soin d'écrire un mot. Il tenta de joindre Nguyen, mais tomba aussi sur sa boîte vocale. Il lui laissa un message. Quelle journée désespérante, rien ne bougeait.

Que pouvait-il faire, sinon attendre?

Soudain, il décida d'appeler sa sœur. Elle décrocha après deux sonneries.

— Salut, c'est Victor.

— Je sais, dit-elle sur un ton peu amène. C'est écrit sur l'afficheur.

— Je te dérange?

— ...

— Je... hum... je suis désolé pour le réveillon de Noël. J'étais saoul et... j'ai été stupide. Je ne bois plus. Je me suis inscrit aux AA.

Pour toute réaction, sa sœur se mit à sangloter. Lessard sentit l'émotion l'assaillir.

— Ne pleure pas, Valérie. C'est totalement ma faute. Je m'excuse.

— Ce n'est pas à cause de ça. (Elle renifla.) C'est Paul. Il a une maîtresse, le salaud. Une de ses étudiantes.

Lessard se retint pour ne pas exploser de joie. Il n'avait jamais pu blairer son beau-frère. Ce dernier, un professeur de littérature, promettait depuis quinze ans d'accoucher d'un jour à l'autre de son premier roman.

— Tu vas le quitter?

— J'étais prête à passer l'éponge, mais c'est lui qui part. Elle a vingt-deux ans, Victor! Et des seins comme ceux de Monica Bellucci. Elle n'a pas eu d'enfants, elle! (Elle pleurait comme une Madeleine.) Il pourrait presque être son grand-père.

Lessard s'efforça de ne pas gaffer, se méfiant de son instinct qui lui dictait de débiter une formule passe-partout du type: «Un de perdu, dix de retrouvés.»

— Je sais que c'est difficile, Valérie. Mais, après un temps, ça passe.

Il mentait de façon éhontée. Il eut envie de dire qu'on ne s'en remettait jamais tout à fait, mais il s'en abstint.

— Ça me fait du bien de te parler, Victor. Lorsque tu as téléphoné, je coupais ses sous-vêtements en lambeaux avec des ciseaux. (Elle rit.) Viens à la maison quand tu pourras.

— Je le ferai. Promis.

Il était sincère. Pourtant, il s'écoulerait près d'un an avant qu'il ne tienne sa promesse.

Lessard se levait pour prendre un autre café quand son mobile se mit à sonner.

— C'est Simoneau. On l'a trouvé.

Le cœur de Lessard manqua quelques battements.

— Où? Quand ça?

— En fait, c'est mon collègue qui l'a retrouvé. En fouillant la maison, il est tombé sur un compte de cellulaire. Il a téléphoné au hasard et…

— C'est lui qui a répondu? demanda Lessard, tout excité.

— Pas tout à fait. C'est un prêtre à qui il avait confié son mobile qui a pris l'appel.

— Un prêtre? Qu'est-ce que vous me chantez là, Simoneau?

— Oui, un prêtre du Séminaire de Québec. Pierre Delorme y loge depuis une semaine.

Lessard n'y comprenait plus rien.

— Attendez, Simoneau, je ne vous suis plus…

— Je sais, ça paraît bizarre. Mais, d'après le prêtre à qui j'ai parlé, Pierre Delorme a obtenu la permission de séjourner à la Maison François-de-Laval. C'est un centre de vocation tardive, pour ceux qui désirent devenir prêtre ou faire une démarche spirituelle. Il avait confié son mobile à un des prêtres chargés de les encadrer au cas où sa femme appellerait.

— Est-il là actuellement? Lui avez-vous parlé?

— Pas encore. Comme il est en retraite fermée, je…

Lessard explosa.

— JE ME FOUS DES RETRAITES FERMÉES, SIMONEAU! C'EST UNE ENQUÊTE CRIMINELLE. IL FAUT QU'ON L'INTERROGE TOUT DE SUITE.

– C'est ce que je leur ai dit, mais on a exigé que je me rende sur place. Je suis en route. Je devrais y être dans une quinzaine de minutes.

– Vous êtes en train de me dire qu'il était en retraite fermée pendant la période où les meurtres ont été commis ?

– On dirait bien.

– A-t-il pu s'absenter quelques heures, ici et là, sans que personne ne remarque rien ?

– Le prêtre m'a dit qu'il y a quelques périodes libres. Mais il n'était pas spécifiquement au courant de ses allées et venues.

– Et la nuit ?

– Je ne sais pas. Je présume qu'il pouvait sortir.

– Ça ressemble à l'alibi parfait, ça ! Vous m'appelez dès que vous l'avez, Simoneau. Je veux être le premier à l'interroger.

– Sans faute.

Lessard jura plusieurs fois à voix haute.

• • •

Dans les dernières heures, des souvenirs d'enfance que Laurent croyait à jamais perdus n'avaient cessé d'émerger. Rouler s'avérait bénéfique, l'aidait à clarifier ses idées. Il n'avait pas eu envie d'un verre depuis leur arrêt à la station-service.

Il savait qu'il n'aurait pas à traverser le Canada en voiture pour prendre une décision.

Il ne pourrait pas aller contre la volonté de son père.

Bien sûr, toutes ces années, il avait intellectualisé la situation pour la rendre plus supportable. Il ne pouvait se résoudre à mettre fin à la vie de Miles, considérant, entre autres, les éventuelles avancées technologiques.

Mais pensait-il réellement ce qu'il avait dit à Simone à ce sujet ou agissait-il par égoïsme ? Par peur de perdre le dernier lien qui le rattachait à sa famille ?

Même si cet homme qui gisait sur ce lit d'hôpital n'était plus guère que le simulacre de Miles, il ne l'en aimait pas moins.

Ils se trouvaient à moins de trente kilomètres de Montréal.

Dans le rétroviseur, il jetait, de temps à autre, un regard à Simone, qui dormait à poings fermés sur la banquette arrière.

• • •

Lessard téléphona à Sirois, qui dépassait Saint-Hyacinthe. Il le mit au courant de la situation et lui ordonna de se rendre directement au Séminaire de Québec.

Il ne cessait de réfléchir depuis l'appel de Simoneau.

La situation ne paraissait-elle pas trop invraisemblable? Même s'il bénéficiait de périodes libres, comment ce type pouvait-il tuer à Montréal et rentrer à Québec, à plus de deux heures de route, sans éveiller l'attention?

La nuit?

Le meurtre de Mongeau était survenu en plein jour.

Une fébrilité nouvelle anima soudain Lessard, un sentiment d'extrême urgence, décuplé, qu'il n'avait pas ressenti jusque-là. Quelque chose clochait salement. Il le sentait.

Il relut ses notes. Qu'est-ce qu'il oubliait? Qu'est-ce qui lui glissait entre les doigts?

L'image des têtes de caribous passa de nouveau devant ses yeux. Et maintenant, cette tête d'orignal empaillée qui trônait chez Pierre Delorme.

Pourquoi songeait-il à cela?

Qu'avait dit Simoneau? Il ne se souvenait pas des mots exacts, mais il avait parlé d'un trophée de chasse.

C'était simpliste et macabre comme théorie, mais il pensa que le doigt amputé ne constituait peut-être rien d'autre, après tout, qu'un vulgaire trophée de chasse.

Ça ne réglait rien. Il se sentait toujours préoccupé.

Par quoi, bon sang? PAR QUOI?

Il repensa à Valérie. Qu'avait-elle dit à propos de son beau-frère?

Il pourrait presque être son grand-père.

Le grand-père. Que disait le rapport de Loranger à son sujet?

La solution se trouvait là-dedans, il en était convaincu. Il avait lu quelque chose qui avait capté son attention, sans qu'il établisse le lien. Quoi donc? Il balaya du regard les feuilles éparses sur le bureau.

La coupure de journal.

Il relut le premier paragraphe. Sans bien comprendre pourquoi, il souligna un bout de phrase: «Le grand-père, Robert Delorme, qui venait de faire visiter à son petit-fils l'école de foresterie de Duchesnay, où il a déjà enseigné [...].»

Il retint son souffle et sentit l'espace se compresser autour de lui. Il buta sur un mot. Il en considéra chacune des lettres.

Foresterie.

Les images se bousculaient. Il s'agissait à ce point-là d'une intuition plus que d'une certitude.

La forêt. Un chevreuil qui avance sans se méfier sous le couvert des arbres. Tout près, derrière, le chasseur qui épaule son arme dans la lumière du petit matin.

Lessard tenta d'ouvrir son fureteur, mais fut ralenti par le tremblement de ses mains. Après quelques manœuvres laborieuses, il dénicha le site de l'école de foresterie et de technologie du bois de Duchesnay.

Il lut la page d'accueil en diagonale, sans trouver ce qu'il cherchait. Dans la rubrique «Programmes aux étudiants», il cliqua sur l'onglet «Protection et exploitation des territoires fauniques».

Il crut défaillir.

En bas, une toute petite phrase en apparence anodine lui martelait les rétines comme un millier de marteaux-piqueurs. «Principaux débouchés: agent de protection de la faune, guide de chasse, de pêche et de trappe.»

Lessard mit quelques secondes à digérer l'information.

Le grand-père enseignait à l'école de foresterie de Duchesnay, là où l'on formait des guides de chasse.

Le policier se figea un instant.

Il voyait à présent avec clarté ce qu'il ne percevait encore que confusément quelques minutes plus tôt. Il importait peu, dès lors, que l'on vérifie les allées et venues de Pierre Delorme. Ce n'était pas lui, le tueur.

Lessard frissonna.

Il en avait maintenant la conviction, quelque part dans les rues de Montréal, un grand-père à l'affût guettait sa proie, prêt à l'abattre au moment opportun.

Un chasseur.

Quel était le meilleur endroit pour tendre une embuscade?

Lessard sentit la bile refluer dans sa gorge.

Il avait vu, quelques semaines auparavant, un reportage du *National Geographic* où une équipe de tournage avait réussi à filmer un ours blanc pendant son hibernation. L'un des documentaristes avait insisté sur le fait qu'ils étaient parvenus, pour une rare fois, à filmer l'animal dans son habitat naturel.

Ils l'ont traqué jusque dans sa tanière.

D'une main tremblante, il vérifia les messages de sa boîte vocale. Vide. Il composa trois fois le numéro de l'agent Nguyen.

Aucune réponse.

Il empoigna son manteau et courut vers la voiture.

Et s'il se trompait encore? Non, pas cette fois.

En démarrant, il faillit écraser un piéton. Il klaxonna. Le piéton s'écarta et Lessard partit sur les chapeaux de roues.

Il ne reconnut jamais Langevin, qui venait pour lui remettre le portrait-robot.

Ce dernier ne reconnut pas davantage le policier, qui était d'une blancheur cadavérique et qui roulait, dans tous les sens, des yeux exorbités.

Le mobile de Lessard sonna, mais il ne répondit pas. Il avait besoin de toute sa concentration pour conduire. L'agent Simoneau laissa à son collègue un message que celui-ci écouterait plusieurs heures après, quand tout serait terminé. Le policier de Québec se trouvait en compagnie de Pierre Delorme.

Lessard roulait à toute allure dans les rues enneigées. Il ne remarqua pas dans son rétroviseur la voiture banalisée qui le suivait.

34.

«Sine sanguine, non fit redemptio…»
(Si le sang ne coule pas, il n'y a pas de rachat.)

Saint Pierre, *Épître aux Hébreux*

Je me suis réveillée alors que Laurent et moi entrions dans la ville par le pont Jacques-Cartier.

Nous n'avons échangé que quelques paroles, comme si chacun de nous sentait à présent le besoin de digérer ses propres émotions plutôt que de les partager.

Nous avions cependant convenu de prendre une bouchée ensemble, plus tard dans la soirée. J'avais, en outre, offert à Laurent, durant le trajet, de dormir sur mon canapé. Fatigué, il avait décidé d'accepter mon invitation. Il désirait auparavant se rendre au cimetière Notre-Dame-des-Neiges. Je soupçonnais que la démarche était symbolique. Lui importait-il de marcher une dernière fois sur les traces du fantôme de son père avant de se résoudre à débrancher sa sonde?

Il a immobilisé la voiture devant mon immeuble.

– Il y a un restaurant indien pas très loin d'ici. On peut apporter son vin, ai-je dit.

J'ai réalisé trop tard ma méprise. Il ne boirait pas d'alcool.

– Excuse-moi, je n'ai pas pensé que…

– Ne t'en fais pas. Ce sera parfait.

Je suis sortie et j'ai fermé la portière. Il a baissé la vitre.

– Simone!

Je me suis retournée.

– Crois-tu que Miles voudrait que je le laisse partir?

Je me suis contentée de hocher la tête.

Il a démarré.

Des flocons de neige tombaient en diagonale.

J'ai fait tourner la clé dans la serrure, ouvert la porte et verrouillé derrière moi.

Je me débarrasserais d'abord de mes vêtements et prendrais un bain chaud. Sans me l'avouer, j'espérais que mon vieil ennemi le chat soit rentré. J'ai tâtonné pour trouver l'interrupteur et allumer. Mon doigt a appuyé sur le bouton.

Encore cette boîte de fusibles qui faisait des siennes. Il s'agissait d'un des inconvénients de cet appartement vieillot : un système électrique antédiluvien. Je devais bien garder quelques fusibles de rechange dans la cuisine.

J'ai retiré mon manteau et mes bottes. J'ai avancé dans le corridor, essayant un autre interrupteur.

Rien.

J'ai regardé par la fenêtre du salon. Peut-être s'agissait-il d'une panne locale. Non, il y avait de la lumière en face. Fichu système. Cette fois, le propriétaire n'aurait d'autre choix que de rénover. Sinon je déposerais une plainte à la Régie du logement.

J'ai tâtonné dans le couloir. Soudain, j'ai senti une flaque sous mes pieds.

Une fuite d'eau ?

Il ne manquerait plus que ça !

J'ai touché du doigt : un liquide visqueux. De l'huile ? Je n'y voyais rien. Je m'occuperais de ça plus tard.

Dans la cuisine, j'ai essayé un autre interrupteur. La lumière a jailli instantanément.

J'ai poussé un cri strident. Cette image me marquerait à jamais.

Le corps d'un policier gisait par terre dans une mare de sang et… oh mon Dieu ! ARIANE.

Je me suis précipitée vers mon amie, me suis agenouillée près d'elle pour la retourner.

On lui avait tranché la gorge.

Nos pique-niques au lac des Castors, nos excursions de ski de fond sur le mont Royal, nos soupers de sushis à la maison, les après-midi à dessiner avec Mathilde, nos randonnées à vélo, le long du canal Lachine, nos fins de semaine de camping dans le Vermont, nos verres de vin blanc sur les terrasses, à regarder les serveurs, ma confidente, mon amie, ma sœur, ma jumelle, ma boussole, mes quatre points cardinaux, tout volait en éclats.

Avant que je reprenne mes esprits, j'ai entendu une voix dans mon dos, froide et dure.

— Bonjour, Simone.

Pendant quelques secondes, je suis demeurée incapable de me retourner. La peur me paralysait.

Surmontant ma crainte, j'ai pivoté lentement.

Un homme me transperçait du regard. Plutôt petit, figure anonyme, peu de rides. Milieu de la cinquantaine, début de la soixantaine? Sans les cheveux gris, il aurait paru beaucoup plus jeune. Il tenait un couteau maculé de sang.

À son air impassible, j'ai su que j'allais mourir.

Pourquoi? Qui était-il?

— Vous ne vous souvenez pas de moi? a demandé l'homme.

J'ai fait signe que non. J'étais incapable de parler.

Il a tiré un papier de sa poche. Non, plutôt une photo. Il me l'a tendue.

— Et lui? Vous rappelez-vous de lui?

J'ai regardé la photo. Un visage moucheté de taches de rousseur.

C'était lui! Le petit Étienne. Une boule dans la gorge m'étranglait. J'ai essayé d'articuler.

— Étienne, ai-je dit faiblement.

— Très bien, Simone, je vois que vous avez une bonne mémoire.

Il s'est approché et m'a saisie par les cheveux. Il m'a tirée sur le sol jusqu'à la chambre.

Je n'ai même pas crié, tant la douleur me tenaillait.

Il a ouvert la porte et j'ai aperçu Mathilde, bâillonnée et attachée sur le lit. À côté d'elle, une chaise était tirée. Un livre était posé dessus.

– Ne t'inquiète pas, Mathilde, tout ira bien.

J'ai tenté de me redresser, de le frapper avec mes pieds et mes poings, mais il m'a prise à la gorge et a entaillé la peau sous mon œil droit, libérant un mince filet de sang.

Il s'est approché de mon oreille pour murmurer. Son haleine fétide empestait le café.

– J'étais en train de lui lire les contes d'Andersen lorsque vous êtes entrée. Un recueil que j'avais offert à Étienne pour son cinquième anniversaire. Si vous coopérez, je vous donne ma parole qu'elle aura la vie sauve. Vous dérapez et je la tue.

Il promenait son couteau sur les courbes de mon visage. Il a refermé la porte doucement.

– Qui êtes-vous? Qu'est-ce que vous me voulez?

– Faites un petit effort de mémoire, Simone. Qui était dans la voiture avec Étienne? Qui avez-vous soigné en premier, négligeant de vérifier l'état d'Étienne?

– Son grand-père! Vous êtes son grand-père.

J'ai jeté un coup d'œil affolé autour de moi. Je gardais un bâton de baseball dans l'armoire à balais. Je devais trouver une façon de détourner son attention. Après ce qu'Ariane avait subi, il n'hésiterait pas à nous tuer, Mathilde et moi.

J'ai essayé de me calmer. Paniquer ne m'aiderait pas. Je devais tenter de le faire parler, de le distraire.

– Je me souviens. Je vous ai soigné. Vous aviez plusieurs fractures.

– Bravo! Du beau travail, vraiment. (Il a tiré sur mes cheveux avec force, me soulevant de terre.) Voyez, j'ai récupéré totalement. Vous n'avez pas eu la même dextérité avec Étienne.

– La médecine n'est pas une science exacte. J'ai fait de mon mieux pour le sauver, mais j'ai commis une faute professionnelle. Personne n'est à l'abri d'une erreur.

– NOUS Y VOILÀ, a-t-il dit en haussant le ton. Erreur. Des mots oubliés dans notre société, Simone. Mais qui parle encore de faute de nos jours? On se gargarise de probabilités, de statistiques, de calcul de risques, d'engagements non tenus. Tel pilote de course n'a pas commis d'erreur de pilotage, c'est la voiture qui se comportait drôlement. Tel politicien n'a pas trompé la population, il a simplement sous-estimé l'ampleur du décalage laissé dans le budget par le parti précédent. Nous commettons tous des erreurs, je vous le concède. Mais nous n'en prenons plus la responsabilité, Simone. Qui lève le bras pour dire : «J'ai commis une faute, je m'en excuse et je vais en supporter les conséquences»? La plus grande erreur, Simone, c'est la négation de l'existence d'erreur. Le mensonge. C'est de continuer à vivre comme si rien ne s'était produit. Telle compagnie espionne ses employés. Telle autre met en marché des produits néfastes pour la santé? Malgré les preuves accablantes contre elles, leurs dirigeants nient. Ils mentent, en pleine télévision. Et nous tolérons ça, collectivement. L'intégrité, Simone, voilà ce qui fait cruellement défaut à notre société.

— Et le meurtre. Est-ce plus tolérable?

Il a ri à gorge déployée.

— Le meurtre n'est pas nécessairement une erreur en soi. Pour autant qu'il en assume les conséquences, pourquoi le père d'un enfant abusé sexuellement ne pourrait-il pas punir l'agresseur qui s'en tire avec une peine ridicule de quatorze mois de pénitencier, dont il ne purgera que le tiers?

Pouvais-je atteindre le téléphone et composer le 911?

Je devais gagner du temps, continuer à le faire parler!

— Parce que ce serait vite l'anarchie.

— Au début, oui. Mais l'effet de dissuasion serait tel que ça se stabiliserait rapidement.

— Et de tuer des innocents, ça fait aussi partie de l'équation peut-être?

— J'avoue que le fait que la mort de ce policier et de cette adorable jeune femme est une erreur en soi. Je devrai vivre avec les conséquences de mes gestes. Mais les dommages collatéraux sont parfois inévitables.

Une violente nausée m'a saisie. ARIANE! Qu'avait fait ce salaud à Ariane?

— Je vous l'ai dit, j'admets que j'ai fait une erreur dans le cas d'Étienne. Et je vous assure que je le regrette chaque jour depuis. C'est d'ailleurs pour ça que je ne pratique plus la médecine.

– VOUS VOUS ATTENDEZ À QUOI? (Il fulminait.) QUE JE FASSE PREUVE DE COMPASSION? VOUS CROYEZ PEUT-ÊTRE QUE C'EST VOUS, LA VICTIME? (Il s'est calmé.) Pourquoi n'avez-vous pas simplement admis votre erreur lorsque vous en aviez le pouvoir? Vous avez manipulé et dupé le comité de déontologie en camouflant votre erreur avec la complicité de Stefan Gustaffson. Vous aviez l'occasion de donner l'heure juste à une famille anéantie par la peine. La chance de les regarder en face et de leur expliquer *pourquoi* leur fils était mort. Ils ne voulaient qu'un peu de compassion, un peu de dignité. Qu'on les traite comme des humains. Au lieu de cela, vous avez décidé de mentir pour sauver votre carrière. Et le système vous a protégée. Jacques Mongeau, le directeur général de l'hôpital, a refusé de revoir la décision du comité. Mais, comme je vous le disais tout à l'heure, tout ça est normal. On ne reconnaît plus ses erreurs dans notre société. Et surtout, on n'en assume pas les conséquences. C'est la loi du moins pire. On cherche quelqu'un qui a fait pire que soi et on s'y compare pour se disculper.

Je me suis mise à sangloter. Cet homme était dérangé, mais il avait raison sur un point : je m'étais cachée au lieu de faire face. Et de ça, j'avais honte.

– Vous êtes-vous seulement intéressée quelques minutes aux parents? À ce qu'ils ont dû endurer? Vous savez ce qu'ils sont devenus? Mon fils est traité en psychiatrie, Simone. Il navigue de dépression en dépression. Ma chair et mon sang, vous comprenez? Ma belle-fille passe son temps dans les vapes, intoxiquée, héroïnomane. Des vies détruites, anéanties par vos mensonges. C'est pour ça qu'aujourd'hui, Simone, vous remboursez vos dettes. Vous allez assumer les conséquences de vos actes. Expier vos fautes.

Continuant à me menacer du couteau, il a sorti une seringue de sa poche.

– Qu'est-ce que c'est?

– Un barbiturique. À forte dose, il agit comme un paralysant. Dans quelques minutes, vous serez toujours consciente, mais incapable de bouger. Vous pourrez donc assister à votre propre mort en direct, sans pouvoir réagir. Exactement comme Étienne. Si je me trompe dans la posologie, ça vous plongera dans le coma ou vous tuera prématurément. Ce qui serait bien dommage.

J'ai songé que s'il m'injectait ce liquide, je mourrais sans avoir la moindre chance de sauver Mathilde. J'ai essayé de lui échapper, mais il a affermi son emprise en me tirant par les cheveux jusqu'à une des chambres inoccupées. Au centre de la pièce, il avait disposé des lampions en cercle.

J'étais à genoux. Il a tenté de me forcer à m'allonger au milieu. Pour ma part, je ne voyais qu'une chose : la seringue. Lorsque l'homme a amorcé son geste, tout s'est déroulé comme au ralenti. Rassemblant mes forces, j'ai arqué mes jambes et poussé vers le haut, provoquant chez lui un déséquilibre. Il a réagi en tirant plus fort sur mes cheveux. J'ai continué à me redresser, résolue, quoi qu'il arrive, à ne pas m'arrêter.

J'ai senti mes cheveux sortir de leurs bulbes, mon cuir chevelu se distendre et se soulever, une déchirure, enfin la foudre m'a traversée. Mais j'étais debout, toute mon attention cristallisée sur la seringue. Surpris, l'homme a regardé momentanément le scalp de fortune qu'il tenait au bout des doigts. J'ai profité de cette seconde d'inattention. J'ai tendu les deux mains comme des serres, agrippé son poignet de toutes mes forces et planté mes dents dans la peau près du pouce, que j'ai mordu avec toute la force dont mes mâchoires disposaient. J'ai vu les doigts s'écarter de l'objet un à un. La seringue a semblé flotter un instant dans l'air, puis elle a entrepris sa descente vers le sol. Sous le choc, j'ai vu clairement l'aiguille se briser.

J'ai senti au même instant un vent froid fouiller ma chair. Je me suis retournée et j'ai constaté que l'homme retirait son couteau sanguinolent de mon omoplate droite. La sensation m'a paru vraiment étrange, je ne me souviens même pas avoir éprouvé de la douleur. Un grand frisson m'a parcourue, semblable à ceux qui vous paralysent lorsque vous êtes fiévreux. Je suis tombée sur le dos, sans être en mesure de me retenir. À ce point, je n'entendais presque plus ce qu'il disait.

– Vous auriez mieux fait de me laisser vous faire cette injection. Je vais prendre mon temps, Simone. Pour que vous puissiez apprécier le spectacle.

Je crois qu'il a commencé par entailler mon visage. Chaque fois que la pointe de la lame atteignait l'os de ma joue, un choc électrique me faisait tressauter, me rappelant que je vivais toujours. Puis il a coupé ma chemise et mon soutien-gorge, dégageant ma poitrine. À ce point, j'avais l'impression de m'être retirée de mon corps et d'assister à la scène en spectatrice. L'homme aussi s'était retiré, il ne subsistait plus qu'un prédateur qui achevait sa proie.

Il a enfoncé son couteau dans mon mamelon droit. Il m'a piquée encore dans le biceps. Chaque nouveau coup n'était pas destiné à tuer, mais causait des dommages supplémentaires et m'engourdissait davantage. Enfin, l'homme a levé son couteau et visé le cœur.

J'ai enregistré ce qui serait ma dernière image : le sang de l'homme battant sur ses tempes en nage ; il faisait corps avec son arme tandis que le reflet des lampions brillait sur la lame qui s'apprêtait à ouvrir ma chair.

Une détonation assourdissante a empli la pièce et stoppé l'homme net dans son mouvement. Tel un pantin désarticulé, il s'est affaissé sur les genoux, puis est tombé à la renverse sur le sol, une rigole de sang giclant sur sa chemise.

La nuit s'abat, noire, sans lune. Il a peur, mais le vieux sera fier de lui. Il marche, la boussole à la main. Tout à coup, il aperçoit deux grands yeux jaunes entre les branches. De la lumière ! En avançant, il réalise que les phares du camion du vieux sont allumés. Il s'efforce de ne pas marcher trop rapidement. Le vieux ne tolère pas qu'on coure avec une carabine. «PAPA ! PAPA ! JE L'AI EU !» C'est sorti tout seul, il est trop excité. Pas de réponse. Il comprend tout à coup. Le vieux est parti à sa recherche et il a laissé les phares de la voiture allumés pour lui servir de point de repère. La voiture se dessine à quelques mètres devant lui. La lumière des phares l'aveugle. La portière du côté conducteur est ouverte, il y a une forme à l'intérieur.

«Papa?» Il s'approche. L'habitacle est saturé d'éclats de cervelle. Son père gît dans une mare de sang, le crâne à demi arraché. Son index est encore crispé sur la détente.

● ● ●

Victor Lessard rengaina son arme et se pencha sur Simone pour vérifier son pouls. Elle vivait. Il appela le 911.

Elle entrouvrit les lèvres.

Il lui dit de ne pas parler, de conserver ses forces. Mais elle cligna des paupières et murmura. Il s'approcha pour l'entendre.

— Mat... id... ans... la chambre...

— La chambre? Je reviens tout de suite.

Lessard remonta le corridor pour rejoindre l'autre pièce dont la porte était close.

À ce moment, il vit les corps dans la cuisine.

L'agent Nguyen et Ariane. C'était bien elle, il ne rêvait pas!

Une rage irraisonnée s'empara de lui. Cette fois, il ne vomit pas. Il marcha droit vers l'homme qui gisait sur le sol. Il releva le chien de son arme et visa la tête.

Il s'apprêtait à l'achever d'une balle en plein front lorsqu'une voix retentit dans son dos.

— Pas de ça, Lessard! Rangez votre arme.

Il se retourna.

Le commandant Tanguay, qui l'avait filé dans une voiture banalisée depuis le poste, s'avança doucement vers lui. Lessard rengaina son pistolet.

Simone Fortin s'approcha en titubant du corps du meurtrier et se laissa choir sur les genoux, à côté du corps inerte. Comment trouvait-elle encore la force de bouger? Quoiqu'il en soit, Lessard ne l'empêcherait pas d'achever l'homme.

Elle entreprit un massage cardiaque. Rêvait-il ou donnait-elle des directives à Tanguay?

— Vous! Prenez une serviette et appliquez une pression sur la plaie. Si l'ambulance arrive rapidement, nous avons encore une chance de le sauver.

— Les secours sont déjà en route, dit Tanguay en obéissant.

Lessard retourna dans la chambre et serra la fillette dans ses bras.

Il la berça contre lui, en lui murmurant des mots doux, jusqu'à l'arrivée des secours. Quand les ambulanciers tentèrent de prendre Mathilde en charge, il s'emporta au point d'empêcher quiconque de les approcher. Ce n'est que lorsque Fernandez arriva sur les lieux qu'il consentit à la suivre et à monter dans une auto-patrouille.

À l'extérieur, une équipe d'une chaîne de télévision locale fit un gros plan de Lessard en pleurs, agrippant la fillette comme un naufragé s'accroche à une bouée de sauvetage.

Longtemps après que la voiture de police fut repartie, le reporter ému insista auprès de son caméraman pour que ce dernier efface la scène prise sur le vif.

Un geste de pudeur qui passerait inaperçu aux yeux de tous, une décision qui aurait soulevé l'ire du directeur de la salle de nouvelles s'il en avait entendu parler, mais il ne regrettait rien.

Il me reste peut-être encore un peu de décence, songea-t-il, alors qu'une légère poudrerie balayait la rue.

VICTOR LESSARD

Le dimanche 1er mai 2005, Victor Lessard se rendit à pied dans une tabagie vietnamienne de l'avenue Monkland et y acheta un bouquet de roses rouges.

Il emprunta ensuite la rue de Terrebonne, jusqu'au boulevard Grand, et remonta l'avenue Somerled. Le soleil ricochait sur le métal des voitures, les passants étaient vêtus légèrement et les arbres commençaient à bourgeonner. Le printemps sonnait aux portes, comme un garnement malicieux.

Il arriva au poste 11 vers midi. Il s'arrêta à la cuisinette pour se servir un café et salua l'agent Chagnon, qui discutait avec la nouvelle recrue, Macha Garneau, fraîchement émoulue de l'École nationale de police. La jeune femme à l'allure frêle remplaçait Nguyen, tué dans l'exercice de ses fonctions.

Lessard ne put s'empêcher d'espérer qu'elle survivrait à la jungle des rues de Montréal.

Il ferma doucement la porte de son bureau derrière lui.

Les funérailles officielles avaient eu lieu quelques semaines auparavant. Des policiers étaient venus des quatre coins du pays et même des États-Unis pour rendre un dernier hommage à leur collègue. Même si Fernandez et Sirois avaient proposé de le décharger de cette corvée – ils le savaient peu habile à la plume –, Lessard avait tenu à composer un texte et à le lire. Le matin de l'enterrement, il n'avait toujours pas réussi à aligner deux phrases.

Un peu à l'étroit dans son uniforme, il s'était présenté sur la tribune sans avoir rien préparé. Le début s'était révélé hasardeux, mais il avait fini par prendre sa vitesse de croisière, soulignant en mots simples l'apport de leur camarade défunt à la vie quotidienne du poste, ses qualités humaines et le trou béant qu'il laissait derrière lui dans leur vie et leur communauté.

En regagnant sa place, Lessard fut surpris de constater qu'il avait parlé plus de dix minutes. Il ne se rappela jamais ce qu'il avait dit exactement, mais Pearson, ému aux larmes, lui avait lancé un regard d'assentiment.

Nguyen était le père de deux fillettes. Lorsque Lessard s'était avancé vers la conjointe de son défunt collègue, qu'il connaissait pour l'avoir rencontrée dans des soupers de Noël, il n'avait rien su faire d'autre que de la serrer dans ses bras.

Il posa le bouquet sur une chaise et s'assit derrière son bureau. Les dernières semaines avaient été longues et éprouvantes. Il voulait mettre un peu d'ordre dans ses papiers avant de partir.

Les événements du début d'avril lui revinrent en mémoire comme un mauvais souvenir que l'on tente d'oublier, mais qui demeure désespérément vivace.

Grâce à l'intervention rapide de Simone Fortin, les médecins avaient réussi à sauver Robert Delorme. La balle ayant atteint la moelle épinière, l'homme ne pourrait toutefois plus marcher.

Lessard avait interrogé Delorme à plusieurs reprises. Alors qu'il s'était attendu à ressentir de l'animosité envers lui, il n'avait éprouvé qu'une sorte de vide, une lassitude extrême et profonde.

Il rangea quelques feuilles dans une enveloppe cartonnée. Sous la pile, il tomba sur un compte rendu d'interrogatoire qu'il se mit à lire :

14 avril 2005

OBJET : Interrogatoire de Robert Delorme

Interrogateur : Victor Lessard
Témoin : Nadja Fernandez

Témoin: Monsieur Delorme, avez-vous été informé de vos
         droits constitutionnels?
Suspect: Oui.
Témoin: Désirez-vous être représenté par un avocat?
Suspect: Non.
Témoin: L'interrogatoire peut débuter.

Q: Pourquoi vouliez-vous tuer Simone Fortin?
R: Pour qu'elle assume les conséquences de ses actes.
Q: Qu'est-ce que vous lui reprochez?
R: Elle a tué mon petit-fils.
Q: Elle a peut-être commis une erreur, mais elle vous a
    quand même sauvé la vie. Vous ne commettez jamais
    d'erreurs?
R: Ce n'est pas sa faute que je désirais punir, mais son
    refus de la reconnaître.
Q: Pourquoi avoir attendu tout ce temps? Étienne est mort
    depuis 1998.
R: Elle avait disparu de la circulation. Je n'ai retrouvé sa
    trace que cette année, au début du mois de mars.
Q: Comment?
Q: Par un article et une photo publiés dans le journal. Elle
    avait créé un logiciel vendu aux enchères pour une
    œuvre de charité.
Q: Pourquoi avez-vous tué Stefan Gustaffson et Jacques
    Mongeau?
R: Je n'avais pas le choix. Ils devaient eux aussi assumer
    les conséquences de leurs erreurs.
Q: Qu'avait fait Gustaffson de répréhensible à vos yeux?
R: Il a menti pour aider l'autre à camoufler sa faute.
Q: Et Jacques Mongeau?
R: Il aurait pu contester la décision du comité de déonto-
    logie, mais il ne l'a pas fait, par manque de courage.
Q: Pourquoi avoir pris le risque de transporter le corps de
    Stefan Gustaffson jusqu'à Montréal?
R: (Inaudible.) Je ne sais pas.
Q: Vous vouliez qu'elle le voie, c'est ça?

R : Je crois, oui.

Q : Vous croyez? Vous devriez savoir, vous aviez tout planifié. Nous avons retrouvé vos notes dans votre ordinateur
portable.

R : Je voulais qu'elle se sente responsable de leur mort.
Qu'elle endure, ne serait-ce qu'une fraction de seconde,
la souffrance de mon fils, avant de mourir elle-même.

Q : Que vouliez-vous faire du blogue? Publier les photos des
victimes?

R : (Note de la sténographe : Le suspect ne répond pas.)

Q : Et pourquoi avoir laissé les disques sur les lieux de vos
crimes?

R : Je voulais faire un exemple. Pour se disculper, on se
contente maintenant de s'encourager en regardant ceux
qui ont fait pire que soi. Je voulais que tout le monde
voie où peut mener cette loi du moins pire.

Q : Parlez-moi des chaînes que vous avez installées sur le
mur du camp de chasse, à Mont-Laurier. Vous aviez
décidé de la séquestrer avant de la tuer?

R : Je voulais la déstabiliser mentalement.

Q : Comment? En la torturant?

R : Vous ne comprenez pas.

Q : En lui montrant les corps de Gustaffson et de Mongeau?
Les deux congélateurs, c'était pour les conserver au frais,
non?

R : (Note de la sténographe : Le suspect n'a pas répondu à
cette question.)

Q : Vous aviez donc prévu d'emmener les corps de Gustaffson et de Mongeau au camp. C'est aussi dans vos notes.

R : Elle devait voir.

Q : Mais qu'elle voie quoi? Votre folie?

R : Je ne suis pas fou. Je voulais qu'elle voie à quoi mène le
fait de ne pas assumer les conséquences de ses fautes.

Q : Et le système de projection dans votre chambre aux
tortures, c'était pour quoi?

R : J'avais monté une vidéo d'Étienne, de sa naissance à
son décès.

Q : Si vous aviez tout préparé pour qu'elle voie, pourquoi avoir dérogé à votre plan? Pourquoi avoir tenté de la frapper en voiture?

R : Elle marchait avec insouciance, elle semblait heureuse alors que mon fils… (Inaudible.) Je… De la voir sourire était… insupportable.

Q : Et après? Pourquoi ne pas avoir poursuivi votre plan avec Jacques Mongeau? Vous pouviez toujours le tuer et le transporter au camp?

R : Je n'avais pas prévu qu'on me volerait la voiture. Je ne savais pas de combien de temps je disposais. Je devais être certain de pouvoir aller jusqu'au bout. Je ne voulais pas courir le risque d'être arrêté en cours de route.

Q : Et les photos? Pourquoi les avoir prises?

R : Pour ne pas oublier.

Q : Ne pas oublier quoi?

R : Pourquoi je les ai tués.

Q : Et trancher le doigt de Jacques Mongeau, c'était aussi pour vous souvenir? Un trophée de chasse, n'est-ce pas?

R : Je voulais juste quelque chose pour me rappeler.

Q : Vous rappeler quoi?

R : Que justice avait été rendue.

Q : Vous croyez vraiment que justice a été rendue, que la mort d'Étienne devait être vengée par le sang? Parlez-moi d'Ariane Bélanger? Et de l'agent Nguyen? Justice a-t-elle été rendue dans leurs cas? N'est-ce pas là une faute de votre part que de tuer deux personnes complètement étrangères à cette histoire?

R : Je regrette sincèrement leur mort, mais il y a parfois des dommages collatéraux en cours de route. Je devais aller jusqu'au bout. Mais je vous concède ce point, il s'agit d'une faute de ma part et j'en assumerai les conséquences.

Q : Vous en assumerez les conséquences! Mais qu'est-ce que ça veut dire? Êtes-vous conscient que votre folie a ruiné la vie de plusieurs personnes? Que Jacques Mongeau avait une famille, l'agent Nguyen, deux enfants, et Ariane Bélanger, une fillette.

R : Je ne suis pas fou. J'ai agi en toute connaissance de cause et j'entends faire face aux conséquences de mes actes.

Q : Ce ne sont que des mots, mais j'espère de tout mon cœur que les psychiatres en viendront à la même conclusion que vous sur votre état de santé mentale. (Inaudible.) Vous rendez-vous au moins compte que vous devez de nouveau à Simone Fortin d'être en vie aujourd'hui?

R : (Note de la sténographe : Le suspect ne répond pas.)

FIN DE L'INTERROGATOIRE.

Lessard reposa le feuillet et resta longtemps égaré dans ses souvenirs.

Officiellement, Robert Delorme avait fait quatre victimes. Lessard ne put s'empêcher de penser que le nombre réel était beaucoup plus élevé. La petite Mathilde avait perdu sa mère ; la famille Nguyen, un père, un époux, un frère. Lui-même y laissait un collègue et une femme qui avait brièvement marqué sa vie.

En outre, Fernandez lui avait appris la semaine précédente que le fils du tueur était mort d'une surdose.

S'agissait-il d'une simple coïncidence ou d'une conséquence directe de l'arrestation de son propre père, du terrible choc qu'il avait eu en réalisant qu'un monstre lui avait donné la vie? Qu'importe. La mort de Pierre Delorme était elle aussi de trop.

Robert Delorme avait choisi de se représenter seul à son procès. Il serait jugé. La justice suivrait son cours, l'injustice aussi. Quand donc cesserait cette folie destructrice qui animait le cœur des hommes?

Lessard allait éteindre le plafonnier lorsque Fernandez entra.

— Que fais-tu ici? dit-elle. Je te croyais déjà parti.

– J'avais des papiers à classer, je pars cet après-midi.

– Comment va Martin?

– Bien. Je l'ai convaincu de poursuivre une formation en sonorisation. Il est enthousiaste comme jamais. Au fait, as-tu terminé d'interroger Tool, le chef du réseau?

– Oui. Ça a été plutôt facile avec les renseignements que nous avons obtenus de Martin. Les têtes dirigeantes ont été arrêtées. Tanguay semble satisfait.

Le réseau de recel de voitures avait été aisément démantelé sur la foi des indications fournies anonymement par le fils de Lessard.

– Merci de n'avoir rien dit aux autres, au sujet de Martin.

Elle ne releva pas les remerciements, paraissant émue. Elle s'approcha de Lessard et le serra contre elle. En relâchant son étreinte, elle déposa un léger baiser sur ses lèvres.

– Tu vas nous manquer, Vic. Donne de tes nouvelles.

Elle sortit précipitamment, avant d'éclater en sanglots.

Le bouquet sous le bras, Lessard arriva au cimetière Notre-Dame-des-Neiges vers 15 h. L'herbe commençait à verdir, des pétunias ornaient quelques stèles. Il n'avait pas marché autant depuis l'adolescence.

Il dépassa la chapelle et s'engagea dans la grande allée. Des oiseaux chantaient avec entrain, deux gros écureuils gris se pourchassaient entre les arbres. La vie reprenait son cours après un hiver rude et interminable.

Lessard resta longtemps prostré devant la sépulture d'Ariane Bélanger. Elle était morte un mois plus tôt, presque jour pour jour. Une vie fauchée en plein élan.

Il n'avait jamais cru à la vie après la mort, aussi s'abstint-il de parler. Il ne croyait pas davantage à l'au-delà, mais le lien qu'il avait tissé avec elle, si bref eût-il été, demeurerait en lui et l'aiderait à poursuivre sa route.

Il regarda une dernière fois le monument funéraire, puis il refit le chemin en sens inverse.

Lessard passa sans la remarquer devant une pierre de granit gris, qui trônait sur un lit de terre fraîchement remuée:

Miles Green
1956-2005

Il redescendit par la grande allée jusqu'à la chapelle. Les autres n'étaient pas encore arrivés. Il s'assit sur un banc, à l'extérieur, pour les attendre.

Tanguay ne lui avait demandé aucun compte. Il l'avait même officiellement félicité d'avoir réussi à coincer Robert Delorme avant qu'il ne tue une nouvelle victime. Lessard recevrait une médaille de service. Tanguay n'avait pas non plus relevé le fait qu'il ne l'avait pas mis au courant du meurtre de Stefan Gustaffson, dès le moment de sa découverte.

En retour, Lessard avait passé outre les photos sadomaso-chistes retrouvées dans l'ordinateur de Jacques Mongeau et abandonné l'idée de fouiller davantage le dossier des «soirées de copinage». Quel rôle avait joué exactement Tanguay dans cette affaire? Était-il lui-même en cause? Protégeait-il quelqu'un? Touchait-il des pots-de-vin de Mongeau pour assurer sa protec-tion? Avait-on exercé, à son endroit, une forme de chantage? S'était-il fait passer pour un journaliste?

Lessard ne le saurait jamais. En fait, il s'en foutait comme de sa première rage de dents. Sceller leur accord, enterrer la hache de guerre, cela lui importait plus que tout.

Tanguay lui avait accordé le congé de six mois qu'il avait demandé, lui permettant même de percevoir son salaire pendant un trimestre.

Lessard avait quitté le bureau du commandant sans qu'ils se serrent la main. Il n'existait désormais plus de respect entre eux, seulement une relation de travail établie sur la compréhension mutuelle de leurs intérêts respectifs.

Il vit la voiture s'avancer dans l'allée.

Marie avait accepté, en principe, l'idée d'une garde parta-gée. D'ici un mois, Lessard pourrait garder les enfants avec lui chaque semaine, pendant trois jours consécutifs. Si tout se passait bien durant cette période d'essai, il pourrait ensuite les prendre sept jours d'affilée, en alternance avec Marie.

Charlotte sortit la première et vint se jeter à son cou. Martin suivait sa sœur. Comme toujours, il avait un casque d'écoute vissé sur les oreilles, mais un sourire océanique lui barrait la figure. Accoudée à la voiture, Marie souriait aussi.

Il avait déjà acheté une tente, un réchaud et des sacs de couchage. Les enfants trépignaient de joie à l'idée de traverser le Canada en train. Si tout se passait comme prévu, ils partiraient pendant six semaines.

Victor Lessard leva un visage sillonné de larmes au ciel.

Il ne savait pas ce que lui réservait l'avenir, ni s'il reprendrait son travail de policier à son retour, mais tandis qu'il serrait sa fille à l'en étouffer, il ne put s'empêcher de penser que la vie était belle.

Parfois.

SIMONE FORTIN

Chaud pour la saison, le soleil de septembre rougeoie, mais la caresse du vent en atténue la chaleur mordante.

Je m'étire paresseusement.

En contrebas du quai, le fleuve étend quelques tentacules liquides entre les rares navires qui gisent sur le côté, semblables à des cétacés échoués. À marée basse, l'odeur saline des algues embaume l'air et pique les narines.

Je consulte ma montre : bientôt 13 h. Ma pause du midi tire à sa fin. Je vois les infirmières qui m'ont accompagnée remettre leurs chaussures et se préparer au retour. Je remballe la moitié du sandwich que je n'ai pas mangée et je les imite.

J'aperçois, derrière les arbres, la silhouette de l'hôpital de Trois-Pistoles, que nous rejoindrons, en marchant d'un pas raisonnable, bien avant 13 h 30.

Comme chaque fois que je viens ici, je jette un coup d'œil à l'endroit marqué d'une croix sur le quai, là où Miles s'est fracassé le crâne, ce jour d'été 1998. Je ne suis ni triste ni émue, j'avance simplement avec les autres, sans parler.

À la suite de multiples demandes auprès du Collège des médecins, de plusieurs entrevues et de quelques examens écrits, on m'a donné l'autorisation de pratiquer de nouveau la médecine, sous réserve que je reprenne mon internat. J'ai choisi l'hôpital de Trois-Pistoles non pas par nostalgie, mais plutôt parce que j'avais envie de m'établir dans la région.

En mettant ensemble nos économies, nous avons réussi, Laurent et moi, à racheter la maison du chemin du Havre, celle où il passait ses étés en compagnie de Miles. Laurent s'active comme jamais sur ce projet. Chaque soir, lorsque je rentre, ses cheveux sont couverts de poussière de plâtre, mais il ne se plaint jamais. Après plusieurs semaines de rénovations, nous pourrons bientôt emménager. J'occuperai le rez-de-chaussée avec Mathilde; Laurent, le premier étage. Pour l'instant, la cuisine constituera le seul espace commun, que nous partagerons en colocataires.

Nous arrivons à la rue principale, passons devant l'église, puis le presbytère. Un jeune curé profite du soleil dehors, en bras de chemise. Il nous salue d'un geste, je lui fais un grand sourire.

Ce matin, lorsque je suis allée conduire Mathilde à l'école, son professeur m'a prise à l'écart. Elle m'a montré un dessin de la petite: Ariane trônant dans un ciel bleu avec, sous un énorme soleil, trois personnes souriantes: Laurent, Mathilde et moi. «Je crois qu'elle est sur la bonne voie», m'a-t-elle murmuré. Elle a raison, Mathilde a passé de durs moments, mais le temps efface lentement ses blessures.

Je continue d'avancer. Les infirmières dans leur uniforme blanc gloussent lorsque nous croisons un groupe de jeunes hommes. Je sens leurs regards fuyants glisser sur mon visage, mais je ne m'en soucie guère.

Il est vrai que les cicatrices que Robert Delorme a sculptées au couteau sur ma peau demeurent apparentes et inesthétiques, cependant que celles qui hachurent ma poitrine s'avèrent plus faciles à dissimuler.

Vrai aussi que le coup de couteau que j'ai reçu dans le dos m'a perforé un poumon, mais je n'en ai pas gardé de séquelles permanentes.

Vrai enfin qu'un spécialiste a réussi, non sans mal, à reconstruire la partie abîmée de mon cuir chevelu. Le résultat n'est pas parfait, mais guère visible pour le commun des mortels.

Nous arrivons au stationnement de l'hôpital, là où j'ai rencontré Kurt Waldorf quelques mois auparavant. Je continue à marcher, sans me préoccuper de la réaction des jeunes hommes.

Pour moi, ces stigmates ne représentent rien. Elles font partie de ma personne désormais, comme le reste de mes imperfections. Ariane est morte et je n'ai pas le droit de me laisser abattre pour des considérations aussi futiles. Et, si je la pleure, ainsi que Stefan, de temps à autre, je ne m'y autorise que tard le soir, lorsque Mathilde dort. Triste ironie, le chat que j'avais appris à détester n'est jamais revenu à l'appartement après sa mort.

Je n'en veux pas à Robert Delorme. Comment le pourrais-je? Il n'existe pas pour moi.

Avec le temps et l'aide de Laurent, j'arrive de plus en plus à me pardonner: de la mort d'Étienne Beauregard-Delorme (à preuve, je ne parle plus de faute, désormais) et de celle d'Ariane. Comme le disait Miles, «la ligne est parfois mince entre une bonne et une mauvaise décision». J'ai même réussi à faire la paix avec mon père. Il doit venir nous visiter le mois prochain.

Apprendrons-nous à nous redécouvrir?

J'appuie Laurent dans les moments difficiles. J'étais avec lui lorsque la sonde de Miles a été retirée et qu'il s'est éteint. Enfin, nous l'avons porté en terre ensemble, dans le cimetière qu'il avait tant aimé.

Parfois, j'accompagne Laurent dans ses réunions des AA. Je me sens si fière de lui. Nous apprenons à nous soutenir mutuellement, à nous appuyer.

L'autre jour, pour la première fois, il m'a embrassée. Une sensation étrange m'a envahie, nous en avons ri durant toute la minute suivante. Pour l'instant, je ne ressens qu'une tendresse infinie pour lui.

Je n'ai aucune attente.

Une foule de questions demeurent en suspens.

Comment Miles pouvait-il connaître mon passé, être au courant de la mort d'Étienne? Comment ai-je pu passer vingt-quatre heures en sa compagnie alors que j'étais demeurée à peine quelques heures dans le coma? Pourquoi ne m'avait-il pas confié un message clair au lieu des anagrammes tarabiscotées? Pourquoi l'apparence de l'appartement de Miles et celle du bistrot différaient-elles de la réalité?

En ce qui a trait à mon passé, j'en viens simplement à me convaincre que Miles n'en a jamais rien su, qu'il s'est contenté de créer les conditions voulues pour me permettre d'affronter mes démons. Pour le reste, j'ai appris à vivre avec le doute. Et j'ai réappris à croire. À croire en ceux que je chéris et en moi-même.

N'allez pas penser que je me suis remise au catéchisme pour autant. Mais le fait demeure, et nous le négligeons allègrement : la vie et la mort recèlent une grande part de mystère. Ce mystère, pour peu qu'on l'accepte, peut rendre nos existences trépidantes.

Malheureusement, nous autres humains, sommes tous pareils. Nous voulons des réponses. Nous ne savons même pas poser les questions, mais nous exigeons des réponses.

Pour ma part, je sais désormais que ma rédemption s'accroche à cette main qui se tend pour m'ouvrir la porte, à ce sourire volé à un passant, au regard de cette femme qui porte un enfant. Parfois, on trouve l'amour là où on ne l'attend pas. Ces jours-ci, ma rédemption, c'est un après-midi au parc avec Mathilde ou encore un moment passé à poncer un mur, en compagnie de Laurent.

Un jour, peut-être pas si lointain, j'irai visiter George Griffin et Jamal Cherraf sur leur lit d'hôpital. Et je téléphonerai à Kurt Waldorf. Comme ça, juste pour le saluer.

Il faut prendre le temps.

Pour l'instant, je monte dans l'ascenseur, vers le troisième étage, où je reprendrai ma garde et mes tâches : patients à soigner, rapports à rédiger, consignes à donner et réunions à diriger.

Les infirmières qui m'accompagnent rient et jacassent entre elles. Moi, comme toujours, je me tais. Je vous l'ai déjà dit :

Il ne faut pas parler dans l'ascenseur!

Cependant, sans que personne ne m'entende, peut-être aussi un peu par bravade, je fredonne cette chanson de Björk qui ne cesse de me trotter dans la tête depuis que j'ai sauvé Robert Delorme de la mort une seconde fois.

All is Full of Love.

Je vis.

NATUREL

Le matin du 3 octobre, à l'hôpital Sainte-Justine de Montréal, Juan Ramos, treize ans, émergea du coma où il était plongé depuis le 15 avril 2005. Il s'amusait avec des amis dans une décharge lorsqu'une pile de lourds madriers en bois s'était effondrée sur lui.

Ce matin-là, l'infirmière de garde, qui avait pris l'habitude de fredonner des chansons à Juan, en vérifiant ses signes vitaux, s'aperçut qu'il avait les yeux ouverts et qu'il lui souriait.

— Tu reviens de très loin, toi, dit-elle, la voix étranglée par l'émotion.

Pour toute réponse, le gamin demanda qu'on lui apporte de quoi écrire. Elle lui tendit son stylo et un bloc-notes, le regardant avec circonspection noircir la page d'une écriture fine et appliquée, comme s'il s'efforçait de retranscrire un message qu'il connaissait déjà par cœur.

Quand il eut terminé, il lui tendit la feuille.

— Qu'est-ce que c'est ? demanda-t-elle.

— Un message pour Simone Fortin et Laurent Green. Il faut les retrouver et le leur remettre. C'est très important, j'ai promis à Miles de le leur donner.

L'infirmière lui lança un regard intrigué.

— Qui est Miles ?

— Un homme que j'ai rencontré quand j'étais dans le coma.

Juan vit le scepticisme envahir son visage.

— Miles était dans le coma, mais il est *parti* maintenant.

La femme jeta un coup d'œil sur la feuille, mais ne comprit rien au charabia du garçon. Que des mots sans suite logique.

Quelques minutes plus tard, le médecin traitant arriva et ausculta Juan avec bonne humeur. Il accueillait ce réveil inattendu avec soulagement, ayant perdu une jeune patiente la nuit précédente.

La situation se présentait bien, les fonctions neurologiques de Juan semblaient intactes. Quand il ressortit de la chambre, le docteur s'aperçut que l'infirmière, qui tenait un bout de papier entre les doigts, paraissait soucieuse.

Il s'approcha.

— Confusion passagère? risqua-t-il en prenant connaissance de la missive.

— Il est persuadé qu'il a rencontré quelqu'un durant son coma.

Le médecin émit un long soupir.

— Un de plus. À les entendre, il faudrait croire à l'existence d'une réalité parallèle.

L'infirmière sourit, mais elle resta songeuse longtemps après son départ.

Un samedi matin de novembre, le jeune Juan Ramos et sa mère Encarnacion frappèrent à la porte d'une maison située sur le chemin du Havre, à Trois-Pistoles.

La jeune femme qui vint leur ouvrir les invita à entrer avec chaleur, servant un bol de café au lait à Encarnacion et un verre de jus d'orange à Juan Ramos. Mal à l'aise, la mère expliqua la raison de leur visite, insistant sur le fait que son fils tenait mordicus à leur remettre un message incompréhensible. À sa grande surprise, la jeune femme prit la chose très au sérieux et discuta de longues minutes avec le garçon. Encarnacion ne comprit jamais ce qui s'était joué à ce moment, mais elle ne mit plus en doute les affirmations de Juan par la suite.

Lorsque Laurent et Mathilde rentrèrent du cours de patinage de cette dernière, Encarnacion et Juan Ramos étaient déjà partis. Après leur départ, Simone avait posé le message sur le coin de la table, sans même tenter de le déchiffrer.

Après s'être servi un café, Laurent lut le message. Il mit quelques minutes à déchiffrer l'anagramme et en nota la traduction afin que Simone puisse en prendre connaissance.

Elle vaqua à ses occupations jusqu'à tard le soir, puis elle se décida. Avant de poser les yeux sur les lettres tracées de la main de Juan Ramos, elle prit une grande inspiration.

Elle reposa le message.

Dehors, une neige cotonneuse, la première de la saison, tombait en rafales drues, hachurant le ciel opaque de longs traits blancs. Un autre hiver commençait.

À la fenêtre, Simone Fortin resta longtemps à contempler en silence le maelström blanc. Le lendemain, quand elle sortirait avec Mathilde et Laurent, le sol serait vierge de toute empreinte, immaculé.

Ils y traceraient un chemin.

Leur *route*.

CONFESSION

Chers lecteurs, j'ai péché et je vous en demande pardon : j'ai pris quelques libertés dans ce roman. Pour servir l'intrigue, j'ai notamment inventé sur le chemin Côte-des-Neiges des immeubles et des commerces qui n'existent pas. Par ailleurs, l'itinéraire qu'empruntent Miles et Simone au cimetière est rigoureusement exact. C'est un endroit à découvrir en toutes saisons, une oasis de quiétude et de beauté.

Je réitère l'invitation faite au début de ce livre, si vous avez envie de partager vos impressions de lecture, d'en savoir plus sur la prochaine enquête de Lessard ou encore d'avoir accès à des inédits, retrouvez-moi sur le site suivant :

www.michaudmartin.com

REMERCIEMENTS

Merci à Ingrid Remazeilles, éditrice hors pair et à toute l'équipe de Goélette, avec qui travailler est un privilège. Merci du fond du cœur à Marc-André Audet qui a été l'élément déclencheur. Merci à Louise Daoust pour ses explications sur le coma et au jardinier du cimetière Notre-Dame-des-Neiges qui a répondu à mes questions alors que ce roman n'était encore qu'une idée.

J'aimerais remercier tout particulièrement Geneviève, mes parents, ma sœur Mélanie et ceux qui m'ont soutenu au fil du temps (sans ordre particulier) : Marc, Hélène, Mireille, Pierre-Yves, Jacques, Nathalie et Christophe.

Enfin, un merci spécial à Sandrine et à Stéphane, mes premiers lecteurs et aussi à Igor, qui a encouragé l'écriture de ce roman en me disant que l'«histoire de coma» que je lui racontais était cool.

L'utilisation de 7 155 lb de SILVA EDITION 106 plutôt
que du papier vierge réduit votre empreinte écologique de :
Arbre(s) : 61
Eau : 165 824 L
Émissions atmosphériques : 3 849 kg
Déchets solides : 1 753 kg

C'est l'équivalent de :
Arbre(s) : 1,2 terrain(s) de football américain
Eau : douche de 7,7 jour(s)
Émissions atmosphériques : émissions de 0,8 voiture(s) par année

Imprimé sur SILVA EDITION 106, contenant
100 % de fibres recyclées postconsommation,
certifié Éco-Logo, Procédé sans chlore, FSC
Recyclé et fabriqué à partir d'énergie biogaz.